伊藤俊也

方丈平家物語

幻冬舎

方丈平家物語

―前文―

令和二年（二〇二〇）、世界の人々が新型コロナウイルスによるパンデミックで恐慌《きょうこう》に陥《おちい》っていた日々、京都日野《ひの》にある某寺《ぼうてら》の住職もまた、ステイホームを忠実に守り、檀家《だんか》の法事すら延期させるとか、寺の本堂とそれぞれの家庭をオンラインで繋《つな》いでお勤めを果たすとか、善良な市民ぶりを発揮していた。さすがに暇を持て余す時もあり、日頃気になりながら長年開かずの扉と言われてきた土蔵《どぞう》を開くことを思い立った。実はいろいろな風説があって、開けるにはそれなりの勇気がいった。半《なか》ば恐々《こわごわ》半ばいや増さる好奇心、いざ開いてみると、埃《ほこり》こそ堆《うずたか》く積もっていたものの中は整頓されていた。先ずは、興味のある古文書《こもんじょ》の類いを探すところから始めた。

そして、発見したのが、伝　鴨長明《でんかものちょうめい》作「方丈平家《ほうじょうへいけ》物語」と書かれた一冊の書物であった。住職は、東日本大震災の後、『方丈記』を愛読していた。その文体に似通うところもあり、まさかと思いながらも、丁寧にそのコピーを取り、原物は手元に残し、そのコピーを付き合いのあるその道の権威、京都文化センター付属古文書館名誉館長宛に送って、鑑定を依頼した。

名誉館長も直《す》ぐに返事を寄こし、即座に判を下すことは出来ないが、調べるには充分値打があることを伝えた。

偶々《たまたま》その名誉館長とは、同郷で中学以来の親友であり、その伝手《つて》で古寺の住職とも会食をしたことのある私が、ご両人の許可を得て今回現代語に訳してみた。

二人が私に許可を与えてくれたのは、酒席となると門外漢《もんがいかん》のくせに、鴨長明こそ『平家物語』の作者ではないかと、主張して憚《はばか》らなかったのと、長年『平家物語』の映画化を心に懸《か》けていたことを知っていたからである。

この書が偽書《ぎしょ》である可能性は今のところ半々だと、名誉館長は言う。目下、その筋の気鋭の学者たちをも動員して吟味しているということだ。

私のこの現代語訳が世に出る頃には、その真贋《しんがん》に判が下されているかもしれない。

訳者しるす

― 本 文 ―

〈一〉

欠けはじめて少々歪《いびつ》になった満月の名残《なごり》を見上げながら、これから日毎に光る部分を失っていき遂《つい》に一度はその姿を失いながら、また充ち満ちてくる不思議を思い、人の一生もそのようであってくれれば面白い、と私は思った。さほど遠くない先に、私が光を失うのは目に見えている。逆に、月さえ、光を失ったまま遂に蘇《よみがえ》ることのない日がいつか来るだろうか。

その時だ。語り始めの一行がふと口を衝《つ》いて出た。まるで天から声が降ってきたように感じられた。後はほとばしるように続く。このところ、この一行が見つからず呻吟《しんぎん》していたものを。

思わずひとり笑った。天下を取った気分だった。これで決まった。

後は順序立てて、自分の知るところ、また身をもって時代に触れたところの事象を綴《つづ》っていけばよい。

己《おの》れの記憶を辿《たど》り返してみる。あの時代のことは生々しく甦《よみがえ》る。

そのもう少し先は――。

声が聞こえてくる。朗々たる声。おそらく父親の声だ。母親代わりの誰かが歌ったであろう子守唄の記憶はない。私にとっては、まさに父親の上げる祝詞《のりと》の声こそが子守唄だった。

物心ついたころから、私は勅祭《ちょくさい》に供えられるお飾りの品々を、他の神職《しんしょく》に先んじて並べようとした。餢飳《ぶと》や糫餅《まがり》といった唐菓子《とうがし》はこちらの丸高坏《まるたかつき》に、塩引き鮭や鰆《さわら》などの切り身の高盛、各種の魚や熨斗鰒《のしあわび》、鼓形に設《しつら》えられた飯《いい》などは七膳に分けて広めの角高坏《かくたかつき》に、という具合だ。一品ずつを飾っては直し、改めて矯《た》めつ眇《すが》めつする幼子《おさなご》の遊戯には付き合い切れぬとばかり、当直《とうちょく》の神職によっては手早く追っ払おうとする者もいないではなかったが、そういう時に限って、必ず輔《すけ》光《みつ》の登場となって事なきを得た。父が日頃スケミツと呼び捨てにしているので、私もそれに倣《なら》ってスケミツと呼び捨てにしていたし、後年父とほとんど年齢差のない男を呼び捨てにすることに自ら咎《とが》める自意識が生まれてからも、馴染《なじ》んできた親密さに甘えて遂に呼び名を変えることはなかった。彼はまるで私の後見といった按配《あんばい》で、当直が物言いたげに私を残して去ると、私に一瞥《いちべつ》の微笑のみ残して彼もまたその場を後にするのが習いだった。

一人だけになった神域《しんいき》を独占して、私はうろ覚えの祝詞を口ずさむのだ。「……オホミカムナギノコトチヘマツル、スメガミタチノマヘニマチサク、カミムスビ・タカミムスビ・イクムスビ・タルムスビ・タマツメムスビ・オホミヤノメ・オホミケツカミ・コトシロヌシトミナハマチシテ……」

長じてから、「カミムスビ・タカミムスビ・イクムスビ・タルムスビ・タマツメムスビ……」が「神魂・高御魂・生魂・足魂・玉留魂……」に当てられることを知ったが、「ムスビ、ムスビ、ムスビ」と続くこの箇所を特に好んだのである。そして、目に見えぬ御幣《ごへい》を振って私の儀式は終わる。

だが、この至福の時代は、二年と保《も》たなかった。しかも、その元凶《げんきょう》たるや、私の予想だにしなかった軟弱なるものであった。その一声《ひとこえ》が私の自負心を一気に吹き飛ばし、居場所すら奪い取っていったのだ。

私のたった一人の兄、長守《ながもり》は二歳違いながら病弱でもあり、それだけに父が手塩にかけ幼い頃より学問と歌道《かどう》を教えたので、私が相手になる年頃になっても兄弟喧嘩一つするではなく、兄と弟の距離が保たれたまま育ってきた。だから、私もまたいつも一人っ子のように自分のささやかな生活圏を保持しつつ生きてきた。戸外に遊ぶ時は糺《ただす》の森で、そして勅祭の準備に華やぐ折には稀に神殿で。

だから、私の神域に突然兄が現われただけで、まるで彼が土足で踏み込んできたように感じられたのである。私はしばらく唖然とした面持ちでいたに違いない。先に口を利いたのは兄であった。

「お前は、近々おほばの家の人になる。代わりに神饌《しんせん》をお供えする役は、私に振り当てられた。もうここにお前の場所はないと心得ろ。そう心得て、おほばの家をしっかり継ぐんだ。父上もそう望んでおられる」

まるで大人のような言いよう。今改めて思い出してみると、笑ってしまうほどだ。だが、あの時は、兄からの、そして父からの絶縁宣言のように聞こえた。私は真っ青な顔をして立ち竦《すく》んでいたに違いない。そして、口さがない神職の一人から聞いた、兄さんはあんたを心の底から憎んでいるようです、という言葉をほとんど信じていた。あんたを産んでお母さんは亡くなったでしょう、あんたのせいでお母さんは死んだ、あんたが生まれてこなけりゃ、お母さんは死ななくて済んだんだって……。

とはいえ、私が直ぐに父の母親の里、祖母《おほば》の家に引き取られたわけではなかった。むしろ、父は私を兄と同じように事あるごとに近くに侍《はべ》らすようになり、手ずから学問と教養の指南を始めたのである。母の死後、後添《のちぞ》えを取らなかった父の世話をする女たちはいたが、私の知る限り兄は母代わりを求めず、私には与えられた乳母《うば》がいた。そして、乳離れをした後は、その乳母は遠ざけられ、おほばが私の面倒を見るようになった。おほばの行くところ、その都度私は連れ出されていたようだ。しかし、その記憶はほとんど失われていて、私はいつも一人遊びをしている記憶しかない。ただ、おほばに会えば、無条件に心を許していた。おほばの方でも、いつも冷ややかな視線を放っている兄は苦手のようで、その分余計《よけい》に私を相手にした。

おほばがいつも家を空けていた理由を知ったのは、私が中宮叙爵《ちゆうぐうじよしやく》という名のもとに初めて従五位下《じゆごいのげ》という官位を貰《もら》った時である。おほばは姝子内親王《しゆしないしんのう》の乳母《めのと》として長らく宮仕えをしていたようである。その長年の功に報いるべく、おほばのたっての願いを受け入れて、この度《たび》の仕儀《しぎ》とはなったようだ。兄の長守はすでにその前年、平治《へいじ》の乱直後の永暦《えいりやく》元年（一一六〇）八月の二条天皇の賀茂《かも》社行幸《ぎょうこう》の際、父の長継《ながつぐ》が従四位下《じゅしいのげ》に叙されたのと同時に従五位下となっていた。姝子内親王は鳥羽院《とばいん》と美福門院得子《びふくもんいんとくし》との間に近衛《このえ》帝の妹として生まれ、鳥羽院と待賢門院《たいけんもんいん》との間に生まれた現在の後白河上皇《ごしらかわじょうこう》の長子である二条《にじょう》天皇の女御《にょうご》として召され、やがては立后《りっこう》し中宮となられたやんごとなき御方《おんかた》である。ただ、不幸なことに、太政大臣《だいじょうだいじん》にまで上り詰めた藤原忠通《ふじわらのただみち》の養女となった育子《いくし》が入内《じゅだい》したことで中宮の立場をも奪われ、病《やま》いを得たこともあって出家され身を引かれた。おほばはその間も何かと頼りにされてきたようだが、出家されるのを機に、お暇《いとま》を頂戴したようだ。その後、姝子内親王には院号が与えられ高松院と称された。

こうして、おほばが自由の身となったことで、私は早速にもおほばの実家である南大路《みなみおおじ》の家の方に連れていかれるのかと思っていたが、一向にその気配もなく今までと同じ暮らしが続いたのである。ただ、父親が兄一人に注いでいたその手厳しい子弟教育を、私にも本格的に始めたことは間違いなく、その間甘えは一切許されなかった。兄はすでに先を行っている者としての優越感を隠そうともしなかったが、兄が今何を習い何に手古摺《てこず》っているかを知った私は、その距離を一気に詰めたようなふてぶてしい感覚をすら持った。

父とおほば、それぞれに過ごす時間が増えたことは、私の世界を一気に拡大した。父から手ほどきを受ける漢籍《かんせき》や『万葉集《まんようしゅう》』は、過日紀《ただす》の森の中で雉子《きぎす》を追って駆け巡り息をぜいぜいと切らした私がふと見つけた清流に口ごとつけた時のように、一気呵成《いっきかせい》に呑みこんでも決して噎《む》せることはなかった。心地よく胃の腑《ふ》に沁《し》みていくのである。それを見た父は私に作歌を始めさせた。

この時である。兄の長守が公然と反対したのだ、早すぎると。父は一瞬怪訝《けげん》な顔をしたが、兄を諭《さと》すように言った。お前も弟の文才を見て取ったか。人には人それぞれに持ち合わす才能というものがある。それをいち早く見つけて、その道を拓《ひら》いてやるのが親の子に対する役割だ。また、兄弟にあっては兄が弟を導いてやるのが道理だ。お前にも才能がある、だから弟の才能に気づいたのだ。今後とも切磋琢磨《せっさたくま》するであろう二人を見守っていけるのは何より父の喜びだよ。

一方おほばは私の幼児時代を取り戻すように、私と寝屋《ねや》を共にしまるで寝かしつけるためのお伽噺《とぎばなし》を聞かせるように、様々の物語を語ってくれるのだ。私が長じてから愛読書とし、「物語」という世界をいつか己れのモノにしたいと思うようになるまでに、おほばが夜毎《よごと》語ってくれた話の中には源氏《げんじ》の君の物語もあった。まだ私に男女の性愛の機微が伝わるべくもなく、無論おほばもそこはさっと通り過ぎたはずだが、登場人物の多様さと彼ら彼女らが背負わされている運命といったものの深い陰影のようなものに私は囚われていたのだと思う。何十年の時を隔てた今、思うことではあるが。

また、『今昔物語』に帰せられる数々の奇譚《きたん》の類いもおほばの得意とするところだった。私の想像力は、おほばの語りに乗せられて羽ばたくのだった。だが、その繰り返しの末に私の身に付いた空想癖は、後の青春期の私自身にまるでしっぺ返しをするように跳《は》ね返ってきた。お蔭《かげ》で、私はまともな大人になれないのではと悩んだ時期がある。その暗い隧道《ずいどう》の穴ぼこから私を救い出したものがあるとすれば、もうひとつのおほばの現実味に満ちた世間話だった。

おほばは、それらの話を自分のその眼で見てきたように話した。まるでその耳で聞いてきたように話した。例えば、平忠盛卿《たいらのただもりきょう》が初めて昇殿を許された時のこと、殿上人《てんじょうびと》たちがそのことを妬《ねた》み、闇討ちの計画があると聞いた忠盛は、予《あらかじ》めこれ見よがしに短刀を煌《きら》めかせ、庭に太刀《たち》を懐《いだ》いた郎等《ろうとう》を控えさせて威嚇《いかく》したので、事なきを得た。だが、殿上人たちは、刀剣を身に帯び警護の兵を引き連れて宮廷に出入りしたことを咎めて鳥羽上皇に訴え出たので、上皇は忠盛に質《ただ》されたが、忠盛、一向に狼狽《うろた》えることなく、庭に郎党が控えていたとは全く私の関知するところでなく、人々の謀あるを知った郎党が私に恥をかかせまいとしたまで、また私が身に付けていたという刀は今主殿司《とのもづかさ》に預けてありますので、お調べくださいとのこと。早速、取り寄せてみれば黒く塗った鞘《さや》巻きの中身は銀箔《ぎんぱく》を貼った木刀だったという話。おほばは一種のとんち話として私に聞かせたのだろう。それ以降、忠盛の子弟たちが御所の警備に当たる衛門府《えもんふ》や兵衛府《ひょうえふ》の次官に付いていくのだが、彼らの昇殿を阻《はば》み、殿上人として交わりを拒める者はいなくなったということである。だが、その分、元来《がんらい》の殿上人の多くは文字通り成り上がってきた平家一族に対して益々反感を強める傾向があった。特に、女人には。

そこには、未知なるものへの怖れと憧《あこが》れという心理的な綾《あや》があったかもしれない。だが、うちのおほばは最初から好意的ですらあった。新し物好きのおほばらしいと言えば、おほばらしい。

とんち話の後、次に聞かせてくれたのが武人にして歌が詠《よ》める教養人としての忠盛の挿話だった。備前国《びぜんのくに》から上京してきた忠盛に、鳥羽院が明石《あかし》の浦はいかにとお訊《き》きになると、「有明の月も明石のうら風に浪ばかりこそ寄るとみえしか」と返したというのだ。それで鳥羽院はいたく感心されたそうだ。もちろん、その時におほばが読み上げた歌を私が覚えているわけもない。その後、白河院《しらかわいん》の院宣《いんぜん》により源 俊頼《みなもとのとしより》が撰《えら》んだ五番目の勅撰集《ちょくせんしゅう》『金葉集《きんようしゅう》』に入っていると聞いて、辿り返したというわけだ。

また、院の御所の中に忠盛と相思《そうし》相愛《そうあい》の女房がいて、忠盛の置き忘れた月の絵のある扇《おうぎ》を同輩の女房に問い質《ただ》されたのに対して、「雲井《くもい》よりただもりきたる月なればおぼろけにてはいはじとぞ思ふ」と詠んだという話も聞いた。これは、「ただもりきたる」というのが、「忠盛来たる」と読めるというので、繰り返しおほばと喋っている間に覚えてしまった。おほばとしては、私が父親から教わり始めた歌の道がいかに人間形成に寄与《きよ》するかを言いたくて、この挿話を持ち出したのかもしれぬ。兎《と》に角《かく》、この忠盛とこの女房が後に知ることになる薩摩守忠度《さつまのかみただのり》の二親《ふたおや》だというのだから、この世の物語の連鎖ほどに面白いものはない。

だが、その頃、出世街道まっしぐらの平清盛《きよもり》に注がれるおほばの視線は厳しかった。先代の忠盛がすでに黄泉《よみ》の国の人であったのに比べ、日々伝えられるその生々しい現実がとりわけ生臭く感じられたからでもあろう。特に、白拍子《しらびょうし》として都中に聞こえた祇王《ぎおう》、祇女《ぎじょ》の姉妹を愛《め》で、姉を愛人にしてからは、妹と二人の母親のとじにも多大な恩顧《おんこ》を与えたという。元来母親のとじが白拍子であった。だから、同じ遊女《あそびめ》でも、大層な違いと妬む人々も多かったという。

ところが、三年ほど経って、また新たに白拍子の上手《じょうず》が現われた。その名も仏と言い、十六歳であった。世間の評判に舞い上がった怖いものなしの十六歳、仏御前《ほとけごぜん》は今を時めく平家太政《へいけだいじょう》の入《にゅう》道殿《どうどの》の門を叩《たた》いた。入道は怒って、たかが遊女の分際で呼びもしないのに訪《おとな》うとは不届きだ、それにこちらには祇王がいる。祇王がいる限り、神であろうが仏であろうが太刀打《たちう》ちできないのだ。帰れ！　と一旦は追い出した。

それを祇王が中に入って、年もまだ幼いからには思い立ちまた思いも詰めてのことでしょう。それをただ追い返しては余りに不憫《ふびん》です。先ずは会うだけ会ってやってください、と取りなした。その親切心がまさか己《おの》れに仇《あだ》なす結果を生むとは！

その顛末《てんまつ》はこうだ。最初は、渋々といった面持ちで仏御前の歌う今様《いまよう》を聞いた清盛入道だったが、段々彼女にのめり込み舞を所望することになる。そして、若く美しいその舞い姿の虜《とりこ》になってしまった。早速にも召し抱えるという。仏御前は、危うく自分が門前払いを食うところを救ってくれたのが祇王であることを知っているので、祇王の手前そんなわけにいかない、と退出を申し出る。じゃ、祇王がいなきゃいいんだなと、清盛入道。

もう、人の道に外《はず》れる外れないといった問題じゃない、白拍子上がりの女と白拍子だからって済む話じゃない、女を人間と思っちゃいないんだ、この化け物は！　とおほば。どうせ、こいつは碌《ろく》な死に方はしないよ、と続ける。

ああ、もういやだいやだ、と言いながらも、おほばの話は続いた。こうして、祇王は追い出され、仏御前が後釜《あとがま》に座る。座り心地がよかったかよくなかったかは、この後の続きを聞けばわかる。と、いつも気を持たせるように、おほばは言ったが、初めて聞いた時を別として、私はもうおほばの代わりが務まるくらいにはおほばの話に通暁《つうぎょう》していた。すべてを失って引き籠《こも》ってしまった祇王だが、かつて一世を風靡《ふうび》した祇王だから、その風聞を頼って擦り寄ってくる男たちもいたということだ。もちろん、靡《なび》くような女ではなかった。しかし、またまたあの化け物は、残酷な仕打ちを仕掛けてくる。仏御前が所在なげに寂しくしているので、彼女を慰めるために参上して今様を歌い舞ってもくれぬか、という申し出である。いや、至上命令だ。返事をしようともしない祇王だったが、母の取りなしで赴くことになる。さすがに一人で行くのは気が進まないので、妹の祇女と他に二人の白拍子を連れていった。しかし、それを迎える側の仕打ちといったらひどいもので、座敷にすら入れられず、一行は下の方に据《す》え置かれた。だが、さすがに祇王の歌う今様は並み居る平家一門の公卿《くぎょう》、殿上人、諸大夫《しょだいぶ》、侍の涙を誘った。

仏も昔は凡夫《ぼんぷ》なり　我等《われら》も終《つい》には仏なり
いづれも仏性具《ぶつしょうぐ》せる身を　へだつるのみこそかなしけれ

隠忍《いんにん》の一日を終えた祇王は、もう二度とあのような辱《はずかし》めは受けまい、いっその事身を投げようとまで思い詰めたが、姉さんが身を投げるなら私もという妹、二人に死なれれば私も生きてはいないという母を見て、三人揃って尼《あま》になることを決意した。母はともかく二十一歳と十九歳という若すぎる尼の誕生だった。まるで、最後に歌った今様の歌詞に連なる、一向専修《いっこうせんじゅ》の道だった。

話は実はこれで終わらない。もうひとつ若すぎる尼さんが現われたのである。尼になった三人の親子が嵯峨《さが》の奥の山里に粗末な庵《いおり》を結んで念仏三昧《ねんぶつざんまい》の生活を始めてから早や春と夏が過ぎ、初秋のものさびしき夕暮れ時、閉ざした竹の編戸をほとほとと叩くモノがいる。人ひとり訪う者とていないこの地、もし魔縁《まえん》のモノならば南無阿弥陀仏《なむあみだぶつ》と名号《みょうごう》を唱えて対抗するしかない。三人が覚悟の臍《ほぞ》を固めて竹の編戸を引き開けると、そこには思いもよらぬ顔。そなたは仏御前ではないか、どうしてまた……？　と祇王。もともと門前払いをされた私を救ってくださったのはあなた様、にもかかわらずその後の成り行きに胸を痛めながらも何事もできなかった私が許せなかったのです。お暇を申し出るも入道殿はお許しにはなりません。でも、また誰かに心を移されたら、私はあなた様と同じ道を辿ることになるでしょう。この世の栄華《えいが》など儚《はかな》き夢のまた夢です。もし、お許しを頂けるなら、共に念仏して極楽浄土《ごくらくじょうど》の同じ蓮《はちす》の葉の上に往生したいのです。仏御前はそう言って、被っていた衣を取り外した。そこに現われた頭頂《とうちょう》は青々と見事に剃り上げられていた。

おほばの話は決まって、青々と剃り上げられていたとさ、で終わった。そして、それ以上のことは言わなかった。あれだけ、敵役《かたき》である入道相国《しょうこく》のことを化け物呼ばわりして罵倒《ばとう》していたのに、話が終わるころには何も付け加えなかった。きっと、最後のくだりで、おほば自身がまるで尼さんになったように、気持ちが浄化されていたのだろう。その証拠に、一呼吸おいて、青々と剃り上げられていたとさ、と話を結ぶ時、おほばの眼には涙が光っていた。零《こぼ》れた時もある。

〈二〉

私が十歳の春を迎えると、初めて父長継の主催する歌会《うたかい》に出ることが許された。出るといっても、末席に座って只々《ただただ》静聴するだけである。むろん、最初に挨拶はさせられた。兄の長守から順にである。私は、二歳年上の長守には二年前から許しが出ていたのだろうと推測していたが、そ

の時の父と兄の挨拶で、兄もまた今回が初回であることを知った。この席に私も呼ばれているこ
とを知った時の、口を歪めた兄の表情の所以《ゆえん》を知った思いであった。

歌会には、歌道の六条家《ろくじょう》を継いだ藤原清輔《きよすけ》の弟の季経《すえつね》や、後に私が師匠とする俊恵《しゅんえ》、また亡き祖父季継《すえつぐ》に成り代わって私を孫のように後々までも導いてくれた勝命《しょうみょう》法師ら、錚々《そうそう》たる達人たちが集《つど》った。他に、賀茂上社《かもかみ》を筆頭として各摂社《せっしゃ》の神職たち、そして身近なところでは輔光も加わっていた。ただ、下社《しもしゃ》の父の後継者と目されている祐季《すけすえ》筋の面々が一人もいなかったのが印象に残っている。

季節に応じて、それに相応《ふさわ》しい歌題が出され、時に歌合《うたあわせ》と称する二人一組の歌合戦という趣向は、特に私の初心《うぶ》な歌心を刺激した。まだ三十代の若さながら、父の起こした名門六条家の名を背負う季経《すえつね》や、かつて歌壇の中心的存在であり白河法皇の命により『金葉和歌集《きんようわかしゅう》』を撰進《せんしん》した源俊頼《としより》の息、俊恵が、判者となって勝ち負けを決める。それが面白くて、自分でも予想を立てることになる。私の立てた予想と反対の判定が下される時には、特に注意してその理由が説明されるところを聴く。それでも納得できる場合と納得できない場合があって、後で考えてみると納得できない方は断然季経の方に多かった。私は秘かに判者二人に判を下していた。不遜《ふそん》なこととも思わずに。私は父に頼んでその蔵書の中から、俊恵師の師匠でもある俊頼の著書『俊頼髄脳《ずいのう》』という歌学書《かがくしょ》を借り出していた。

その頃の私がこの書を読んでどれほどに理解したかは定かでなくなっている。というのも、『俊頼髄脳』はその後も私の座右《ざゆう》の書となって繰り返し読まれてきたからである。ただ、題詠《だいえい》の

場合歌は題の心をよく心得べきなり、という大本《おおもと》については、当初から頭に入ったと思う。おのずと歌が頭に浮かんだ時でも、その原則に立ち返って反芻《はんすう》すべきものであることを。

そして、私は先人の歌に学ぶべきことも、父の歌会で思い知らされた。歌会で披講《ひこう》される歌のほとんどが先人の歌に何らかの形で繋がっていることを、詠み手それぞれの広く深い学識が披瀝《ひれき》される度に、思い知ったのだ。だから、その後も私は手に入る限りの歌集を読むことになる。

やがて、私たち兄弟にも歌を披露する機会は与えられた。むろん番外の扱いではあったが、その折々の歌題に即して一つでも出来ていたら自分で読み上げる許可が与えられたわけである。なかなか、その場で思いつけるわけでもない。歌会に参加した初めの頃は、大人たちが即興で詠《うた》い上げることに半ば恐懼《きょうく》していたが、その内彼らもそれなりの準備をしてきていることがわかって妙に安堵《あんど》したものである。だから、前もって歌題がわかっている時はもちろん、そうでない時も準備を怠らないように努めたものだった。だが、大抵《たいてい》は、素直な詠み口だが底が浅いとか、よく使われる言葉の羅列《られつ》に終わっているとか、発想に個性がないとか、彼らには子供を甘やかす気風は一切なかったから、彼らが思う以上に私たち兄弟はいつも傷ついていた。そして、この時、今までになかった妙な連帯感が二人の間に生まれていたのだった。そのことに気づくには、この針の筵《むしろ》と化してきた歌会の場に座り続けて一年が経っていた。


行く水に雲井《くもい》の雁《かり》の影見れば数かきとむる心地こそすれ

これは、私の作である。「雁をよめる」という題に合わせて、父の歌会で披露した。秋の季節になれば、必ず雁は主題の一つになるので、準備していたものである。雁といえば、雁金《かりがね》といい、すなわち雁が音《ね》、雁の鳴き声が詠《うた》われることが多い。『万葉集』にも「今朝の朝明《あさけ》雁が音《ね》寒く聞きしなへ……」とか「雲の上に鳴くなる雁の遠けども……」とか、『古今集《こきんしゅう》』にも「秋風に初雁《はつかり》が音《ね》ぞ聞こゆなる」とか「憂き事を思ひ連ねてかりがねの」とか、ほとんどの雁の歌は雁金の歌である。

だから、私は未熟者であるがゆえに、いや、今思えば背伸びした思いで、雁金ならぬ雁の姿を詠おうと思った。私には馴染みの鴨川《かもがわ》の橋の上で偶々《たまたま》雁が渡っていく空を眺《なが》める時、反転して鴨川の流れに映るその影を見ることがあった。空を眺める時は、雁の列がどんなに長くても、直ぐに遥《はる》か遠くに飛び去っていくのに、川面《かわも》に映る雁の影はそれが次々と続く違う雁の姿であるはずが、なぜか同じ雁がそこにとどまっているような不思議な感覚に陥った経験があった。それを「数かきとむる」としたのが、工夫といえば唯一の工夫である。私にも「行く水に数かく」というのが不可能なこと、はかないこととして使われる常套句《じょうとうく》であるという知識はあった。

私は、達人たちからは、この歌が単なる写生に過ぎないとか、理に落ちるとか、非難されるのが落ちだろうと予め覚悟を決めていた。最初のうちは貶《けな》すにしても、半分は褒めてからという原則があったように思ったが、最近では容赦のないつぶてが飛んできていた。

だが、その予想は外れ、この歌はその場に居合わせた一同から絶賛の言葉を浴びた。「行く水に数かく」という不可能を可能にしたというのである。中には、『古今集』の詠み人知らず「白雲に羽うちかはし飛ぶ雁の数さへ見ゆる秋の夜の月」よりも遥かに深いという者さえいた。

私が何より嬉しかったのは、兄長守がわがことのように喜んでくれたことである。私より先を歩んでいるはずの兄が、事あるごとに私に嫉妬心をむき出しにすることに、私はいつも心を傷つけられてきた。時に、私の自尊心が満足したことはあったかもしれない。だが、私が兄の母殺しにほかならないという原罪感に苛《さいな》まれる時、私は何につけても兄の先を走ってはならないと思い定めてきたのだ。だから、こういう形で私が、私一人が褒められることは、決して私の望むところではなかった。

兄は一体どのようにして嫉妬心を克服したのか。克服したわけではあるまい。兄にとっても、この歌会の、己《おの》れを押し潰すような圧力は耐え難いものであったに違いない。私もそれを感じていた。それが、たった一つの歌によって壁は崩れたのだ。兄もそれを感じ取っていた。それが、ある意味で母殺しの憎《にっ》き弟であっても構わない。そういう境地にあったのではないか。私は兄もまた、この場で皆に言祝《ことほ》がれる歌を作ってくる日が間違いなく近いことを確信していた。

私が兄に全く遠慮することなく習うことが出来たのは、琵琶《びわ》であった。ただでさえ生まれつき蒲柳《ほりゅう》の質で、季節の変わり目ごとに一度は病に臥せることの多かった兄には、父の跡《あと》継ぎの神職として特別枠の作法の伝授があり、普段から漢籍を学び詩文を嗜《たしな》みさらに歌会に出て己れをさらすだけで精一杯だったと思う。兄は私が琵琶を習うことには些《いささ》かの関心も払わなかった。

私の琵琶の師は、生涯にわたってただ一人、中原有安《なかはらのありやす》。琵琶を好んだ二条天皇の傍《そば》に侍《はべ》り、その後には摂関家九条《くじょう》家の祖となった九条兼実《かねざね》にも仕え飛驒守《ひだのかみ》や筑前守《ちくぜんのかみ》に任ぜられるその道の達人である。私には過ぎた師であったが、父との交友関係は深く、時には父の主催する例の歌会に加わることもあった。元来、神社と奉納される音楽との関係は深く、私も何かにつけて慣れ親しんできたこともあって、琵琶を夢中で弾いていると、私自身がいつの間にか音を発する楽器そのものになっているようで、暫《しば》し時の経つのを忘れた。

ある時、おほばが私を後ろから羽交締《はがいじ》めにするように押さえ込んで、演奏を止めたことがある。突然のことであり、私は夢中になって弾いていたので、一瞬何が起こったのかわからなかった。しばらくは茫然としていたはずだ。突然止められたことに腹も立てなかった。おほばは言った。

「戻ってきておくれ！」

おほばは私を後ろから抱きすくめたままだった。私はようやく琵琶を今は弾いていないことに気づいた。

「あっ、おほば……」

「いい子、いい子、大丈夫、大丈夫」と、おほばは言った。

私は幼少の頃、いやつい二、三年前まで、時に悪夢を見て魘《うな》されるばかりか、起きてもなお正気を取り戻せないことがあった。年に一度か、二度、それは起こった。普通に就寝した時ではなく、薄暗い夕暮れ時、ふと仮寝《かりね》をした時に起こってしまう。後で、その悪夢の正体を暴こうとしていつも反芻してみようとしても、ついに摑《つか》まえることはできなかった。その時、幸いにも駆けつけてくれるのは、おほばだった。おほばも段々こつを覚えてきたようで、泣きわめく私を抱きすくめ、「おほばが来たよ、もう大丈夫、大丈夫。おほばだよ、いい子、いい子、大丈夫、大丈夫」と言うのだった。それはまるで金縛りにあった私を解放してくれる呪文のように効果覿面だった。

琵琶を弾く手を止めたまま、私はおほばの言葉に一瞬錯覚を覚えた。私はあの悪夢の中にいるのだろうか。もうすっかり遠ざかっていたつもりのあの悪夢の中に。その時、おほばが言った言葉で、今何がなされ、何が起きたのかを覚《さと》った。

「あんな目つきで琵琶を弾くのはやめておくれ。お前がどこか別の世界へ行ってしまうようで、おほばは怖かった。あの悪い夢を見た時と同じ目をしていたよ」

私はおほばの手を取って素直に謝った。

次の琵琶の稽古の時、中原師から「何を会得したのか、格段に上達した。これなら、本物の琵琶の上手《じょうず》になれる」と言われた。まるでお墨付きをもらった心地だった。

改めてこのように書きつけてみると、私は優れて真面目一辺倒の少年であったように見られるだろう。だが、私にも父やおほばには見せない顔があった。むろん兄長守にも。それは普段の生活圏外の楽しみだった。その秘かな楽しみは、実はこの齢になった今も続いているとさえ言えるだろう。今も続いている？　そんな馬鹿な！　お前はもはや俗世間を離れてひたすら仏に帰依《きえ》する身ではないのか、とは問うなかれ。その所以は、追々《おいおい》語られていくだろうから。そこには、欠くべからざる案内人がいたのだ。その名は次童丸《じどうまる》、私の、言ってみれば、悪友だ。

次童丸は同い年、しかも次男坊同士だった。彼と出くわしたのは、母のいない私にとっては母《ぼ》胎とも言っていい糺の森。私がいつものように御手洗川沿いに歩いていると、直ぐ近くの草叢の蔭からぬっと顔を出した童がいる。足は川の中に浸かっていた。彼は慌てて、手に持った筒のようなものを自分の背後に隠そうとした。そのまま、私たち二人は突っ立ったまま、しばらく顔を見合わせていた。

「ここは、神様の森だ。禁じられているのを知ってるだろ」

と、自分でも驚くくらい落ち着いた声で、私が言った。

「何だい、偉そうに……神主《かんぬし》の子だからって、まだ餓鬼《がき》じゃないか」

相手は自分を知っていた。だが、自分は彼を知らない。たとえ、父の配下の人々を思い浮かべても、その子弟を知っているわけはないし……。そんなことに思いを巡らし言い淀んでいるうちに、相手は、その一言で言い負かしたと思ったか、畔《ほとり》に置いてあった魚籠《びく》に、筒の中身を空けた。

見るからに脂ののった鰻《うなぎ》だった。

「おい、付いてきな」

と、どんどん先を歩き出す少年に、まるで吸い寄せられるようにして、私は付いていった。

私たちはいつの間にか鴨川の河原に出ていた。鴨川は馴染み深い場所だと思っていたが、その少年に付いて、実際に河原に降り立ってみると、橋の上や堤の上からは見て取れなかった様相を呈してきた。しかも、少年の目指す先に、小屋掛けの人々の住まいがあった。耳にしたことがなかったわけではない。だが、聞くと見るとの大きな違いに今気づかされた思いである。私は初めて身近に見る光景に半ば慄《おのの》き、半ば興奮していた。

少年、もはやその名で呼ぼう、次童丸は、魚籠から鰻を摑み出すと、それをぶらぶらさせながら、小屋の一つに入っていった。私は小屋からはやや離れて突っ立っていた。すると、間もなく、次童丸は鰻をぶら下げた恰好《かっこう》のまま出てきた。だが、今度は、厳《いか》つい大人の男を先頭に女子供がぞろぞろ付いてくるのだった。男は、女が持ってきた俎板《まないた》を受け取ると、河原の手頃な石の上に置いた。そして、次童丸の持っている鰻をよこせと催促するそぶりを見せた。次童丸は、些か焦《じ》らすような眼をして、今度は私に、

「おい、持ってみな」

と、鰻を手渡す。私は、抗弁する余裕もなく、鰻を持たされていた。という間もなく、鰻は私の手からぬるっと抜け落ち、河原の上でのたくり回った。

皆が一斉に笑い声をあげた。不思議にも、その笑い声には嘲《あざけ》りの気配はみじんもなく、その笑いで私も仲間に繰り入れられたように感じていた。私も自然に笑っていた。

男は、転がった鰻を改めて洗うわけでもなく、そのまま俎板の上に載せ、手慣れた手つきで捌《さば》いた。その間、女や子供たちは石を巧みに積み、枯れ草や乾いた流木の切れ端をうまく使って火を熾《おこ》していた。男は木切れを交差させてその上に鰻の切り身を載せたり、小枝に刺したりして、火で炙《あぶ》った。火は木切れを燻《くす》ぶらせながら、切り身を焼いた。焼けた順に、手近の者から口に頰《ほお》張《ば》るのだった。

私には次童丸が自分より先に分けてくれた。次童丸が受け取るのを待っていると、私を促すようにしながら、大きな口を開けて一気に頰張った。私も右へ倣《なら》えで、大口を開けて突っ込んだ。

皆に行き渡るよう小分けしてあったが、大きく肉厚の鰻だったので、口いっぱいになった。これまでこのように豪快にものを食ったことはなかった。そればかりではない、これほどに旨いと思ったこともなかった。

次童丸は、都を取り締まる検非違使《けびいし》の配下、火長《かちよう》の倅《せがれ》だった。火長はその長たる検非違使に比べれば下《した》っ端《ぱ》の役人に過ぎなかったが、さらにその下に、かつて罪人であった者が釈放された後雇われる放免《ほうめん》と呼ばれる者たちを多く使っていたので羽振りを利かせていた。また放免の中には数多くの非人《ひにん》も含まれていた。彼らは罪人の処刑に当たる獄門《ごくもん》や死体の処理など汚れ役に駆り出されるのだ。また、火長は非人の蔑称でもある河原者《かわらもの》の統率にも当たった。

検非違使は、元々は令制の衛府《えふ》、弾正台《だんじようだい》、刑部《ぎようぶ》、京職《きようしき》が分担してきた司法・警察の実権を一手に握るようになって、今や怖れられる存在になっていた。そして、神社の祭祀《さいし》や寺の法会ばかりか、橋・道路の検分から清掃、様々な行列の護衛にまで手を広げていた。

好奇心にはやる次童丸は、賀茂上社・下社共通の祭礼である葵祭《あおいまつり》の行列に立ち会う父親の姿を見に行ったのをきっかけに下社の様々な行事にも秘かに境内《けいだい》に出入りするようになり、糺の森さえ己《おの》が領域とするようになっていた。

ある時、あわよくば野鳥を仕留めようと身を潜めていると、まるで自分とは別世界の住人のように見える少年が通りかかった。自分とは齢も近いはずなのに、何か遠い存在のように感じられた。少年はなかなか森を離れようとしなかったが、その正体を突き止めたいという誘惑がまさって、狩猟のことも忘れ我慢強く跡をつけた。ようやく、森を出る少年に付いていって、素性を突き止めたという。これは、私が、後年次童丸からじかに聞いた話である。私にとっての最初の出会いの日が鮮やかに私の新世界への開かれた門であったように、次童丸は私にとって様々な分野において導師となった。

驚かされたこともある。それは、彼が突然、禿髪《かぶろ》になったことである。

今や、世の中は、おほばに言わせればあの悪名高き、平清盛の天下であった。いい死に方はしないよ、とはおほばの口癖であったが、齢《よわい》五十一で病いにかかり命乞いして出家入道したのもその頃のことである。何が仏門だね、ご利益《りやく》しか頭にないんだから。おほばの悪口は止《と》まるところを知らない。もはや、私にとっては、清盛の言わば犠牲者である尼さんになった若い白拍子たちの物語もかなり遠い存在になってしまっていたが。

その清盛入道が、着々と地を固めていく。嫡子《ちゃくし》の重盛《しげもり》は内大臣《ないだいじん》の左大将《さだいしょう》、三男の宗盛《むねもり》は中納言《ちゅうなごん》の右大将、四男知盛《とももり》は三位中将《さんみのちゅうじょう》、嫡孫《ちゃくそん》つまり重盛の長男維盛《これもり》は四位少将《しいのしょうしょう》という具合で、以下、公卿《くぎょう》十六人、殿上人《てんじょうびと》三十余人、諸国の受領《ずりょう》、衛府《えふ》、諸司《しょし》、合わせて六十余人を数えた。一門以外には官人《かんじん》は見当たらないほどであった。また、八人の娘たちも、それぞれがしかるべき高位の公卿たちと妻合《めあ》わせられた。その中の一人、徳子《とくし》は後白河法皇の第四皇子、時の高倉《たかくら》天皇の后《きさき》に立ち、後の安徳《あんとく》天皇になる皇子《みこ》を産んだかの建礼門院《けんれいもんいん》である。

このような次第であったから、清盛の妻時子《ときこ》の兄にあたる平大納言《へいだいなごん》時忠《ときただ》卿はこうまで言い放った。「この一門にあらざらん人は、皆人非人なるべし」ことほど左様《さよう》に、世間は何事につけ、平家一門が住まいとした六波羅《ろくはら》の名に因《ちな》んで、六波羅様と崇《あが》め奉ったのである。

しかし、清盛入道はさらに用心深く抜け目がなかった。彼は、中国の古典『韓非子《かんぴし》』の教えに沿ったものか、「千丈《せんじょう》の堤も蟻穴《ぎけつ》より崩るる」ことのないように、平家について少しの悪評も立てさせぬとばかり京中に網を張ったのである。それは、十四、五、六の童部《わらんべ》を三百人集めて、町中に放つことだった。それが次童丸がなったという禿髪《かむろ》なのである。

次童丸が私の前に現われた時、その余りの滑稽《こっけい》さに私は思わず笑ってしまった。先ず普段もじゃもじゃだった頭の毛が短く切り揃えてある。それ以上に似合わないのが彼の着ている赤い直垂《ひたたれ》だ。彼は私が吹き出してしまったのが余程《よほど》不満だったようで、しばらくは口を利いてくれなかった。私は質問攻めにした。一体何が起こってそんな恰好《かっこう》をしているんだい？　どこかでお祭り？　何のための扮装？

ようやく口を開いた次童丸が最初に言ったのは、私の質問に答える言葉ではなかった。

「恰好がいいと思ったんだがなあ……」

私は、質問に答えてほしかったので、機嫌を取ろうとして、言い繕《つくろ》った。

「あんまり普段の次童丸と違うんでびっくりしたまでさ。そう思ってみれば、似合っていないこともない」

その一言で、次童丸は機嫌を直した。そして、その扮装とそれに至る所以を語った。その頭と赤い直垂《ひたたれ》が禿髪のしるしだというのである。

彼らは京中を隈《くま》なく歩いて、平家を悪《あ》し様《ざま》に言う者がいないかを探り当て、もしそのような者がいたら、仲間内に触れ回してその者の家に乱入し、家財道具を没収するばかりか本人を捕らえて六波羅に引き立てていく。その内、京に住む者は禿髪のことを誰もが知るようになり、平家に対する不平不満があったとしても、人々は怖れて口を閉ざすようになった。そうなったらなったで、数年前のことでも何がしかの材料を見つけると、それを殊更《ことさら》な罪状にでっち上げ有無を言わせず告発する輩も出てきた。

ある時、私がそのことで次童丸を糾弾《きゅうだん》すると、みんな手柄を立てようとやっきになっているからなあと、いつもの率直な次童丸には似合わぬ煮え切らない言葉が返ってきた。続けて、一瞬その顔を覆った翳《かげ》を追い払うように、おれも、なぜ禿髪になったかというと、少しでも手柄を立てていつかはおやじよりは上の位の検非違使になりたいからだ、と本音を吐いた。以前には、おやじが今の仕事でいくら頑張っても、身分制度がしっかりあるので絶対に上へは登れないんだと、私に言っていたことがある。ちゃんと知っているのに、哀しいこと言うなよと私は口に出しかけて踏みとどまった。なぜなら、その時、次童丸の眼には涙が光っていたからである。逆に、私の方が先に泣き出してしまった。しばらく、二人でおいおいと泣いていた。

〈三〉

私の家の方にも変化があった。兄長守が十七歳になったのを汐《しお》に、婚儀《こんぎ》が調ったのである。相手は、父長継が下社《しもしゃ》こと賀茂御祖神社《かもみおやじんじゃ》の禰宜《ねぎ》をその人から継いだ亡き惟文《これふみ》の孫娘正子《せいし》である。ということは、長継の後継者と目されている、惟文の長男祐季《すけすえ》の娘であり、そのまた嫡男祐兼《すけかね》の実妹だ。

実は、下社の総官《そうかん》たる禰宜の引継ぎには、ここ数代にわたって不文律が出来ていた。私の父長継の曽祖父にあたる惟季《これすえ》は、かつて弟の惟経《これつね》と神社の経営をめぐる口論の末、手水舎《ちょうずや》の柄杓《ひしゃく》で弟の鼻柱《はなばしら》を打ち据えて社頭《しゃとう》に血を流したというほど激しい気性の持ち主だったらしいが、才覚にも長《た》け荘園《しょうえん》を拡張し宮廷への寄進《きしん》も並大抵のものではなかったので、その覚えも良く神祇官《じんぎかん》の出る幕は一切なく、その不祥事も黙過《もっか》されたらしい。かくして優に三十年以上にわたって禰宜の地位を全うしたのである。彼は存命中に二人の息子に後を託すにあたって、禰宜の引継ぎについての原則を約束させた。先ず自分の後は、長男の季長《すえなが》が継ぎ、その次は次男の惟長《これなが》、そのさらに次からは、双方の家系の継嗣から継嗣へと、互い違いに持ち回りさせていくことを誓わせたのだ。その思惑《おもわく》の裏には、弟の眉間《みけん》を打つ所以《ゆえん》となった近親間の憎悪の一方ならぬ深さを知るところがあったのだろうか。

こうして、約束通り、長男の季長系と次男の惟長系の持ち回りで引き継がれていく。早くに亡くなった季長に比べて惟長は二十数年を務めあげたが、約束通り惟長の後は季長の長男の季継に、その後は惟長の長男の惟文へ、そして今に繋がるのだ。

要するに、長継の次の次が長守の順になるということだ。だが、長継には不安材料が二つあった。一つは長守が病身であること、一つは長継にはもう一つ異母兄の系統があって、その有季《ありすえ》が先に亡くなったからこそ、今の自分がある。だが、有季は亡くなる前に子を生《な》していて、それが男子であったことだ。これが長守の対抗馬にならないとも限らない。

有季の母親は早くに亡くなっていたから、父の後添えに長継は生まれたのだった。父の母親が私のいうおほばば、有季が夭折しなければ、父がおほばばの家を継ぐはずだったのだ。私がおほばばの家を継ぐことになったのは、父が出来なかったために、その代償として私が差し出されたということもできる。

父は不安材料を矮小化《わいしょうか》するために、自分亡き後のことも考えて、長守を援護する強力な陣を敷いたのだろう。なにしろ、次代の禰宜を父に持ち、さらにその一つ後の禰宜候補を兄に持つ正子を嫁に迎えたのだから。そして、二人の間に生まれる子に、後々までも禰宜職が託されていくだろうと。

その期待は直ぐに報われたかに見えた。間もなく、正子は懐妊《かいにん》し、その年のうちに第一子が生まれたのである。だが、その子は、父の思惑に反して女児《じょじ》であった。父にはあからさまにがっかりした様子が見て取れたが、命名は父がした。萏《つぼみ》と名付けられた。

萏は兄が誰よりも可愛がった。萏のことになると、私に対しても全く屈託なく語った。私たちの間に一切のわだかまりが消えたわけではなかったが、萏のこととなると、叔父であるお前も自分と同程度に彼女を愛しているはずだという前提で、もう見境がない。だが、間もなく、式を挙げてからまるで見違えるように健康を回復したかに見えた兄が、見た目にもやつれてきた。そのことで、私が、夜の行事が激しすぎるんじゃないかと、兄をからかうと、とんでもない、逆なんだ、と答えが返ってきた。このところ、精力が急速に衰えてしまった、この年で薬を飲まないと立たないなんて、とあからさまに言う。他に慰めようもないので、萏が生まれて安心したんじゃないのか。おやじは男の子を欲しがっているぞ、と敢えて、露骨《ろこつ》な言葉を使うと、わかっているさ、だから薬まで使ってるんじゃないか、と吐き捨てるように、兄は言った。

それからしばらくして兄が、家に秘蔵されていた薬が切れた、手に入れる方法はないか、と言ってきた。私は次童丸に頼るしかなかった。程なく、次童丸は特効薬というやつを仕入れてきた。さすがの早業《はやわざ》だ。最初は私の言うことを信じない振りをして私をからかったが、兄が元来蒲柳の質だということは知っていたので、それは一時の座興に過ぎなかった。まむしを日干しにして砕いたものだという。殺したものより生きたままのやつを吊るして、涸《か》れ涸《が》れになるまで天日《てんぴ》に干し砕いたものの方がはるかに効くんだという。その時は、甚《はなは》だ怪しげな講釈だと聞いていたが、兄は、この間まで使っていた家にあったやつよりも効くと満足げに言ってきた。とは言え、私はかえって、兄の身体に悪く作用するのではないか、という気懸《きが》かりも持った。

私は長年兄を苦しめてきた宿痾《しゅくあ》が、しばらくの休眠状態からいよいよその牙を剝《む》き出してきたのではないか、そのあからさまな前兆が精力の減退として姿を現わしたのではないか、と懼《おそ》れた。

兄の運命に思いをいたすことは、同時に荅の行く末を気遣うことになる。兄よ、まだまだ早すぎる、幼い荅をてててなし子にするな、と神前に祈った。

だが、運命は、人知の及ぶべきことではない、というのは本当である。気懸りだった兄は、その後も浮きつ沈みつしながら生き延びていた。突然、誰もが予想だにしなかった死に見舞われたのは、父長継である。突然、みなしごになってしまったのは、私の方である。

父がはやり病いに罹《かか》り、あっという間に逝《い》ってしまったのだ。日頃精力的に動き回っていただけに、神社関係者はもとより、宮廷をはじめとする貴族社会、武家社会、そして近くは歌会や奏《そう》楽《がく》関係者に、少なからぬ衝撃を与えた。後で知ったことだが、私たち家族や歌会仲間などには、想像もつかない世界に生きていたのだ、父は。

新しい都の守護神として、益々《ますます》盛んになった賀茂神社上社・下社への信仰は、同時に荘園の拡大を飛躍させていた。それは各所で神人《じにん》たちの力を増強し、元来の国の役人であり取締官でもある受領たちとの軋轢《あつれき》を頻繁《ひんぱん》にもたらす原因となっていた。その間の調整役も多くの荘園を抱える神社総官の仕事となっていた。さらに折あしく、これまた多くの荘園を抱える東大寺《とうだいじ》との間で、荘園の帰属を争う騒動が起こっていたのである。私たちの知らないところで、父は東奔西走していたのであろう。そしてまた、人事を尽くしていたのであろう。心身ともに疲れ果てているにもかかわらず、私たちにはその寸分のかけらも見せなかった父。父に死をもたらした背景を知った時、私は父の遺骸《いがい》にすがった時に泣いたよりも、数倍の悲しみをもって泣いた。

兄は兄で、私以上に父の死を受け止めかねている様子だった。兄は父の死をすべて自分が長年にわたり父に与えてきた心労のせいにするところ大であった。己れの病弱と甲斐性《かいしょう》のなさ、一番の父の願いである後継者として失格だという意識が父の死に対しても過大な負い目となっていたのだ。当時すでに法然上人《ほうねんしょうにん》の説く新仏教にのめり込んでいた兄は、益々その信仰を深め妻子とさえ別れて一人山に籠り仏に帰依し、一人静かに死んでいきたい、と私に語ったこともある。

私は兄の言い分を真面目に聞いてやってはいたが、どこかで高《たか》をくっているところがあった。それは兄の一番の弱点を知っていたからだ。ある程度好きなように話させておいて、一区切りついたところで、その弱点を突いた。苓と別れる？　そんなことが出来るのか。

父とも親しく、かつて崇徳《すとく》上皇の墓に詣《もう》でるために西国《さいごく》へ旅立つ直前賀茂社を訪れているあの西行老《さいぎょうろう》の逸話は兄も知っていた。かつて、俗名佐藤義清《ぞくみょうさとうのりきよ》は北面《ほくめん》の武士として鳥羽院《とばいん》に仕えていたが、二十三歳にしてすでに妻子ある身でありながら上臈女房《じょうろうにょうぼう》を好きになって契《ちぎ》りを結び、一夜限りとその女房に誓わされ、世の無常を感じて出家心を抱いたというのだが、いざ妻子との縁を切って家から出ようとした矢先、四歳になる愛娘《まなむすめ》が袂《たもと》を摑んで放さないので、気持ちを鬼にして娘を縁の下に蹴落《けお》とした、という有名な話。

それを持ち出してきて、私は言った。兄貴に、そんなことが出来るのか。

やがて、兄がぼそりと言った。出来ない……。

私は思わず笑ってしまった。兄も苦笑していた。

そりゃそうだとも。あの可愛い苓をてなし子にしちゃ、仏罰《ぶつばつ》が下るさ。

そして、私は兄に、この歌を進呈したのである。

　　そむくべきうき世にまどふ心かな子を思ふ道は哀れなりけり

父は功成《こうな》り名を遂げたという人々の慰めは、少なくとも私には何の足しにもならなかった。私にとっては、父の余りの孤独さだけが思いやられた。せめて母が生きていてくれたら。伴侶《はんりょ》が傍にいてくれたら、少しは父も労《ねぎら》われたであろう。その母を自分の生と引き換えに奪ったのは自分だ。かつて、兄の恨みを買って、自分の原罪感のようなものを自覚したあの思いに、再び襲われていた。私にとって、暗い暗い十代最後の冬だった。

ようやく新しい年が明けて、桜の季節になった。

私にも、久しぶりに歌を詠む余裕ができた。


　春しあれば今年も花は咲きにけり散るをしみし人はいづらは

もちろん、父を想っての歌である。上《かみ》の句は有名な漢詩の「年々歳々花相《あい》似たり、歳々年々人同じからず」を連想させて平凡かもしれないが、下の句はかけがえのない父への思いを強く込めたつもりだ。

やがて、父を追悼する歌会が開かれ、勝命法師らが父のために哀悼歌を詠んでくれたが、その席で私が詠んだものは、

　住みわびぬいざさはこえむ死出《しで》の山さてだに親のあとをふむべく

すると、すかさず輔光が返してくれたのが、

住みわびていそぎなこえぞ死出の山この世に親の跡をこそふめ

ときたので、

情《なさけ》あらばわれまどはすな君のみぞ親の跡ふむ道はしるらむ

と続けた。今思い返すと、その一切が作り物に見えて気恥ずかしい。父親を亡くしたばかりの哀れな孤児を演じていたようで、大人たちの同情に媚《こ》びているのを否《いな》めないのだ。かえって、父に申し訳ない思いだ。

しかし、「住みわびぬいざさはこえむ」の一首は、私の方が父の死を兄以上に過度に受け止めているとの印象を与えて、兄の気を逸らそうとしたのも事実だ。

だが、周囲にはこの歌を残したことで、過剰に心配させてしまった。その一番の被害者がおほばである。おほばは、急いで私を自分の実家へ呼び寄せようとした。前々から父との間で取り交わしていた約束事の実現であった。

おほばの家も鴨氏の系列で、神職を事としていたが、神社関係の建物の増改築を仕切る役回りをするようになって久しかった。特に、おほばの祖父の代に、次々に本宮内でも火事が頻繁に起こって建物が焼失し復旧に追われているうちに、一方では宮内省にあった木工寮《もくりょう》の管轄権が緩《ゆる》んで、いわゆる棟梁《とうりょう》の宮大工《みやだいく》を中心とする組織が独立するようになってきた時期とも重なり、後の座の母体が生まれつつあったのである。そして、今や建築の一切合切を取り仕切り統括する家柄となっていたのだ、おほばの家が。

男子が育たなかったおほばの家は、おほばの産んだ長継への継承が期待されたが、案《あん》に相違《そうい》して本宮の禰宜になってしまったので、それ自体は望外の喜びであったが、跡継ぎの確保が問題となった。そして、言わば苦肉の策として、統率力のあった一番の大工頭《がしら》を猶子《ゆうし》にした。彼は妻との間に三人の子を生していた。上二人が男児で下が当時まだ幼い女児だった。いずれはその女児の婿《むこ》に私を迎えて、家柄として遥かに勝る鴨家の血筋を継がせるという合意ができていたのである。だから、早くから、私はおほばの家の子になったと言われ続けてきた。その女児は私とは五つ違いだったので、双方の成長が待たれていた。その女児の名は、さよ、と言った。

父の死後、ただでさえ日頃から空想癖のある私が「いざさはこえむ死出の山」などと歌を詠んだものだから、おほばは祝言《しゅうげん》を急いだのである。待たれていたさよの初潮もすでに成っていた。

寝屋《ねや》を共にした最初の夜、私はさよを壊れやすい玩具を扱うように、さよの体の隅々まで弄《まさぐ》った。性の手ほどきは、むろんおほばの口釈が基本だった。公家《くげ》社会では、年増の侍女《じじょ》が自らの体を使ってその奥義《おうぎ》を直に伝授することもあると聞いていたが、私にはそのような侍女がいるわけもない。次童丸との関係が深まっていくにつれ、早熟の次童丸から、私は耳学問《みみがくもん》としては、男女の営みの様々な形態や滑稽譚《たん》、失敗談の類いはしょっちゅう聞かされていた。彼自身の実体験がどのようであったかは知らない。元来、話は大きい方だったから、話半分に聞いてもいた。

私の婚儀《こんぎ》が決まった時、彼は真面目な顔付きで、相手が幼妻なんだから、あきらよう、お前の方で先に実地に経験しておいた方がお互いにいいんじゃないか、と言った。彼は、私の名前を知ってからは、ながあきら（長明）なんて呼ぶのは面倒くさい、略してあきらにすると宣言していた。私がまだ女を知らないことも承知の上だった。

次童丸はまた一生独身を通すとも言っていた。兄貴がいるから、おれは世継ぎを残す必要もないし、特定の女に我慢できるはずもない。女には不自由しないから、その時々に応じて一番好きな女が抱けりゃ、御《おん》の字《じ》さと言う。そして、女が抱ける所に連れていってやる、と私を誘った。

即座に、私はきっぱりと断った。次童丸は私が大抵はどんなことにでも好奇心丸出しで、彼が案内する未知の世界へは貪欲《どんよく》に付いていくことを知っていたので、意外という顔付きをしたが、あっさりその提案は引っ込めた。私は一生を共にする妻との間では何事も真《ま》っ新《さら》でありたいと思っていた。まして、新床《にいどこ》であるならば。

だが、からだを弄《まさぐ》っている間はよかったものの、いざことを進めようとして躓《つまず》いてしまった。それまではくすぐったいと笑ったりしてふざけ半分に見えたさよが、痛い！　と叫んだ。また、進めようとすると、痛い、痛い！　と、私を押しやろうとする。私も思わず腰を引いてしまったが、同時に、堪《たま》らず精《せい》を放ってしまった。私は、ごめん、ごめんと謝ったが、さよは、よごれを物ともせず、私に抱きついてきた。私の耳もとで、私の方こそ、と言った。次からは、私が何と言っても、聞かずに進めて、と続けた。

こうして、私とさよとの暮らしは始まったが、私はさよを心から愛した。初夜のさよはあくまで愛らしかった。私はあんな失敗があったことを、かえって二人のためには何よりの始まりだったと思った。さよもまた、母親か私と同じくおほばから新床の作法はいろいろ教わっていたのだろう。痛くても我慢しなければいけないことも。耳学問同士の二人でよかった、下手に私が経験済みだったら、無垢《むく》なさよを本当に汚してしまうところだったと、妙に安心したものである。日々、二人の相性が良くなっていくごとに、さよは綺麗《きれい》になり、大人っぽくなっていった。

〈四〉

父の後を継いだ下社総官《そうかん》の祐季おじも、長く父の補佐役を務めてきただけあって、安定した統率ぶりだというのがもっぱらの噂だった。いや、父上よりはもっと利に長《た》けていて、抜け目なく所領《しょりょう》を増やしている、それも神社の所領ばかりでなく、禰宜一家の所有地としてなんだ、とは輔光が私に耳打ちした話だ。例えば、東大寺領の摂津国《せっつのくに》の海沿いにある一角なんだが、その入江に堤を築いて海水を堰《せ》き止め開田し、毎年収穫した米の上がりを頂こうという寸法さ、そりゃ、多少は東大寺さんにも納めるだろうが、そこの上がりを頂く主《あるじ》には、禰宜自身の子々孫々《ししそんそん》を当てているってことだからねえ。投資する資金としての三百石とやらはもちろん下社の金だからなあ。

輔光は、いったいどういう意図をもって、この現禰宜についての言わば悪口とも呼ぶべきことを私に伝えたのか。父に比べて、おじの人品の低さを指摘したかったのか。私は相変わらずあなたの味方だ、あなたが幼い時からそうであったように、仕事として仕える先は変わっても、心は相変わらず、父上とお前さんの方にある。こう言いたかったのだろうか。

「親の跡をこそふめ」と言いながら、私が父のように、河合社《ただすのやしろ》の禰宜になり、さらに上へあがることなど不可能なことは重々《じゆうじゆう》知っている輔光。先ず先に兄がいる。そして、何より、神職に変わりはないが、すでに私は宮大工を取り仕切る家を継いだのだ。その内、輔光が祐季に抜擢《ばつてき》されて、下社の祝《はふり》の役に就《つ》いた。彼もまた抜け目がなかったと言うべきかもしれない。

私にも野心がなかったわけではない。だから、父が兄だけを指名して禰宜になるための教程を秘かに伝授したりしている時に盗み見たり聞いたりした時期もある。だが、そのようなことは成れば成ったでやれると思ってからは、恬淡《てんたん》としていた。今は、造営《ぞうえい》に関心がある。やはり、神殿や仏閣、延《ひ》いては宮殿や寝殿造り《しんでんづく》にも興味はあるが、様々な形の家屋にも興味が湧く。

おほばの父の代に初めて造られたというからまだ建てられてから三、四十年というところだろうが、敷地内にも作業場が出来ていて、そこでは何組かの頭《かしら》たちが図面を描き込んだり、模型を作ったり、あるいは配下の小頭《こがしら》たちを集めて指示したり相談したりと賑《にぎ》やかな時もある。

私は初めのうちは、遠慮して近づかなかったが、ある日思い切って入っていってみると、意外や歓迎してくれた。特に、二十代の若さで頭仲間に入っている多伊三《たいぞう》とは最初から馬が合った。どうやら、さよが幼い時から皆に好かれていて、そのおこぼれを頂戴したようだ。さよが好かれている分、逆目《さかめ》に出る場合もあるだろうに。大工は皆竹を割ったように性格が真っ直ぐなのだと、その頃の私は思っていた。

しかし、ある時から、私を作業場に迎え入れる空気が変わった。その時に、さよの兄の二人が初めて作業場にいることに、私は気づいた。彼らはさよとは一回りばかり年上の双子《ふたご》で二十代後半、私にも七つ程年上の彼らはさよのお目付役にも見えて、些《いささ》か鬱陶《うっとう》しい存在ではあった。しかも、背丈《せたけ》から体型、顔の造りもそっくりで、私には二人の区別がつかない。兄が太助《たすけ》、弟が弥助《やすけ》で、席順に並べば分かるが、日頃二人は口の利き方や態度にも兄、弟の区別を付けなかったので、推測することさえできなかったのだ。さよはもちろん、多伊三にも簡単に区別がつくらしいが。そういえば、彼らはここずっと、出先の現場に泊まり込みで帰っていなかったのだ。下社の末社《まつしゃ》筋《すじ》の神社の造営である。

なぜ、あれほどに、事態は変わったのだろう。それが、義兄二人のせいではないだろう、と思った。では、元締めである義父しかいない。義父は、おほばの言うがままに従っては見せたが、それはさよとの間に生まれる世継ぎが自分の血筋になることで、自分も含め本物の元締めの地位が手に入るということだったろう。だから、私には最初から、名義人《めいぎにん》としての地位しか求めなかったのだ。義父が頭衆《かしらしゅう》に何か言ったのだ。うちの婿殿《むこどの》には、神主業《かんぬしぎょう》に精を出してもらう。そちらの地位が上がれば、こちらの仕事も権威づけられる。現場の仕事に通暁《つうぎょう》してもらう必要なんかこれっぽちもない、我々がいるんだからな。後々、多伊三から聞いた話は、私の想像したものと寸分の違いもなかった。仕方なく、というのも妙な言い方だが、元来性に合っていると思っている歌の道に戻った。

父の歌会は、細々と、兄によって受け継がれた。細々と、というのは別に兄を貶《おとし》めたり揶揄《やゆ》しているわけではない。予定された歌会が予定通りに開かれることは滅多になく、よく延期され、また見送られたからである。兄は寝たきりになることはその後もついぞなかったが、決められた日の直前に体調を崩すことが多く、なかなか予定が立ちにくいのが難であった。

私は思い切って、俊恵師が自宅のある白河《しらかわ》の地で営む歌林苑《かりんえん》を訪ねることにした。そこは歌の道場でもあり、多くの歌人たちの交流の場ともなっていた。私の祖父代わりを任じてくれている勝命法師がそこに出入りしていることも知っていたが、先ずは一人で訪ねることにしたのだ。

父の追悼の歌会からかなりの年月をご無沙汰し、入門を願い出るには多少の逡巡《しゅんじゅん》もあったのだが、師は私が名乗るまでもなく、おう、行く水に雁の数書きとめた子じゃな、と言って笑った。お蔭で、私は若輩ながら破格の扱いを受け、並み居るお歴々《れきれき》の中に交じっていきなり歌会に参加することが許された。私は改めて俊恵師との縁を作ってくれた父に感謝すると共に、歌を詠むこと、ものを書き残すことの大事さを痛感していた。俊恵師がたった一つの歌ながら私を高く評価してくれていたこと、噂に聞く歌人たちと親しく交われることに、ほとんど有頂天《うちょうてん》になっていたが、その先に過酷な運命が待っていようとは知る由もなかった。

私の運命とは別に、時代も波乱含みであった。

かつて、すでに百年前の話になるが、わが子の堀河《ほりかわ》天皇に位を譲ったもののまだ幼子であったために初めて院政を始めたという白河上皇の残した有名な言葉に、「わが心にかなはぬもの」、思い通りにできないもの、として挙げられたのが、賀茂川（鴨川）の水、双六《すごろく》の賽《さい》、山法師《やまほうし》、の三つであった。

洪水は制御《せいぎょ》できるすべもなかった。賽《さい》の目は、一と出るか六と出るか、誰にも予想できない。山法師、これは延暦寺《えんりゃくじ》の衆徒《しゅと》を指していた。当時から、彼らは天皇をしても御《ぎょ》しがたいと言わしめる力を持っていたのである。

父の亡くなった承安《しょうあん》の年号もその五年目の七月、改元され安元《あんげん》（一一七五）となり、もはや父に代わる祐季の時代が確立されていたが、その比叡山《ひえいざん》延暦寺の大衆《だいしゅ》との抗争を余儀なくされたのであった。発端は、洛東《らくとう》白河の下鴨社の領地を不法占拠していた延暦寺の僧を強制排除したところ、今度は禰宜本人の新築の屋敷を悪僧の集団が襲って乱暴狼藉《ろうぜき》の限りを尽くした。そこで、祐季自身が武者集団の力を借りて彼らを捕らえ、後白河法皇に訴える。法皇は悪僧たちを検非違使庁に送り刑罰を与えようとしたが、延暦寺側も黙っていない。一触即発《いっしょくそくはつ》の際どい情勢となった。これを見て、百戦錬磨《ひゃくせんれんま》の法皇は、喧嘩両成敗《けんかりょうせいばい》の手段に出た。延暦寺の首謀者《しゅぼうしゃ》として、弁円《べんえん》という西院《さいいん》に属した阿闍梨《あじゃり》、ただでさえ十か条の悪逆を為《な》していた僧を挙げ、流刑《るけい》に処した。一方、祐季の社務を停止したのである。そして、禰宜の代行にはその弟の長平《ながひら》が就《つ》くことになった。これで、兄の長守が役職に就く可能性も生まれたかと期待したが、ここで台頭したのが祐季の長男、祐兼《すけかね》であった。彼は下社の禰宜への登竜門である河合社の禰宜に就いた。やがて、祐季も旧職に復帰。一時は、祐季も流罪《るざい》にしろ、さもなくば本人の家を焼き払うという宗徒《しゅうと》たちの脅しも激しかったが、もともと非は叡山《えいざん》側にあったので、何とかやり過ごせたのだ。

私の歌の世界では、記《き》すべき出来事があった。高松院《たかまついん》の歌会に招《よ》ばれたことである。その理由は、一つには、かつて女院が中宮《ちゅうぐう》であった時、この私が中宮叙爵《じょしゃく》によって従五位下《じゅごいのげ》に叙せられた縁《えにし》である。もう一つは、俊恵師の私についての過分な評価が人から人へ増幅されて女院の耳にも伝わっていたということだろう。諸々《もろもろ》の官人や延暦寺の僧、特に記憶するところでは、後に建礼門院右京大夫《もんいんうきょうのだいぶ》として名を挙げる中宮徳子付きの女房ら、多士済々《たしせいせい》が集《つど》った。私も彼らに伍して無事に務めあげたが、もし、歌会に出る前に予《あらかじ》め用意していた歌を勝命法師に見せていなければ大変なことになったと、今思い返してもぞっとする思いだ。

この日に詠みあげられた歌は一人につき三首、「雨中の草花」「所によりて月明かし」「関《せき》を隔つる（隔てたるとも）恋」という題が与えられていた。私は、その三つ目の題に用意して、

堰《せ》きかぬる涙の川の瀬を早み崩《くず》れにけりな人目つつみは

と書いた。題の「関」に「堰《せき》」を持ってきて、「つつみは」は包み隠す意を含ませ、もちろん堤《つつみ》につなぐ。堤の縁語として、堰、川、崩れ、で綴ってみた。私としては些か技巧に走った作りだが、年に似合わない老練さを見せて、女院をはじめとする面々の前で悦《えつ》に入《い》りたかったのだろう。今思えば、それこそ若気《わかげ》の至りなのだが、実はその前に落とし穴が待っていようとは思いもよらなかったのだ。

虫の知らせか、予め人の意見を聞くことのなかった私が、勝命法師にこの歌を見てもらったのだ。むしろ、自信作をいち早く身内の老師に見せて褒めてもらいたかったのだろう。

老師は、『後撰集《ごせんしゅう》』の中の「瀬を早みたえず流るる水よりも絶えせぬものは恋にぞありける」や有名な崇徳上皇の「瀬を早み岩にせかるる滝川のわれても末にあはむとぞ思ふ」に通う王朝風《おうちょうふう》の格調があって、上出来だと言ってやりたいところだが、と一呼吸置き、実は重大な欠陥があると続けた。お前も知っている通り、帝《みかど》や后《きさき》が亡くなるのを、崩《ほう》ず、というだろう。崩ずはくずるだ。だから、女院の御所《ごしょ》で、このような不吉《ふきつ》な言葉を使ってはならない。お前なら、代替《だいが》えの歌に苦労もすまい、と言ってくれたのだ。お蔭で、私は難を逃《のが》れた。というのも、その後女院ご自身が一年足らずのうちに亡くなってしまったからだ。私にはいい教訓になった。

家では、義父や義兄の留守を狙って作業場に入ることもあったが、あれ以来頭《かしら》衆《しゅう》の間に私を敬して遠ざける風が見えたので、使用済みの図面などを部屋に持ち込んで想像を巡らしたりした。私も建築現場に出られたらどんなに楽しいだろうと思った。世の中のことに私など比べものにならないくらい遥かに通暁している次童丸に対して、少しは実務で太刀打ちできる何かが欲しかった。それが大規模な内裏《だいり》の造営や川に架ける大橋の築造なら、さすがの次童丸をも驚嘆させることができるのに。歌や詩文の道にいくら秀でたところで、次童丸が洟《はな》も引っかけないことを私は知っていたから。

私は思わずため息をついていた。そして、机の前を離れ、戸外に出た。私の足は今日もまた、歌林苑に向かっていた。

歌林苑では、季節に応じて、様々な題詠が試みられた。また、季節にかかわらず、恋の歌は歌会の華であった。男盛りはもちろん、熟年や老年も、歌人のほとんどが好んで詠った。詠われる多くは、実体験から来ているのでもあろう。実体験でなくとも、彼らの見聞は自分に比べてはるかに広いはず。他の歌人たちに比べて、自分の経験の浅さを嘆いても詮無《せんな》いことだ。とっくに二十代に入っていっぱしの大人になったつもりでいるのに。

私はこれまでに接した年頃の女たちを思い浮かべた。宮廷に住まう女たちに直接出会ったことは皆無《かいむ》だし、高松院で見かけた女たちも、ほとんど華美な装いしか目に入らず、一人一人の見分けすらつかなかった。ただ一人、中宮徳子に仕えている女房とやらは、私と歳も近いようで面立ちの記憶もあるが、目つきに才女らしい険《けん》が隠れているようで、私の好みではなかった。

私は、人並みの恋をすることもなく、幼い妻を娶《めと》った。妻を愛していると思う。だが、それは古今《ここん》の歌に詠われてきた恋とは違うような気がする。私は、恋も何もなく、ただいきなりさよを愛してしまったということだろうか。だが、果して恋と愛に違いはあるのか。私は分からなくなって、恋の歌の相手には、おほばの影響から今や第一の愛読書となった『源氏物語』に登場する誰かを選ぼうと思った。

だが、さて、架空の恋の相手を、『源氏物語』の中に探すとなると、皆が、何やかや言っても、高貴の御方《おんかた》過ぎて、どうにも近づいてこない。物語の中の形容詞や、言葉遣いの色合いから、女性像を組み立てようとするのだが、姿かたちが定まらなくて、ついにその思い付きは放棄してしまった。

そこで思いついたのが、さよを様々なおとなの女に頭の中で成長させることである。例えば、源氏がまだ幼い若紫《わかむらさき》に出会った時に、将来の理想形、理想の女を頭に描いたように。

源氏は実際に、例えば藤壺《ふじつぼ》を思い描きながら、若紫を紫の上に育てあげたわけだが、私はさよ自身を何らかの鋳型《いがた》にはめて理想の女を作り上げようなどとは寸分も思っていなかった。大体が、私に理想の女などというものはいないし、それがどんな像を結ぶものかも知らない。私は若き母の姿すら知らないのだ。

天真爛漫《てんしんらんまん》なさよ、私は今のまま、さよはおとなになってくれればいいと思っている。だから、私が試みようと思ったことは、歌の中の世界で、さよに様々なおとなの役を演じさせようとしたのだと言えるのかもしれない。そうすれば、否応《いやおう》なく、愛する女が演じる女たちに私は悉《ことごと》く恋することができるだろう。


私はもはや歌会での恋や愛にまつわる主題に気おくれすることはなかった。むしろ、好みのものになっていく。なぜなら、さよを家に残して歌会に来ていても、恋の歌を詠む時、さよは同伴も同然、直ぐ傍《かたわ》らにいた。

だが、最初の頃に作った歌は、やはり余りに観念的で、今思い返せば身も蓋《ふた》もないように思う。例えば、こんな具合だ。

神かけてたのむればよし心みむさてもつらくは人だのめかは

これは「誓言契恋《ちかごとちぎりのこい》」という題に応じて詠ったものだが、その恋の対象をさよに置いたところで何の具体性があるわけでもない。どこに私を詠み込んだの、誰を想って作ったって同じことじゃない、と言われたら、反論すべくもない。また、「後朝恋《きぬぎぬのこい》」の題に載せて詠った、

越えかねし逢坂山《おうさかやま》をあはれけさかへるをとむる関守もがな

などは、後朝《きぬぎぬ》という、衣衣《きぬぎぬ》を重ねて共寝《ともね》した男女が翌朝それぞれの衣装を着て別れていくという艶《つや》めかしい情景を詠むべきところ、常套句の逢坂山を持ってきて、しかもその縁で関守とは、その理に落ちた詠いざまが我ながら恥ずかしく、さよの影すら映していない。

だが、その頃、私は悦に入って、「忍恋《しのぶのこい》」とあれば、

しのぶれば音にこそたてね棹鹿《さおじか》の入る野の露のけぬべきものを

とか、「初恋の心を」とあれば、

袖にちる露うちはらふあはれわがしらぬ恋路とふみそめてけり

などと、同種の歌を得々《とくとく》として作っていたのだ。だが、その後もそのようであれば、本当はよかったのだが。
私がささやかな楽しみとして、いや、ささやかというにはむしろ歌の楽しみ方を貪欲に求めだしたのと符合するように、私とさよの夜の目合《まぐわい》にも濃淡が付きはじめ、段々その色を深くしていくようであった。
また、有安師に学ぶ管弦《かんげん》については、師の家に赴いて稽古に励む限り何の遠慮もなかったが、家での独習には家内中の目があり、というより耳があり、何より一番の味方であるはずのおほばが、私が琵琶を弾いている時心ここに在らずまるで鬼神に取り憑《つ》かれ別世界につれていかれたように恐怖を感じてからは、ひとり演奏することもままならず、思案の結果さよを誘って共演すれば、おほばも少しは安堵し、他の家族の手前も体裁がつくので、早速試みてみた。さよも習い事として早くにお琴をはじめ多少の楽器には心得があったし、特に私の誘いを喜んだので、私の方便を超えて、二人の楽しみにもなった。私たちは、夜の床の中でも、互いを楽器に見立ててふざけた。それがまた佳境《かきょう》に入る前の遊戯ともなっていた。

〈五〉

私は、神職として賀茂社の主たる行事や行幸《ぎょうこう》、御幸《ごこう》にはもちろん、高位の公卿たちの参詣《さんけい》時にも出社することがあったし、一方では、神祇庁《じんぎちょう》が差配する建物の新改築の棟《むね》上《あ》げ式などには、元締めの長として参列した。お祓《はら》いのための神主の務めは、賀茂両社のしかるべき神職が行った。普段は、私の代行としてほとんど自分で済ませてしまう義父も、この時ばかりは私を頭に立てて、付いてきていた。

最近とみに老いて、自室からあまり出てこなくなっていたおほばも、この時は、牛車《ぎっしゃ》に乗る私たちを見送って、嬉しそうだった。普段部屋に閉じこもって何をしているのかと、さよに訊くと、おほばは日がな一日写経《しゃきょう》に打ち込んでいるという。

こうして、私の日常にもさして変化のない日々が続くかに見えた矢先、京の都全体を驚かせたのが未曽有《みぞう》の大火《たいか》であった。実は、思い返せば、あの下社が延暦寺の騒動に巻き込まれたあの年から一年を跨《また》いだ今年もまた、不穏《ふおん》の空気は充ち満ちていた。前年秋に高倉天皇の母、建春門院《けんしゅんもんいん》が崩御して、諒闇《りょうあん》の年に当たっていた。しかも、年が明けると直ぐ、疱瘡《ほうそう》が流行《はや》って、天皇までがこれに罹るという始末。さらに拍車をかけるように起こったのが、またぞろ延暦寺と後白河法皇の近臣西光《さいこう》の子の藤原師高《もろたか》・師経《もろつね》兄弟の対立であった。始まりは加賀国《かがのくに》。加賀守《かがのかみ》であった兄に、同地の目代《もくだい》として加わった弟、この二人の専横《せんおう》ぶりが土地の鵜川《うかわじ》寺の寺僧との対立を生み、師経の軍勢がその鵜川寺を焼き払ってしまった。この鵜川寺は白山権現《はくさんごんげん》の末寺《まつじ》で、白山権現の本山が延暦寺と来ては、火に油を注ぐようなもの。延暦寺の宗徒たちは師高を流罪《るざい》に処すべしと申し出た。

朝廷は師経を備後《びんご》への流罪と決めたが、宗徒たちはそれでは収まらず、神輿《みこし》を奉じて京に上り、強訴《ごうそ》に出た。下《さが》り松から切れ堤、賀茂の河原から糺《ただす》へと、私の馴染みの場所を通って、さらに梅《うめ》忠《ただ》、柳原《やなぎはら》、東北院《とうほくいん》の辺りには、白大衆《しらだいしゅ》、神人《じにん》、宮仕《みやじ》、専当《せんとう》が満ち溢れた。さらに、神輿は一条を西に入っていく。だが、平重盛が陣頭指揮を執《と》ってこれを追い散らした。その間、神輿に流れ矢が当たり、そのまま大路に放置された。

翌日は、さらに強訴の大衆が数を倍し、過激に走るだろうとの風聞《ふうぶん》に、天皇の法住寺殿《ほうじゅうじどの》への行幸が急に決まった。右大臣九条兼実《かねざね》は、天子《てんし》豈《あに》皇居を棄《す》てんや、と秘かに慨嘆《がいたん》したという。結局は、天台座主《てんだいざす》明雲《みょううん》の仲裁もあって、師高を流罪に処するとの院宣《いんぜん》が下り、一方神輿を射た武者六人が獄《ごく》に繋がれることとなり、ひとまず紛争は終わった。とは言え、火種は燃え続けていた。

その火種がまるで飛び火したかのように、東南に当たる樋口富小路《ひぐちとみのこうじ》から火事は起こった。折悪《おりあ》しく、その夜は強風が吹き荒れていた。

安元三年（一一七七）四月二十八日戌《いぬ》の刻。この夜のことは、この歳になっても鮮やかに思い出せる。

私が夜の町に飛び出していこうとすると、さよは私を必死で引き留めようとした。大丈夫だ、危険なところには立ち入らないから、と言っても、聞き入れようとしない。宮大工の元締めの家元の当主として、都の家々がどうなるかをいち早く知っておかなくちゃならない。ましてや、この強風では、飛び火もある。内裏《だいり》も安閑《あんかん》とはしておれないかもしれないから。

正直に言えば、役割というより、先ずは好奇心が先に立っていたに違いないが、私は私の役目を強調した。そこへ助け船を出してくれたのが、その夜まだ作業場に残って仕事を続けていた多伊三だった。私が付いていきますから、と彼はさよに言った。私が責任をもってご主人を危険な場所には入らせないようにお守りいたします。

さすがのさよも、多伊三のことは一番に信用していたから、その一言で許してくれた。二人は夜の町を走って駆け抜けた。通りはすでに、心配げに遠くの火元の方を見て騒《ざわ》めく人々が充ち満ちていた。近くに行けば行くほど、むしろ人だかりは減っていった。もはや、類焼《るいしょう》は免れないとみてか、各自家の中に入ってせめてもの資財を持ち出そうとしているのかもしれない。私と多伊三は出来る限り近づいてみたが、その段階では火元がどの辺りかさえ判然としないほど、火は燃え広がっていた。私たち二人も立ち尽くして火の動きを見ているしかなかった。

風が火を煽《あお》るだけではない。炎が風を起こすのだ。だから、炎は高く立ち上るばかりでなく、地面に叩きつけられてもいた。また、炎は一気に一、二町《ちょう》を飛んで新たな火の手を上げる。火勢《かせい》に押され逃げ惑う人々も、もはや正気の沙汰《さた》であろうわけはない。人々は次から次へと煙に巻かれるようにして倒れ、その上を炎が薙《な》いでいく。

地上にいる私には頭に描くだけだが、もし鳥瞰《ちょうかん》することができれば、都の辰巳《たつみ》の方向から生じた火は戌亥《いぬい》の方向へ末広がりに走ったのではないか。まるで、扇を広げていくみたいに。

燃え盛る町並みからかなり遠ざかったはずなのに、多伊三に続いてとある町角を曲がると、その一角もすでに片側の家並みは炎に包まれている。火の届いていない側に沿って小走りに行くと、先を行く多伊三の前に突然走り出てきた男女がいる。すでに、その辺りには人影がないところへ、しかも血だらけの男女だ。さらに、女のしどけない恰好ときたら……と思う間もなく、刀を振りかざした男が二人を追って飛び出してきた。刀の男は一方の腕を伸ばし逃げる女の袂を摑んで引き寄せようとした途端、女がよろけ、しかも女が男の首に抱きつくような形になったから、二人は足を縺《もつ》れさせ、重なるように路上に転がってしまった。その時、刀もまた転がったのだ。すると、女と一緒に逃げようとしていた男が素早くその刀を拾った。そして、女と縺れて転がっている男の背中めがけて刀を突き刺してしまった。刺された男は声ひとつ立てずに死んだ。

私は茫然と突っ立っていた。殺人、都で殺しが起きない日はないと言われていても、自分には縁がないと思っていた。それが、自分の目の前で、事は行われたのだ。

今や、殺人犯となった男は、女に手伝わせ、男を引き摺《ず》って向こう側の火炎の中に投じようというのだろう。男の遺体の片方の足を女に持たせ、自分も片方に手を掛けた。その時だ。初めて私たちが目撃者であることに気づいたのであろう。顔をまともに上げこちらを見た。その背後から立ち上る火炎の大きな照り返しが男の顔を私の眼に焼き付かせた。

あっ、さよの兄貴ではないか。双子のどちらか!?

男はこちらを確かに見た。一瞬ではあるにせよ。だが、男は遺体を火の中に投じることを優先させたのだろう、殺人の痕跡すら残さないために。男と女は男の遺体を引き摺るようにして、私たちから遠ざかっていった。

金縛りにあったように足止めを食らっていた多伊三と私は、その場から逃げるように走り出した。私はいの一番に訊いた。男の顔を見たろう。ああ、と多伊三。どっちの兄貴だった？　ほんの一瞬だったが、間があった。太助か弥助か？　多伊三が足を止めた。何だって？　犯人だよ。一瞬だったが、見たんだ、さよの兄貴に間違いない、と私。

馬鹿な！　人違いもいいとこだ。他人の空似《そらに》だよ。第一、偶然通りかかったこんなところで、出くわすはずもないじゃないか、ましてや、殺しだよ、殺し。

そう言われてみれば、そうだ。この時間、こんな場所で、しかも大火事という特別な晩に。こちらの顔は見られたかな？　と私。こちらだってどんな顔だったかもう忘れている。向こうも覚えているわけがないよと、多伊三。私もそう思うことにした。

私と多伊三は、昼ならばよく知っているはずの京の町を、まるで迷路を行くような思いで走り、ようやく四条大路《しじょうおおじ》にでた。夢魔の世界から抜け出した気分だった。それからは、近道を選ばずまっすぐ朱雀大路《すざくおおじ》へと向かった。一旦は炎上する町並みから遠ざかったかに見えたが、朱雀大路を上がっていくにつれ、想像以上に火の回りが速く、正面の朱雀門の周辺にも飛び火の礫《つぶて》がまるで無数の弓から放たれたように夜空に駆け巡っているのだ。

私たちは急いだ。近づいてみると、朱雀門の近くにはかなりの人出があった。しかし、もはや、朱雀門の上に舞う炎の乱舞を人は見るだけで如何《いかん》ともしがたい。私たち二人も手を拱《こまね》いて見ているだけ。炎が門の上を掠《かす》めたり、落ちたりする度に、人々の悲鳴が上がった。

その時、あきら！　と呼ぶ声がした。次童丸だった。彼は禿髪から成り上がって、今は検非違使庁の役人である。下《した》っ端《ぱ》ではあるが、私と次童丸の間では、それは不問に付していた。この時、次童丸には三人の部下が付き従っていた。彼らが今は更生してお役目についている放免と呼ばれる男たちであろう。

「直ぐそこの大学寮《だいがくりょう》が燃えている」

と、次童丸が言った。私たちはそちらの方に顔を振り向けたが、火炎の中ではどれがどれやら区別のつきようもない。

「火元は分かっているのか」

と、私が尋ねると、すかさず、次童丸の答えが返ってきた。

「うん、正直、我々の仲間で一番先に駆けつけた連中でも、火がかなり回ってからしか見ていないんだ。だから、近くの住人から聞き集めた話さ。それによると、最近造られた仮小屋らしい。諸国を渡り歩く芸人の小屋だという者もあれば、いや流行病《はやりやまい》の患者を隔離した小屋だという者もあるらしい」

その時、「ああっ！」と、多伊三が叫んだ。その指さす方を見上げると、遂《つい》に朱雀門に火が移ったのだ。

「これじゃ、宮城《きゅうじょう》内も危なくなっている。行くぞ！」

と、次童丸は手下共《てしたども》に声をかけ、私には手で合図だけ残して、燃えだした門の中をくぐって城内へ走り込んでいった。私は多伊三を、この別世界に生きる親友に引き合わせる余裕すら持てなかった。

結局、火は一晩中、京の都を駆け巡り、その三分の一を焼いた。朱雀門は焼け落ち、大極殿《だいごくでん》をはじめとして大内裏とその周辺の建物は悉《ことごと》く焼けた。十六を数える公卿の家も灰燼《かいじん》に帰した。かくして、火の余燼《よじん》は翌日も続き、そこかしこに焼死体が転がっていた。その数、数千人ともいい数百人ともいう。男女の区別さえ儘《まま》ならなかった。ましてや牛馬《ぎゅうば》の損害においては測り知れない。二日経って、その午後から雨が降り出し夜中続いたので、ようやくこの大火も終焉《しゅうえん》したのだった。

今は大火の犠牲者の一人に勘定されているはずのあの下級武士の遺体、致命傷となった背中の刺し傷も分からぬままに燃え尽きてしまったかもしれぬ。

だが、私にとって、あの夜私が目撃した殺人事件は、その後も夜毎の悪夢となって立ち現われることを止めなかった。しかも、昼日中にもこの同じ家にあるいは殺人者がいるということ、それもわが愛するさよと血を分けた兄のどちらかかもしれぬという疑いは私を慄《おのの》かせる。状況から察するに、女を巡る刃傷沙汰《にんじょうざた》には違いあるまい。しかも、殺されそうなところを逆にやり返したということだろう。だが、人を殺《あや》めたという事実は事実だ。しかも、こちらが見た、目を合わせた、ということは相手もまた見たということだ。そう思うと安穏《あんのん》とした気分ではいられなくなる。さよを抱く時にさえ、あの光景が思い出されて、追い払うのに手間取ることもあって、そんな時には付き合いの古い私が見間違えるわけがない、ましてあんな所に、しかも偶然通りかかった私たちに出くわすはずはない、と断言する多伊三の言葉に縋《すが》る思いであった。

一方、都人《みやこびと》にとって、人生観をも揺るがす大災害であったから、先の山門騒動と関係づけて、様々に語られることが多かった。例えば、ある人は次のような夢を見たという。比叡山から二、三千匹の大猿が手に手に松明《たいまつ》を持って下りてきて、京の都中に火を付けたというものだ。それはまことしやかに山王権現《さんのうごんげん》の咎《とが》めとして語り継がれた。

もともと火元とされた樋口富小路は、かつて近くに河原院《かわらのいん》という名だたる屋敷があったりした地域だが、鴨川の氾濫《はんらん》が続き、その河原院も荒廃してからは、さびれた場末《ばすえ》になっていた。だから、仮小屋が乱立する素地はできていた。すでに、都の綻《ほころ》びも見えていたというべきか。

玉敷《たまし》きの都は、律令が作られた時代の王朝の、天皇家の象徴であった朱雀門や大極殿を失って、玉敷きの名が傷つくばかりに様変わりしたのだ。


元来、天変地異が時代の風潮に拍車をかけたり、危うく均衡を保っていた天秤《てんびん》を一方に撥《は》ね上げたり、ある種の急速な変化をもたらすことはこれまでに例がなかったわけではない。だが、この安元から治承《じしょう》に及ぶ数年ほど、目覚ましいものはなかった。成り上がりの平家勢力と旧来の貴族勢力との間の緊張関係も、平家の武力の支配力が圧倒的に勝っているからこその調和が保たれてきたものの、一触即発の危機は孕《はら》んでいる。

嘉応《かおう》年間、この時点でいえばまだ七年ほど前の出来事に過ぎないが、平重盛の次男資盛《すけもり》が三十騎ばかりの若武者のお供を連れて鷹狩《たかがり》の帰り、当時の摂政である藤原基房《もとふさ》が参内《さんだい》しようとする行列に出くわしたにもかかわらず、下馬《げば》の礼をとるどころかかけ破って通り抜けようとまでして無礼を働いたので、一同は馬から引きずり下ろされ辱《はずかし》めを受けた。これを資盛が祖父である清盛、入道相国《にゅうどうしょうこく》に訴え出た。資盛はまだ十三歳、そのくせ新三位中将《しんざんみちゅうじょう》という肩書は持っている。かわいい孫に何をするかと直ぐにも立ち上がる入道相国を諫《いさ》めたのは重盛であった。それで一件落着といかないのが、この続き。入道相国は重盛に知られぬように復讐を謀った。翌年に迫る天皇の元服《げんぷく》の儀式の打ち合わせのために参内する摂政の行列を三百余騎の武者を使って襲わせ、殿下を取り囲んで周《まわ》りの随身《ずいしん》たちを馬上から引きずり下ろし、彼らの髻《もとどり》を切り取り、「これは己れの髻と思うな、主人の髻と思え」とまで叫ばせ、主人の乗る御車の中へも弓を突き入れまでしたというのである。この乱暴狼藉は、言わば、平家の悪行の始まりというべきものであった。

しかし、対立が露《あらわ》にならなかったのには、貴族勢力の頂点にある天皇、延いては法皇と入道相国こと清盛との間に、ある種の蜜月《みつげつ》時代、それが過ぎても一定の互恵《ごけい》関係があったからである。ただ、裏側では、双方に相手より少しでも優位に立とうとする動きは早くから芽生えていた。

後白河法皇側では、平氏と寺院双方の武力を操り、互いに牽制《けんせい》させるよう仕向けてきた。一方、清盛が太政大臣となり六波羅政権を不動のものとすると、比叡山の天台座主に就いた明雲と盟を組む。戒《かい》を受けて入道となったのも、こういう裏もあったのだ。しかも、清盛入道は、娘徳子を輿入《こしい》れして、高倉天皇とはその外舅《がいきゅう》に当たる。ただでさえ、院政下ではたとえ親子であっても法皇と天皇との対立は必須でもあり、波風が立つようにもなっていた。こうして、法皇側近たちの策謀《さくぼう》も段々露骨になってくる。

後白河法皇は、西光《さいこう》法師親子の讒言《ざんげん》もあって、遂に天台座主から明雲大僧正《だいそうじょう》を引きずり下ろし、遠流《おんる》にかけることとした。だが、配所の伊豆国《いずのくに》に向かう一行を、叡山《えいざん》から一気に坂本《さかもと》へと下った大衆《だいしゅ》が琵琶湖《びわこ》畔で襲い、前座主明雲を奪還《だっかん》するのは、それからほどなくのことであった。

法皇側近たちの策謀はそれに止まらず、深く潜行して進んでいた。それは、後白河院その人をも巻き込んで、平氏そのものを倒す計画が立案されようとしていた。その大本の一つには、かつて左大将に繰り上がった前右大将の平重盛の後釜《あとがま》を狙いながら、その右大将の地位を重盛の弟、宗盛に奪われた候補者の一人、法皇の寵臣《ちょうしん》であった新大納言《しんだいなごん》成親《なりちか》の執心に発する平氏に対する憎悪があった。彼ばかりでなく、数人の候補者を飛び越えて、宗盛がその地位に就くことは、しかも左右両大将を清盛の両息《りょうそく》で占めることは、政治に対する冒瀆《ぼうとく》であるとしか考えられなかったのである。

　こうして、鹿ケ谷《ししがたに》の陰謀は醸成されたのであろう。東山《ひがしやま》の鹿ケ谷には、かつての平治《へいじ》の乱で非《ひ》業《ごう》の死を遂げた信西《しんぜい》の遺児、今は僧となっている静賢《じょうけん》の山荘があり、後白河院が時々来ていた。

　この地は法勝寺《ほっしょうじ》の僧俊寛《しゅんかん》の所領でもあり、院の近臣、藤原成親《なりちか》、西光、平康頼《やすより》らは俊寛と図《はか》って、院を囲んで平氏討伐のための謀議を巡らし、六月の祇園会《ぎおんえ》に乗じて六波羅を攻め滅ぼすための具体策を練っていたというものだ。他には、近江中将入道蓮浄《おうみのちゅうじょうにゅうどうれんじょう》、山城守基兼《やましろのかみもとかね》、式部大輔雅《しきぶのたいふまさ》綱《つな》、宗判官信房《そうほうがんのぶふさ》、新平判官資行《しんぺいほうがんすけゆき》、摂津国《せっつのくに》源氏多《た》田蔵人行綱《だのくらんどゆきつな》をはじめとする北面の武士が多い、とされた。

　康頼は検非違使尉《じょう》であり、判官《ほうがん》ともいう四等官の第三位、信房は検非違使左衛門尉《さえもんのじょう》で、その下位、共に検非違使庁に属していた。かつて清盛が検非違使の別当、言わば長官になって以来、検非違使庁内にも平氏の網は張られ、統制がとられていたはずだが、やはり綻びはここにも現われている。しかし、後に次童丸から私が聞いた話では、今回の陰謀の露見というのが、そもそも平氏方が仕組んだもの、という疑いが濃いということだったが。

とにかく、同席していた摂津源氏の多田蔵人行綱の裏切りによって、事件は発覚したということになった。名指された者たちは続々と検挙された。西光と成親は殺され、成親の子の成経《なりつね》、そして康頼《やすより》に俊寛もまた鬼界《きかい》が島《しま》に流されたのである。さすがに、後白河法皇は黙過された。

私が次童丸の言う院側の陰謀は作られたとする陰謀説にかなりの理《り》があると思うのには、それなりの理由がある。

明雲大僧正を流罪に処しながら、衆徒たちによって奪回され、一度は面目を失った後白河ではあるが、決して諦めはしなかった。法皇は、院宣に背き謀反《むほん》の罪を犯したとして、明雲の召還《しょうかん》を命じた。むろん、叡山はそれに応じるわけもなく、法皇は清盛入道の弟経盛《つねもり》に武力攻撃を命じた。清盛入道が比叡山延暦寺の宗徒とは事を構えたくないことを知悉《ちしつ》している経盛は、出兵を拒否した。法皇は、ならばと謀反人追捕《ついぶ》の名目を立て、このところ福原《ふくはら》に居を移していた清盛入道を呼びよせて攻撃を要請したのである。清盛入道は渋々承諾したが、これまで避けてきた叡山攻撃に踏み切るには余りに危険が大きすぎる。五月末のこの逡巡の日々の末に浮上したのが、月が替わった六月一日早朝の捕縛事件だった。法皇の近臣西光が最初に捕らわれたのである。こうして見事、清盛入道は、法皇を牽制し、当座の懸案を少なくとも先延ばしすることに成功したのだ。

こうして、一難去った清盛入道には、しばらくは幸運が付きまとう。

すでに、安元から治承《じしょう》と改元されていた。あの、平家にとっても、また私の生涯においても忘れ難い治承という年号……。

先ず、懸案の比叡山延暦寺では、以前から波乱含みであった内部矛盾がこの頃一層進んで表に突出してきたのだ。それは、言わば階級上の対立であった。堂衆《どうしゆ》と学生《がくしよう》との闘争である。堂衆とは延暦寺の三つの塔、東塔、西塔、そして横川《よかわ》それぞれの諸堂に属し、雑役に従事する下級の法師をいい、学生は学侶《がくりよ》ともいうが、出家して叡山に籠《こも》り十二年もの間学業に励んで止観《しかん》、真言《しんごん》という仏教学を修めた者のことだ。

双方、武力をもって戦い、放火合戦も繰り広げられるが、さすがに学生が寺院を守ろうとするのに対して、堂衆は見境なく寺の堂舎や房舎《ぼうしや》にも火を付ける。さらに世にあぶれた盗賊や山賊らの悪党たちを味方の陣営に呼び込んで命知らずの戦いを挑んだから、堂衆追討の法皇の命を受けた平教盛《のりもり》による介入がありながらも、学生らは敗れてしまった。しかし、この争いは何より叡山全体の荒廃を招き、対抗勢力としてはほとんど自滅してしまったのだ。

さらに、中宮徳子懐妊の報せも届いていた。入道には一番に待たれる報せだった。男であってほしい。その子が皇太子、さらに天皇への道をたどれば、その外祖父はまさに己《おの》れ、この入道である。徳子を入内《じゆだい》させ、中宮に押し上げたのも、この望みあればこそだったから。

だから、安産と男子誕生を祈って大赦《たいしや》が行われた時、清盛入道は、鬼界が島に流罪にしたあの憎き成経、康頼の二人に大赦が及び都に帰ることさえ、認めたのだ。だが、俊寛僧都だけは許さなかった。僧都ひとり島に留められることとなったのだ。

その後、徳子は見事に皇子を産んだが、大変な難産だったという。殺された西光や成親や、さらには俊寛の怨霊《おんりよう》が憑《つ》いたと宮中ではもっぱらの評判だったが、入道は加持祈禱《かじきとう》に頼って何とか乗り越えた。あくまで、俊寛は許さなかった。

こうして、誕生した言仁《ときひと》親王は間もなく皇太子に立てられ、周りは入道の身近な一族で固められた。春宮大夫《とうぐうのだいぶ》に宗盛、春宮亮《とうぐうのすけ》に重衡《しげひら》、権亮《ごんのすけ》に維盛という布陣である。だが、すでに暗雲が立ち始めていた。

清盛入道にとっては、時に耳の痛い諫言《かんげん》をも厭《いと》わず、また入道自身も時に小うるさく感じながらもその直言《ちょくげん》を聴き、一番に信を置いていた跡継ぎの重盛が、ついに病いには打ち勝てず、冥府《めいふ》へ旅立ってしまったのだ。

その度《ど》が過ぎるくらいの入道の悲しみを、あの老獪《ろうかい》な後白河でさえ見誤ってしまったのかもしれない。重盛の知行国《ちぎょうこく》であった越前《えちぜん》の地を法皇が没収してしまったのである。

すでに、前哨戦《ぜんしょうせん》はあった。摂関家領について、基実《もとざね》の未亡人平盛子《もりこ》が他界したからはその嗣子《しし》らに継がせるべきところをすべて法皇が取り上げて院領とした件である。しかし、今度はわが重盛に対する仕打ちである。入道は悲しみを憤りに変えて、数千騎の軍勢を率いて福原から京に上るやいなや、法皇の息のかかった関白以下、反平氏と思われる公卿たちの官職を奪い、清盛の強硬な措置に驚いた法皇が法印静賢《じょうけん》を使者として遣《つか》わし、今後政治には口を挟《はさ》まない旨《むね》の申し入れをしたにもかかわらず、法皇を鳥羽殿《とばどの》に幽閉《ゆうへい》してしまった。

さらに、駄目押しのように、関白から降ろした基房を大宰権帥《だざいのごんのそち》に左遷、太政大臣から外した師《もろ》長《なが》を尾張《おわり》に流罪にした。もはや反対派との宥和政策はとらず、専制的な武断政治に入った。

また、平氏一門の知行国《ちぎょうこく》を倍増させ、国々の国衙《こくが》を抑え、反対派の荘園を没収した。だが、こうした強権政治が何を生んだかはその後の成り行きが教えるところである。

〈六〉

明くる治承四年（一一八〇）二月、高倉天皇は譲位し、三歳になったばかりの言仁親王が皇位に即《つ》いた。安徳《あんとく》天皇である。入道は名実ともに天皇の外戚《がいせき》として独裁者となった。四月、即位の儀が盛大に執り行われた直後のその月末、まるで何かの予兆のように京の町を巨大なつむじ風が襲った。

それは、中御門京極《なかみかどきょうごく》の辺りから六条にかけて吹きまくり、家々は大きな屋敷であれ何であれ、その悉くに被害をもたらした。横倒しになるもの、屋根を吹き払われて桁柱《けたはしら》だけが残るもの、また吹き払われた残骸《ざんがい》が四、五町先に飛ばされたりした。また、家財道具の一切合切が空高く持ち上げられ、ばらばらにまき散らされる光景も散見されたという。吹き上げられまき散らされる檜《ひ》皮葺《わだぶき》板の類いはまるで風に舞い狂う木の葉のようであった。

先年の大火の時は、私は現場に急ぎ、その成り行きの大方をこの目に収めることができたが、今回は家の外へ飛び出して、この大旋風を遠望しただけである。それは都の中心部に降り立った超大な雲龍《うんりゅう》が体をくねらせながら未申《ひつじさる》の方向へ動いていくもののようであった。そして、それとは比べ物にならないほど小さな雲龍があちらこちらに出没していた。まるで、大雲龍の従者《じゅうしゃ》のようだ。

ところが、安全地帯から眺めていたはずの私の目の前に、その小雲龍が立ち現われたのである。その黒々とした影は、通りの角に現われたと見る間に一気に駆け走り、私めがけて襲い掛かってきた。私は反射的に地に伏した。近くで何かが捥《も》ぎ取られていくようなけたたましい轟音《ごうおん》が鳴り響いたが、頭を庇った手の上や体の上にばらばらと小石や板切れのようなものが降り注ぐのみで済んだので、その感触からつむじ風の中心部は外れてくれたのだと思った。

庭の方から屋敷内に入って、轟音のもたらした被害状況がつぶさに分かった。離れの一角の屋根が半ば吹き飛ばされて、剝き出しになった梁《はり》が一部見えるところもある。それは、選《よ》りによって、私とさよの寝間のある一角だった。急場しのぎに屋根には杉の板を葺いた。

夜に入ると、直ぐに雨が降り出したからである。大火事がその後に雨を伴うように、つむじ風の後にも雨が来た。その夜の雨音は激しく、私もさよも寝付かれぬ夜を過ごしていたが、夜半になってその雨音が急に異様な音に変じた。さよは驚いて飛び起きた。私も起き上がる。と、さよは待ちかねたように私に抱きついてきた。一体、何の音だ……。雨が風に煽られて叩きつけられる音ではない――。ふと、私は思い当たった。霰《あられ》だ！　雨が寒気に冷やされて、霰と化したのだ。

霰だ、と教えても、さよの震えはしばらく止まらなかった。まさに天変地異は常識を外れたつむじ風の襲来だけでなく、この四月の終わりにさえ雨を霰に化かしたのだ。

しかし、それも一夜限りのこと、直ぐ翌日には大工総がかりで屋根は元通りに修復された。さらに数日経てば、あの夜の出来事も半ば冗談にして笑えるはずだ。そう思って、私はこの出来事を歌にしたのである。

杉の板をかりにうちふくねやのうへにたじろぐばかり霰ふるなり

あられふるあしのまろ屋《や》の板びさしね覚めもよほすつまにぞありける

後の方の歌は少し趣向を凝らして、我が家の仮屋根ではなく葦葺《あしぶき》の仮小屋の出来事のようにしつらえたものだ。

私はこれまでにも自分の作った歌をさよに見せたことはなかった。さよもまた私の書くものに特別に関心を寄せたことはなかったように思う。だから、私が通う歌林苑や歌会やそれに集う人たちにも特別の興味を見せたことはない。ただ、万葉などの有名な歌は多少の常識として知っていたようだ。

私は霰の歌をさよに見せた。時節外れの霰の音に驚き、突然何が起きたかと私に武者《むしゃ》ぶりついてきたあのいじらしさを半分からかい、半分愛《め》でるつもりだった。

だが、その時、歌についての私の講釈を聴きながら、さよは不意に言った、私の予想もしなかった一言を。

あなたは恋の歌も詠むの？

それは何気なく発せられた問いであったろう。歌と言えば、男女が愛を取り交わすものと思っていたさよの、素朴な問いに過ぎなかっただろう。

だが、なぜか、私は言葉に窮《きゅう》した。

そして、なぜか、変に間延びして、ああ、と答えた。

その頃までに、私は恋の歌についても、かなり上達したと思っていた。

仮想の相手は相変わらずさよであったから、何かが変わったわけでなく、ただ歌に詠みあげる技巧において少しはましになったというべきなのだろう。


する墨《すみ》をもどき顔にもあらふかなかくかひなしと涙もやしる

これなどは、俊恵師の父上であった源俊頼《としより》の撰による勅撰集『金葉集《きんようしゅう》』中の藤原永実《ながざね》の歌「する墨も落つる涙に洗はれて恋しとだにもえこそ書かれね」を頭に置いて詠んだものだが、元歌が「落つる涙に洗はれて」とか、「恋しとだにもえこそ書かれね」とか、余りに直截《ちょくせつ》的に過ぎるところを、「かくかひなしと涙もやしる」と恋心の奥行きを深くしたつもりだ。

また、初めて「恋」という言葉を使った、

みてもいとへなにか涙をはぢもせむこれぞ恋てふこころうきもの

は、先の「かくかひなしと涙もやしる」の歌を恋という言葉に集約してしまって、かえって観

念だけの歌にしてしまったし、もう一つの「恋」という言葉を使ったものも、

恋しさの行く方もなき大空にまたみつものはうらみなりけり

と、折角「恋」を使いながら、中身のないことを自ら証明してしまっているように見える。それではとばかり、今度はずばり、「君」と打って出てみたのだが、

うらみやるつらさも身にぞかへりぬる君に心をかへておもへば

どうにも、「君」の正体不明。ええいっ！　と、もう一つ、

我はただこむ世のやみもさもあらばあれ君だにおなじ道に迷はば

と、まさに同じ迷路に落ちこんでしまった。あの天真爛漫なさよとならば、この乱世、どんな運命が待っていようと生きていけると思っていた私には、それもまた自分の作る恋の歌の必然だと思うところがあったのだ。

だが、そのように強弁してみたところで、己れの作る恋の歌の限界がここまで見え見えでは、

やはり作り手としての矜持《きょうじ》が頭をもたげてくる。私は必死でその道を探った。そこで、再び思い出したのが、『源氏物語』である。源氏の女たちは私には余りに遠い存在だった。だから、そこで手をつかねてしまっていた。だが、別の物語をつくればいいのだ。そうだ、もっと想像力を飛躍させて、歌というよりは私なりの物語を作ってしまおう。さよをもっと大人の女というか、﨟《ろう》たけた女に設《しつら》えてみたり、寂しげな女にしてみたりする代わりに、ある物語の情景を作って、その中でさよに様々な役を演じさせればよいのだ。当然、その相手になる私もその相手役を演じてみせることになろう。いや、むしろ、歌は私が詠むのだから、私がその物語の主人公を生き生きと演じ切ればいいのだ。そうすれば、歌に詠む情景も生き生きとしてくるはずだ。新境地に入れる！　私はそう確信した。

うちはらひ人かよひけり浅茅《あさじ》はらねたしや今夜《こよい》露のこぼれぬ

私は今宵浅茅が原を歩いている、期待に胸膨らませて。今から、恋しい女のもとへ向かおうとしているのだ。早く抱きたい！　だが、一方で、私の胸の内は疑心暗鬼《ぎしんあんき》が跳梁《ちょうりょう》し始めた。彼女の所にはすでに誰か男が先に来てしまっているのではないか。そう思うと、夜露をいっぱいつけた野の茅萱《ちがや》に触れて衣類が濡れるはずなのに、あまり濡れていないような気がする。それは、先に通った男が露を払い落としていったからではないだろうか。そう思うと、妬ましさに、己れの目から涙がこぼれ落ちるのだ。

そうした情景を作ることに先ずは成功したと私は思った。このようにして、私はようやく一つの自信作に至る。

それは、「秋の夕《ゆうべ》に、女のもとへつかはす」と題して詠ったものである。

忍ばむと思ひしものを夕ぐれの風のけしきにつひにまけぬる

これは、浅茅が原の歌が作為に過ぎているのに比べると、そうであるようには見えないはずだ。相手の女についても、また詠み手である己れにしても、できるだけその気配を消して詠まれているから。その分、かえって、そのさりげなさのうちに女への男の思いのたけが偲ばれるというもの。すべてが作為でしかない私の恋の歌の中で、遂に作為を隠すことができたと、私は満足していた。

だが、時として、想像だにしなかったことが現実には起こる。

さよが、私が家を空けている留守のうちに、私の書き記した歌の綴りを秘かに読むようになっていたのだ。しかも、恋に纏《まつ》わる歌だけを拾い読みして。

そして、皮肉なことに、私の恋の歌の上達は、深刻な問題をさよの身内に引き起こしていた。私の全く知らないうちに。

世の乱れをさらに誘うかのようなつむじ風が都とそこに暮らす人々に甚大な被害を残し過ぎ去

って間もなく、時の絶対権力平家一門に対して初めて反旗を翻《ひるがえ》した人物が表舞台に登場する。後白河法皇の第二皇子以仁王《もちひとおう》とそれに従う源頼政《よりまさ》・仲綱《なかつな》親子である。

以仁王は第二皇子とはいえ、第一皇子の第七十八代二条天皇とは腹違い、清盛の義妹の滋子《しげこ》（後の建春門院）の子の第八十代高倉天皇との間に挟まれて、親王宣下《せんげ》もなく不遇のままに三十歳となっていた。元服の頃から書にも優れ学にも秀でていたにもかかわらず、生前の建春門院の妬みを受けて虐げられていたという。

その下地はすでに二月《ふたつき》前高倉天皇が安徳天皇に譲位し、自らが上皇となった最初の社参《しやさん》の儀を恒例の石清水八幡宮《いわしみずはちまんぐう》・賀茂社・春日社《かすが》・日枝社《ひえ》のいずれでもなく、平氏の氏神様として清盛が造った厳島《いつくしま》神社で執り行うことにした辺りから醸成されていた。

もちろん、後白河法皇を言わば人質にして高倉上皇に暗黙《あんもく》の強制を促した元凶が清盛入道であることが誰の目にも明らかだったからである。

先例を蔑《ないがし》ろにした厳島詣でに反対の声は宗教界に充ち満ちて、先ず園城寺《おんじようじ》、俗称三井寺《みいでら》の大衆《だいしゆ》が決起、今までの互いに反目しあっていた行き掛かりを捨てて、延暦寺や興福寺《こうふくじ》の大衆たちに呼び掛け、さらには京都周辺の武士階層にも働きかけて、後白河法皇、高倉上皇を自分たちの陣営に取り返そうとするものであった。結局、高倉上皇の厳島詣では強行されたが、かえって反平氏連合が形作られてしまった。

老獪な清盛入道は、延暦寺の懐柔《かいじゆう》を図るため、一時は島流しを命じた明雲大僧正を元の座に復帰させたりしたのだが、堂衆の力は上からの力で御《ぎよ》せる範囲をすでに超えていた。

こうした反平氏勢力によって、言わば担ぎ上げられたのが以仁王であった。そして、頼政・仲綱父子がその脇を固めた。そして、以仁王の令旨《りょうじ》が秘かに発せられたのである。諸国の源氏よ、立て！　と呼び掛け、一斉蜂起《ほうき》を促すものであった。

この令旨は、以仁王の蔵人として召し抱えられていた熊野《くまの》の住人十郎義盛《じゅうろうよしもり》、改名して行家《ゆきいえ》が、東国に派遣され広く伝達されたという。そして、美濃《みの》、尾張の源氏一族はもとより遂には伊豆の北条《ほうじょう》に辿り着き、源頼朝《よりとも》に伝えられたということだ。その流れで木曽義仲《きそよしなか》にもこの令旨が達していたという。

しかし、予想した以上に、この決起計画が早くも平家側に漏れ、頭に以仁王がいることが発覚したことで、一気に反平家方は敗勢に追い込まれてしまった。以仁王たち主力は園城寺、いわゆる三井寺に先ずは籠《こも》ったが、その拠点に畿内各地の源氏を中心とする反平家勢力を集結させるだけの暇《いとま》すらなかったのだ。さらに、当てにしていた叡山大衆の足並みもそろわず、圧倒的な平家軍を前に、持ちこたえる余裕すらなく、南都《なんと》へ脱出して興福寺に集結する一大勢力に頼らざるを得なくなった。

こうして、夜陰《やいん》に紛《まぎ》れ、以仁王以下頼政ら主力の五十騎ばかりが脱出を図った。これを追う以仁王追討の平家軍は検非違使景高《かげたか》、同忠綱《ただつな》以下、士卒《しそつ》三百余騎。宇治平等院《うじびょうどういん》に逃げ込んだ以仁王を守って、頼政や嫡男《ちゃくなん》仲綱、次男兼綱《かねつな》らは宇治川に架かる宇治橋で奮戦するが、多勢《たぜい》に無勢《ぶぜい》、遂に全員憤死《ふんし》するに到るのだ。

そもそも、この平等院宇治川の戦いで敗死した頼政公は七十七歳、歴戦の勇士であった。平治の乱の折、山場であった六条河原《ろくじょうがわら》の合戦で清盛方につきその勝利に貢献したこともあって、平氏天下の世にあって源氏方としてはほとんど唯一といっていい信用を得ていた。数年前には、清盛の推挙《すいきょ》によって従三位《じゅさんみ》となっている。以来、源三位入道《げんざんみにゅうどう》頼政と呼ばれた。源氏を常に意識していた清盛入道としては、摂津源氏の嫡流《ちゃくりゅう》を汲《く》む頼政を優遇することで、反平家勢力の意識に多少の楔《くさび》を打ち込んでいるつもりだったかもしれない。だから、以仁王が源氏方や反平家勢力に令旨を飛ばしたと聞いた清盛入道が、その討伐軍の大将の一番手に源三位入道頼政を据えようとしたのは当然とも言える。それが、豈《あに》はからんや、逆に反乱軍の大将だったのだから、清盛入道の愕《おどろ》きと怒りは如何《いか》ばかりだったろう。

私にとっての源三位入道頼政という人は歌人として、その達人としての風聞であった。『千載和歌集《せんざいわかしゅう》』の撰者、藤原俊成《としなり》は私の師であった俊恵を今の世の名人と称えながら、その父であり俊成自らの師であった俊頼には及ばないと言ったが、頼政についても素晴らしい名人で、彼が歌の席にいるだけで一本取られたという気がするとまで絶賛した。俊恵師もべた褒めしていて、いつも歌を心に懸けているので森羅万象《しんらばんしょう》何事につけ秀歌が生まれるのも道理、俊成評と同じく歌の座に頼政卿がいるだけで何事も映《は》えたと言い切っていた。

だが、もう一つ、歌人とは別の側面、本来の源氏の武者としての逸話《いつわ》を私は覚えていた。これもまた、おほばの夜語《よがた》りの一つであった。

後白河法皇の腹違いの兄だった近衛《このえ》天皇の御代《みよ》、天皇が夜な夜な何ものかに魘《うな》され怯《おび》えることが続いたので、えらい坊さんたちを呼んで加持祈禱をさせたが一向に収まらない。よくよく夜の宮中の内外を調べてみると、必ず深夜の丑《うし》の刻に東三条《とうさんじょう》の森の方角から黒雲《こくうん》が現われ宮中の御殿を覆う時、天皇が怯えだすことがわかった。とすれば、三代前の堀河天皇の時にも似たようなことがあり、その時は世に一番の剛《ごう》の者と聞こえた八幡太郎義家《はちまんたろうよしいえ》が魔除《まよ》けのために弓の弦をかき鳴らすこと三度《みたび》、さらに天に向かって大音声《だいおんじょう》に名を名乗った。その声は立ち会った人々さえ恐れ戦《おのの》かしたという。効果覿面《てきめん》、天皇の御悩《ごのう》も即座に治ったことがあった。ならばと、かつての八幡太郎義家に代わる剛の者はと源平両家の強者の中から選ばれたのが、この源頼政。まだ、兵庫頭《ひょうごのかみ》であったという。

　頼政は供にただ一人、井早太《いのはやた》という郎等を連れ、自分は二重《ふたえ》の狩衣《かりぎぬ》を着て、山鳥の尾で矧《は》いだ鏃《やじり》の先の鋭く尖った矢を二本、滋籐《しげどう》の弓に添えて持ち、紫宸殿《ししんでん》の広縁《ひろえん》に立つ。

　時すでに至れり。怪しげな黒雲一叢《ひとむら》現われ、その中に怪しげなるものの姿。頼政は弓に矢を番《つが》え、心のうちに南無《なむ》八幡大菩薩《はちまんだいぼさつ》と叫んで、引き絞った弓をひょうと射た。射貫《いぬ》かれた的は真っ直ぐに落ちてくる。井早太がすかさず駆け寄り、獲物を刺し貫く。宮中の人々の篝火《かがりび》の照らす中に現われたのは、頭は猿、胴体は狸《たぬき》、尾っぽは蛇《へび》、手足は虎《とら》、まさにこの世のものとは思われぬ怪物であった。しかも、鳴く声が鵺《ぬえ》のようであったという。

　すっかり癒えた天皇は称賛し、師子《しし》王《おう》という名の剣を頼政に下《くだ》された。これを取り次いだ宇治の左大臣が頼政に渡そうとした時、ほととぎすが二声三声鳴きながら空をよぎっていったのを見て、左大臣、

ほととぎす名をも雲井にあぐるかな

と、歌の上の句を詠いあげると、すかさず頼政は、右の膝をつき、左の袖を広げて、月の残る暁闇《ぎょうあん》の空を仰ぎながら、

弓張月のいるにまかせて

と返し、剣を頂いて退出したという。武勇の名を一気に挙げたものだという左大臣に対して、弓に任《まか》せて射たまで、と謙遜する頼政。ここで、平家嫌いのおほばは、源氏の武士は慎み深いねえと、この物語を締めくくるのが習いだった。

あの英雄譚を繰り返し聞いていた時代からほぼ二十年経って、わが英雄の一人だった源三位頼政入道も世を去ったのだ。私は、都に住む多くの住人と同じように、いち早く町に伝播《でんぱ》する噂話によって、事件のあらましを知るという具合であったが、私は性分としてさらにその先を、時にはその裏話から隠された真相まで少なくとも自分なりに納得しないでは済まなかったので、先ずは、昔からその点では似たような性分だった次童丸に訊きただすのだった。

彼は、相変わらず下っ端とはいえ、検非違使直結の配下であったから、かなりの真相には辿り

着けたように思う。巷《ちまた》の噂話に浮き沈む断片が次童丸の語る全体像の中に巧く嵌《は》め込まれて納得させられる時の快感は、いわく言い難いものだった。また、たとえ噂話の類いでも、多伊三をはじめ大工たちが仕入れてくる話は、彼らが出入りしている建築主や家主らが、本来の宮廷貴族や平家の公達《きんだち》など事件に何らかの関わりや利害を持つ人たちが多かったので、事細かな人名はもとより具体的な官名まで伴っていたので、細々《こまごま》とした部分まで推し量ることができた。

さらに、世の中には相当の時が経たないと流れてこない言わば宮中や政治の中枢で秘匿《ひとく》された情報は、私の琵琶の師匠である中原有安師からもたらされた。秘中の秘である情報である。

有安師は、私の性格から口が堅いと見て取ったのだろう、それでもかなり執拗《しつよう》に念押しした後、とっておきの内部情報を耳打ちするようにして伝えた。人は誰かに秘密を漏らすという衝動には堪《た》え切れないのだ。何しろ、有安師は貴族社会の頂点に立つ一人九条兼実《くじょうかねざね》に琵琶を指南するばかりでなく、様々な情報の伝達者でもあったからだ。こうして、私は歌ばかりでなく、この目で見たこと、この耳で聞いたこと、などその時々の雑感も交えながら書き記した。

それらは、先ずいつでも取り出して書き込めるように手近の文箱に入れておいた。歌は歌で別の文箱に仕舞《しま》っていたが、私の家にそのような書き物に関心を持つ者のいないこともあって、文《ふ》机《づくえ》の上や周辺に置いておいたから、誰にでも手に取ることは容易ではあった。だが、昔なら、私の読むもの、書くものに最も強い関心を寄せていたおほばも今や心身ともに老衰して、寝たり起きたり、食事をとり排泄することで精一杯になっていたので、おほばに見られるおそれも皆無だった。だから、まさか、さよが私の歌、それも恋の歌を盗み見ていたとは、全く私の想像の外にあった。

そして、さよの著しい変化を間近に見るようになってからでさえ、その原因が那辺《なへん》にあるのかさえ分からなかった。さよの兄貴に対する私の秘かな疑惑と恐怖が、まさかさよに伝染したとも思えぬままに。

先ず、私がさよの特性として最も価値を置いていたあの天真爛漫さがさよから消えた。それは同時に元気溌剌《はつらつ》さが無くなったということでもある。最初のうちは、食欲がなくなっていたわけでもなかった。だが、元気がない。その内、私の前からさよの笑顔は消えてしまった。私に笑いかけぬばかりか、もはや表情そのものを日々失っていくようだった。だから、その変化すら私だけのものではなくなってしまった。もはや、家の者全員がさよの変化を知ることとなる。急激な変化を。

遂に、さよはものも食べなくなっていく。先ず、母親がおろおろし始めた。そして、母親をもってしても動かしがたい現実となってくると、母親の目は冷たい光を放って私に降り注がれる。父親の反応も母親と同じだった。私にとって、彼らの思惑や彼らの視線など、意に介するものではない。だが、それは、さよの具合の悪さの指標のようなものであったから、私の無力感を増幅させる効果はあったというべきだろう。

双子の兄たちとはほとんど顔を合わせる機会がなかった。少なくとも、彼らの一人は私を避けているのだろうか。私が目撃した事件、それをなかったことにしていいのか。だが、事件そのものがすでに大火の中に消え失せてしまった、とも言える。私に危険が及べばいざ知らず、次童丸に相談すべくもなかった。

ある朝のこと、所在なさに琵琶でも弾こうかと手に取ってはみたものの、このところさよとの合奏さえ拒まれている現状、やはり止めようと戻しかけたところへ、立ち現われた者がいる。さよの兄貴だった。私はドキッとした。不意の訪問者も目を尖らせていた。互いの眼が合った。

お前、見たな！　と声が発せられる直前、私は身構えていた。だが、義兄は先ず、太助だが、と名乗った。私が今もって、兄二人の区別がつかないでいることを見透かしたような声だった。左耳の下にほくろがあった。あっ、これが目印だったか。太助はやや言いづらそうに次の言葉を発した。

「さよとの間に何かあったのか」

「いや、何も」

と、私は答えた。

「父も母も心配している……浮気でもしたのか？」

「そんなことは絶対ない！」

「私に何か言いたいことはないか」

「いや」と、答えると、太助はさっさと立ち去ってしまったが、最後の言葉は妙に引っ掛かるのだった。

その後も、さよとは相変わらず寝屋は共にしていたが、私との間に張りめぐらされた見えない障壁は、益々堅固になるばかりで、言葉ひとつ掛けても、その障壁の向こうに達することはない。

あの、時折こちらが戸惑うばかりに甘くしな垂《だ》れかかってきたあのさよはどこにもいない。さよはまるで硬直した死人のように横たわるばかり。私がさりげなく擦り寄っていって体の端に少しでも触れると、まるで瘧《おこり》に罹ったように震えだした。私がその震えを止めようと抱きすくめた途端、鬼の腕から逃れんとするように一声悲鳴を発したかと思うと、私の腕に嚙みついてきた。

それ以来、私の妻は私が手に触れることさえできぬものになってしまった。しかし、だからといって、私のさよへの愛は冷めるどころか益々手の届かぬものを恋するように募った。それは愛と呼ぶべきではなかったかもしれぬ。今や、愛は欲望と化していた。私は、私の愛がすでに欲望でしかないことに気づいていた。だが、私は今やその欲望に縋るしかなかった。琵琶をかき鳴らし、琵琶の音に乗せて高唱《こうしょう》してみても、行き着く先は見えている。だから、私は見境なく、真昼間から、さよを相手に愛の幻想劇を繰り返すしかなかった。私は毎日、人目のない場所で、さよの幻影に向かって精を放っていた。遂に涸《か》れ果てるまで、それを続けた。なまじ、さよが実在するだけに、私の苦しみは限界に達していたとさえ言える。

〈七〉

そんな時、福原行きの話が持ち上がった。

実は、以仁王の反乱が失敗し、頼政以下近臣たちのほとんどが討ち死にし以仁王自らが命を絶たざるを得なかった日から数えて四日ばかり、清盛入道は突如都を京から摂津国の福原に遷《うつ》すことを公けにした。

元々地盤である福原を新都としたいという夢想は抱いていたのかもしれないが、院政とそれを支えてきた旧貴族社会の基盤となってきた京の都を捨て、さらに今や公然と牙を剝き出した寺院勢力を温存させてきた土地を切り捨てることで、平家武家政権の確立を目指したのだろう。それは、すでに半ば貴族化していた平家の公達にとっても青天《せいてん》の霹靂《へきれき》でなかったとは言えまい。

新都造営に関する順序だった準備は全くなされていなかったから、慌ただしく法皇と上皇と天皇の遷幸《せんこう》はなされたが、皇居もない福原では、仮の住まいをそれぞれに宛がうしかなかった。法皇は清盛の弟の教盛《のりもり》邸に、上皇は清盛自身の別荘に、天皇は清盛の弟の頼盛《よりもり》邸に、という具合だった。したがって、頼盛邸が内裏《だいり》となったわけである。また、摂政である藤原基通《もとみち》の住まいは安《あん》楽寺《らくじ》別当《べっとう》である安能の房が充《あ》てられた。

しかし、都としての機能は各自の住まいだけで済む話ではない。四季ごとの行事や祭式、それらを執り行う神社仏閣を中心とした造営計画も、政治機構の設置準備と共に喫緊《きっきん》の課題になってくる。そこで、宮大工の総元締めであるわが鴨家に白羽の矢が立ったわけである。普段なら、私を差し置いてでも、義父や義兄たちが我先に名乗りを上げるところだが、誰の目にとっても先が見えない新都造営だからと、鼻の利く彼らにとっては危ない橋は渡りたくないと思ったのだろう、ここはあっさりと、当主こそその任に当たるべきとその大役を私に振ってきたのだ。

だが、私には勿怪《もっけ》の幸いだった。何より、私にはさよとの今の暮らしは地獄のようなものだったから、一時であろうとそれから逃げ出したい気持ちが、見通しのない仕事の困難さを危惧する心配をはるかに超えていたからだ。それに、私には新しい福原という土地やそこに暮らす人々への好奇心が強くあった。私は次童丸を呼び出し、その予想される冒険行を得々と語った。本当は次童丸には心の苦痛を訴えたかったのだ。さよの変貌のことを。そして、どうしたらいいだろうかと。何事も自分よりおとなで物知りの彼なら、何らかの解決策を教えてくれるかもしれない。だが、いつも敵《かな》わない次童丸に私が対抗できたのはさよのことだけだった。さよについてのお前ののろけ話だけには敵わない、と次童丸はいつも笑って言う。私にとって最後の砦《とりで》であるさよ。私はこれまでも、そして今度も、さよについての愚痴《ぐち》めいたことは一言も口にしなかった。

いよいよ、福原に向け旅立つ日が来た。気心の知れた多伊三が伴ってくれることになり、私はこの間はさよのことは暫し忘れて、旅心《たびごころ》のみ楽しもうと決めた。

それにしても、二十代半ばを疾《と》うに過ぎてのわが生涯初めての旅である。出立《しゅったつ》に際して、何か一つ歌を詠んでおきたいと思った。歌を作るに際して、特に恋の歌を作るのに苦労したことから、作為という方法のあることを覚えてしまったが、旅に出る心境などは出来れば心の赴くままに作りたいものである。だが、そう思うと、先程の旅心のみ楽しもうという決心はたちまちのうちに揺らいで、さよのことを気懸《きが》かりに思う心が先に立つ。だから、旅先にいる自分を想像すると、どうしても解放された気分とは反対に気落ちしている自分、心が晴れぬ自分がそこにいる。言わば、侘《わび》しい自分の姿だ。

だから、私は『古今集《こきんしゅう》』の在原行平《ありわらのゆきひら》の歌を、旅の目的地である福原に近い須磨《すま》との関連もあって、直ぐに思い起こしていた。「わくらばに問ふ人あらば須磨の浦に藻《も》塩《しお》垂れつつわぶと答へよ」もちろん、連想はしたが、わぶなどと正直に言ってはならないし、言うつもりもない。だが、「わくらばに問ふ人あらば」というのは巧いと思った。そして、「答へよ」という絶妙な命令形。偶々尋ねる人があったら、というさりげない出だし、だが、それをそのまま踏襲するわけにはいかない。かなり人に知られた歌だから、最後の「わぶと答へよ」に結びついてしまう。ずばり、主《あるじ》はと、と切り出すのは多少気が引けるが、私にとっては一家の主人となって初めての遠出だ。「主はと問ふ人あらば」で悪くないと思った。

ちょうど、我が家の庭先には、をみなへしが鮮やかな黄色を光に輝かせて咲き誇っている。行平の歌には、誰に問うとも、誰に答えよとも詠っていない。私の歌では、その役回りを、をみなへしに託そうと思った。をみな（美女）をへ（圧）す花と言えば、私にとってはさよでしかない。さよよ答えてくれ。それが、私の本心だ。だが、そこではたと止まってしまった。私がどうしていると答えてもらえればいいのか。いや、それ以上に、今のさよは私のことをどう見ているのか。どう思ってくれているのか。いや、私のことなど考えたくもないのではないだろうかという気さえしてくる。しかし、私に対するさよの変貌の理由さえつかめぬ私には、何一つ答えの出しようがない。だから、私は苦し紛れに、やどのけしきをみよ、と答えよ、とした。庭先のをみなへしが今盛りのように元気にしていますよ、とも解釈できるように。だが、書き留めてから、かえって、やどのけしきという言葉に、私の隠したい真実が透けて見えているのではないかと懼れた。やどのけしきとは、をみなへしが咲き誇る群落のことではなく、今まさに進行中のさよの心の病いというべきか、ほとんど狂気に近い失調の気配が家を覆いつくして外に溢れ出している兆しを言い当ててしまったかに思え愕然《がくぜん》としたからだった。それこそ、そのけしきに恐れおののいている私の姿でもあったから。

あるじはと問ふ人あらばをみなへしやどのけしきを見よと答へよ

門出の歌としてはやはり失敗作であった。

私にとっては、『万葉集』の中の一首「我が里に今咲く花のをみなへし堪《あ》へぬ心になほ恋ひにけり」が率直で好ましい。このところすっかり虚仮《こけ》にされている私だが、今もなお、私はさよに対して「堪へぬ心になほ恋」しているのだ。

先の福原への行幸は、清盛入道の屋敷のある八条から伏見《ふしみ》の草津《くさつ》まで、天皇、法皇、上皇それぞれの乗る牛車を道の両側から挟むように二列の武士数千騎が警護の隊列を組んだと聞く。清盛入道の乗る屋形輿《やかたごし》が先導した。草津からは、桂川《かつらがわ》、淀川《よどがわ》と、水路をたどる旅だった。

私たちは、陸路をとった。今までに経験したことのない距離ではあったが、私も多伊三も健脚《けんきゃく》には自信があったので躊躇《ちゅうちょ》はなかった。私には道中の風物の一つ一つが、またすれ違う一人一人が目新しく、時の経つのも忘れた。また、都を連れ立って歩く時とは違って、ほとんど会話すら交えなかった。

家を後にしたのは、卯《う》の刻前、ようやく朝の光が眩しく射し始めた頃だったが、昼時ともう一度水を補給したついでに一休みしただけで、後は黙々と歩き続けた。知らず知らずのうちに、疲れが少しずつ体内に影を落とし始めたせいか、私は外の風景を楽しむよりもここ最近のさよとの細々《こまごま》とした情景を思い浮かべるようになっていた。その思いを振り払おうと、意識を足の運びだけに集中しようとするのだが、もはや私の心は破裂しそうなまでに膨張していた。

その時、それを救ったのは、多伊三の声だった。

「そろそろ、宿を見つけなきゃいけませんね」

はたと気づくと、辺りはやや薄暗くなり始めていた。

「もう少し歩くと、昆陽野《こやの》ですから、そこで探しましょう」

と、多伊三は続けた。

「福原まではやはり無理だったね」と私。

和泉式部《いずみしきぶ》に「津の国のこやとも人をいふべきにひまこそなけれ蘆の八重葺《やえぶき》」という歌がある。地名のこやに懸けて、いらっしゃいとお誘いしたいのだけど、隙《ひま》なく敷いた八重葺のように暇がなくて、という歌に詠まれたあの、昆陽《こや》なのだ。これも一興《いっきょう》と、私は宿泊地となる昆陽野に興味を持った。

やがて、私たちは宿場のある町並みに入った。すっかり夜の帳《とばり》は下りきっていた。多伊三がその一軒の軒に入って男衆《おとこしゅ》と話をしているのを見て、私はそこに投宿《とうしゅく》するものと思った。

だが、多伊三はその男衆には馬鹿丁寧に頭を下げて出てくるや、私にはどこへとも告げず、すたすた歩き出した。あらかじめ決めた宿があるわけじゃなし、と多少不審に思いながらも、仕事で出かける時はいつも先導は多伊三に任せていたので、私も急に速足となった多伊三に遅れじと付いていった。

町並みから外れた暗闇の先に、細くうねった光の帯のようなものが見えた。川だった。川の浅瀬に月光が踊ってちかちかしている。やがて、橋に出た。粗末な割にかなり長い橋だ。躊躇なく多伊三は渡り始めている。それに付いて、私が橋の半ばまで来た時、対岸の橋の袂に一軒の家があるのに気づいた。家の建つ川縁には、川船が一艘《いっそう》もやっている。漁師の家だろうか。それにしては、継ぎ足したような建物の造りがかなり大きく、部屋部屋からこぼれる灯りも多いように見える。私が対岸に着いた時には、多伊三が戸口から中へ入っていくのが見えた。何か嫌な予感がして、私は橋を渡りきったところから動かなかった。

間もなく、多伊三は出てきて、私が直ぐ傍まで来ていると思っていたらしく、しばらくはきょろきょろ辺りを見回していた。やがて、私がまだ橋の所から動いていないのに気づくと、何をしているのだとばかり、珍しく怒ったような素振りで駆け上がってきた。それでも、私には穏やかな声で、今夜はここに決めましたから、参りましょうと先に立った。「ここは、普通の旅宿《りょしゅく》かい」と訊くと「ええ、そうですよ」との即答。

だが、そうは答えてはみたものの、納得していそうにない私の顔を見て、どうせ直ぐにばれるものならと思ったのか、今度は実にあっけらかんと、

「宿のおかみさんというのが実は遊女なんですよ」

それは困る、女を宛がわれるのは断ると、私は強い口調で言った。

いつもの多伊三なら、ここで私の主張に折れるはずだった。だが、いつもとは違った。

多伊三は今までに私の見たことのない斜《しゃ》に構えた様子で、少し卑下《ひげ》したような笑みを浮かべながら、

「あんたはいいよ、かみさんがいるんだから。だけど、独り者の身にもなってよ、こういう時しかはけ口がないんだから」と言う。

「あんた」という私に対する呼称《こしょう》も初めてのことだった。普段は、特別に呼称は使わなかった。

「わかった。私は一人で寝る。もし、それが許されないなら、別に宿を探すよ。さっきの宿場に戻るさ」

その時だ。私の答えを聞いて、多伊三が笑い出したのだ。私はしばらく怪訝な顔をしていたに違いない。

「何だい、あんたもやせ我慢なんかするない。いい亭主面《づら》なんかして、お笑いだよ。このところ、嫁さんに全然させてもらってないじゃないか。俺なんかの方が吐き出し口はいろいろと転がってるさ。あんたはさよさんに袖にされて、溜まりに溜まってるはずだろ、それを俺が気を利かして段取り付けてやろうっていうのによ。わかってないねえ」

このところ、嫁さんに全然させてもらってないじゃないか。その一言は、私にとって雷の一撃に匹敵するものであった。次の瞬間、私は立ち眩《くら》みに襲われ、どうとばかりに倒れているはずだった。倒れていないのが不思議だった。一瞬目の前から消えていた多伊三の顔が二倍の大きさに

なって私の前にあった。その顔からはすでに嘲笑《ちょうしょう》の気配は消え、むしろ怯えさえ走っているように見えた。

次の瞬間、私はまるで私でないもののように動いていた。私は真っ直ぐに宿の方に向かった。道はやや下っていて、加速度のついた私はその勢いを止めることなく、入り口の灯りの方に突進した。後ろから、多伊三が必死に追いつこうとしている気配が伝わった。すでに開かれている戸口の前で、辛うじて私に追いついた多伊三は、私の前に回ってむしろ留めるような所作をしながら言った。

「じゃ、いいんですね。ここは、私が大工仲間から聞き出していた場所なんです。先ず、挨拶に出てくるおかみが客の風体《ふうてい》を見て、一番ぴったりな敵娼《あいかた》を選ぶんだそうです。さすが年季《ねんき》が入っていて、それが外れなし、満足しないで帰らぬ客はいないって、評判なんですよ」

多伊三の言葉も旧に復して丁寧だった。私の耳もしっかりと言葉を捉えていた。だが、実のところ、私はほとんど夢遊病者のようだったはず。なぜなら、その間、絶え間なく、私の心は一点に絞られていた。夫婦間の秘密であるべきことが、多伊三にまで知られていたことに対する疑念だった。

さよの振舞いから、先ずは母親が感づき、父親に漏らし、それが兄たちに知られるという経緯までは考えられる。しかし、このことは一方的に私の恥だけには止まらない。娘の恥にもなる。その秘密を家族間ならともかく、いくら大工仲間、しかも使用人と言っていい立場の人間には当然隠そうとするはずだ。多伊三までが知っているということは、家に出入りしているほとんどの人間に知られてしまっているということだろうか。だとしたら、その伝播の範囲は底知れないものとなってしまう。多伊三には誰の口からその秘密はもたらされたか。夢遊病者ながら、その想念だけは頭を駆け巡っていた。その想念に浮かされている夢遊病者だったのだ、私は。

だから、中に招じ入れられ、おかみが挨拶に来て、多伊三と隣り合わせの部屋に案内されながら、そして、部屋の中にはすでに布団が敷かれ枕も二つ並べられているにもかかわらず、私には次に期待されるべき何事も想像できなかった。

ふと、夢から覚めたような心地で、振り向くと、襖《ふすま》を開けて女が入ってきた。先程会ったおかみに似ているような気もしたが、白塗りに鮮やかな朱《しゅ》の口紅が映えて、おかみよりは遥かに若かった。女は何も言わず、黙ったまま酒器《しゅき》を載せたお盆を傍らに置くと、盃《かわらけ》に酒を注ぎ私に差し出した。私はそれを一気に飲み干した。女はそれを見てやや微笑《ほほえ》みながら、再び酒を注ぐ。三、四度それを繰り返した後、女は酒を注ぎ終わると、素早く左の手を動かし私の盃を持つ手を摑んで、女の口に誘導した。女はそれをごくりと飲んだ。女の唇が濡れて、急に艶《つや》めかしくなった。

女は私の盃を持った手を摑んだまま、にじり寄ってきた。女はもう私に酒を注ごうとしなかった。

私から視線を外すことなく、盃を私の手から捥ぎ取るように奪い、傍らに捨てた。まさに捨てたとしか言いようのない放り出し方だった。後から考えれば、それもまた臈たける女の手練手管であったろう。その一瞬の動作に私は乗せられてしまった。私は女に武者ぶりついていた。一瞬、さよの面影が私の脳奥《のうおう》に走った。だが、私はもはや暴れ馬のように狂い猛《たけ》っていた。私自身はおろか、さよでさえ、止められる領域はすでに超えていたのだ。私の肉体はここずっと耐え続けていた自制の枠を叩き壊し、もはや女と区別のつかないさよにすら暴虐《ぼうぎゃく》の限りを尽くして止まなかった。

女のあえぐ声を耳朶《じだ》に残したまま、私は少し眠っていたようだった。私がはっと目覚めて、自分の居場所に改めて気づいた時、女はそれを押しとどめようとするかのように、私の両眼を女の両の乳房で覆った。そして、再び、私の関心を女に向かせることに成功すると、それからは、私の全く知らない性戯の数々を女は繰り広げた。私はその度に、己れのすべての精を放出したかに思いながら、また新しい限界を超えていくことに驚きを禁じ得なかった。そして、それ以上に、女の性の深淵《しんえん》を思った。

その一晩で、女は痴態《ちたい》という痴態をすべて私に曝《さら》したかに見えた。だが、これも生業《なりわい》の一つであるからには、まだまだ奥の手がいくつもあるのだろう。おそらく愛情がなければこその領域なのだ。さよと私の間には決して必要のない世界。私には性には初心なさよでいてくれればよい。真っ直ぐに私に抱きついてくれるさよがいれば充分。だが、その初心なさよ、真っ直ぐに抱きついてくれるさよさえ、今の私にはいないのだ。

朝の眩《まぶ》しい光に揺すられるようにして、私は目覚めた。女はすでにいなかった。

障子に当たる光が一瞬、瞬くように煌《きら》めいて、障子紙に墨で書かれた乱雑な文字の列を浮き彫りにした。それはくねくねと続いていて、落書きにしろ読めるような代物ではなかった。まさか女の手習いではあるまい。ましてや、画でもなかった。おそらく、一晩遊び女《め》の奉仕を受けた文《もん》盲《もう》の男が識字《しきじ》を気取り、恋の歌の贈答をする宮廷人に成り代わった気分で、墨と筆を借りて書きつけたものではないだろうか。その男はおそらく繰り広げられた一夜の宴《うたげ》に満足したのであろう。群生する葦《あし》をなぞるような書体の仮名を葦手《あしで》というが、これはむしろ悪手《あしで》と呼ぶに相応《ふさわ》しかろう。だが、男の高揚した気分は微笑ましくも思われる。ということは、お前もまた、一晩が明けてなお男と同じように高ぶっているのか。さよを裏切りながらも。

私は、歌詠みとして、男の悪手の、歌にならざる歌の横に、一首書き残したいと思った。男も女との乱れた痴態の数々を思い浮かべながら、書き綴ったはずだ。私もやはり頭に浮かぶのはそのこと。真っ先に、しどろなる、という言葉が浮かんだ。『後拾遺集《ごしゅういしゅう》』の良暹法師《りょうせんほうし》のものに、「朝寝髪乱れて恋ぞしどろなる逢ふよしもがな元結にせむ」というのがある。しかし、このように「しどろなる」をあからさまに使うわけにはいかない。しかし、この宿の記念譜《きねんふ》として、己れと女の乱れた様は刻んでおきたい。今後の人生の良きにつけ悪しきにつけ思い出される罪業《ざいごう》として。

津の国のこやのあしでぞしどろなるなにわざしたるあまの住ひぞ

と、持参の筆で書き記した。

「なにわざしたる」が少々思わせぶりに過ぎたか。なにわざには、津の国の歌枕である難波《なにわ》を隠した。そして、「わざ」で連想されるのが、『万葉集』のかがいの歌だ。「人妻《ひとづま》に　我《わ》も交《まじ》はらむ

我が妻に　人も言問《ことと》へ　この山を　領《うしは》く神の　昔より　禁《いさ》めぬ行事《わざ》ぞ　今日のみは　めぐしもな見そ　事も咎むな」

かがいの歌を使って、今夜のみは許せとの思いを隠した。いずれにしても、自己韜晦《とうかい》に躍起となった歌作り、これもまたさよとの真実からの逃避に違いなかった。

朝食の膳《ぜん》が運ばれてきた。私は急いで筆を隠したので、飯炊きのばあさんそのままに運んできた様子のその女は、開けた障子の新しい筆の跡に気づくわけもなく、めしと汁とささやかな惣菜《そうざい》を載せた膳を置きっぱなしにして出て行った。お腹は空いていた。早速膳に向かうと、笹の葉の下から艶のいい焼き魚が一尾現われた。鮎であった。さすが川の畔の宿、飯を装《よそ》う女もいないが、得した気分になった。再び、廊下を先程の女が通り、隣の部屋に入った様子。すると間もなく、こちらの障子が開いて、多伊三が顔を覗かせた。手には膳を持っている。彼は朝の挨拶をするでもなく、私の膳の前に自分の膳を置くと、開口一番、

「おかみ直々のご指南とは、羨ましい限りですなあ」

と言った。

「おいおい、違うよ。おかみよりは若い女だったよ」

と、否定すると、

「こっちへ来た女が言うんだから間違いないよ。おかみはまだ女を知らない男の初物食《はつものぐ》いがお目当てらしいから。いやいや、頭《かしら》は嫁さん持ちだからそうじゃないが、初心だと思われたんじゃないのかねえ」

今度は頭ときた。返事に窮していると、

「それに引き換え、こっちは最低でよ。若いだけが取り柄で、からだはぷりぷりしてるんだが、からっきし下手でねえ。そっちの部屋から聞こえてくるおかみの妙《たえ》なる調べに興奮して、ひとり突きまくるのが落ちさ」

と、しゃあしゃあと言う。

相手をすればするほど、こちらも下卑てくるような感じがして、後は黙って食い続けていた。

おかみに二人分の宿賃を払って、その宿を出た。おかみは、何一つ余計なことは語らなかった。あれだけ濃密な夜を共にしたはずなのに、それがこういう商売の流儀というものなのだろう。そうでなければ、この世界で生きていけるはずもない。頭では理解できても、まだ私には腑《ふ》に落ちない。まだまだ私が世間知らずであるということだろう。

次童丸には遠く及ばないと日頃から思っていることの一端が少し見えたような気がしてきた。宿賃は夜の伽代《とぎだい》も含まれているはずなのに、意外に安い感じがした。都に比べて、この辺りの物価がまだまだ極端に低いのだろう。だが、福原遷都が定着すれば、急速に上がっていくのだろう。

私は妙なことにおかみの将来のことに思いを馳《は》せていた。今も、おかみを陰で操り、おかみや他の女たちの稼ぐ日銭を掻《か》っ攫《さら》っていく男がいるのだろうか。そいつは、おかみのような女を何人も抱え、したがってその下で使われる女たちを何十人、何百人と抱え込んでいるのだろうか。

おかみにとって、私という存在はたった一夜の名もなき男、ただの玩具のようなものに過ぎなかったのだろうか。影のように体の上を通り過ぎていくだけの男、むしろ、そうであってくれた方がいい、と私は思った。なぜなら、私にとっておかみという存在がそのようなものであってほしいと思っていたからに違いない。さよに対する秘かな言い訳のように。

だが、その道の達人であるおかみなら、出し惜しみした技巧の一つや二つで簡単に私など手玉に取ることは出来たように思う。それにしては、度が過ぎていたように思うのだ。多伊三に言わせれば、あんたみたいなぼんぼんには妙にそそられるんだってよ、ということになるのかもしれないが、そうとも思えぬ何かがあったような気がする。あのおかみにも、私と同じような何か気持ちの屈託があったのではなかろうか。私がおかみの体に埋没しようとしたのは、頭から離れぬさよの現状を一夜なりとも忘れたかったのだろう。鬱屈した欲望の捌け口を求めたのであろう。それと同じように、ある情念に苛《さいな》まれているかもしれないおかみ。おかみの抱える人生上の悩みとは何であるのだろう。

今、改めて思い知る自分の世界の狭さ。嫁を娶《めと》り、子こそまだ生《な》していないが、ついこの間までは順当な性生活を送り、時たま駆り出される神事の務めも無難にこなし、家業の方は表立ってやる仕事も多くなり、今こうして新都の造営という大事にも関わっている。いっぱしの大人になったつもりでいたが、まだまだ世間知らずの餓鬼の類い。歌だけは、自分でもかなり自信ありげに作ってきたが、宿の障子に残してきた歌など、独りよがりのひねこびた歌だ。知識をひけらかしてひとり悦に入っている、言ってみれば、歌年増《うたどしま》か。

昨夜のことは、私が私なら、おかみもまたおかみ、そう言って済ますことも出来るかもしれないが、私はさよに対する罪業だけでなく、おかみに対しても罪業を重ねたような気がした。

自分の妄念《もうねん》に没頭し、多伊三とは遂に口を利かぬまま、足だけは順調に動いていたようで、気が付いた時には、すでに福原に入っていた。先ずは、神祇官のお偉方とこの地の由緒ある神社で会うことになっている。昼餉《ひるげ》をとりながら、大まかな打ち合わせといったところだ。

当の神社はかなり高台にあったので、そこへ辿り着くまでに、この地のあらましは見て取れた。先ずは余りに狭い。だから、京の都のように条里を割って、東西南北に通りを通すことなど及びもつかない。しかも、北は山に続いていて急な傾斜だし、逆に南は下るばかりで海が近く、波の音が騒がしそうだ。今日は晴れていて波も穏やかだが、強風に高波となり、まして高潮ともなれば、海岸に近い通りはとても安穏と歩けそうにもない。

また、通りを歩いて見る限り、空き地は多く、建物もろくに建っていない。また、通りかかる人々を見ても、牛車は見かけず、都では牛車を使っていた人もここでは馬に乗って済ましている様子。また公家用の衣冠《いかん》や布衣《ほい》を身に着けるべき人も、武士の着る直垂《ひたたれ》で済ましている。まるで田舎武者《いなかむしゃ》といった体《てい》たらくだ。これで、果して、いや風俗の様変わりの話はともかく、この地勢での新都の造営など前途多難もいいところ。どうするんだろう、と他人事のように呟《つぶや》くしかなかった。

案ずるより産むが易し、とはおほばの処世訓の一つであったように思うが、私たちを出迎えてくれたお偉いさんは、今回のお役目ご苦労さん、後は今晩接待するから、明日一日ぐらいこの辺りの物見遊山《ものみゆさん》でもして帰ってくれ、と要約すれば、このようなことを大層しかつめらしく、宣《のたま》った。

今回の遷都について、天狗《てんぐ》の所為《せい》、悲しむべき宿業《しゅくごう》と嘆いていたらしい九条兼実も、天皇か上皇かは知らぬがどちらかの要請を受けて、すでにこの福原の地を踏んでいたらしい。そして、諮《し》問《もん》されていた三か条について、頭弁《とうのべん》の吉田《よしだ》経房《つねふさ》を呼んで意見を述べたようだ。三か条とは、福原が狭すぎて、都としての条里が組めず、恰好がつかないこと。右京に充てられる土地が傾斜地で平坦な土地が少ないこと。安徳天皇の即位に伴う大嘗会《だいじょうえ》を、皇居が出来ていないまま、どこで行うべきか判断に苦しむこと、であったらしい。ところが、すでに福原に代わる代替案は上がっていたらしく、昆陽野も有力な候補地になっているということ。高倉院や清盛入道もその気になっていたということだった。それがまた、清盛入道のお膝元、厳島神社の巫女《みこ》である厳島内侍《ないし》が、播磨《はりま》の印南野《いなみの》にすべしとの御託宣《ごたくせん》が下ったと伝えてきたものだから、またまた、振出しに戻ってしまったということになる。確かに、印南野は播州《ばんしゅう》平野のど真ん中に位置する肥《ひ》沃《よく》な土地ではあろうが、元々遷都の目的の重要な一つは、父の忠盛以来進めてきた日宋《にっそう》貿易の一大転換を図って、宋の商船に初めて瀬戸内海の航行を許し、その要の港として築いてきた大輪田泊《おおわだのとまり》を念頭に、ここに近接する新都をというのであったはず。昆陽野ならまだしも、福原よりさらに西の印南野ではいかにも遠い。だからといって、昆陽野もまた大小の沼が点在するからには干拓が必須で、一筋縄ではいかず、どうなることやら先が思いやられるところではあった。

だが、私の方はとりあえずはお役御免となり、引き返すのみだ。改めて沙汰があるまでには、かなり時間を要するだろう。それにしても、京の都のことを思えば、その無残なさまが思いやられる。遷都が決められたのが六月のはじめ、私が発ったのが七月の末、その間僅《わず》かふた月足らずのうちに、大臣公卿はもとよりそれらに仕えている人々、また広く商売人や職人の数々も多くが移り住んでいったので、捨て置かれた家々は見るからに荒廃し、空き地には雑草が生い茂った。あれだけ、毀《こわ》されて筏《いかだ》に組まれて下流へと下っていった家の建材の多くはどこへ行き着いたのだろうか。新都たるべき福原の地で建て替えられたとも見えなかった。

帰りは街道筋の普通の旅籠屋《はたごや》に泊まった。多伊三も四の五の言わなかった。

次の日は、これまでとは打って変わって、朝から雨が降った。季節外れの冷たい雨だった。いや、暦だけでなく本物の秋はそこまで来ていたのかもしれない。まだ、ほんの僅かな日にちしか経っていないのに、長旅をしたような疲れがどっと来たようだった。さよが待っていてくれる。どんなにそう思いたかっただろう。それはもう叶わぬ夢なのか。私が留守にしたちょっとした間隙《かんげき》が、さよに張り付いた憑き物を落としていてはくれまいか。あのままの状態が続いていたとして、さらに遊女の宿でのおかみとの一件をさよが知ったとしたら。多伊三には堅く口止めをしておかなければと思いながらも、さすがに私の人間としての矜持がそれは許さなかった。

代わりに、私は訊いた。それも重い鏨《たがね》を打ち下ろす気分だった。すでに夜の帳の下りた京の町に入っていた。

「最近の私とさよのこと、いったい誰から聞いた？」

多伊三は一瞬、何のことか分からぬという顔付きをした。余りに黙りこくって、ほとんど一人旅のようにすたすた歩いていた男が、急に振り向いて訊いたのだ。だが、その質問を理解した途端、多伊三はむしろ怪訝《けげん》な顔付きで、当たり前のことを何で訊くんだというように、

「あんたの嫁さんからだよ」

「えっ……」

と、声になったかどうか、多伊三は続けて、

「ああ、本人からじかに聞いた」

と、念を押すように言った。

「さよとは、日頃、そんな話をしているとも思えないが……」

「そりゃそうさ。お互い、大人になってからはな。ましてや、ひとの嫁さんだしな。だけど、幼馴染ではあるからね。他の人よりは愚痴を聞いてくれると思ったんだろ」

「愚痴？」

「言ってみれば、まあ悩みだな」

私は何か分からないものに気圧されて、言い淀んだ。

多伊三は続けた。

「頭《かしら》が日頃書きつけている歌の綴り帳を見たらしいよ。そうしたら、頭が誰かに懸想《けそう》したらしい恋の歌が続々出てきたらしいんだ。どこの誰かもわからない女だけに、余計妬《や》ける気持ちが強く

なったということだ。そうしたら、頭の傍に寄ることさえ嫌になったと言っていた」

私は半ば得心がいき、半ば安心もした。

「頭も不注意と言えば不注意だ」

多伊三は得々としてしゃべり続けた。

「男として秘中の秘のものを、簡単に女房に見られるところへ置いておくなんてよ。それとも何かい、女房の嫉妬を駆り立てて、その女と競わせるつもりだったのかい」

それが原因なら、さよの誤解を解くことは簡単だ。私の作歌における創作の秘密を明かせばいいのだから。

「いや、話を聞かせてもらって、助かった。恩に着るよ」

私は、一段と強くなった雨脚を逆に蹴散《けち》らす勢いで、家路を急いだ。


だが、事はそう簡単に運びはしなかった。さよは私の弁明を真に受けてくれなかったからである。先ずは、一歩前進というところで、我慢するしかなかった。というのは、少なくとも、私の言葉に一応は耳を傾けてくれたからである。私が旅に出る前の、突如私という存在を封じ込めてしまったあの期間というもの、まるで耳を閉ざしてしまったように、私の話しかける言葉はもとより、その声の表情というか、私の訴えようとする感情の微細な何ものかさえ全く聞き取ろうとしなかったし、目は開けてはいるものの、私の体を素通りして遠くを見つめている眼をしていた。私には、さよがほとんど気が狂《ふ》れたかと思えるほどで、ずっとある種の恐怖を味わっていたからである。少なくとも、さよが人として戻ってきてくれたようには感じ取れたのだ。

私はさよの誤解を解くために、歌の一つ一つについて、そこで詠われている女の造形が観念的に過ぎず、絵空事の女でしかないこと、また作歌としては思わせぶりなだけで、実体のないことを縷々《るる》説明した。しかし、段々歌が上達してくると、門外漢だと思っていたさよにとっても、それは分かるようで、「浅茅はらねたしや今夜《こよい》露のこぼれぬ」について、実体験がなければあそこまで生き生きとした情景は詠めないはずと、さよが追及してきた時、私はこれまでのように歌の講釈で逃げることができず、遂に、大体が夜に家を空けたことがないじゃないかと、現実に戻って言い訳するしかなかった。しかし、これも、さよに、私が両親と一緒にお伊勢《いせ》参りに行って長く留守にしたことがあるじゃない、と切り返されてしまった。確かに、その間、次童丸に誘われて夜通し家を空けたことはあった。だが、次童丸も私の性分を知っていたから、悪所に誘うことはなかったのだ。さらに、「夕ぐれの風のけしきにつひにまけぬる」では、これこそは真に迫っていて、絶対に作りごとの世界ではない。あなたは絶対に手紙を書いている。だけど、私はあなたから一度たりとも手紙を貰ったことがない、と言い放って私の言い分を聞こうともしなかった。

こうして、相変わらず、さよとは寝室を共にしながら、あの甘美な夜ごとの饗宴《きょうえん》とは縁遠い日々が重ねられるのみであった。おほばが元気でいてくれたなら、二人の間を取り持って復旧に努めてくれたかもしれないが、最近は寝間から顔を出すことも少なくなり、こちらが覗いても、眠っている方が多くなっていた。それでも、食欲はまだ健在で、運ばれる食事はほとんどを平らげているということだった。私はさよとの蜜月のなかで、おほばはすでに空気のような存在になってしまっていたが、いま改めて、おほばのことを思う余地ができた。いや出来てしまったというべきか。さよとの間隙がそうした余地を作ってしまったとすれば、おほばは決して喜ばないだろうが、私はこのところ、おほばと密着していた幼い頃の事どもを頻《しき》りに思い返している。私の想像力はおほばによって高められた。学問や文芸一般に関する教養は間違いなく父によって培《つちか》われたが。

現実世界に生きながら、想像力によって人は誰しもその現実世界を二重三重に生きられるのだという気がする。想像力とは決して別世界に遊ぶということではなく、その境目にも立てるということだ。おほばの語ってくれた様々な物語の世界は、実際にあった話から空想の産物まで多種多様に広がっていたが、どれもこれもこの世の真実といったものに触れていたように思う。その中でも、完成度の高い『源氏物語』、あれほどのものが書けたらどんなに素晴らしいだろうと思う。だが、あれはやはり宮廷の内部で生活し、つぶさに人々を観察できる立場にいた紫式部《むらさきしきぶ》だから出来たことで、それとて余人では出来ないことだった。経験も浅く、まだまだ何ほどの知識もないわが身にとって、物語を構想するというのは、まだまだ夢物語でしかないが、私もわが身の周辺で起きた事どもは、何くれとなく記録している。だが、正直、さよとの現在の形など書きとどめたくもない。早く、この現実を解消したい。

おほば、どうしたらいい。教えてくれ。どうせ、さよの隣で、悶々《もんもん》とした夜を過ごさねばならないのなら、正直、おほばの傍らに寝て、昔おほばが語ってくれたお話の数々を語ってやりたい。おほばの話の中には、いろいろな庶民の知恵の話もあった。何か、さよの拘《こだわ》りを解く手懸《てがか》りになるような知恵の話はなかったか。それはともかく、おほばには、私の一番の宝物、想像力を高めてくれたお礼に、今度は私が添い寝して様々な物語を語ってやろう。おそらく、おほばは私の中し出を受け入れ、いい冥途の土産になると、喜んでくれるだろう。私もすっかりその気になって、ひとりほくそ笑んだ途端、それは叶わぬ夢に過ぎないことを思い知った。さよが許すはずもないことだったからである。さよは、私を自分の監視下に置かずには済まさなかったからである。私はおほばに添い寝してやるという夢想を中断し、さよの待つ寝室へと入っていった。

〈八〉

遷都はなされたものの、まだ腰が定まっていない様子であるからには、主要な仕事の場を福原に移すわけにもいかず、といって準備を怠っていては、いざ公けの仕事が殺到した時、取り返しのつかぬことになりかねないので、ともかく出先の拠点だけは作っておこうと、今度はさよの兄二人が現地へ行って少なくとも候補地だけは決めてきた。とりあえず、私が神祇官と会い一晩泊めてもらったあの神社の社務所《しゃむしょ》の一角を、鴨家の宮大工総元締めの仮出先機関とし、兄の方が指揮を執ることにしたのだ。

しかし、民心そのものがまだ遷都を実感できていないから、すべては宙に浮いたまま、どこに落ち着くのかさえ誰一人確信が持てるような状態ではなかった。さらに、その浮ついた状態に追い打ちをかけるように衝撃的な情報が東方からもたらされた。

遂に、源氏方の惣領である源頼朝が平氏に対して公然たる反旗を翻したのである。以仁王の令旨がご本人亡きあといよいよ効力を発揮しはじめたのであった。その噂は、たちどころに旧都全体を覆いつくし、保元《ほうげん》・平治の乱をつぶさに見てきた年代の者にさえ、それらの戦乱の規模とは全く違った、はるかに大きな戦禍《せんか》が見越される未曽有のものに襲い掛かられるような恐怖心を与えた。

以仁王の決起以来、平氏方はその報復に走り、以仁王らの後ろ盾となってあからさまに対立した園城寺らを焼き打ちにしたが、一方諸所で蠢《うごめ》き出した反平氏勢力、特に諸国の源氏の動向には目を配り、防衛策を講じるばかりか、むしろ積極的に地方の平氏勢力の決起をも促した。その動静はまたつぶさに源氏方にも伝わったから、いよいよ天下の情勢は緊張の度を高めて、しかも流動的になっていた。

平氏方、特にその頭である清盛入道、通称入道相国にとって、保元の乱では陣営を同じくしながら、平治の乱では敵味方に分かれ、しかも己れが一族を滅ぼしたと言っていい源義朝《よしとも》の忘れ形見、その嫡子である頼朝の動向は最も気に懸かるところであった。

元々平治の乱の折、すでに十三歳の若武者として参戦し、清盛への敵意を決して隠そうとしていなかったあやつめを、いくら父忠盛の後添《のちぞ》え、己れにとって義母である池禅尼《いけのぜんに》が命乞いをしたからと言って、許すべきではなかったのだ。伊豆へ島流しにした後々までも、そのことは時折食事時に小骨を喉《のど》に引っかけては、どうして食らう前に小骨を抜いておかなかったかと後悔するように、思い出されていたものを。その嫌な予感がいよいよ現実味を帯びてきたのだ。

頼朝の方でも、平氏方の態勢が整う前に行動を起こさねばという切迫感には迫られていた。関東の有力な源氏勢力を糾合《きゅうごう》するためにも、頼朝立つ、の狼煙《のろし》を上げる必要があった。平氏方の有力な勢力の一つ、相模国《さがみのくに》の大庭《おおば》景親《かげちか》の影響力が増す前にと、ついに打って出たのである。

頼朝の軍勢は、以仁王の令旨を根拠に東国諸国の支配権を主張し、先ずは伊豆国の目代《もくだい》である山木《やまき》判官兼隆《かねたか》を攻めて勝利した。この幸先《さいさき》の良い初戦の勝利は頼朝軍を勢いづかせ、相模国を押さえるための行動に出た。何となれば、この地こそ西へ攻め上るための最初の関門であったからである。そして、相模の豪族三浦《みうら》一族や中村《なかむら》一族との連携成って、順調に進むかと見えた目論見《もくろみ》は、平氏方の大庭景親らにあっけなく妨《さまた》げられ、それどころか石橋山《いしばしやま》の合戦では惨敗し、頼朝自身命からがら箱根《はこね》山中に逃れる体たらくだったという。

しかし、頼朝という男、冷厳沈着な清盛の裁《さば》きさえ免れた運の強い男と言うべきか、北条時政《ほうじょうときまさ》らと共に海上を渡って安房国《あわのくに》に逃れ再起を図ると、有力者たちの協力によって上総《かずさ》、下総《しもうさ》、武蔵《むさし》全域の武士団を一気に纏《まと》め上げ、遂には鎌倉《かまくら》入りして、ここを本拠となすに至ったのである。約五十日間の紆余曲折《うよきょくせつ》も、結果は頼朝軍に以前に倍する勢力をもたらしていたのだった。

逆に頼朝追討の宣旨《せんじ》を貰って、大将軍に平維盛、副将軍に忠度を頂く大部隊が早くに出発する予定だったが、全体に士気の上がらぬこともあって大幅に出遅れ、頼朝軍が立て直しに手間取る間隙を突く機会を見す見す失っていた。

かくして、平氏の大軍が東海道《とうかいどう》を下っているとの情報は、すでに迎撃態勢を整え終わった鎌倉の頼朝のもとにもたらされたのである。すでに、この間、頼朝の動きとは別に、東国の諸源氏が反平氏を標榜《ひょうぼう》してそれぞれに挙兵し、反乱を起こし始めていた。甲斐《かい》源氏の安田《やすだ》義定《よしさだ》は駿河国《するがのくに》に攻め入っていたし、同じ甲斐源氏の武田《たけだ》信義《のぶよし》らも信濃国《しなののくに》からさらに駿河国への進出を図り、安田義定と連携するに至っていた。

頼朝は駿河国の主導権を握るためにもいち早く行動を起こした。平氏の大軍を迎え撃つべく、自らも大軍を率いて鎌倉から箱根の足柄峠《あしがらとうげ》を越え、駿河の黄瀬川《きせがわ》に陣を敷く。

平氏軍の方は、期待していた在地の武士たちが源氏寄りで、自軍に組み入れることができず、駿河一帯を制圧している甲斐源氏がすでに四万騎を数えるという風評に怯え、さらに頼朝軍が迫ってきたというので、戦意喪失し脱落していくものが多く、二千騎ばかりになってしまった。それでも、富士川《ふじがわ》の西岸に陣営を整えた。それを聞いて、頼朝軍もまた黄瀬川からさらに西へと進んで富士川東岸の賀島《かしま》に対峙《たいじ》したのだった。

しかし、追討軍と称して都を出る時は多勢でもあり勇ましかったものの、段々にその数を減らし、意気衰えてきた自軍の現状を見る時、戦端《せんたん》を開いた場合惨敗するのは火を見るよりも明らかだとして、退却論が首脳陣の大方を占めるようになって、ついにこの場を引き揚げることにしたのだ、平氏軍が。

この時、その退却論を主導したのは、歴戦の武将、追討軍の侍大将であった藤原忠清《ただきよ》であった。忠清は以仁王蜂起の折にも、追撃の先陣に立ち宇治川には馬筏《うまいかだ》を組んで渡河《とか》を決行、頼政を倒す立役者となった勇者だが、当時以仁王が南都に逃げ延びたという情報もあったことから南都に攻め込もうと逸《はや》る平重衡《しげひら》や維盛を諫めたという逸話もあるように、沈着冷静さも持ち合わせた男だったようだ。元来、今は亡き重盛に近侍していて、その嫡男維盛の乳父《めのと》でもあったらしい。だから、総大将の後見役《こうけんやく》を自任していたのであろう。

この退却は、情勢に照らせば理にかなっていたと思われるが、結果は軍そのものの秩序を失わせ、戦わずして引き揚げたというよりはまるで敗残の群れのようにばらばらに逃げ延びる体で、京都に戻った時は、大将軍維盛には僅か十騎ほどの郎等が従うばかりだったという。したがって、入道相国の怒りは荒れ狂うばかりだった。勅命を受け、追討使として赴いたからには、たとえ自らの骸《むくろ》を敵に曝《さら》すとも、おめおめと帰ってくるべきではない。恥を知れと、一番の宝であるはずの初孫の維盛にさえ流罪を、忠清には死罪を命じたという。もちろん、執り成されるのを承知の上でのことだったのだろうが。

すでに、頼朝が兵を挙げたのと呼応するかのように、身近な熊野でも別当の湛増《たんぞう》が反平氏を掲げて、先ずは平氏に親しい弟の湛覚《たんかく》を攻めるという事件が起き、遥か九州の筑紫《つくし》でも、菊池《きくち》隆直《たかなお》の反乱が起こっていた。一方、延暦寺や園城寺などの反平氏勢力の不気味な沈黙も、秘かに反撃の機会を待って充電しているかに見えていたが、平家の東征軍の戦わずして敗走するというこの前代未聞の出来事は、各地の反乱勢力を一層煽《あお》り立てる働きをした。

木曽《きそ》の源義仲《よしなか》は、血縁でいえば、頼朝とは同じ祖父を持つ従弟に当たるが、信濃国一帯を従え、なお上野国《こうずけのくに》への進出も試みたが、頼朝と鉢合わせするのを避けて、北方から北陸道《ほくりくどう》に進出、虎視《こし》眈々《たんたん》と京への進出を窺《うかが》っていた。すでに、尾張国まで源氏の勢力は伸び、近江源氏もまた近江国を抑え、延暦寺や園城寺勢力との連携も進んだ。

ここに来て、遂に入道相国も福原遷都を諦めざるを得なくなった。再び、京都に再遷都となったのである。十一月も二十六日となっていた。否応《いやおう》なく福原に移り住まざるを得なかった宮廷の人々や貴族たちの犠牲も儘《まま》ならなかったが、やむを得ず付いていかなければならなかった庶民の苦難は並大抵のものではなかった。また、時流に乗ろうとする余り、逸りすぎて慌ただしく引っ越した連中は、苦労を背負ったばかりでなく、後悔の念に苛まれ続けるだろう。

一方、京都を引き払うのに腰の重かった連中は、得をした気分を味わえた。私たちの方も、さして金のかかる準備はしなかったので、得をした方の部類に入るだろう。

京都を再び根拠地とすることで、入道相国の覚悟も定まったのであろう。ようやく反撃態勢を整えた平氏軍は、改めて諸源氏に対する追討軍を三方向に分けて派遣した。近江と伊賀《いが》と伊勢である。だが、いずれも激しい源氏方の抵抗に遭い、戦力を消耗させるばかりだった。一方で、南都の状況も切迫してきた。興福寺や東大寺に不穏な兆しが見え始めたのである。

十二月二十五日、平重衡を大将軍とする討伐軍が派遣された。二大寺院の衆徒たちも満を持して待ち構えていたので、二十七日夜の合戦は凄《すさ》まじいものとなった。苛烈極《きわ》まりないことで名を馳せていた重衡軍も、衆徒たちの抵抗に苦戦を強いられる有様《ありさま》だった。

その苦戦の余り飛び出した窮余《きゅうよ》の一策だったか。重衡軍の苛烈さが越えてはならぬ一線を越えてしまった。南都の人々が誇り高く保持する寺仏閣に向って火を放ってしまったのだ。もはや、南都一帯は火の都と化した。至る所に広がる火の海の中で、多くの宗徒たちが焼け死んだ。重衡軍はこの当座の戦《いくさ》には勝ったものの、将来に甚だしい禍根《かこん》を残した。わずかに焼け残ったものに、春日社《かすがしゃ》があるという。興福寺も東大寺も全焼したのは言うまでもない。仏教王国の誇り、東大寺の大仏も焼け落ちてしまった。

南都焼き打ちの報は、京の都にも直ぐ伝わり、戦乱の趨勢《すうせい》にも多大な影響を与えた。何より、今や平氏は仏敵《ぶってき》となったのである。それは、あらゆる寺院勢力ばかりでなく、貴族層の大部を占める藤原一族、さらには多くの仏教徒を敵に回した。藤原氏一族にとって、焼尽《しょうじん》された興福寺は氏寺《うじでら》であった。南都攻撃に入る前、入道相国は正式に後白河法皇の幽閉《ゆうへい》を解き、政治の場にも復活させ、讃岐《さぬき》、美濃《みの》の両国を与えて、関係修復に努めていたが、この事件ですべての妥協策は元の木阿弥《もくあみ》になってしまった。こうして、入道相国の絶対権力に大きな陰りが生じた折も折、年が明けても、各地に派遣した討伐軍からは一向に晴れやかな情報が伝わってこない中、入道相国の身に異変が起こったのである。

実は、それより以前、一月の半ばには高倉上皇が亡くなっていた。福原からまた慌ただしく京に戻り、池殿と呼ばれる六波羅の頼盛邸が最後の住みかとなった。後白河天皇の第四皇子で、母は建春門院滋子、八歳で天皇に即位、十二歳で清盛の女《むすめ》徳子（後の建礼門院）を中宮とした。そして、徳子が産んだ言仁《ときひと》親王（皇太子、現在の安徳天皇）に、ほぼ一年前譲位していた。在位十二年の後半は、父法皇と岳父《がくふ》清盛の対立に悩まされ、福原遷都後に病いを得てからは、厳島御幸《いつくしまごこう》で一時小康《しょうこう》を得たとは言いながら無理が重なっていたのではないか。学問や詩歌《しいか》音楽に秀で、人に慕われる温厚な性格だったと聞くだけに、政治に翻弄《ほんろう》された悲劇の人の色合いが濃く感じられる。しかも、二十一歳という若さだった。

それに引き換え、悪運強しともいえる入道相国が熱病を発したというのである。それも並大抵の発熱ではなく、まるで地獄の業火《ごうか》に当てられているような苦しみようだったという。そして、天下を牛耳《ぎゅうじ》り、天皇の外戚として、名実ともに位人臣《くらいじんしん》を極めた男も遂に死んだのだ。


入道相国の死はほとんど日を置かず、私の耳にも入ってきたが、これまで述べてきた反平氏勢力の分布や頼朝を中心とする源氏方の動向、また平氏による追討軍の実態と退却、また再度の討伐軍の再編制とその後の趨勢など、多岐にわたる情報の数々は、琵琶の稽古でこのところ頻繁に出入りしている中原有安師からのものが一番多く、また正確だろうと思う。何といっても、有安師は摂政関白をはじめとする政治の中枢にいる人々から情報を得ているからだ。有安師も情報の出所が直ぐ知られてしまうような貴族周辺ではさすがに口を閉ざしていて、その溜まりに溜まって吐き出したい欲求を、私を前に開放したのだろう。私にはまさに門外漢の扱いで、気安く喋れたのだろう。私もまた、茶飲み話を聞くように聞いていた。私が後学のため、それらの逐一を細《さい》大漏《だい》らさず夜な夜な記録していようとは、勘の鋭い有安師にも想像の外だったに違いない。

また、有安師の情報とは対照的に、巷間《こうかん》伝わる噂話の中の、真偽のほどの分からぬ辺りの真相をもたらしてくれるのが、次童丸であった。検非違使庁は、役所の中でも一番時の権力と結びついてもいたし、また権力の推移について最も敏感に反応するのがなりわいでもあったから、ここで得られるものには、有安師の言わば公式の情報の裏を行く得難いものがあったのである。

私は、兄の長守に頼まれると、相変わらず精力剤を調達するために次童丸に依頼し、受け取る度に会っていた。それまでは、他に気を許す友人のいない私は、事あるごとに次童丸と会い、会うだけで満足していたが、さよの気鬱に付き合うようになってからは、特に夜の外出は控えるようになり、昼夜の別なく仕事に駆り出される次童丸を呼び出すことも儘ならなくなっていた。だが、世の中の流れが速くなり、情勢が目まぐるしく変化するのを見て、やはり次童丸の持つとっておきの情報が知りたく、また頻繁に会うようになっていた。正直に告白すれば、もう一つの秘かな理由があった。それは、兄に渡す効能薬とは別に、女性用《にょしょう》の媚薬《びやく》があれば、それを次童丸に探してもらい、巧く手に入れることが出来たなら、さよに飲ませようかという魂胆《こんたん》であった。そして、言い出そう、今日こそ言い出そう、と思いながら、言い出せずに時を重ねていたのだ。

たとえ、その薬を飲ませたからといって、あれだけ私を拒否するさよを靡《なび》かせることが出来るかどうか分からない。いや、そのために、薬がさよを色狂いにさせてしまったら、それほど恐ろしいこともない。何より、さよに気づかれないように薬を飲ませるということが、さよという人格を否定する何ものでもないだろう。いや、そんなことより何より、もし、そういう仕打ちを自分がされたと知った時のさよを考えてみると、もう一生二人の関係は修復不可能だろう。私はこうして、毎回言い出せなかった。でありながら、今や、それに縋るしか方法がないではないかと、逡巡《しゅんじゅん》を繰り返してきたのだ。

〈九〉

入道相国の死が、生きながら地獄の業火《ごうか》に焼かれるような死であったと私が耳にした時、真っ先に思い出されたのは、おほばが語ってくれた祇王と仏御前の話で、清盛のことを化け物呼ばわりし、こいつは碌《ろく》な死に方はしないよ、とおほばが吐き捨てるように言った言葉である。清盛の死がおほばの耳にも届いたかどうか、そんなことを考えていた時、このところ姿を見せていなかった、おほば付きの女が、血相《けっそう》を変えて飛び出してきて、おほばが息をしていないことを伝えた。それは、このところ付きっ切りでおほばの傍に侍《はべ》っていたこの女にも気づかれぬほどの静かな臨《りん》終《じゅう》だったと思える。それにしても、まるで、入道相国がおほばを誘ったような按配《あんばい》だった。

おほばの亡骸《なきがら》を前に、さよが大泣きした。私もほとんど同じような状態だったはずだが、さよが先に泣いてくれたので、一歩手前で踏みとどまることが出来た。さよは、おほばの目論見《もくろみ》とした私の妻になることが運命づけられてからは、おほばの愛情を私と同等に受けて育った。私がおほばの薫陶《くんとう》からそろそろ卒業しかかった時に、ちょうどかつて私に愛情を注ぎ込んで倦《う》まなかったおほばの目の前にあの年頃のさよがいたというわけだった。もちろん、男の子に対するのと女の子に対するのでは違いはあったろうが、幼少時の思い出の中のおほばの大きさは私のそれと変わりあるまい。久しぶりに、私とさよは同じ感情を共有したように思う。それは、多少幼少期の甘酸っぱさを残しながら深い喪失感に伴う哀しみの感情だった。

さよはふとした時に涙ぐんだりした。そんな時、それを私に見られたと気づくと、ちょっと照れ臭そうに微笑んで見せたりした。私はどんなに驚き、どんなに嬉しく思ったことか。それは、私との関係修復の前兆となるだろうか。私も急いで微笑み返したが、かなりぎこちなかったのではないかと反省する始末。共有する哀しみを通じて、二人の心が解け合ってくれたなら、おほばはどんなに喜んでくれるだろう。さらに、私たちの仲を元通りに復旧させることが、おほばに対する何よりの供養《くよう》になるに違いない。それが、私の自分勝手な妄想とは思いたくなかった。焦《あせ》ってはいけない。逸《はや》っては、元も子もなくす恐れがある。私はそう自戒《じかい》しながら、ひたすらさよの機嫌を損じないように振舞っていたのだろう。それらの日々が、今となっては、懐かしく思い出される。

私がおほばの死を、極めて内向的に受け止めている間に、さよの父親である頭領《とうりょう》は、おほばの握っていた代々の神職として保持していた荘園や地所の数々の名義を己れのものに替えていた。私がおほばの家の跡継ぎとして養子縁組をした時に貰ったものとは、比較にならない規模のものである。しっかり者のおほばにとっては、余りにも迂闊《うかつ》であったと言えようが、おほばは自分の寿命に関してはまだまだ先のこととしていたのだろう。そうしている内に、頭の方も半ば呆《ほう》けてきて、文字通り私に跡を継がせる手続きを怠っていたのだ。私と共に跡を継ぐのが娘のさよであるからには、そこまで父親が阿漕《あこぎ》なことをするとはさすがに思っていなかったのかもしれない。

私がおほばを責めることは出来ない。私にはそれらのことは全く関心事の外にあり、頭の片隅にも占めることのなかった事柄だったから。

しかし、それらの事どもも、まだ私の耳に入ってくるじゃなし、私はもっぱらさよのことにのみ腐心していた。露骨に言えば、さよを再び抱けるようになるには、どうしたらよいだろうかと。この先に、その機会は巡ってくるだろうかと。

さよの方が私よりも、晩年のおほばには会っていたし、おほばがほとんど寝床を離れなくなってからも時々は会っていたようだから、そのどこかの折に、おほばが私との仲を案じて、さよに最後の頼みだからと、ほとんど遺言めいて話したことがあったかもしれない。そのことで、おほばの死後、さよも心して私に歩み寄ろうとしているのだろうか。

その夜は、珍しく、私は枕に頭をつけるなり眠り込んでしまったようだ。このところ、ずっと眠れない夜を過ごしていたせいかもしれない。ふと、何かの気配を感じて目が覚めた。まだ、深夜のことであったろう。辺りは夜のしじまにすっぽりと包まれているようだった。その時、ふと誰かのすすり泣くような声がしたのだ。誰か、といって、さよの他に人がいるわけはない。だが、聞き知っているさよの声ではないように聞こえたのだ。なぜか、女とも男ともつかず、幼子のような声なのだ。私は、不審に思いながらも、さよの眠っている方ににじり寄った。

暗い。何も見えない。ほとんど、手探りするように、進んだ。と、急に泣き声が止んだ。声のする方に、さよはいるはずだったが、今はそこに、さよが眠っているかどうかさえ、定かでなくなった。と、その時、私の手に触れるものがあった。髪の毛であった。私は「さよ……」と声をかけた。

「はい」と、はっきりした声が返ってきた。私は髪の毛に触れた手をさらに伸ばした。鼻と唇がそこにあった。鼻に沿って手を上にずらすと、手が濡れたように感じられた。やはり、泣いていたのは他ならぬさよであった。

「さよ！」

私は強く囁《ささや》いて、今はその在《あ》り処《か》がはっきり突き止められたさよの体を抱きすくめた。

「私の大事な、大事な、さよ……」

私は恐る恐るさよの衣を解《ほど》き、手を差し入れていった。さよのからだは温かく、そのように感じる分、私の手が冷え切っているのではないかと懼れた。だが、さよはそのような素振りは見せず、ただ私のなすが儘《まま》に任せていた。初めは、どこでさよが身を捩《よじ》って拒むかと、そのことばかりが気になって、手が自由に動かず、まるで人に動かされているようなもどかしさを感じていた。

「さよ、さよ」と声をかけることだけが、己れの今の気持ちを伝えられる唯一の手段だった。それがどのようにさよの気持ちに訴えられているかは測りようがなかったが、それ以上に、以前のようにさよを愛撫《あいぶ》する手に自信を持つことは到底できなかった。

半ば上の空だった私にも、男の本能がようやく湧き上がってきた。私の手はさよの両の乳房をしばらく揺蕩《たゆた》ったのち、さらに秘所に迫った。常々、私と享楽を分かち合ってきたさよなら、得も言われぬ喘《あえ》ぎやら言葉で私を一層興奮させたものだが、その気配が一切なく、再び私を逡巡《しゅんじゅん》させるほどに戸惑わせる。私がいつものように続けると、私にも明らかにさよが脚を開くのだけは分かった。私はもう夢中で、その開かれた場所に私を宛がうために自分の体を重ねていった。

こうして、久しぶりの祀《まつ》りの夜は明けた。夜が明けた時には、さよの姿はすでになかった。私の枕元で目覚める時を同じくしていたのなら、その夜の出来事が、さよにとってどのようなものであったか、また今宵、明晩へと続く二人の関係がどのようになっていくのか、窺い知ることが出来たろうに。甚《はなは》だ残念なことをしたと、己れの目覚めの遅かったことを悔やんだが、もはや、取り返しはつかない。というのも、さよは私の為すがままに、からだを開いてくれたが、それがさよの悦びに繋がったかどうか、甚だ心もとないからだった。さよは、一度も、悦びの声を上げなかったからである。

私の不安は、当たってもいたし、当たっていなかったとも言える。その後も、さよは私と交わることを嫌がりもしなかったが、悦びもしなかったからだ。私は以前のように性欲という煩悩《ぼんのう》に苛まれることはなくなったが、さよを悦ばせるという楽しみを失った。


私の身辺にまた新しい事態が起こって、さよとの問題は先送りせねばならなくなった。

兄の長守が喀血し、医者にも見放される事態となったのだ。長守は少年時から蒲柳の質で、周囲の大人たちには長ずるには至らないだろうとまで思われていたらしい。それが成人し、結婚し、子供まで得られたのだから、以《もっ》て瞑《めい》すべし、と露骨にいう親戚もいた。だが、おほばが死んだ今、私にとっては唯一の肉親だ。

長守にとっては、自分の病弱のために父の跡を継げないのではないかという恐れがあった。父

亡きあとは、この数代の不文律《ふぶんりつ》の通り、もう一方の鴨家の当主、祐季が下鴨社の禰宜《ねぎ》となってい
る。その後には、長守に順番が回ってくるわけだが、その間自分の身体が持ち堪えられるかどう
か、また継いだとしてもその職務を全うすることができるかどうかを不安がっていた。だが、そ
れが兄の思い過ごしにすぎず、たとえ兄が健康体であっても、必ずしもこれまで通りに、現在の
禰宜祐季が自分の跡を兄に譲るかどうか、私は疑問に思っていた。というのも、祐季という男が
一癖も二癖もある男だという風に私が見ていたからである。それは必ずしも私だけの僻目《ひがめ》ではな
く、亡き父が強く危惧していたことを私が知っていたからでもある。
父が兄長守に祐季の娘を娶《めあ》わせたのは、一にそのことが頭にあったからだと私は思っていたし、
その見方は間違っていないと今でも思っている。父は祐季の暗黙の約束履行《りこう》を疑っていたからこ
そ、祐季が自分の婿にした男を敢《あ》えて虚仮《こけ》にして、跡を継がせないというまでの阿漕なことはし
ないだろうと踏んでのことだったと思うのだ。だが、兄が自分だけの悩みとしてそう思い込んで
いる方がまだ幸せだと思って、私のその観測については一切兄には話していない。そして、すべ
ては、今や詮無いこと。私にとっては、今、兄に対して何をしてやれるかだ。
兄と私は最初から仲の良い兄弟だったわけではなかった。兄の冷たい仕打ちを恨んだこともあ
る。だが、それも兄の背負わされた運命ともいうべき病身の為せるところと割り切るようになっ
てからは、むしろ兄との新しい付き合いが出来たように思う。兄も私の前では、下手な自尊心を
捨てて、向き合ってくれるようになった。だが、こうして、兄の命運が尽きるところまで来ると、
私の仲介した強壮剤が一層兄の命を縮めたかとも思い、いやせめてもの楽しみを絶やさずに済ん

だかとも思って、自ら咎《とが》め同時に慰めてもいる。そして、兄にとって何ものにも代え難い宝である蕾《つぼみ》がすくすくと成長していることが、何よりの慰めになっているだろうとも思う。一方では定めし心残りではあろうが。

現に、私が兄の病床を見舞った時にも、蕾は兄の傍に侍っていて、何くれとなく世話を焼いていた。私にも、七つ八つの頃までは、無邪気になついてくれたので、わが子のように可愛がりもした。さよも蕾を見ては、早くわが子が授かってほしいと、私が神職の用で下鴨社に出向く折には、いつも付いてきて、神前に祈っていた。さすがに、蕾も十を過ぎると大人びてきて、他人行儀というほどではないが、一定の距離をとるようになった。しかし、遠く離れたところからでも送ってくる蕾の微笑みは、私には格別であった。それは、あの無邪気に戯れた日々のことは決して忘れていません、といつでも語り掛けているような雄弁さを持っていた。

蕾の母親は、血を吐き続ける夫を憚《はばか》って、普段はあまり近づかず、娘にも近づかぬように言いつけている様子だったが、娘の方は一向に意に介していない風だった。むしろ、父親の方が気遣って、早く向こうへ行け、向こうへ行けと口やかましく言っていた。さすがに、父の言うことを聞いて立ち去ったかに思えると、今度はお茶を替えにやってくる。だが、いなくなるといなくなったで、父親が落ち着かなくなるのを私は見て取っていた。それは、私にも早く帰れと言いながら、自分から話柄《わへい》を持ち出してくる仕方と同じであった。

さすがに、今度こそはしばらく追い払う体で、蕾を退席させた後、兄はこんな話を切り出した。つまるところ、蕾についての自慢話であった。

去年の夏のことだったか、兄がある歌を詠んだところ、その中の言葉を咎がとがめたというのである。ど素人のくせに、というような言い方で、その顚末《てんまつ》を披露したのである。兄の作った歌は、

火おこさぬ夏の炭櫃《すびつ》のここちして人もすさめずすさまじの身や

火を熾《おこ》さない夏の炭櫃のように、誰も心を寄せてくれない興ざめのわが身か、と自分を慨嘆《がいたん》しているのだが、それを聞いた咎が、夏の炭櫃に火は熾さないのは当たり前でしょう、冬の炭櫃に火がない方がもっと興ざめではありませんか、と言ったというのだ。それは、一本も二本も取られたね、と私が言うと、兄は子供だ子供だと思っている内に一人前の口を利くようになるんだからね、と言って、愉快そうに笑った。そして、その笑いが咳《せき》に変わり、咳が止まらない中で、真っ赤な血を吐いた。兄は昏睡《こんすい》し、そのまま、今生《こんじょう》の別れとなった。

私は、兄の形見にその長年にわたって書き留められた歌の数々を纏《まと》め、自歌集として残したいと考えた。兄と私は、父の薫陶《くんとう》のもとに、少年時から共に我が家での歌会には並み居る歌人たちに交じって参列することを許され、やがては参加して自ら歌を詠じるようになった。父の死後、私が歌林苑に身を置いたのとは違って、兄は病弱を理由に外の歌会に出向くこともなく、また自宅で父の跡を継いで歌会を試みることも儘《まま》ならなかったが、研鑽《けんさん》は積んでいた。私には時々、自

慢の歌を披露することもあったのだ。そして、菩にも歌の才能があるのなら、一つの手本として遺《のこ》してやりたかった。私は、兄の弔《とむら》いの大方が済んだところで、その作業に乗り出そうと考えていた。そして、遺作を編むことには、嫂《あによめ》も異論はなかろうと考えていた。

ところが私の全く予想もしていない事態となった。諸々の弔いの行事が終わり、後片付けが済むや否や、嫂は菩や、嫁入り時に連れてきていた端女《はしため》らを連れて、実家に帰ってしまったのだ。嫂が兄の遺したあのとめどない咳とそれに伴って夥《おびただ》しい量の血を吐き散らした業病に怖れおののき、それがわが身や愛娘に及ぶことを恐れて逃げ出した可能性もないとは言い切れないが、私には父親の祐季の差し金であった公算が大だったと思われる。父長継の思惑通りに両家の婚姻に祐季が乗ってきたのも、まだ禰宜の座を手に入れる前の祐季にとっては父からの引継ぎを確実なものにしておきたかっただけのこと、禰宜の座を手に入れてしまった今となっては、もはや主《ぬし》のいなくなった家に用はなかったのだ。私は人を遣って、兄の家集を纏めたいから、歌が記録されているものを貸してほしいと嫂に願い出たが、なしの礫《つぶて》だった。

間もなく、季節が変わり、薫風《くんぷう》と共に訪れる葵祭《あおいまつり》に駆り出され、禰宜の祐季やその息子である祐兼とは頻繁に会っていたが、嫂のその後の様子を聞くのも業腹《ごうはら》で、結局はその後も長く、音沙汰がなかった。菩に会えたなら、父親の家集を編みたいという私の意図に賛同し、協力してくれるはずだという確信があったが、会えないでは手の打ちようもなかった。

〈十〉

この年は、昨年夏の旱魃《かんばつ》に発した飢饉《ききん》の影響が徐々に現われはじめ、都大路の路傍にも餓死した者たちの骸《むくろ》が散見されるようになっていた。はじめ数体であったものが段々にその数を増やしていく始末である。すでに平氏の御大入道相国の死が、南都に火を放ち大寺院の数々と仏に奉仕した人々を焼尽したその祟りであるとの噂は今や公然と口にされるようになっていたが、ここに始まり、やがては翌年に及ぶ大飢饉とさらに惨禍を倍増させた疫病の流行もまたそのせいにされた。

飢饉は周辺部の農作物に頼っている都を直撃し、王朝以来の貴族社会に安閑《あんかん》として暮らしてきた人々をも困窮させ、金銀財宝との交換で少ない食料を得ようともしたが、大本の食料が足りなくなってくれれば、それらには何の値打もないことを思い知らされる始末だった。

入道相国を仇敵としていた後白河院でさえ、その祟りの度合いが仇敵を倒すばかりかさらに世の終末をさえ実現させかねない勢いであるのに肝を冷やして、祈禱に縋《すが》るばかりだったという。

この事態は、ただでさえ勢いをつけている源氏を中心とした反乱勢力へ一気呵成に味方するやに見えたが、皮肉にもこの飢饉の弊害は源氏方の食料補給をも困難にさせていた。そのために、しばらくは源氏の攻勢も渋滞せざるを得なかったのである。

地方ですらこうであったくらいだから、都の困窮はすでに度を越していた。人々は、水が徐々に減っていく中であっぷあっぷする魚同然だった。行き倒れる人々の数も知れず、あちらこちらの道々に転がっている屍骸《しがい》を片づけることも出来ず、腐乱するままになっているので、悪臭が町中を覆っていた。町中ですらそんな有様だから、河原は人の屍骸やらなにやら堆《うずたか》い山も出来ていて人馬の通る道もない。食料に次ぐ必需品の薪にも事欠く始末。辛うじて出回っている薪には、自分の家の一部を壊してまで売ったものがあり、また薪の中に赤い丹《に》が付いたものがあって、その出どころはといえば、古寺に入って仏像や金になるものを盗んだついでにかっぱらってきたお堂の中の飾り物や道具類を割り砕いたものだというのだから、濁世《じょくせ》もここに極まれり、と言いたくもなる。こちらもとんでもない時代に生き合わせたものだ。

とはいえ、このような末世にあっても、世間にいう夫婦の絆や親子の情愛といったものに触れなかったわけではない。その場合、情愛に勝る方が先に死んでいった。というのも、偶々《たまたま》得た僅《わず》かばかりの食べ物を、わが身を次にして愛する者に先に与えるからである。親子の場合がそうであった。すでに命の尽きた母親の乳房に縋って、乳を吸っている赤子の姿もあった。

仁和寺《にんなじ》の隆暁《りゅうぎょう》法印という人は、数多くの人々がこのような無残な死に方をしていくのを悲しんで、せめて自分が回向《えこう》をして往生させようとの志を持たれたのであろう、死者の一人一人の額に、梵字《ぼんじ》の阿《あ》という字を書いて回られた。都の一条よりは南、九条よりは北、京極よりは西、朱《す》雀《ざく》よりは東、言うなれば京の都の中心部の区域にあった死者のすべてに施されたということだ。その数、四万二千三百余りだったという。

しかし、そんな私の慨嘆や感懐や感動は、逆に時を大きく隔てた今だからの処世じみたそれであって、当時の私にはわが身の直下で起こった深刻な事件に比べて、物の数ではなかったのである。

私たちの暮らしにも飢饉の余波が及んでいたのはもちろんだが、下鴨社の関係筋は社領や荘園も各地に散らばっていたので、ある地域が不作でも別の所は平年並みということがあり、さほどではなく済んでいた。


兄がいなくなり、私が心を砕くべき対象は今やさよ一人になった。さよを旅に誘うことはできないだろうかと考えたり、久しぶりに管弦の稽古を再開する口実を考えたりしていたのだが、その出鼻を挫《くじ》くに充分なさよの出現であった。

その日は朝早くから夏の気配が濃く、机に向かって漢籍を読んでいた私も、自然と手近の一冊を手に取って扇代わりに首筋を扇《あお》いでいたくらいだった。さよの両親と兄たちは親戚に不幸があったとかで、朝早くに家を出払っていた。私はさよも同行したように思い込んでいた。

忽然《こつぜん》と現われたさよには、幼い時からおほばが手塩にかけ習い覚えさせたはずの礼儀作法も何もあったものではなかった。さよは突っ立ったまま部屋に入ってくるなり、私に向かって鋭く、しかし抑《おさ》えた低い声で、

「裏切り者！」

と言った。

私は怪訝《けげん》な顔で見上げていたはずだ。それは、理解しがたい言葉だった。しかも、通常、妻が

夫に向かって言う言葉ではなかった。

さよは泣き出した。だが、泣き声は立てなかった。涙声にはなっていたが、語調が揺れることはなかった。

「あなたの恋の歌の相手が架空の女だというあなたの言葉は信じたわ」

「あなたが私以外に女を知らない、ということも信じたわ」

と、さよは続けた。

そして、一瞬の間が生じた。さよは次の言葉を探しているように見えた。

その一瞬の間、私は恐慌をきたしていた。

私は悪夢の中にいるようだった。

私は恐怖を感じた。

その時、その恐怖のど真ん中に、さよの言葉が突き刺さった。

さよの口から、昆陽野《こやの》という言葉が出た。

その後が、どういう言葉で続けられたか、私はもう受け止めることが出来なかった。一時《いっとき》気の遠くなっていた世界から、私は戻ってきたようだった。

その時、あらためて、私はさよが呪文のように繰り返し、泣き叫ぶのを聞いた。

「昆陽野の女、昆陽野の女……」

突然、さよは私に向かってきた。私が思わず後退《あとずさ》りせざるを得ないような勢いだった。

さよは私の頭髪を摑み、そのまま前へ引き摺《ず》るように引っ張る。さよが自分の体重を乗せるように後ろに身をそらせて引っ張るので、私は前にのめり込むように足を踏み出さざるを得なかった。私の足裏が拡げたままの漢籍の上を踏んでいく感触にぞくっとした。しかし、それも一瞬の出来事、私はさよが仰向けに倒れていくのに逆らおうとして踏みとどまろうとしたが、倒れかかるさよの全身の重さには敵わず、頭髪を摑まれたまま、さよに折り重なるようにして倒れた。

私はさよに重なったまま、両手でさよの手を摑み、髪の毛からその手を引き剝《は》がそうとしたが、さよは引く力をさらに強めるので、痛さに耐えかねその試みを放棄した。私が両手をむしろさよに懸《か》かる体重を支えるように使うと、さよは髪の毛を摑んだ手はそのままに私の顔を自分の真正面に据えるように動かした。私はさよと向き合っていた。さよの眼は血走り、燃え盛っているように見えた。それは私が初めて遭遇《そうぐう》したさよであった。

「私にしなさい！　昆陽野の女にしたのと同じように、私にしなさい！」

私は怯《ひる》み、さよから逃げ出そうとした。さよは私の頭髪を摑んでそれを許さなかった。

「同じようにしなさい、どんな風にしたのか教えなさい」

さよは言い続けた。憑《つ》き物にとりつかれたような眼になっていた。

「さあ、早く」

私はすでに言葉を失っていた。弁解や言い訳の言葉ひとつ出てこなかった。しかも、さよから逃れるすべを失っていた。頭髪や頭皮が剝がれてもいい、この場から逃れたいくせに、その力が湧いてこなかった。私もまたその場の呪力のようなものに雁字《がんじ》搦《がら》めになっていたのだろう。

しかし、そうでありながらも、私は何とか脱出しようとして藻《も》掻《が》いてはいたのだ。そして、ようやく窒息するばかりの窮地から、最後の一息がつけた思いで吐き出したのだ。

「許してくれ」

と。

次の瞬間、さよの表情に私は竦みあがった。さよは、にんまりと笑みを浮かべていた。そして、言った。

「あの女にしたように、私にもしなさい。そうしたら、許してあげます」

私は、そう言い放った時のさよの表情を一生忘れることはないだろう。それは、あの幼い妻であったさよが房事《ぼうじ》の折に見せたあどけない恍惚《こうこつ》の表情、また段々熟してきた女の悦びを隠そうともせず満面に露《あらわ》にした表情とは別種の﨟たけた妖艶《ようえん》さを見せていた。

そして、もはや私がさよの命令に従順に従うことを誓ったとでもいうように、私の頭髪を摑んであれだけ離さなかった手をいとも簡単に外し、その手を下に動かして自分の衣の裾《すそ》を捲《めく》った。

確かに、今や私は夢遊病者のようであったかもしれぬ。しかも、さよという巫女《みこ》に操られる——。

萎《な》えていたはずの私が生き返っていたから、不思議だ。それからの私は、まるで未知の女を相手にするように、愛情という一切の思いやりを捨てて、さよを犯した。それは止まるところを知らないかに続いた。

私は、さよの体を裏に返し、表に返しして、精根尽き果てるまで繰り返した。さよは、衣の端を口に咥《くわ》え、決して声を漏らさぬという強い目線で私を見つめていた。私は精が幾度も尽き果てたかに見えながら、その度にもう降参したかもう降参したかと挑発するさよのまなざしに操られるように、再起していた。

さよは、その日を境に、もう二度と私と臥所《ふしど》を共にすることはなかった。

だが、吉凶は糾《あざな》える縄の如し。この決定的なさよからの決別宣言からひと月余が経ち、さよが身重になっていることがわかった。熟練の産婆が請け負ったというのだ。もちろん、絶縁状態の私に、さよやその親族から知らされることはついぞなかったが、こういう話はさよの端女《はしため》や大工の筋から聞こえてくるものだ。そのことをさよがどう受け止めているのか、私の一番気になったところである。さよが自ら導いたとはいえ、あの行為が愛の結晶を生むための行為だったとはとても思えない。私はさよに唆《そその》かされてさよを犯し、さよは私に強いて自分を犯させたのであるから。

そのことは、誰に訊《き》くわけにもいかなかった。だから、さよから聞きたかった。だが、その術《すべ》はなかった。少なくとも、さよの表情を窺《うかが》う機会があれば、直ぐにわかることだ。私はさりげなく庭に立ち、時にはさよの部屋の周辺に目を配りもし耳をそばだててもいたが、遂に知ることはなかった。業を煮やした私は、先ずはさよに昆陽野の一件を告げ口したのは誰かを質《ただ》そうと、一番に疑わしい多伊三を捉えて詰問《きつもん》した。むろん、出先で摑《つか》まえての話である。

多伊三は、自分がそんな告げ口をするわけはないと否定した。ただ、弁解気味に、自分に昆陽野のことを教えてくれた大工に、首尾はどうだったと訊かれて、行ったことは行ったと答えたというのだ。さらにしつこく訊かれたので、それぞれ女を買ったとまでは言ったという。それが嫁さんの耳に入ったというのなら、その大工が告げ口したに違いない。頭《かしら》が自分でそいつを問い詰めたらどうだ、と続けた。私がそんなことを訊き質せるわけがないじゃないかと、即座に返したかったが、私はそれ以上黙っていた。すると、多伊三は、嫁さんが子宝を得て今は喜んでるじゃないか、と言うのだ。いろいろあったとしても、終わりよければめでたし、めでたし、と続けて言った。多伊三がさよに何も言っていないとは、まだ完全には信じられなかったが、後の話は信じてもいいような気がしていた。

それからは、さよが無事の出産祈念に下鴨社へ参拝に行ったとか、毎日の食事にも気を配ってうるさくなったとか、多伊三の証言を裏打ちするような噂が伝わってくるようになった。一切の経緯とは無関係に、さよにも女としての母性本能が目覚め、今はこれのみによって生き甲斐を見つけたというべきなのだろうか。それにしても、と私は思った。下鴨社にお参りに出かけるというのに、そこに仕える身の私を差し置いてまで行くというのは、余りにあざといではないか。一緒に付いていく母親がそのことを窘《たしな》め、せめて仲を取り持とうとすべきではないのか。そのための良い機会であったはずではないか。いずれ生まれてきた時には、この家の主であり、その子の父親である私を引き合わせないわけにいかないのは分かっているだろうに。今はまだ形になっていないから、私を無視して事を進めることも出来ようが、そうはいかなくなる日が来ることをどうして彼らは想像できないのだろう。こういう時こそ、おほばが生きていてくれたら、と甲斐なきことを思っていた。

とはいえ、さよが私との間に出来た子が生まれることを喜び、今大事に腹の中で育てようとしていることは、私自身の喜びでもあった。あの幸せの絶頂期、さよが次に望んだことは子を孕み産むことであった。そのために、なかなかその兆しが訪れないことに業を煮やし、神社詣でを繰り返したことさえあったのだ。待ちに待ったその時が来たというのに、人生とは皮肉なものである。正直、私の喜びには、たとえ子が生まれても、私とは決して和解しようとはしないだろう頑《かたく》ななさよの影が射していた。しかし、子供が生まれ、母親としての余裕が生じたら、さよの心もさすがに解《ほど》けてくるのではないか。いや、それどころか、次の子供が欲しくなってくるのではないか。そのような、妄想もまた浮かぶのであった。

〈十一〉

世の中は飢饉で沈滞し、平氏は入道相国を失い、私は兄長守を失い、さよとの事どももいろいろあって、波乱の年であったが、上賀茂社の神主であった賀茂重保《かものしげやす》が上賀茂社ゆかりの三十六人の歌人にそれぞれ百首の歌の奉納を請うていた。私もその内の一人に選ばれたので、そのために改めて自分のこれまでに作ったものを整理する必要があり、それはまた同時に、そこに足りないもの、言うなれば新たに作ってそれに加えるべきものを見つけたいとの思惑もあって、その作業を始めた。私はそんなことで、日々の屈託から逃げていたのかもしれない。また、兄の形見の家集を纏《まと》めるべきところ、その望みがもはや絶たれたので、その代替行為としていい機会を貰ったと言えるかもしれない。

その折、新たに作った歌に、「深夜千鳥」と題して、

さよふけてちどり妻とふ松かげにこぬみの浜やさびしかるらむ

寝覚めする波の枕になく千鳥おのがねにさへ袖ぬらせとや

がある。言うまでもなく、わが妻への真情を込めて作ったものだ。賀茂重保は、源俊頼の息子で、私の師である俊恵の弟の祐盛《ゆうせい》老の協力を得て纏めたということだ。『賀茂社奉納百首家集』はその年の秋に成った。

年が明け、さよの臨月が近づいてくると、家中が浮足立ってきているような感じが、一人だけ蚊帳《かや》の外に置かれている私にも伝わってきた。家業の方も、世の中が飢饉と疫病に侵され、戦乱の切迫した予感が蔓延《はびこ》っているなかでは、かつてのように仕事が頻繁に舞い込んでくるはずもなく、人手も充分足りていて、私などは文字通り敬して遠ざけられていた。さりとて、今の私には何かに打ち込むというほどの目的意識もなく、ただ惰性に近く管弦の道だけは外さなかった。やはり、生来好きであったのだろう。そして、有安師のとってきの情報に触れては、それが狭い自分の生活に開かれた唯一の窓のように感じていた。ここにきて、次童丸とはしばらく会っていなかった。次童丸の方でも忙しいのか珍しく音沙汰がない。といって、最後に会ってからまだふた月とは経っていないのだが。それでも、こんなことは初めてだった。向こうからも連絡がない

ことをむしろ良しとしていた。というのも、勘のいい次童丸に、さよとの間に生じた二人の齟齬《そご》を気取られたくなかったからである。だから、次童丸は素直にさよの出産を待ち侘びてくれているはずであった。

こんな風だから、私がやることといえば、琵琶の稽古の他には、古今の書籍を繙《ひもと》き、日がな一日それを読み耽《ふけ》っているばかり。そんななかで、私は源信《げんしん》の『往生要集《おうじょうようしゅう》』に夢中になった。

その日は、朝から家の中がざわついていた。私にも、さよの出産が迫っていることが感じられた。この間、私がさよと行き合うことはなかったが、さよを見かけたことはある。その時すでに、さよのお腹がかなり大きく迫《せ》り出していることが分かった。

家の騒《ざわ》めきは、そのまま私をざわめかせ、私は落ち着かず自らを落ち着かせようとして、文机の前に座ってみたが、半時もじっと座ってはいられなかった。私は部屋の中をうろうろ歩き回り、そのまま廊下へと出て行った。

それとちょうど呼応するように、庭を通して見える向こうの廊下を慌ただしく駆けていく一団があって、その中に、さよの両親がいるのが見て取れた。それは、私が予想もしなかった異様な光景だった。さよの両親は血相を変えていた。

次の瞬間、私の分別はどこかに飛んでしまっていた。私は声にならないような声を上げ、前の一団を追った。彼らが行く方向は本能的に感知していた。さよの出産のために新たに造られた産《うぶ》屋《や》だった。彼らがその部屋に入るのを追い越した体で、私もその部屋に入った。

夥《おびただ》しい血が、先ず私の眼に入った。

こんなことが起こってていいはずはない、と私の心が泣き叫んでいた。

さよの姿があった。さよは怒ったように眼を見開き前方を睨みつけていた。

そして、足を踏ん張り、血だまりにすっくと立っているようだった。

私はさよの眼に射《い》竦《すく》められて一瞬怯《ひる》んだが、「さよ!」と叫んで、駆け寄った。

突っ立っているさよを抱きすくめたつもりだったが、さよはすでに目を閉じて、幼子のように横たわっていた。私が初めてさよを抱いた時の感覚が蘇《よみがえ》った。

だが、次の瞬間、私はすでに死したさよを抱いていることに気づいた。

「さよ!　さよ!」

私はうわ言のように、わが妻の名前を呼び続けるしかなかった。


胎児が奇形であったとは思いたくない。だが、大本がさよの私に対する憎悪が極まっての交合であったから、生まれてくる赤子についての惧《おそ》れが私にちらとも思い浮かばなかったわけではなかった。難産の一番の原因は胎児が大きくなりすぎていたか、あるいは奇形の時に生じるものだとは、昔おほばが誰かに教えていたのを聞いたことがある。しかし、このような事態に至っても、奇形であったとは思いたくなかった。

しかし、事実は、赤子がさよの産道を通ることを拒んだということだ。それを強引に産婆が引っ張り出そうとして母胎を傷つけてしまった。そして、大量の出血となった。

さよの父親は荒れ狂い、産婆やその手伝いの女たちを叩き出してしまった。しかし、かえって、後始末をしなければならない家人が右往左往した。

私は、胎児を体内に残したままのさよを抱きかかえ、私たちの寝所であった部屋へ運んだ。さよの両親も茫然とした体《てい》で、見送るばかりだった。私は部屋に戻ると、ただ一枚残されていたさよの衣を取り出し、さよの身体を包んだ。包み終わってからも、私は時を忘れてさよとさよの体内に秘匿された私たちの赤子を抱いて座っていた。

その後のさよの弔いに際しての私の振舞いは、これまでこの家の主でありながらさよの両親や兄たちに牛耳られて、まるで養子に入ったようにおとなしく従っていたのとは違って、我が意を通しすべてを仕切った。私はそうすることで、さよ以外の一族とは精神的な決別をしたつもりである。さよを失って茫然自失《ぼうぜんじしつ》していたさよの両親も、あれよあれよという間に事が運んだことを後になって驚くであろう。

もちろん、すべての始末が終わった後も、私はこの家の、自分の部屋、そしてさよとの思い出多い寝所で寝起きしている。そして、しばらく無沙汰をしていた作業所にも足を運んだ。何としても、おほばが望んだようにこの家を継いでいかねばならないからだったが。

だが、考えてみれば、さよを失い、同時に子宝を失った私が跡を継ぐとは言えなくなっている。なぜなら、私がさよに代わる女を娶《めと》ることは決してないし、したがって子宝を得ることもないからだ。跡を継がすためには、誰かを自分の養子とせねばならない。今、そのようなことは考えられもしない。いや、その前に、人生の半ばまで達していないお前に、さよに代わる女を娶ることはないなどと言い切ることが出来るのか。出来ると、私は自問自答する自分に、言い切った。それに、父長継や兄長守のように、私も短命に終わるのではないかと思うこと頻りだ。さよを愛してからは、そのことを惧《おそ》れたが、今はすでに己れの寿命に執着する理由を失っている。

私はさよのことを思うにつけ、さよを恋の相手に据え、様々な設定を作ってさよとの恋を楽しんだあの頃のことを懐かしんだ。それは現実のさよとの愛情が薄くなったからではない。それは益々濃くなっていた。私は歌合の手段として、最初はむしろ苦し紛れに、恋の相手のいない私が、さよを利用したと言ってもいい。だが、その内に、私はさよとの恋を想像空間の中でも味わえるという二重の楽しみをおぼえたのだった。

だが、私の作ったその歌群が、ここに至るわざわいの始まりとなったのだ。歌を読み誤解をしたさよが私を許さず、その原因が何か分からず、私は悶々《もんもん》としていた。そして、旅に出て一度の過《あやま》ち。こう辿ってくると、やはり私の恋の歌が元凶である。私はさよの御霊《みたま》に誓って、歌は詠《よ》まい、と思った。死ぬまでとは誓うべくもないが、さよの御霊が鎮まってくれるだけの時間、少なくとも二、三年、いや、五、六年は止めよう、と決めたのである。そこまで、生きながらえる保証はなかったが。

もう一つ、これまでに作った歌を残すべきかどうか。一気に燃やしてしまおうかとも考えた。だが、すでに、上賀茂社の賀茂重保に送り、世に出てしまったものもある。中途半端な結果になるくらいなら、やはり全部残そうと考え直していた。さよと私の不幸の始まりであったにしても、そこには私がさよを愛した何よりの証拠がある。読む人はさよ自身がそうであったように、誤解して読むかもしれないが、私がさよへの思いを込めて作ったことに間違いはない。言わば、さよと私の記念碑だ。幸い、私はこれまでに作った歌の一切を集め、並びまで整理していたから、作業は早かった。春夏秋冬、それに恋の部と雑の部を加えて、全部で百五首となった。私は歌との別れの誓いの如きものとして、家集を作った。あれほど歌に苦しめられたさよがどう思うか知らないが、私はさよに捧げたつもりである。

それなりの身辺整理は終えたものの、私はすべての気概を失くしたような気がして、鬱々たる日々を過ごしていた。その一番の救いになるはずの歌を放棄してしまったのだから、何をか言わんや、救いの手を求めようにも、その方法さえ分からなかった。私は、兄が最後に救いとしていた法然上人の専修念仏《せんじゆねんぶつ》の道を探ろうともした。法然が説くには、仏の前で人はすべて平等だ、富《ふう》貴貧賤《きひんせん》も一切関係ない、人が南無阿弥陀仏と唱える時、人は誰でも成仏できる、ということだ。長年、天皇を頂点に貴族社会を上に頂く階層社会に慣れ親しんできた私には、目を開かれる思いだった。

改めて、この世の階層ということに思いを馳せてみた。そうだ、次童丸が出世の足掛かりを求めて禿髪《かむろ》になった時、それがむなしい努力に見えて私が先に泣き出し、互いに泣き続けたことがあった。あの時、私はそういう世界に生きているという実感と少なからぬ嫌悪感を持ったことは間違いない。だが、神官の家、それも下鴨社の禰宜という権威の家系に育った私は、日頃そうした厳しい現実には触れずに安閑と暮らしてきた。神に仕えるという特別の立場は一体全体、次童丸の立場、いやもっと恵まれない階層から見ればどういうことなのだろう。一見独立しているように見えながら、実際のからくりを見れば天皇と貴族社会に連なっているように見える。いや、贔屓目を捨てて、もっと厳しく問えば、それらに寄生しているとさえ言えるのではないか。だとしたら、私はそこで自分の思考を止めた。私はさよ亡き今、何をよりどころに生きていけばいいのか。三十を前にして、私は愛情を注ぐべき一番の宝を、いっときに二つも失ったのだ。愛情という心を失ったものがなるべきものは……その先に鬼という言葉がちらついた。家業に励む仕事の鬼、そんなものはまっぴらだ。歌がなければ、残るは管弦の道、となれば、琵琶の鬼！

これはまだ保留だ。その時、いつか頭を掠めていた物語を紡ぐことの願望が再び頭を擡《もた》げてきた。

物語の鬼！　しかし、愛を失ったものに物語は書けない。『源氏物語』には、紫式部の人生を賭けた愛憎こもごもの世界が充ち満ちている。私の思考はそこで頓挫《とんざ》し、再びさよ亡き世界の空虚さの中に沈殿していくしかなかった。

それらの日々がどのくらい続いていたのだろう。突然、救い主が現われたのだ。

さよと胎児の死を伝え聞いたらしい次童丸が私の目の前に現われ、といってお悔やみの言葉を口にするでもなく、明日、日帰りではあるが遠出をするから、身支度を整えておけと、ほとんど命じる口調で言って立ち去り、翌朝迎えに来た。

早朝ながら、すでに日中の暑さが思いやられるような太陽の照り具合であった。一言も口を利かず前を向いてただひたすら歩いていく次童丸の後を私は追った。街並みは直ぐに遠のき、稔りの少なそうな干からびた田の中の道を行き、水量の少ない小川沿いに曲がりくねった堤ともつかぬ荒れ地の雑草を踏みつけて行くうちに、山裾《やますそ》にでた。

それからは、代わり映えのしない雑木林の道が続いた。前方左右はもちろん振り返っても、眼下に広がるような景観はそのかけらさえ見えなかった。背中にはすでにじっとりと汗がまつわりついているのが感じとれた。ここに至っても、次童丸の歩調は緩まない。自分の息がやや荒くなり出していることに私は気づいていた。これまで何事につけ先を行く次童丸に付いてきた私だ。野生児に負けない神官の子としての気概。お互い少年だった頃の様々な冒険のなかでも、常に次童丸の背中を追いかけていたのが私だった。私は大きく息をつき、心なしか少し開いた次童丸との距離を詰めた。

ある地点に来ると、傾斜が急勾配《きゅうこうばい》になった。次童丸は足を止め私を振り返ると、懐《ふところ》から包みを出しそれを開いた。大きなむすびが四つ入っていた。次童丸は私に向かってにこっと笑い、右手でむすびを二つ摑み取ると、左手で残る二つを包みごと差し出した。私は迂闊なことに、昼飯の用意などはすっかり失念していた。

私たち二人は黙々とむすびを食った。食い終わると、また黙々と歩いた。やや勾配《こうばい》が緩んだところで、渓流が現われ、それに沿って歩くことになった。すでに陽は高く照りつける暑さの程も予想されたが、樹々の葉陰に程よく加減された。

どこへ導かれようとしているのだろうか。どこか山の頂に神の祠《ほこら》のようなものでもあるのだろうか。さすが健脚に自信のある私にも、足を前へ運ぶ動作が一つ一つ意識されるようになった頃、渓流の向こうに白く光るものが見えてきた。

美しい滝だった。決して大きくはないが、滝口から真っ直ぐに落ちる滝は帯をだらりと垂らしたように細く長く、しかも滝壺には鋭く突き刺さるように落ちていた。

次童丸はすでに渓流の中に足を踏み入れていた。そして、滝壺に向かって歩みを進めていく。私もそれに倣《なら》い、後に続いた。

次童丸は滝壺の入り口に当たる大きな岩のところまで来ると、そこで着ているものを脱ぎ下穿《したば》き一つになって、さらに歩を進めていく。私も同様に下穿き一つになり、残りは大岩に脱ぎ捨てていた。

私の目の前を次童丸が泳いでいた。すでに、足の届く域を超えたのだろう。私は足裏で確かめることもなく、次童丸に続いた。この日中の日照りにもかかわらず、身震いさせるまでの水の冷たさだった。次童丸は抜き手を切って泳いでいた。私も続いた。鴨川で、次童丸の後を追いかけている内に、私の泳ぎも上達していた。

滝は白い飛沫《しぶき》を上げて水面を叩いていた。その近くは水面に隠れた岩場になっているのか、次童丸がすっくと立ち上がっていた。男から見ても惚れ惚れとするような凜々しい姿だった。私が泳ぎ着くと、自《おの》ずと足が岩の上に乗っていた。私も立ち上がっていた。

次童丸は私に向かって言うともなく、

「この滝はおれが見つけた聖地なんだ。水涸れの年でも、決して水の涸れることはない。あきらのためにも、ここに真っ先に来るべきだった」

と言った。

「禊《みそぎ》をして、無事の出産を祈るべきだった……」

私は、今回の目的地がこの場所に他ならなかったことをあらためて知った。

次童丸は続けて言った。

「仕方がない、今は二人の供養《くよう》のためだ。二人のために祈ろう」

次童丸はそう言い終えると、滝の直下に入った。

次童丸の言葉に、私の瞼《まぶた》から涙がどっと溢《あふ》れ出た。私も素早く滝の中に入った。

次童丸はすでに強い水圧を受けていて、私の方を見ていなかった。だが、私は、次童丸の言葉に私が涙したこと、泣き出したことを隠す必要はなかった。むしろ次童丸には見てもらいたかったとすら思っていた。

私の涙は滝と一緒に飛沫となって飛び散っていた。次童丸は、強い水圧の下で両手を結び何かを訴えているようだった。

私は兄が口ずさんでいた「南無阿弥陀仏」を思い出し、慣れ親しんできたはずの神に捧げる祝詞の一節ではなく、はっきりと「南無阿弥陀仏」と唱えた。

さよと、遂に見《まみ》えることのなかった我が子のために。

そして、次童丸を友としていたことに、無上の感激を覚えていた。

ようやく、私の生活も通常に戻った。さよのいない日常は、どこかまだ覚めやらぬ夢の中にいるようで落ち着かなかったが、次童丸に導かれてさよと分身を供養できたという思いが、辛うじて私を支えた。有安師のもとにはまたせっせと通い出していた。歌林苑の方は、俊恵師に断った上で身を引いた。それを知った有安師は、私の目標が琵琶一本に絞られたものと満足げな様子だったが、私の本心はそう単純ではなかった。むしろ、その決心をいつ放棄しようかと悶々としていたのだ。俊恵師は言った、いや言ってくれた。

いつでも、戻ってこい。さよ、甦ってくれと、願懸けして歌を絶つことを誓ったのなら、さよさんの喪《も》が明けたなら、いつでも戻っておいで。俊恵師は有難いことに、私の歌を絶つ理由について誤解していた。むろん、真相を話すわけにいかず、私は師の誤解を有難いものとしてそのままにしていた。師は、最後は冗談で、私も年とったから、私の命のある間に戻ってこいよ、とまで言ってくれていた。私は、今すぐにも戻りたいのです、と本音を吐いてしまいそうになっていた。しかし、私は、私の罪と罰に関して、さよに誓いを立てたのだ。破るわけにはいかなかった。

〈十二〉

私の関心が私の内側にのみ向けられていたこの一年余、平氏対反平氏つまりは平家対源氏の戦いもいくらか停滞していたようだ。勢いのまま、源氏の軍勢が平氏軍を一気呵成に追い込んだかと思いきや、両軍が初めて正面からぶつかった墨俣川《すのまたがわ》（長良川《ながらがわ》）の戦いでは、逆に平氏軍が源氏軍を散々に打ち負かしてしまった。こうして、源氏軍の攻勢は頓挫《とんざ》、平氏が盛り返すという形で、しばらく平衡状態が続いた。三年にわたる大飢饉が双方の兵力を、兵糧《ひようろう》面と士気の面で弱らせていたことは否めない。ただ、凶作の度合いが東と西では大変な差があり、西日本を地盤とする平氏にはるかに大きい打撃を与えていたことは間違いない。この間北陸に進出し、以仁王《もちひとおう》の王子北陸宮《ほくりくのみや》を奉じ擁立《ようりつ》していた木曽義仲《きそよしなか》の勢力は、今や都を視野に入れる直接の脅威となっていたのだ。都では、平氏軍の敗退の報が乱れ飛び、いつ源氏軍が攻め入ってくるかに怯え、ただでさえ飢饉に苦しめられている人々は落ち着かず浮足立っていた。

私は再び外に目を向けるようになった。いや、私の中の空白を埋めるためには、外側の事実が必要だったのだ。

新しい年が明け、しかしまださよの一年忌には間のある春頃から、両軍の戦線が動き出し、北陸方面では平氏の軍勢が反撃に出て勝利し越前から加賀を制して盛り返したということであった。だが、さらに越中《えつちゆう》にも攻め込もうとした平氏の大軍に対し、木曽義仲の軍は、加賀越中の国境にある礪波山《となみやま》の倶利伽羅峠《くりからとうげ》で迎え撃つのだが、巧みな戦術を駆使して夜襲をかけ、多勢に無勢であったところを逆転させてしまった。この戦で、平氏軍は壊滅的な打撃を受けたのである。寿永《じゆえい》二年（一一八三）五月のことであった。

追討軍と称した平氏軍の惨敗が半月遅れで都に伝わると、戦死した兵士の家族はもとより都人《みやこびと》全体を絶望的な空気が支配した。平氏に対する信頼は一挙に地に墜ちた。逆に、平氏に取って代わる新しい力への秘かな期待が芽生えていたかもしれない。だが、やはり都の人々が抱く源氏に対する先入観は、荒くれ者の集団であり、怖れに近かったはずだ。

木曽義仲は、この勝機を逃しはしなかった。倶利伽羅峠の勝ちに乗じ、一気呵成に加賀、越前と北陸道を攻め上り、近江に進出、遂には延暦寺衆徒と提携するに至った。しかも、これに同調する勢力が四方から都に攻め上ってくる情勢に、平氏方は首都防衛に備えたが、諸所の戦いに敗れ防衛網が一気に破られる危機が迫ったことで、もはや都を捨て西国にいったん落ち延びて捲土《けんど》重来《ちょうらい》を図るべく、今は入道相国に代わる平宗盛が都落ちを決断した。だが、その日とされた七月二十五日の前夜、後白河法皇には逃げられてしまった。法皇は、平氏と運命を共にすることを嫌って、比叡山に身を預けたのである。

こうして、平氏一門は、安徳天皇とその母である建礼門院を擁しつつ、都を後にした。全盛を誇った六波羅一帯を焼き払い、妻子と一族郎党を引き連れての、文字通りの都落ちだった。

年の功で宗盛に一歩譲るものの、亡き重盛の嫡男であり頭目であるべき維盛が、都に止まる妻子との別れを惜しむあまり、一門の行動に遅れ、一時は一同に疑念さえ持たれたというのも、平氏の退潮を暗示する事柄であった。疑念が生じたというのもそのはず、一門の長老頼盛も、池殿と呼ばれたその屋敷を焼いて一旦都を出たものの、手下の軍勢と共に引き返し、内親王であった八条院《はちじょういん》を頼って助命のための仲介の労を懇願したということだ。身内を裏切って、敵の大将頼朝に命乞いしようということだろう。かつて、清盛に頼朝の命乞いをしたのが、頼盛の母、池禅尼《いけのぜんに》であったから。

この時すでに、平氏の命運は尽きた、と言っても過言ではない。清盛の弟であり、総大将宗盛の叔父である男が、すでに戦の趨勢《すうせい》を読み切ったか、敗れた後の命乞いのために、いち早く行動を起こしているのだから。

だが、頼盛の観測が結局は当たっていたにせよ、平氏一党としてはいったん都を離れ敵勢力に明け渡したとしても、平氏に味方する勢力の多い西国を拠点に再び盛り返し、いずれは都に立ち帰り奪い返すことを期しての、戦略であったには違いない。確かに、その後の西国での平氏勢力の盛り返しは目覚ましいものがあったという。

ともあれ、平氏が都を決戦の場とせず、後日に挽回《ばんかい》を期してくれたことは、正直なところ私たち都に住む者にとっては幸いだった。戦乱に巻き込まれ、処々方々《しょしょほうぼう》で火の手が上がり、敵味方の見境なくいや武士か庶民かの区別もなく殺傷の巷に放り出されることを想像するだけで身震いがする。

私はすでに私自身を除いて、身に代えてまで守りたいものはすべて失くしていたから、大事なものを失うという恐怖とは縁がなかったが、己れ自身にとってまだまだし残している何かと言ったらいいのか、その何かも分からないがゆえにと言ったらいいのか、とにかく、命は惜しかった。それは、さよを失って絶望した時でさえ、自死ということだけは一瞬たりとも頭の片隅にも浮かばなかったことからも言える。

そして、間もなく、木曽義仲とその軍勢が都に入ってきた。

平氏が都を出た翌日の七月二十六日、すでに後白河法皇は九条兼実をはじめ都に残った主だった公卿を集め平氏の追討を図っていた。平氏は一夜にして賊徒となった。

　すでに、法皇はこの日のあることを予想し、義仲筋とも話を付けていたので、二十八日義仲を筆頭とする源氏軍が入京すると、それに合わせて山を下り、三十三間堂《さんじゅうさんげんどう》なる蓮華王院《れんげおういん》に入り、これを御所とした。そして、義仲ら主だった武将たちを御所に呼んで、平氏追討を命じた。都に返り咲くことを念頭に都落ちした平氏一党から見れば、言葉を失うほどの裏切りであったろう。これが乱世を生き抜いてきた後白河法皇の変わり身の早さだった。しかも、この念の入れようというべきか、頼朝に対しても入京を促している。また、八月には、自分の孫である安徳天皇がありながら、同じく二歳年下の孫、高倉天皇の第四皇子を、後鳥羽《ごとば》天皇として践祚《せんそ》した。母は修理大《しゅりのだい》夫《ぶ》坊門信隆《ぼうもんのぶたか》の娘殖子《しょくし》、後の七条院《しちじょういん》である。天皇の践祚に欠かせない三種の神器は、安徳天皇と共に持ち去られているので、異例のものとなった。

　一方、平氏はどこに落ち延びようと、正統の天皇を頂く政治権力としての自負は持っていたはずである。後白河法皇以下、都を制圧した権力が喉から手が出るほど欲しがっている皇位のしるし、三種の神器は、こちらにあるのだから。だから、まさか法皇が追討命令を出すなどとは信じられなかったはずだ。

　西国のどこに拠点を持つか。鎮西《ちんぜい》の大宰府もその候補の一つであったろうか。だが、都からは余りに遠い。反攻に出ることを考えれば、なおのことだ。そして、現地の反平氏勢力も侮《あなど》れないとも聞こえてくる。ともかく、知盛の知行国である長門国《ながとのくに》、その要衝の地である彦島《ひこしま》を押さえておけば、関門《かんもん》海峡に睨《にら》みを利かせ、延《ひ》いては九州全土を監視のもとに収めることが出来る。さらに、瀬戸内一帯を管轄するものとして、備前の児島《こじま》があった。すでに、平氏の勢力圏である阿波《あわ》や讃岐と結んで内海を支配すれば、水軍に長《た》けた平氏としては万全の備えとなる。そして、讃岐の北端、屋島《やしま》の懐深い湾岸に新しい内裏《だいり》を建造し拠点とした。

この間、平氏追討の命を受けた義仲は自らも山陽道《さんようどう》へと出陣しているが、足元の都の情勢が流動的なまま長く留守にするわけにはいかず、早々に戻っていた。また、義仲陣営の有力武将、足利義清《あしかがよしきよ》と海野幸広《うんのゆきひろ》ら率いる軍勢は、備中水島《びっちゅうみずしま》にまで進出していたが、これを迎え撃った平氏軍に打ち負かされ、両武将も戦死してしまった。逆に、この戦果は、平氏側にその復活への一縷《いちる》の望みをもたらしたのである。そして、事実、播磨の室泊《むろのとまり》まで失地回復していた。

さらに、やがて始まる源氏の内戦の間に東へ進出し、敵を迎え撃つ前線基地としては、摂津の福原を含む一帯に、都から直行する西国街道からの攻撃に対しても、また迂回する丹波《たんば》街道を通っての山間部からの攻撃に対しても備えた一の谷の陣地が作られていた。

都にいち早く入り、法皇を擁《よう》して軍事政権を打ち立てたかに見えながら、木曽義仲の地位が定まらなかったのには、いくつかの理由がある。先ず、都に充ち満ちた配下の軍勢が至る所で、家々に押し入っては略奪するわ乱暴するわの体たらく。神をも恐れぬ無謀さで、賀茂両社や八幡様の領地であろうと、そこに青田があれば刈りとって馬の秣《まぐさ》にしてしまう。人様の倉に押し入って盗みはするわ、往来でも見境なく追剝《おいは》ぎをするわ、といった言語道断《ごんごどうだん》の振舞いに人心が離れた事実、これが一番。私の家は、仕事柄男衆の出入りが激しいので、そうした被害とは無縁であったが、普通の神官の家では、日頃人の出入りも多くないので、戦々恐々としていたはずだ。私も蒼のことだけは気になっていた。

しかも、頭領《とうりょう》である義仲自身に纏《まつ》わる虚実《きょじつ》取り混ぜた噂も、それに輪をかけて評判を落とした。日頃の立ち居振舞いの一つ一つが無作法なこと、言葉遣いの荒っぽさ、公家風の装いを凝らしても似合わないことの滑稽《こっけい》さ、三十年の山暮らしからすれば当然といえば当然、仕方のないことではあったのだが、それらが木曽軍勢の悪評と相まって、散々な言われよう、人品骨柄について都人の義仲評価は地に墜ちていたのである。

また、直接義仲と何らかの交渉を持った人々が伝える義仲の失態は、すべてが本人の愚かさを伝える笑い話として喧伝《けんでん》された。そして、それは当然法皇の耳にも入り、公家たちの反感も並々ならぬことを知ってもいたので、共に政治を担うには足らざる人として早くに見切りをつけ、一日も早く頼朝に取って代わってほしいとの希望を抱いたはずである。

義仲の方でも、すでに対立関係にある頼朝の軍勢が、その弟である範頼《のりより》と義経《よしつね》に率いられて京に迫りつつあることを知っていたし、かつて盟友であった源氏の武将たちが離反していくので、危機感を募らせていた。もはや、法皇と頼朝の連携は許さじと、今は御所となっている法住寺殿を攻め、焼き払った。法皇は、辛うじて難を逃れたが、この一連の戦闘の流れの中で首を切られた者の中に、比叡山延暦寺の明雲大僧正や園城寺の長吏円恵法親王《えんけいほっしんのう》がいた。法皇は明雲大僧正の死を嘆いて、失うはずだった自分の命の身代わりになってくれたものと涙を流したということだった。

義仲は、かつて清盛入道によって太政大臣以下四十三人が罷免された中の一人、流罪に処せられながら今は復権した前関白松殿藤原基房《さきのかんぱくまつどのもとふさ》の娘を娶《めと》り、松殿の婿《むこ》に納まって自らを権威づけたが、さらに大臣から公卿、殿上人四十九人の首をすげ替えるという、暴挙をやってのけた。これは、平家の悪行を上回る悪行として、義仲の評判をさらに落とすこととなった。

法皇は法皇で、後鳥羽天皇を立てたとはいえ、三種の神器を平家方に握られたままでは正統性を主張できないので、平家方との裏交渉は続けていたが、義仲の方もまた都にかかる源氏方の重圧に耐えかねて、平家方との和睦《わぼく》とさらには共同して源氏に当たろうという同盟案を提示したようだが、法皇方、義仲方いずれも平家方には突っ返されている。ここに来て、実力を盛り返したと思える平家方には、双方ともに虫がいい話と、一笑に付されたに違いない。

源氏方はといえば、鎌倉の本拠では源頼朝が義仲の狼藉《ろうぜき》を鎮《しず》めようと、弟の範頼と義経に命じて大軍を差し向けていたが、すでに御所とされていた法住寺殿は焼き払われ、法皇もその手中にあると聞いては、しばし様子を見ようと大軍も尾張の熱田《あつた》神宮近辺に留めている。こうした睨み合いが続く中で、都の四方の関が皆閉ざされているので、朝廷への諸国からの献上品、貢物も入ってこず、ましてや一般の年貢やらが届けられるはずもない。こうして、都人は、身分の上下にかかわらず、皆息苦しい苦境の中でその年の暮れを迎えた。さよのいない二度目の暮れであった。

俊恵師は、喪が明けたら、歌林苑に戻ってこいと言われた。だが、戻れなかった。それは、さよの知らない、さよと私の黙契《もつけい》である。事実は、全くさよの与り知《あずか》らぬところの、私だけの誓いなのだ。今になって思う。さよが生きている間に誓っておけばよかった、と。もう決して生涯にわたって歌は詠まないと。そうであれば、私はこれほど苦しまずに、守れると思う。いや、結局はさよを裏切ってしまったように、誓いを破り、再びさよを裏切ることも出来たように思う。だが、これればかりは全くの独り相撲なのだ。さよに誓いを立てたとは言いながら、それは私自身に誓いを立てたに過ぎない。それを破るも破らないも自分一人で決めなければならないのだ。だから、苦しい。

なかば悲鳴を上げながらも、とにかく私はこの一年と半年は誓いを守った。

思い返せば、この年の初めに、下鴨社の禰宜には、祐季の長男、祐兼《すけかね》が納まっていた。早くに父が、そして私もまた危惧していたように、祐季は長年の不文律を無視し、強引に半ば禅譲《ぜんじょう》という形で自分が生きながらに息子にこの最高位を譲り渡してしまった。そして、あくまでも父亡き後の我が家系を無視し、しかも体裁だけは繕って、父の早くに亡くなった兄有季の子の季平《すえひら》を禰宜の次の位である権禰宜《ごんねぎ》に抜擢した。季平は私の言わば従兄に当たる。わが兄長守が死んだとはいえ、そして私がおほばの家を継いでいるとはいえ、父長継への敬意などどこ吹く風といった仕打ちではあった。ちょうど、一年前、権禰宜を務めていた長平が亡くなっていた。父から祐季が下鴨社の禰宜を受け継いだ時、共に権禰宜に昇格していたのが祐季の弟長平だった。

だが、当時の私は、これら、父に聞こえたら歯嚙《はが》みをして悔しがったであろう祐季の傍若無人《ぼうじゃくぶじん》の振舞いに対しても、ほとんど無関心だったと言っていい。いや、抗議をするにも全くその気力を欠いていた。

上の人事が変わっても、私は相変わらず大夫《たゆう》のままであった。下鴨社にも、またその摂社である河合社にも、禰宜、権禰宜、祝《はふり》と三役があったが、私はそのいずれでもなかった。大夫とはそれ以外で位階が五位以上のものを指す呼び名であったが、私は七歳で従五位下になってからはそのまま据え置きにされていた。他の大夫と区別して、地名とか多少の因縁をつけて南大夫または菊大夫《きくだいぶ》と呼ばれていた。父が亡くなった時、責任者としての重責にまるで殉死したような父の生きざまに慟哭《どうこく》したこともあったが、一方である地位に定まることへの冷ややかな視線が身について しまったような気もしていた。だから、正直、出世欲といったものと自分は無縁だと思っていた。

あっという間に夏が過ぎ、秋が過ぎてしまったが、さよの一年忌は前年の葬儀の時と同じく、さよの両親もそして兄たちも殊勝に私の主導に従ってくれたので、恙《つつが》なく終わった。神前に立っても、私には一つとて取り乱す何ものもなかった。私の挙措の何一つからさえ、私の内部に巣くう動揺を見つけ出すことは出来なかったはずだ。

私はさよを失ったことで、すべてに無感動であろうとしていたのかもしれない。さよがもはや生きていないことで、私も生きていないような振りをしたかっただけかもしれない。いや、そういう振りをしなければ、私の歌心がむくむくと立ち上ってくることを、私は一番に怖れていたのだろう。

一年忌が終わって間もなくのこと、私は次童丸に知らせるべきか多少迷った挙句、結局は黙って、ひとり滝に向かった。去年と違って、雲が厚く陽の光が望めない一日だった。そのくせ、淀んだような蒸し暑さが田の中の道も川沿いの道さえも覆っているようで、汗をかいた。山に入ってもそれは変わらず、樹々もまた汗をかいているようで、私と同じように息苦しさに耐えているように見えた。必死に追いかけるべき対象を欠いていているせいか、前回次童丸が脚を止めた地点よりはるかに低いところで、私は座り込んだ。そこで、今回は持参のむすびを食った。水も飲んだ。

ようやく渓流の先に見えてきた滝は、今日もまた美しく凛《りん》としてあった。すでに辺りには清冽な風の気配がして、いつの間にか私は滝に向かう渓流の中にいた。大岩の所で下穿《したば》き一枚になり、私は誰に命じられたわけでもなく、しかし誰かに命じられたものの如く、水の上に身体を投げ出していた。全身が凍えるような冷たさを感じ、次にその冷たさが体の外へ逃げていくような感覚を覚えた。

私は滝の真下に立った。前回よりも滝の力が増したように感じられた。さよ、と声に出してみた。水勢が、私の口を封じた。私はそれに抗い、さよ！　と、必死で叫んだ。滝は私の口から声が飛び出す前に、奪っていった。

私は滝に打ち負かされ、直下にある岩の上で這いつくばりながら、泣き喚《わめ》いていた。今は、ただ自分の中にある空虚な世界に向けて、さよの名前を叫び続けた。それはすでに言葉にならず、がらんどうに響く、私の泣き声に過ぎなかった。罪と罰を背負ったまま、私はいずれは海の上をさまよい、さよと言葉を発することも出来ず、ただひたすら波間に鳴く千鳥になるしかないのか……。

私がこの場所を訪れることは二度とないだろう。だから、次童丸に告げずにここを再訪したことは、永遠の秘密にしておこう。私は滝を振り返ることなく、坂道を駆け下りていった。

新しい年が明けたとはいえ、私には特別な感慨はない。いや、今の私には新しい感慨が湧くはずもない。このご時世、いつ戦乱に巻き込まれるかと戦々恐々としている都人には、いつ焼かれいつ毀される羽目になるかわからない建造物の新築など、身分の上下を問わず思いもよらなかったし、まして神社仏閣はその建前に反して事あるごとに政争に巻き込まれていたから新築や補修などもってのほか、宮大工たちは仕事にあぶれ、我が家の家業もこのところ開店休業の状態だった。それでも、宮大工たちは糊口《ここう》のためにはこの急場を凌《しの》がねばならず、日々のやっつけ仕事のために、ほとんど我が家にも寄り付かなかった。

私は、かつて家業の多忙さにかこつけて神職としての日々の仕事の手を抜いていたようにはいかなくなり、新年とともに立て込む日々の行事には顔を出していた。兄が亡くなるや否や、兄の家を捨てて親のもとに帰ってしまった嫂《あによめ》に連れられていった莟《つぼみ》のその後の消息《しょうそく》を聞くことだけが、唯一の慰めであった。祐季に対しては私はわだかまりがあるのでついぞ莟の話題に触れたことはなかったが、新しく禰宜に納まった祐兼には兄の忘れ形見である姪っ子のことを話題にするのは叔父としての当然の権利とばかり、遠慮なく訊いた。祐兼は依然として父母と同居していたので、今は家督を継いだ祐兼の庇護《ひご》のもとに嫂と莟はあったわけである。

莟は美しく育っているということであった。すでに縁談の話も出ているという。そのあたりの差配は祐季のもとにあるらしい。私にとっては父を裏切った憎々しい男であるが、初孫の萏に対しては、内孫の誰も及ばぬ格別の可愛がりようと聞くからは、どうか本人が幸せになるような婿さんを見つけてほしいと願うばかりだ。一番心配なことは、世渡り上手な祐季のことだから、己《おの》れもしくは将来の一族のための、何らかの取引の手段にされることだ。だが、己れも下鴨社禰宜として功成り名を遂げたばかりか、息子を阿漕《あこぎ》にもその後釜に据えた後では、これ以上に高望みするわけでもあるまい。ただひたすら、萏の幸せだけを願ってくれと、私は他人に委《ゆだ》ねねばならぬ我が身の甲斐性《かいしょう》のなさに思い至る。いや、そもそも、幸せな婚姻とは、何なのだろう。私とさよと、ほとんど等分にその幸せを祈りまた念じて添わせてくれたおほば、そして、それを疑うこともなく信じ、そしてそれは同時に、私はさよを、さよは私を、信じることであったはずだ。そして、おほばの望むとおり、さよの望むとおり、私の望むとおりに、二人は愛し合った。そこには、何一つ、それを損《そこ》なおうとする他人の思惑など、入る余地すらなかったはずなのに。

新たな婚姻の話は、ひょんなところから出た。

さよの喪も明けたし、とは、さよの両親から出た最初の言葉であった。さよの長兄に嫁をとる。それがその時の話である。だが、話の眼目《がんもく》は次の申し出にあった。その兄貴を私の猶子《ゆうし》としてほしいというのである。元々、跡継ぎを欠いたおほばは、さよの父親を自分の猶子として迎え入れ、結局はその娘さよを私に娶《めあ》わせる形で、猶子としての父親を飛び越して、私を跡継ぎにしていた。だが、さよが死に、二人の子がいない現在、いずれはまた誰かを跡継ぎにせねばならない。場合によっては、さよの長兄と嫁との間に生まれる子を跡継ぎにしてもよいが、出来ることならば、今のこの段階でさよの兄貴つまり太助を私の猶子とし跡継ぎにするということを認めてもらえないだろうか。というのが話の眼目であった。

私より七つも年上の太助を自分の養子にして、というのも変な感じだが、世間ではよくあることと、さよの一年忌を終えた後、私が後添えということに関してはすでに全面否定していたし、ということは私に跡継ぎにすべき子が生まれることはないわけで、その申し出に強いて否《いな》やをとなえる筋はなかった。一方、双子の弟である弥助は、すでに外に所帯を構えていた。そのことを私が知った時点で、私の太助に対する疑いは晴れたと言ってよかった。疑いは弥助一人に絞られた。さらに、相手の女の素性が分かれば、そして、かつて人妻であった女でなければ、すべては私の眼の錯覚、多伊三が言うように、見当違いもいいところだったということになる。だが、それらを知る手懸りが私には断たれていた。

私が承諾すると、両親としては安堵《あんど》の表情をかなり露骨に見せた後、多少もじもじして見せながら証文を書いてほしいと言った。その時両親が見せた何とも嫌な愛想笑いは今も鮮やかに思い出される。それは娘であるさよが見たら居たたまれなかったのではないかと思わせるような卑屈な、と同時に狡猾《こうかつ》さを忍ばせたような態度であった。私は嫌悪感に早くこの場を立ち去りたい思いで、証文を書いた。私はさよを辱めないように、書き終わるやいなや立ち上がり、彼らの表情を見ることなくその場を立ち去った。

〈十三〉

木曽義仲の転落は早かった。

攻め上ってくる東国軍を宇治川と瀬田川《せたがわ》で橋板を取り外し阻もうとするが、その勢いを止めることは出来ず、六条河原での戦にも敗れ、法皇を伴って北へ逃れようとする思惑《おもわく》もいち早く都に入った義経方に法皇はすでに押さえられ、かつて当の法皇から朝日の将軍との晴れがましい称号を貰った義仲は今や敗残の姿で、北国へと逃れるしかなかった。

義仲の身辺からは、追撃に遭遇する度に、供をする武士たちの姿は見る見るうちに減っていき、遂に最後には、乳母子《めのとご》である今井四郎兼平《いまいのしろうかねひら》と二騎だけになり、自分が敵を引き寄せて戦っている間に自害せよとの今井の勧めに応じたものの、敵に見つかり討たれてしまったという。近江国の粟津《あわづ》近くであった。

その余勢をかって、源氏の大軍は、法皇から平家追討と三種の神器の奪還を託されて、大手《おおて》の大将源範頼、搦手《からめて》の大将源義経の二手に分かれ、片《かた》や大手は西国街道を、片や搦手は丹波街道を、と文字通り正面攻撃と側面攻撃を狙って、京の都を進発した。寿永三年（一一八四）二月四日朝のことである。そして、七日早朝平家の備える一の谷の東西の城門で戦端を開くことが決められていた。総勢二万騎とも五万騎ともいわれるが、真偽のほどは分からない。総勢五万とすれば、搦手側は一万、総勢二万とすれば五千といったところだろう。いずれにせよ、義経率いる搦手軍は辿る経路から言っても、機動部隊としての役割を意識したものだったと思われる。

一方、当日は清盛入道相国の忌日《きにち》であったので、平家方では仏事が型通りに行われ、また都落ちしての仮の御所とはいえ屋島には、八咫鏡《やたのかがみ》、八尺瓊勾玉《やさかにのまがたま》、天叢雲剣《あまのむらくものつるぎ》の三宝を保持した安徳天皇があり、この機会に叙位除目《じょいじもく》が行われて、僧も俗も、官職の昇進があり、戦いに明け暮れていた日々の中で、ひと時のやすらぎを皆が味わっていた。そのひと時が長続きしないことは直ぐにわかることであった。

しかも、この時、清盛忌日のための法会など、大輪田の海に浮かぶ船の中で行われたともいう。まだ、屋島の仮御所や陣地の構築が仕掛かり中で、正式に儀式を行う手筈が整っていなかったためかもしれない。

それに、後白河法皇からは、和平のための使者として法皇に近侍していた静賢《じょうけん》法印を遣わす旨の沙汰もあったから、平家側には臨戦態勢というには多少の油断が入り込んでいたか。

とは言え、元来、平家は水軍が強く、海上を埋め尽くすばかりの船軍がこの安徳天皇や建礼門院や総大将宗盛の乗る船を取り巻いていたはずだ。

和平か決戦かの議論は、法皇の周辺でも喧《かまびす》しく一時は遣使を決めたのだが、東国軍の勢いの良さが反映したか、一気に逆転して遣使取り止め、追討決行の意見が大勢を占めるようになった。静賢法印自身、院内の無定見ぶりに呆れて辞任してしまった。かくして、決戦とはなったわけである。

源氏勢京を進発の報は、直ぐに福原に伝えられ、東の城戸口《きどぐち》、生田《いくた》の森には大将軍に、清盛の子であり宗盛の弟である知盛《とももり》、重衡《しげひら》兄弟を充てて大軍を配し、西の城戸口には大将軍に清盛の末弟忠度《ただのり》、山の手の城戸口には同じく清盛の弟教盛《のりもり》の子息、通盛《みちもり》、教経《のりつね》、業盛《なりもり》三兄弟を充てて、迎え撃つ態勢を整えたのである。さらに丹波街道からの攻撃に備えて、明石の奥、三木《みき》からさらに北方深くに入った丹波と播磨の国境、三草山《みくさやま》に陣地を設けた。ここを守備したのは、亡き重盛の子、惣領の維盛《これもり》の弟たち、資盛《すけもり》、有盛《ありもり》、師盛《もろもり》らであった。

いずれは、いざ京へと、攻め上る力さえ復活したかに見える平家の軍団であったから、そして迎え撃つ準備にもおさおさ怠りなかったから、源氏方、特に搦手の義経の戦略があれほどに図抜けていなかったら、勝敗がこれほど早く決着しなかったであろう。

今回の源平の戦は、都からはすでに遠く離れた所で行われたから、都人は生活上は安閑としておれたものの、一体どのような結末を迎えるものなのか見当もつかず、様々な情報と噂が飛び交うだけで、落ち着くところはなかった。

範頼軍がその日のうちに昆陽野《こやの》に着いた、と聞けば、私は一度は足を運んだ昆陽野の風景の中に陣を張った源氏の大軍を想像するのみだった。ただ、私だけでなく多くの人々は、都落ちしていった平氏の情景と、それとは対照的に、一気呵成に義仲を倒しその勢いのまま進発していった源氏軍の光景を思い出し、源氏の勝利を予想する向きが多かったと思う。現に、私がそうであった。

義経軍は、平家の思惑をはるかに超えて、平家の陣に襲い掛かってきた。先ずは、騎馬群を走りに走らせてきたからである。無論、しかるべきところで休息は取らせている。さらに、敵軍への偵察いわゆる物見に適格な人材を揃えていたので、作戦に無駄がなかった。そして、決定的な勝利の鍵は、相手が予想もしない戦術であった。

足場の悪い山岳地帯であるにもかかわらず、夜襲を掛けたのである。馬を走らせながら、先頭の集団が進路に沿って火を放ち、樹々を燃やすその明るさの中で、一気に敵陣に襲い掛かったのだ。こうして、三兄弟に託された防御陣地は脆《もろ》くも崩され、敗残の将と軍兵らは潰走《かいそう》した。彼らは加古川《かこがわ》を下るようにして海岸に逃れるのである。

夜討ちがまんまと成功した義経軍は、翌日の明け方軍を二つに分け、大方を侍大将の土肥次郎《どひじろう》実平《さねひら》に預け、一の谷の西側に向かわせた。そして、自分の方は一の谷の背後の鵯越《ひよどりごえ》を攻め下って、平家の背後を突く作戦であった。

さすがの猛者《もさ》共も、余りの急坂を見て難所に落ちて死にたくない、敵と戦う前に無駄死にしたくないと怯《ひる》んだが、義経は、昔から深山で道に迷った時に老馬に手綱を委《ゆだ》ねて辿らせれば、しかるべきところへ行き着くという、また鹿はこの坂を駆け下ることもあるという、ならば馬に身を任せ、馬の駆け下りるのに身を委ねれば、行き着かないほうはなかろうと、先ずは精鋭三十騎ばかりを引き連れて自ら駆け下った。これを見て後続部隊もどっと駆け下ってきたから、突如背後を突かれた平家軍は防戦する暇《いとま》なく散り散りに海岸に逃げ、舟に救いを求めるばかりであった。

義経軍の作戦も、大手の範頼軍とすでに示し合わせてあった七日の早朝、卯《う》の刻《こく》に合わせて戦端を開くという約束に呼応したものであったから、すでに東の城戸《きど》、生田の森でも戦端は開かれていたし、義経の別動隊も西の城戸を襲っていたから、全面的に戦いの輪は広がっていたわけである。そして、それらの場所での戦いは真っ向勝負であったから、短時間で優劣が決まるべくもなかった。だが、鵯越の逆落《さかお》としによる義経軍の奇襲により平家の本営が大混乱となっては、各城戸も持ち堪《こた》えるのが時間の問題となっていた。本営の陣屋から出た火は折からの西風に煽《あお》られて燃え広がり、平家軍の危機感をさらに煽った。西の城戸に続いて、山の手の城戸が、さらには主軍の守る東の城戸も持ち堪えられなくなって、平家の面々は大将から兵卒のすべてが海沿いに逃げ、幸いに舟に拾われた者だけが逃げ延びることが出来たのである。

負け戦《いくさ》、それも接近戦であったから、平家方の人的損害は大きかった。それも勇猛果敢な武者《むしゃ》ほど前線で戦ったから、貴重な人材が失われた。通盛三兄弟のうち真ん中の教経を残して通盛と業盛が討たれた。また、歌人としても名を遺した忠度、清盛の弟経盛《つねもり》の子の三兄弟、経正《つねまさ》、経俊《つねとし》、敦盛《あつもり》も全員が戦死している。さらに、知盛の嗣子、知章《ともあきら》までが討たれている。血気盛んな若武者たちの死は残された一族をさらに悲しませたに違いない。

平家軍中歴戦の勇士であり最も戦上手《いくさじょうず》として期待されていた重衡《しげひら》も、敗走するなかで馬が射貫かれて立ち往生し、逃げるに逃げられず、ならばと腹を切ろうとしたところを、捕らえられてしまった。

また、清盛直系の、亡き重盛の嗣子維盛《これもり》は、三十隻の船団と共に、一門が目指した屋島に帰らず、行方知れずとなっていた。

こうして、一の谷の戦いは源氏方の圧勝に終わったが、直ぐに最終の決着がついたわけではない。何しろ、この戦いの最中にも、安徳天皇と共に総大将宗盛が船中にあったように、そして海上には、それを守り、陸地を睥睨《へいげい》する数千艘ともいわれる船団があって、それらが逃げ落ちた平家軍を救出したように、海上戦に強い平家の伝統は生き続けていたからだ。

その後、約半年から一年弱、休戦状態が続くことになる。海上戦には不慣れな坂東《ばんどう》武者の集団である源氏方には、海を隔てた屋島の地にある平家の本拠を攻略することは容易でなかった。そのための戦いの準備は、主に義経に託されていた。

平家方も、この追い詰められた状態からの挽回を期し、依然として影響力のある西国、西海地方から兵員を集め、物資を調達することに余念がなかった。その兵糧《ひょうろう》を絶つためというべきか、改めて平家追討使として、範頼軍が西国に向け出発した。中国地方を押さえつつ、さらには九州の豊後《ぶんご》に渡って、平家の勢力圏を完全に押さえ切ろうという作戦であった。だが、長門からの渡航に苦労することとなる。九州へのとば口、彦島が平家に押さえられているものだから、必要な物資や船団が集まらず、しかも背後では、屋島の平家本隊から備前《びぜん》の児島に行盛《ゆきもり》が派遣され、山陽道からの補給路が断たれた。ようやく翌年早々には豊後に渡ることは出来たのだが、後の経過を見れば、損な役回りではあった。

一の谷の勝敗の結果は直ぐに都にもたらされた。私と同じように、源氏有利と見ていたものにとっても、それは意外といっていいほどの源氏の圧倒的勝利だった。また、その勝利をもたらした第一の功労者、というより奇襲の天才義経は、今や若き英雄として巷間《こうかん》の人気者となっていた。次童丸なんぞは、戦場の様子を私に聞かせるのに、聞き知った事実を話すというよりは、まるで自分がそこに立ち会っていたように語り、鵯越の逆落としの件《くだり》などまるで自分も義経の直ぐ後ろで馬を駆っているかのように、生々しく擬音入りで話すのである。聞いている私も、それで、その次は、と促すものだから、益々口角泡を飛ばして倦《う》むところがなかった。

私も次童丸に事寄せて、こんな風に書いているが、鬱々《うつうつ》たる日常からある種の異空間の中に飛び出し、積もりに積もった日頃の鬱憤を晴らしていたと言えるのかもしれない。

そういうのも、あんなふうに私を置き去りにして何処かへ飛び去ってしまったさよに対して、怒りの感情が湧いてくるようにさえなっていたからである。これまでの私は、ひたすらさよに詫び、さよの不在を嘆き悲しむばかりであったものを。

少しずつ宮大工の仕事も復旧し始めていたが、それらは嫁を娶って張り切っている兄たちに任せて、私は源平合戦の詳細を少しでも知ろうと、有安師はもちろん、戦場から戻ってきている源氏方の武士がいると耳にすれば、そこに出向いて根掘り葉掘り聞き出し、その真偽は問わず、家に帰っては書きとめていた。私が立ち会ったわけではないにしろ、ある事柄についての様々な聞き書きを集めてみると、意外にも真偽のほどが色を透かすようにして見えてくるのだ。それらは、私が実体験したかつての大火事やつむじ風について、後から聞く人々の話を巡っても思うことであった。

こうして、私が源平合戦の話に言わばうつつを抜かしている間に、家の大事が私一人を蚊帳の外にして進められていた。唯一、私が知っていたのは、新婚の夫婦に子供が出来たらしいこと、嫁の悪阻《つわり》の具合、その窶《やつ》れ具合から見て、生まれてくるのが男児らしいということだ。

突然、私はさよの両親から切り出された。前回のさよの兄貴を猶子《ゆうし》にしてくれとの申し入れの時には、いやに下手に出てきたが、今回は何が何でも言い分を通すという腹が見えた。

要は、猶子にしたさよの兄に家督を譲ってくれというのである。どうやら、跡継ぎも出来たようだし、いよいよ一家の柱として仕事もし、宮廷にも仕えるとするなら、責任ある立場を与えてやってくれないか。長明様《ながあきら》には、本来の神職があるし、その道でさらに出世なさることもあるだろう。この家においては若くして隠居という形にはなるが、元来歌や音曲の達人なのだから、さらに精進されるよう気儘《きまま》に暮らしてもらえればいい、何ならこの敷地内に新しく隠居所《いんきょどころ》を造ってもよい。さよももはやいないからは、かつての二人の寝所は改造して、新婚の二人に住まわせるつもりだ、と一気呵成にまくし立てた。

言いたいことは分かった、少し考えさせてくれと、私は言った。早く、追い立てたかったのだ。

そろそろ潮時かもしれない。そう思う気持ちが段々増してくるようだった。私がこの家と繫《つな》がっているとしたら、それは私のさよへの執着だけのためでしかない。だが、このようにまでして、周りが私との縁を薄くしたいと思うなら、ここに留まる理由はもはやない。私のさよは、今や私を排斥《はいせき》しようとしているこの家に留まらせたくもない。さよは私が連れて出る。だが、私を縛るもう一つの枷《かせ》があった。今は亡きおほばである。おほばに許しを請い、それでおほばは許してくれるだろうか。私に家を継がせることをあれほど望んでいたおほば、その役割を全うさせるために、さよと私を一緒にさせ、またそのために二人それぞれにおほばなりの英才教育を施してきたはずだ。しかし、すでに私たちはおほばの望んだ道を踏み外し、さよはもはやこの世にいない。許せ、おほば、私には処世のための何かが欠けているのだ。その点、さよを除けば、抜け目のない一族だ。おほばの血の繋がりは絶えるとしても、家業が寂《さび》れることはあるまい。家の名は残るだろうし、繁栄を極めるかもしれない。その内、神職に就く者が現われるかもしれないし、神職の家との婚姻によって、それが誕生するかもしれない。そして、おほばの自慢の息子、私の父長継のように下鴨社の頂点に立つ者が現われるかもしれない。いや、言い訳はよそう。

私はすでに家を出ることを決意していた。

旬日を置かず、私がそのことをさよの両親に告げると、以後の展開は早かった。直ぐに、しかるべき隠居所の土地が探された。私がこの屋敷内には留まらないこと、家を出ることを主張したからである。そして、この家からさほど遠くはないが、鴨川沿いの場所に小さな家を建てることになった。

〈十四〉

さよのいない三度目の正月が来た。源氏方は、いよいよ戦いの機が熟したと見て取ったか、頼朝は義経に、平家の本拠たる屋島攻撃を命じた。

義経の本領は奇襲攻撃にある。ここでも、義経は完全に平家の思惑の裏をかいた。先ず、暴風雨の中をついて、摂津の渡辺津《わたなべのつ》から船を出し、阿波の勝浦《かつうら》に上陸、精鋭部隊とはいえ僅か百五十騎という少なさであった。そして、土地に精通した阿波の住人近藤親家《こんどうちかいえ》に道案内をさせ、屋島の背後に回って奇襲をかけたのである。

平家方は正面からの船による海上攻撃にのみ備えていたので、完全に裏をかかれた。周章狼狽《しゅうしょうろうばい》した平家陣は、態勢を立て直す暇《いとま》なく這《ほ》う這《ほ》うの体《てい》で船に乗り込み、逃げるしかなかった。義経軍はほとんど戦わずして、平家軍を追い払い、結果として追い詰めたのだ。

平家軍には、もはや拠るべき場所は、彦島のみとなった。しかも、後背地の九州を範頼軍に押さえられているので、持久戦には持ちこたえられそうもない。一方、屋島を分捕った義経軍は、海上戦を戦い抜けるだけの水軍を確保し、満を持して決戦の舞台、壇《だん》の浦《うら》に向かうのだった。

時は、前年の改元で元暦《げんりやく》となっていたその二年（一一八五）三月二十四日の早朝、決戦の火蓋《ひぶた》は切られた。潮の流れの激しい場所であったから、その読み違いは致命傷となる。また、逆にその変化を巧みに読めば、決定打となる。結果は、潮の流れを巧みに生かした源氏の勝利となった。

正午には、勝敗が決した。平家一門で討たれなかった者も、次々と海に身を投じた。

「見るべき程の事は見つ。いまは自害せん」と、平家軍を担ってきた知盛もまた、乳母子《めのとご》の伊賀《いが》平内左衛門《へいないざえもん》家長と相携《あいたずさ》え、共に鎧《よろい》を二つ重ねに着て入水《じゅすい》した。知盛は一ノ谷の戦の敗走中、己れの目の前で嫡男の知章が敵に討たれるのを如何とも出来なかった。

知章は、父を庇《かば》い、襲いかかってきた敵将を倒したものの、新たな敵の手に掛かったのである。

知盛は生きながらにして地獄を見た男であった。

まだ幼い安徳天皇は清盛の妻であった時子《ときこ》、二位尼《にいのあま》に抱きかかえられるようにして海中に沈み、一緒に身を投じた母の建礼門院は、源氏方の手で救い上げられた。総大将宗盛とその子清宗《きよむね》は捕らえられた。

かくして、栄華の頂点を極めた平家一族は滅んだ。


私の新しい住まいは、もはや住まいというよりは庵《いおり》と呼んだ方が相応《ふさわ》しかった。ついこの間まで住んでいた家に比べれば十分の一にも足りない狭さだったし、文字通り隠居所のようなたたずまいで住むだけのもの、僅かに土塀は作ったものの、門を構えるほどのものでもなく、竹で仕切りを作り車寄せにした。

これらの工事は、さよの父親が率先して仕切った。厄介な婿《むこ》殿を早くに追い出せるならば、これに過ぎる面倒はなかったからであろう。とはいえ、実際の普請《ふしん》の親方には、配下の者が付いた。あるいは、多伊三が来るかとも思っていたのだが、そうではなく、あの昆陽野の因縁の宿を紹介してくれたという御仁であった。私は、多伊三からその宿に立ち寄ったことを聞き出したこの御仁が、作業場でよもやま話の一つとして、面白おかしく私の夜遊びを語り、それが噂となってさよの耳に入ったのではないかと疑っていた。今となっては、恨むべくもないが、真偽の程だけは確かめておきたかったのである。

私も家の建造には格別の興味があったし、ましてや私がそこで暮らしていく家だったから、棟上げの時はもとより、何かと様子を見に出かけていた。かなり工事も進み、工事に関わる人手も減って、親方の周囲に集まる者もいなくなった頃合いを見て、私はその一件を聞き出したのだった。その御仁は一瞬きょとんとした表情を見せ、次に笑い出した。私がしゃべる暇なんかなかったですよ、当の多伊三が先にしゃべっていたんです。それに、あんたの奥さんにまで。あまりにあんたたちの仲がいいんで、ちょっと意地悪してやろうってとこだったのかな。

その時、私がどのような対応をしたのか、覚えていない。多分、精一杯の努力で、どこに向かうべきか分からぬ感情を制御したに違いない。

この話が、私の詰問の向かうところを機敏《きびん》に察知して逃げの一手を打った男の虚言《きょげん》であるかどうか、あるいはまさに男の言う通りであって、ずっと私を騙《だま》していたのが多伊三その人だったということになるのか、もはや、私にはこれ以上確かめる気力はなかった。いずれにせよ、以降私は多伊三との付き合いは断ち切った。

私はすでに鴨川近くの住まいに移った。まだ、屋根が完全に葺《ふ》き終わっていない時期に移り住んでしまった。文机や私の身辺の物どもは、少しずつ運んでいたが、さすがに大きな家財や道具一式は車に載せて運ばせた。さよの遺品はすべて、さよの母親に託して置いてきた。断腸《だんちょう》の思いではある。だが、一部を身辺に置き、一部は置いてくる。これが出来なかった。
『金葉集』に載る周防内侍《すおうのないし》の歌に、
住みわびて我さへ軒《のき》の忍《しの》ぶ草《ぐさ》しのぶかたがたしげき宿かな

という、長く住んだ家を手放して立ち去る時に柱に書きつけたというものがあるが、私にもさよの面影を偲《しの》ばせる家だけに立ち去りがたいものがなかったわけではない。おほばとの思い出もある。

だが、私にはこの家そのものは、同時に不快の対象でもあったから、そう単純ではない。いずれにせよ、私は、この転居を機に、気分を一新するつもりでいた。

しかし、いざ転居してみると、一層のわびしさは募ってくる。落ちぶれた感も強くなる。そんな時だ。西海の際《きわ》での平家一族の終焉《しゅうえん》を聞いたのは。

だから、それは一層身につまされるように、哀れに響いた。

今回の源氏軍の凱旋《がいせん》に伴う平家一門の都での引き回しは、死者の多くが海中に沈んで海の藻屑《もくず》と消えたこともあり、先の一の谷の戦いの時のように主だった武将たちの討ち取られた首級《しゅきゅう》が並ぶという陰惨さはなく、また生き残って捕らわれた宗盛親子にしても、前回主だったものとしては唯一生きながらえた重衡が南都焼き打ちの張本人として怨嗟《えんさ》と侮蔑《ぶべつ》の対象となったのとは違って、栄華《えいが》の極みからの余りの落差が都人の哀れさえ誘ったのであった。

よくぞこれだけ集まったと思える見物衆《けんぶつしゅう》の中に、私もいた。物見高いのは世の常、都人だけでなく、かなり遠くからも集まってきたのだろう。このところ続いた飢饉や戦乱で失われた人の数も並大抵ではなかったはずだが、今さらに驚いた。何でも自分の眼で見たがり聞きたがる己れの本性が改めて思いやられる。

牛の牽《ひ》く八葉車《はちようのくるま》に、宗盛、清宗親子は乗せられていて、車の前後の簾《すだれ》は上げられ、左右の窓も開けられているから、中の様子は誰にでも見て取れる。宗盛は白い狩衣《かりぎぬ》、清宗は白い直垂《ひたたれ》姿。かつての大臣殿《おおいどの》は、華やかな美男だったはずが、今はやせ衰えて別人のように見える。四方を見回している様子は、何か呆《ほう》けているようにすら見える。一方、息子の清宗、かつての右衛門督《うえもんのかみ》は沈痛な面持ちで顔も伏せている。続くもう一台には、時忠、かつての平大納言時忠卿、宗盛より二十歳年上の五十九歳、姉の時子は清盛の正妻、妹の建春門院は後白河法皇の女御、平関白とまで称され、権勢をふるった男である。これらの車の前後を義経配下の土肥次郎実平が武士三十余騎を率いて取り囲み警護していく。

後白河法皇も六条通りを行くこの一行を東洞院《ひがしのとういん》に車を止めて秘かに見物したということだ。また、公卿や殿上人も法皇に付き従っていた。やはり、一の谷の時とは違って、すべてが決着した安心感というか、もはや源平の勢力が入れ替わる可能性がなくなったことが法皇や公卿たちの行動にも如実に表われているのだろう。

前回の引き回しには、源氏による明らかな政治的意図があったと言っていい。一つは、源氏軍の力の誇示であり、それは一般の都人に対するばかりでなく、むしろ法皇以下宮廷や貴族層に対する方が主眼であったろう。そして、源氏に対して歯向かうものに対する見せしめ、これも同様に二つのものに向けられていたはずだ。その意味では、かなり凄まじかったと言える。

それもそのはず、最初、後白河法皇も、太政大臣以下の主だった公卿たちも、昔から公卿の位に上がった者の首を、大路を引き回した前例はないと反対していたのだ。それを範頼、義経兄弟は、我々は己れの命をなげうって朝敵を滅ぼしたのだ、許されなければ、今後何の励みがあって、征討に向かうことがあろうか、と強引に認可をとったたという経緯があったのである。

あの時も見物衆の数は今回に引けは取らなかった。そして、違《たが》わず、私もその中にいた。私は次童丸から多少の情報を得ていたので、八条河原に持ち込まれるところに立ち会っていた。そう言えば、義経が今や検非違使尉になっていたのだった。英雄を近くに仰ぎ見て、次童丸の有頂天になっているさまが、可笑《おか》しかった。

いったん六条室町《むろまち》の義経邸に集められた平家一門の首級は、八条河原で検非違使庁に引き渡され、長鑓刀《ながやりがたな》の先に一首ずつが突き刺され、一人ずつ名前を書いた赤い布が結ばれて獄門に掲げられた。人々は鈴なりになってそれらを見上げたものである。

また、今回は、何といっても、念願の三種の神器の内、二つが戻ってきたというのが大きい。安置してある場所から、通称内侍所《ないしどころ》とも呼ばれる神鏡、八咫鏡《やたのかがみ》、そして、八尺瓊勾玉《やさかにのまがたま》。もう一つ、天叢雲剣《あまのむらくものつるぎ》は、壇の浦の海底深く沈んで失われてしまった。安徳天皇を抱くようにして海に飛込んだ二位尼が腰に挟んでいたという。熟練の海女《あま》たちに探らせたり、霊験あらたかな神社仏閣に様々に祈願させたが、見つけることは遂に叶わなかった。ある陰陽博士《おんようはかせ》が占うに、かつて出雲《いずもの》国《くに》で素戔嗚尊《すさのおのみこと》に斬り殺され霊剣を奪われた八岐大蛇《やまたのおろち》が、それを惜しむ心が強く、八つの頭、八つの尾に因《ちな》んで人王《にんおう》八十代の後、八歳の帝となって取り返し、海底深く沈んだのであろう、と申したそうで、千尋《ちひろ》の海の底で、神竜《しんりょう》の宝となったからは戻らぬのも道理と、諦めるしかなかったようだ。

この間、亡き重盛の長子たる維盛の消息が長らく不明だった。一の谷の戦いに平家軍が敗れ、大半は屋島に逃れて時機を待つ形になったのだが、その折維盛は屋島には戻らなかったとか、戻るには戻ったがその後、僅かのお供を連れたのみで屋島を脱出したとか、風評にとどまっていたのだ。

平家一門の興亡を振り返る時、清盛にとっても一番の重しであった跡継ぎの重盛が早くに病死して欠けてしまったことが、いかに大きい損失であったかが分かる。しかも、重盛には、維盛を含む七人の息子がいたわけで、皆が若輩であったとはいえ、彼らの力を結集させることが出来れば、とも思えるのだが、重盛に代わる宗盛の、平家総帥《そうすい》としての技量が果してどうだったかという疑問が拭えない。先ず、都落ちの際、遅れた維盛に自ら不信感を抱き、また周囲の者たちの疑いを助長させてしまったその責任は重い。遅れた維盛の責任も、実際に一門を裏切った頼盛の例があるだけに軽くはないが、総帥としての大きな度量を示して維盛を迎え入れたならば、このしこりが各人に微妙な影響を及ぼすこともなかったであろう。いずれにせよ、こうした不信感が蔓《まん》延《えん》し、遂に維盛は最後の最後まで陣営内で居心地が悪かったと見える。

結局、維盛の弟たちの運命も、平家一門と同様、悲惨なものだ。三男清経《きよつね》は、都落ちして九州は豊前《ぶぜん》柳浦《やなぎがうら》で入水《じゆすい》してしまうし、五男の師盛《もろもり》は一の谷の戦いで敗死。壇の浦の最後まで戦い切って死んだのは、次男の資盛《すけもり》と四男の有盛の二人のみであった。六男の忠房《ただふさ》は屋島の戦いの後、紀伊《きい》の湯浅宗重《ゆあさむねしげ》に身を寄せていたが、宗重の勧めで自首するも鎌倉に送られて結局は斬られてしまう。また、大炊御門経宗《おおいみかどつねむね》の養子となっていた宗実《むねざね》のその後は定かでない。

さて、維盛はというと、一の谷の敗戦後程なく紀州に上陸し、高野山《こうやさん》に登り出家、その後次の月末《つきずえ》には、那智《なち》の海で入水したということであった。

妻子との別れを惜しむあまり、維盛は平家一門の都落ちに遅れてしまったというくらいだから、その相思相愛が偲ばれる一方の奥方、維盛の北の方は、あの一の谷敗戦後の平家武将たちの首級とただ一人生け捕りにされた重衡の引き回しに人を遣《や》って、あるいは生け捕りにされたとはいえ生きながらえたのは我が主人ではないかと期待もし、それが違うと分かると、今度は取られた首の中に主人の首もあるのではないかと大いに気を揉《も》まれたということだ。しかも、まだこの時は、当の維盛は屋島か紀州のどちらかに、生きながらえていたわけだから。ましてや、その後ふた月足らずのうちに、亡くなっていたと知れば、何とも言いようがないこの世の儚《はかな》さだ。

また、この北の方は、同時に大いなる心配を抱えていた。それは、維盛との間に生した一粒種、六代《ろくだい》のことである。平家都落ちの際、十一歳。年端もいかぬとはいえ、男子であるからはいざ戦いとなれば鎧兜《よろいかぶと》に身を固め矢面に立たねばならない。それが不憫《ふびん》さに、母親の主張を通して、維盛は同行させなかったのだ。都の某所に潜伏させたというわけである。

維盛への平家一門の不信感が、約束の時間に遅れたことに端を発したことは間違いないが、それが遂に解消しないほどに根強かったのには、六代という跡取りを同行しなかったことの方が大きかったのだろう。しかも、妻女共々同行した一族の者たちにとっては、我が身ひとつだけで列に加わろうとした維盛はすでにして運命共同体からは外れた存在と見なされたのであった。
言うなれば、そこまで犠牲を払って、匿《かくま》っていた六代なればこそ、源氏による追求、いわゆる平家狩りを恐れていたのである。事実、すでに捕らわれていた一門の子息たちは次々に殺されていった。宗盛は長男の清宗共々、義経に率いられて鎌倉へ下っていったが、それは源氏の総帥頼朝に面通しさせられるためにである。鎌倉の地で首を斬られることはなかったが、帰る道中、都もかなり近くなった近江国篠原《おうみのくにしのはら》が宗盛親子の終焉《しゅうえん》の地となった。

この鎌倉行きの道中、鎌倉が目前という地、腰越《こしごえ》で義経が留め置かれるという事件があった。言わば、勝利した源氏の側に内紛の種があったということである。覇《は》を争ってきた平家を倒したことで、いよいよ表沙汰になったというべきだろう。平家は宮廷と貴族社会と手を組むことによって権力の座に収まることが出来たわけだが、一方で貴族社会に取り込まれた、そしてそれが平家を軟弱にした根本のところと、頼朝は見ていたようだ。だから、後白河法皇や宮廷を利用し、院宣《いんぜん》によって平家打倒を正当化したが、いざ平家を降《くだ》し、法皇や宮廷や貴族社会をも睥睨《へいげい》する権力を持った以上、自らの政治力によって全国の覇権を手に入れようとしたのだ。無論、まだ源氏の勢力圏は東国に限られるという限界もあったが、少なくとも武士勢力の論功行賞《ろんこうこうしょう》については、法皇には嘴《くちばし》を挟ませないという強い意志を持っていた。それを兄の心、弟知らずというべきか、義経は後白河法皇から五位尉《ごいのじょう》に補任《ぶにん》されたと言って手放しの喜びようだったから、それやこれやを咎めだてたかったのだろう。義経に対しては、老獪な法皇の側でも、対頼朝を意識しての様々な画策《かくさく》があったから、猪突猛進型の義経にとっては理解しがたい策謀の渦中に巻き込まれた不幸と言っていいのかもしれない。

腰越に留められて、鎌倉に入ることの許しさえ出なかった義経が、兄頼朝に切々と訴えた手紙が残されているということだ。それによれば、みなし子となってから身を隠しつつ各地を転々と流れていかざるを得なかった幼少の苦労が述べられ、それがようやく時を得て、義仲を討ち、平家討伐にも身命をかけて今日の勲功《くんこう》を立てたにもかかわらず、兄の勘気《かんき》を被《こうむ》ったことへの恨みつらみが綴られているという。そして、その大本は讒言《ざんげん》によるものであり、自分は兄に仕えることのみをもって、生きがいとしてきたのであり、他に一切の野心は持っていないことを神懸《か》けて誓うというものであったと思われる。まことに、切々たる訴えではあった。だが、結局は許されず、しょうことなしに京都に戻るしかなかったのだ。

誰が何と言おうと義経一辺倒の次童丸は、一時は都を手中に収めてあれだけのさばっていた義仲を一気呵成に都から追い落とし、簡単に本人の首級すら挙げてしまったその手際の良さ、また同様に、三日天下の義仲と違って保元平治《ほうげんへいじ》の乱以後、がっちり勢力を根付かせていた平家一門を都から追い出し、一の谷の戦いから屋島そして壇の浦と、あれよあれよという間に滅ぼしてしまったその天才ぶりに、兄頼朝が狂わんばかりに嫉妬《しっと》しているのさ、と言って憚《はばか》らなかった。

そして、頼朝の嫉妬ぶりは、身近にいる者にとっては余りにも見え見えのものだったから、自分自身義経と行動を共にして家臣の身分であっても嫉妬を覚えるくらいの天才を間近に見てきた者にとっては、ちょっとした陰口さえ、それが頼朝の嫉妬心に火を付けるのはたやすく、それが燃え広がってしまったんだ、と解説してみせた。

鵯越《ひよどりごえ》の逆落としなんぞを、この目の前でやられてみろよ、おれだって嫉妬するよ、男なら誰だってするよ、あきらだってしないとは言わせないぞ、そして、どこかで一回ぐらいこいつに失敗させてやりたいとも思うじゃないか。

確かに、次童丸説《せつ》は説得力を持っていた。だが、頼朝は、時の運を我が物とする運と同時に大きな戦略を持ちえた男である。人である以上、いっときの情動に突き動かされることがないとは言えないが、それをむしろ制御して大局観《たいきょくかん》に立てる男だと思う。だから、各地で群雄割拠《ぐんゆうかっきょ》していた源氏を纏《まと》め上げることができたし、それが平家勢力を凌駕《りょうが》したからこそ、究極の勝利はあったのだと思う。大手の大将に範頼を配し搦手《からめて》の大将に義経を置いたのも、すべては頼朝の配慮であり、また最終の決着の準備として、範頼には平家を支える後背地の西国を押さえるというより大きな難題を与え、局所の戦いには天才的才能を見せる義経に屋島から壇の浦に続く決戦を任せたのだ。だから、次童丸の言うような内心の嫉妬心に入り込む讒言の側面がなかったとは言えないにしても、やはり頼朝の対後白河法皇、対宮廷勢力に対する大きな戦略の中での義経への仕打ちと私は見ていた。

〈十五〉

平家一門の武将の多くが骸《むくろ》となってその首級のみが都大路を回されたあの一の谷の戦いの後、

主だったものとしては唯一人生け捕りにされ市中に生き恥を晒《さら》した重衡は、鎌倉にしばらく留め置かれていたが、早く寄こせという南都衆の声も無視できなくなって、いよいよ南都に送り届けられることになった。そして、仏敵と称されて人々の怨嗟《えんさ》を真っ向から浴びた重衡は、木津川《きづがわ》の畔で斬られた。これを見ようと川端には数千の群衆が集まったという。その首は、般若寺《はんにゃじ》の大鳥居の前に釘《くぎ》付けして懸けられた。治承の合戦に当たって、重衡がこの前に立ち指揮を執《と》ったのに因《ちな》んだらしい。寺院の伽藍《がらん》が焼き尽くされたその仕返しであろう。

源平の戦《いくさ》の決着がつき、その戦後処理も大体片が付いて、人心もようやく落ち着いたかに見えた七月九日ちょうど真昼時、天地をひっくり返すような大地震が都を襲った。

前夜は蒸し蒸しして寝苦しく、私はいつになく定かならぬ夢を見ては目覚め、またその続きのような、続きでないような夢を見ては目覚めしていた。しかも、すっかり目が覚めて、以降眠れなくなるという風でなく、だらだらと眠っていたようで、はっきり目覚めた時には、陽はかなり高くなっていた。だから、遅い朝餉《あさげ》を済まし、この何時《いつ》にないだらだら感はどこから生じたのだろうかと訝る心から、さよを失ってからの日々を思い返していた。

大事なものを失った喪失感と寄り添いすぎていたような気もして、その反動に今襲われているのかもしれない。すべてに締まりがなくなっているというべきか。我が人生、捨てたわけではないが、生き甲斐を失っているような気もする。ものを知ることへの好奇心、それは世間のこと、戦のこと、それに止まらず、神とか仏とか、この生きている世界とは何ぞやという事どもに対して、知り尽くしたいという心の働きは益々盛んでこそあれ、衰えたとは決して思えぬのに、何なのだろう、この倦怠感《けんたい》、この根本の無力感は。

私は、このところ、断念している歌のことに思いを馳せた。仕舞い込んであった歌の綴《つづ》りを引っ張り出してきた。私はさよとの仲を躓《つまず》かせたものがこの歌に他ならないとして、さよの死に殉じるように歌との別れを自らに宣言した。その根本のところが果してどうなのだろう。さよの命を繋《つな》ぐために、水垢離《みずごり》や何やらして、自分に枷《かせ》をはめようというならまだしも、もはや死んでしまったさよを生き返らせることができない以上、何の意味もないことは初めから分かっていたはずだ。

そうなのだ。このところ、あれだけ栄華《えいが》を誇った平家の公達《きんだち》が、彼らは戦場では武将であったが、敗北の後では首ひとつになって、天下に曝されていた。あまりの悲劇であり、いや、喜劇ですらある。私は、自分の狭い世界を振り返っていた。余りに小さい小さい世界。思わず笑ってしまった。歌の断念だと。碌《ろく》な歌を作ったわけでもないのに、この小僧っ子が！

ところが、この私も早《はや》三十、いい大人だ。馬鹿馬鹿しくなって、私は笑い出した。余りに卑小《ひしょう》の私がここにいることに気づいて。

ちょうど、さよが死んで丸三年になる。またぞろ、気分に任せて歌を始めてみよう。晴れて歌林苑やその他の歌合に出かける気にはなれないが、自分一人で楽しむ分には、誓いを破ったといってさよも目くじら立てることもないだろう。大体が、琵琶の稽古は続けてきたわけだし、元々、誓いといったって、自分一人勝手な決め事だったのだから。

私は久しぶりに希望が湧いてきたような気分になって、歌の綴りを文箱に収め、元あった場所に運ぼうと立ち上がった。その途端であった。地響きを立てるような物凄い唸《うな》り声を上げて、足元から突き上げてくる猛烈な力に、私は撥ね飛ばされていた。何ものに襲われたかが分からない恐怖のなかで、私は本能的に部屋の外へ出ようとしたのだろうか。しかし、私は阻まれていた。次々と襲い掛かってくる目に見えない圧倒的な力によって。私は四つん這《ば》いになり、一方に体が持っていかれそうになるのを堪《こら》えていた。その時だ。床が波の上にあるように揺れ動いているのに気づいた。右に運ばれるかと思えば左に、上に持ち上げられそうになったかと思えば下に突き落とされそうになって、私は瞬時にあの都の大火の後に経験した地震を思い出していた。

地震！　それはあの時とは比べものにならない圧倒的な大地震だ。しかし、そう認識できた時、私は幾分冷静さを取り戻した。私の眼は天井の揺れを、柱と襖《ふすま》の揺れを、見極めることができた。私は必死に屋外に逃れることを求めたが、揺れが続く間は不可能だった。私は部屋の中に安全地帯を探したが、そんなものはどこにもなかった。文机は横滑りして部屋の隅に押し付けられ、とてもその下に潜れそうな余地はない。天井はまるでずたずたに引き剝がれそうになりながら辛うじて持ち堪《こた》えている風だった。私はもはや為すすべなく頭を抱えて丸まっていた。

轟音が通り過ぎ、やがて揺れが小止みになった。助かった、そう思いつつ、次に安全地帯に思いを巡らした。鴨川の河原へ、そう思った時、第二波がやってきた。

第二波が最初のものより強いはずはない、と私は高を括《くく》り、それでもそれが果して真であるかどうか自信は持てなかったので、すばやく屋外に逃れ出た。それが、裸足《はだし》でなく庭草履《ぞうり》を足に引っ掛けていたのが不思議な余裕だ。おそらく、あの大火の時のように、私の好奇心が市中の様子を尋ね回らずにはいられないことを体の方が本能的に覚えていたからだろう。

表に立ってみても、我が茅屋《ぼうおく》は無傷で建っていた。

簡素に、全体としても小振りな家に仕立てたことが幸いしたのかもしれない。そして、資材はおそらく安く誂《あつら》え仕上げたのだろうが、さすが仕上げたのは腕のいい宮大工たちだったから。その点、さよと暮らしたおばばの家もおそらくは無事であろう。

ところが、少し歩いて見ただけで、市中の建物の損壊がひどいことに驚く。

私は駆け出していた。次童丸よ、無事か、無事でいてくれ、その一念のみで。

次童丸の家には近くまでは行ったことがある。あれがそうだと指さしただけで、話が逸らされてしまった。その界隈に着くと、一帯のほとんどが総崩れしたかに見え、区別もつかない。しばらく茫然と佇《たたず》むしかなかったが、こんな時間に家にいるわけがない、とっくに役所に出ているはず、ならば大丈夫だろうと思い直して、引き返してきた。

改めて、周囲を眺めると、大気中には街並みが倒壊した後の粉塵が層を成して日光を阻み、真昼というのに薄暗い。その中を、辛うじて倒壊した建物から逃れ出た人々が蹌踉と歩いている。しかも、崩れ残った建物や壁の一部が余震がある度《たび》に支えきれなくなって落下し、瓦礫《がれき》の上にまた瓦礫が降り注ぐ音と響きが絶え間なく続き、時にはそれが雷鳴のようにも聞こえ、人々の気持ちを一層押し潰すのだ。しかし、気持ちが押し潰されようが、生き残った者たちに明日はある。だが、からだが押し潰された者に明日はない。彼らを押し潰したもの、それらは建物や堂塔《どうとう》や土塀の崩落ばかりではなかった。山が崩れ、崖が崩れ、海が崩れて津波となり、人々を襲った。戦場に劣らぬ犠牲者が出た。

特に被害の大きかったのが、白河辺りで、白河天皇の勅願によって建てられた法勝寺《ほつしょうじ》をはじめとする皇室の御願寺《ごがんじ》の尊勝寺《そんしょうじ》、最勝寺《さいしょうじ》、円勝寺《えんしょうじ》、成勝寺《じょうしょうじ》、延勝寺《えんしょうじ》、合わせて六勝寺《りくしょうじ》というが、その悉く《ことごと》が皆倒壊したのである。特に、法勝寺の九重《くじゅう》の塔は見事なものであったが、無残にも上の六層が崩れ落ちてしまった。また、白河以外でも、平家一門が出世する機縁となった清盛の父忠盛が鳥羽天皇のために造進した得長寿院《とくちょうじゅいん》の三十三間堂もちょうど半ばの十七間が崩れ倒れてしまったのである。

また後に聞くところによると、御所もまた皆倒壊したので、まだ六歳の後鳥羽天皇は鳳輦《ほうれん》に乗って池の傍に避難し、新熊野《いまくまの》へ出かけていて大地震は免れたものの急を聞いて戻った法皇も南庭に仮屋を建ててそこに移ったということだ。女院や宮々も、御輿や御車を仮住まいにしたらしい。他に方法もなかったろう。

仏教では、宇宙の一切を構成する四大種を、地大、水大、火大、風大と称しているが、水、火、風は常日頃から災害を引き起こしても、地が起こすことはない。それが一たび起こるとなると、天地どころか人心を根底から揺るがすことになる。宮中の人々は天文博士や陰陽師《おんみょうじ》の発言や予言に一喜一憂し、また巷間《こうかん》では古老たちでさえ、これほどの大地震には出会ったことがない、今にもこの世が滅びかねないと騒ぎ立てるものだから、もう周りは恐慌を来《きた》すしかない。

こうなってくると、またぞろ登場するのが、怨霊《おんりょう》説だ。二人天皇というのがそもそもの間違いで、三種の神器を携えた十善《じゅうぜん》の王が、都を落ちる羽目になり、やがては西海に沈むに至っては、何も起こらないという方が不思議、ましてやその君に従った大臣公卿が捕らえられ、都大路を引き回されて、その首という首が獄門に懸けられた。彼ら一人一人の怨霊が束になって襲い掛かってきたのだと人々は噂しあった。

次童丸が元気な顔を見せてくれたのは、三日後のことだった。倒壊した建物の下から死者や負傷者を引き摺り出すだけでも難事の様子だった。次童丸の家も半ば倒壊したが、骨格が保てたので雨凌《しの》ぎの手当てだけして家族は戻っているという。一番下の弟だけが腕を骨折したが、あとは無事、ただ元通りとはいかないので、自分一人は家を出た。何処《どこ》へと訊いたら、女の所へ居候《いそうろう》と決め込んだと言って、笑った。そして、あきらの家はびくともしないとはさすがだなと感心している。その夜は久しぶりに二人で一杯やりながら、次童丸の生い立ちを迂闊《うかつ》にも初めて聞くことになった。

次童丸は私と同じ次男坊だと聞いていたが、父親にとっては確かに二番目の男の子であったにしろ、外の女に産ませた子であった。その実の母がまだ幼い時に亡くなったので、今の家に引き取られた。今の母がよく迎え入れてくれたとは次童丸。だが、実際にはかえって隠微《いんび》な形での確執《かくしつ》が残り、それが反映して兄貴や弟妹たちとのぎくしゃくした関係は今も続いているらしい。愚痴の一つも聞いたことがなく、外見からは一切窺《うかが》えなかったとはいえ、親友をもって任じているつもりの私には、余りのわが身の鈍感さを呪うしかなかった。

この非常時にあって、時ならぬ評判を得たのが、皮肉なことに私が去った後の鴨家、もはや座と称するに相応しい宮大工の実質的な宗家となった我が家、いや今やさよの親族が占有する家であった。というのは、多くの神社仏閣が倒壊した中で、下鴨社関係の建物がしっかり残っていたこと、また新しく手掛けたものにも多大な損傷が見られなかったことによる。事実、私の住まいがそうだった。比較にならない小さな安普請《やすぶしん》の家ではあったけれど。

それらの内、建造物の大半はすでに年代物で、おほばの父親も含め、その何代かにわたるご先祖の賜物であり、遺産であるに過ぎなかったが、手柄は手柄、さよの親族たちにその余徳はもたらされた。私は、おほばの喜ぶ顔を想像して満足するしかなかった。

いかなる天変地異に出くわそうと、人々の日々の営みは続く。しかも、余りに手厳しい四大種の仕打ちに一度は粛然《しゆくぜん》と襟を正し、善行を続けねばと心を新たにしても、そこは凡夫の悲しさ、直ぐに善行を忘れ、低きに流されていくのが人の世の習い、繰り返されてきた人間の歴史だ。

この度も、勝利者に勝利者の余裕はなかった。なぜなら、余裕を見せた途端、ひっくり返された例が数多くあるからだ。まして、地震の震源からは遥かに遠くにいた鎌倉の頼朝にとっては、都の惨状が心理的な影響を及ぼすべくもなかった。

まるで残務整理のように、残る平家の公達への罰として、流罪の命が発せられた。

先ずは、都大路引き回しの際、総大将宗盛親子の次の車に乗せられていた平大納言時忠卿が能登国《とのくに》へと流罪となった。その折同じ車に乗せられるべきところ病いのため免れた子息讃岐《さぬき》の中将時実《ときざね》は、上総国《かずさのくに》へと、引き離された。父時忠は天皇の外戚《がいせき》として正二位の大納言に成り上がっていたが、かつては検非違使の長官である別当に三度もなっていて、その際には窃盗強盗いずれに対しても、有無を言わせず右腕を切り落としたので、巷間悪別当《こうかんあくべっとう》と呼ばれていた。

他には、内蔵頭信基《くらのかみのぶもと》は安芸国《あきのくに》、兵部少輔尹明《ひょうぶのしょうまさあきら》は隠岐国《おきのくに》、二位僧都全真《ぜんしん》は阿波国《あわのくに》、法勝寺執行《ほっしょうじしゅぎょう》能円《のうえん》は備後国《びんごのくに》、中納言律師忠快《りつしちゅうかい》は武蔵国《むさしのくに》へというように、生け捕りにされた中で、斬られなかった者たちは各所へ流されていった。

時忠は、自分の娘を義経に嫁がせたのも、自己保身のための一工作であったのだろうが、大本の義経自身の運命がすでに頼朝によって決せられようとしていたわけだから、空しい算段であったと言えるだろう。

早くも、義経は、頼朝によって危険視され、亡き者にせんと、刺客が差し向けられようとしていた。後々までも、平家との戦《いくさ》にあれだけ勲功のあった義経を、しかも恭順《きょうじゅん》の意をあれほどに切々と訴えていた弟を、何故これほどまでに頼朝が憎んだか、上は後白河法皇から下は一般庶民まで合点《がてん》がいかず首を傾げたものであったが、次童丸説のように、頼朝の本来の武将としての嫉妬心がむらむらするところへつけ込んだ梶原景時《かじわらかげとき》の讒言《ざんげん》が功を奏したのだというのが最も分かりやすい理解の仕方であったろう。だが、それを超えて、さらに冷徹な政治家としての頼朝には、心底身を投げ出して己れに従わねば、たとえ血を分けた兄弟ですら許さないという鉄の掟《おきて》を示すことで、改めて武士集団を糾合《きゅうごう》するという大法則の方が上を行っていた気もする。気もするというより、これが私の見解だ。さらに付け加えれば、そうした冷徹さの裏側に張り付いて離れない言わば恐怖の故だろう。一たび、戦場に立った時の義経の天才の如何《いか》ばかり並外れているかを知っている者の畏怖《いふ》、それが頼朝の安眠を阻《はば》んでいたのだろう。

天才的戦術家には、凡庸《ぼんよう》なる戦術をもって対す。先ず、あからさまな大軍をもって、京にいる義経を討たんとすれば、必ず前もって、宇治にしろ勢田《せた》にしろ川に架かる橋をすべて落として行く手を阻み、どのように搦手の戦術に出てくるかわからない。

だとすれば、いや、戦をする必要はないのだ。義経一人を倒せば、義経に付き従う十数人は別にして、後の陣営はどうにでもなる。ならば、と立てられた暗殺の手口というのが、こうだった。と、今筆を走らせてみて、それが当時の次童丸の口調をそのまま真似ているようで我ながら笑ってしまった。

目を付けられたのが、僧形《そうぎょう》の土佐房《とさのぼう》昌俊《しょうしゅん》。頼朝から呼び出され、直接言い渡された。ひとり京に上り、寺へ参詣《さんけい》すると見せて、だまし討ちにせよ、と。

すでに、義経にはここ最近雲行きの怪しいのが見て取れていた。というのも、京を守護する九郎判官義経に鎌倉殿頼朝から十名ほどの大名が部下として派遣されていたのが、一人抜け二人抜けと去っていて、自分の身辺が穏やかならぬ状況にあることを肌で感じていたからである。

土佐房昌俊を呼びつけると、熊野に詣《もう》でるとかなんとか誤魔化《ごまか》していたが、怪しいと見て取った義経は、使っていたかつての禿髪《かむろ》の経験者を土佐房の宿舎に偵察に行かせたところ、彼らが秘かに斬り殺されたことを知り、予め準備して待ち構えていたので、五十騎ばかりで押し入ってきた敵を散々に打ち負かしてしまった。土佐房は何とか逃げ延びたが、逃げ籠《こも》ったのが義経馴染みの鞍馬《くらま》だったので、たちまちにして捕らわれ、義経の前に突き出されてしまった。そして、結局は六条河原で斬られてしまう。この顚末については、次童丸が特に憤慨していたのを思い出す。一味に殺された禿髪というのが昔の仲間で、当時も何かというと手伝ってくれていたのだという。ただでさえ判官びいきの次童丸がさらに一層その度を強めた所以《ゆえん》であった。

この出来事があって直ぐ、かつて頼朝から身分は低いが賢く重宝な男だから傍に置いて使いないと提供され雑用をさせていた男が出奔《しゆつぽん》してしまった。さてはあの雑色《ぞうしき》、頼朝に内通するものであったかと改めて思い知った義経、異母兄弟とはいえかつてはあれほどに兄上と慕ってきた身の儚《はかな》さを身に染みて感じていた。同時に、兄頼朝の恐ろしいまでの執念を。

義経が見て取った通り、鎌倉へ駆け戻った雑色の男は、土佐房昌俊の襲撃が失敗し、当人が斬られてしまったことを報告した。こうして、生半可《なまはんか》な謀《はかりごと》では義経を倒すことは出来ない、やはり圧倒的な軍勢を派遣して追い詰めるしかないと、頼朝は踏んだのだろう。

先ずは、選《よ》りにも選って、同じく異母兄弟の範頼にその役を託した。範頼は尻込みし、結局はこの役目には応じなかった。そして、平家討伐に義経と共に勲功のあったこの範頼も、以降兄頼朝の不興を買うことになる。

こうして、大軍を率いて出立したのは、北条四郎時政《しろうときまさ》だった。頼朝の妻政子《まさこ》の父である。この情報を得た義経は、さすがに多勢に無勢では戦えぬといち早く判断し、九州に落ち延びようと画策、九州の有力者たちが義経を大将としてその命令に従うようにという後白河法皇のお墨付きを貰って、五百騎の軍勢で下っていくのだった。

そのお蔭で、私たちの住む都は戦乱に巻き込まれることなく安泰だった。だが、義経一行にとっては散々の思惑違いとなったから、時の運不運は定《さだ》め難《がた》し、あれほどに強運の義経も追われる身となっては、風向きが変わったとしか言いようがない。その通り、一行を乗せた船は摂津国の大物《だいもつ》の浦から出たのだが、折悪しく猛烈な西風に煽《あお》られて、全くの逆方向、住吉《すみよし》の浦に打ち上げられてしまったのだ。一行は仕方なく、女房たちは置き去りにしたまま吉野《よしの》の奥に逃げ延びたが、そこでも吉野の僧兵たちに追われ、奈良に逃れれば、今度は奈良の僧兵どもに追われるという具合で、まだ大軍が到達していない都に戻った末に、今度は行き先を変えて北陸道から最後には奥州へと下っていくことになるのだ。結局、九州に新天地を求めた計画を台無しにしたのは折悪しく西から吹いた強烈な風。人々はまたしても、これぞ義経に深い恨みを持つ平家の怨霊《おんりょう》のせいだとした。大地震のために元暦《げんりゃく》二年から文治《ぶんじ》と改元されたその年（一一八五）の十一月はじめのことである。

ほとんど日を置かず、その十一月七日、北条四郎時政が六万余騎の軍勢を率いて入京を果たした。鎌倉殿、源二位頼朝の代官としてである。そして、義経ばかりか、義経に味方した廉《かど》によって、義経の叔父にあたる行家と義憲《よしのり》に対しても、追討すべきことを後白河法皇に奏聞《そうもん》し、その旨の宣旨《せんじ》を手に入れたのである。つい数日前には、頼朝に背くべく義経に下文《くだしぶみ》を出した法皇が、である。朝に変わり、夕に変わる。世の習いとはいえ、余りに浅ましい。

こうして、頼朝は全国にわたる総追捕使《そうついぶし》に任じられた。頼朝は田一反ごとに兵糧米を徴収することを朝廷に申し出、法皇もしぶしぶこれを認めざるを得なかったという。諸国に守護《しゅご》を置き、荘園に地頭《じとう》を配し、いよいよ武家政権の確立に乗り出していく頼朝。数年後に確立する鎌倉幕府への足固めは着々と進んでいた。

都はすっかり平和を取り戻したかに見えてはいたが、実は平家の残党狩《ざんとうが》りは水面下で変わらず続いていたのである。残党といっても、ほとんどの大人たちは死に、あるいは捕らわれて斬られたり、遠流《おんる》の身となっていたから、狙いはその子息、幼い者たちが対象となった。

北条時政が、平家の子孫を探し出した者には、望むとおりに褒賞《ほうしょう》を与えようとお触《ふ》れを出した。こうして、欲に駆られた者たちがどっと押し寄せ、下賤《げせん》のものであれ何であれ、色白の顔立ちの整った子を掻《か》っ攫《さら》ってきて、平氏の何々中将の若君だとかなんとか勝手な言い分を付けて差し出すものだから、大変な悲劇を生んだ。追っかけてきたその子の母親が取り返そうとしても、それを阻《はば》んでたちどころに殺していく。幼い子は水につけて溺れさせたり、穴に押し込めて埋めたり、少し年嵩《としかさ》の者は押し殺したり刺し殺したという。まさに、地獄図さながらである。

源氏が探し出したい最後の大目玉があった。こうした虱潰《しらみつぶ》しの作戦の中で、実はその消息をこそ探っていたのだ。それは、忠盛、清盛に発する直系、重盛に続く維盛の嗣子、六代の行方である。そして、待たれていた密告。

それを訴え出たのは、ある女房、かつてはいずれかの平家の公達の家に出入りしていた者でもあろうか。女が言うには、都の西、遍照寺《へんじょうじ》の奥にある大覚寺《だいかくじ》のさらに奥、菖蒲谷《しょうぶだに》という所のある坊にそれらしい者がいる。かなりの数の女房たちに囲まれて幼い若君らしいのがいる、ということだった。

北条時政自身が出向いて見ると、まさにその通り、維盛の北の方をはじめとして、乳母《めのと》の女房や斎藤《さいとう》別当実盛《さねもり》の子、斎藤五、斎藤六の兄弟に守られて、六代はそこにいた。斎藤五、斎藤六の二人は、都落ちの時、維盛自身から六代を守るよう頼まれていたのだったが、突然不意を衝かれて多勢に取り囲まれては如何ともし難い。泣く泣く六代を差し出さざるを得なかった。

この時六代は十二歳であったが、世間の十四、五歳の者より大人びて見える程にしっかりしていて、母や乳母の女房の嘆きを諫めるようですらあったという。

こうして、一旦は六代を差し出したものの、このままにしておけば六代の運命は風前のともしび、鎌倉に連れて行かれるにしろ行かれないにしろ、首を斬られるのは間違いなし、何とか救う道はないものかと、残された一同は思案するところであった。

母である北の方にも劣らず心を痛めていた乳母の女房が、この奥の高雄《たかお》という山寺に住む文覚《もんがく》房《ぼう》という聖《ひじり》が鎌倉殿の信頼も厚いお人で、ちょうど高い身分のお子を弟子にしたいとおっしゃっているという耳寄りな話を聞き出してきた。乳母は誰に相談するでもなく、そのまま高雄に向かい、直接文覚に願い出たのだった。

文覚は、源平の戦に先立って、わざわざ東《あずま》に下って直接頼朝に会い、今こそ起《た》つべき時、と訴え出た時以来、最近では頼朝の父義朝の本物の首が北白川の円覚寺《えんがくじ》に納められているのを知って、それを自ら首に下げ、鎌倉まで運んで手ずから頼朝に渡し、厚く供養までしてきた間柄である。

その折、頼朝は片瀬川《かたせがわ》まで出迎えに来たという。

文覚は、乳母の願いを聞き届けてくれ、早速今は源氏の政庁となっている六波羅に北条時政を訪ねて、頼朝がかつてどんな頼みでも聞き届けてやると言われたからには、何としても六代の命乞いをしてみるつもりだ。二十日間待ってくれ、と言い置いて鎌倉へ向かった。

鎌倉では、頼朝、さすがに文覚の頼みとはいえ平家の嫡流であるからはと、なかなかうんと言わなかったが、最後には文覚が六代の身柄を預かることとなった。約束の日限も過ぎ、危うく斬られるところを間一髪、文覚持参の頼朝直筆の御教書《みぎようしよ》によって救われたのである。

こうして、六代は高雄の文覚上人のもとに預けられることになったが、上人は直ぐには六代を出家させなかった。母や乳母の女房たちはいくら頼朝直々の許しがあったとはいえその心変わりが心配で、早くに出家させることを望んでいたということだったが。

〈十六〉

あらゆる意味で激動の年が終わり、新しい年の始めとなった。前年が余りにも災《わざわ》い多い年であっただけに、正月の神事は常日頃以上に粛々《しゆくしゆく》と行われた。禰宜《ねぎ》一家を含め鴨家の親族には、ほとんど家屋の被害もなくましてや人的被害はなかったので、すべてが滞りなく行われた。私がおほばの家を出たことも、陰ではどんな噂が飛んだか知れないが、今や次の禰宜を襲うだけの器量さえ私が疾《と》うの昔に失くした者のように見られているらしく、特に禰宜一家は挙《こぞ》って私に愛想が良かった。

その愛想の良さには、もう一つの裏があって、実は私の全く知らないうちに萏がすでに輿《こし》入りしていたのだ。嫁ぎ先は何と今を時めく後の大納言、経房《つねふさ》卿の家筋、お相手は経房卿の甥だとかいうことであった。そこは、抜け目のない祐季《すけすえ》祐兼《すけかね》親子、着実にその地歩を固めたといえるだろう。

鎌倉殿の経房卿に対する信頼は厚く、今は何事も法皇並びに宮中への申し出は、この経房卿を通してだったらしい。

しかし、私にしてみれば、萏との関係でいえば彼らとは同等、血の繋がった叔父、姪の間柄ではないか。予《あらかじ》め知らせてくれてもよいではないかと、つい愚痴になる。しかも、それを口には出せず飲み込まざるを得ないから、余計みじめになる。縁組としては恵まれているようで、萏のためにはよかったと思いながらも、萏が益々遠い存在になってしまったことに、かえって自分の不甲斐なさをつくづく感じていた。

私の身の回りの世話は、かつておほばの身近にありながら、さよの両親によって体よく遠ざけられていた夫婦が、私が家を出たことを聞き及んで直ぐに駆けつけてくれ、朝夕の食事の支度などやってくれていた。私がおほばの家で暮らすようになった時からだから、まだ大人扱いしないところがある。そのくせ、早くに一度嫁ぎながら子もないまま出戻っている娘を時々使いに寄こし、夜になっても両親のどちらも現われず、娘に床の用意までさせるということがあった。

確かに、彼らの家は我が家からは三町程度の近場だったから、暗くなって一人帰すことにさほど心配はしなかったが、震災後はことさら治安も悪くなり、特に河原近くは物騒でもあったから、親の迎えがないものかと訝《いぶか》っていると、ようやくおやじがやってきた。

それが、姿を現わす前に、しばらく表で様子を窺《うかが》うような気配がしたので、私の方から声をかけると、慌てたように戸を叩く間があって、おやじが姿を見せた。暗くなっては、何かと物騒だ、もっと早くに迎えに来てくれ、と私が言うと、何だか煮え切らない顔つきで、へえ、と答える。その時の見交わした父娘の表情で、その方面にさほど敏ではない私にも、彼らの腹の内が読めた。読めたからと言って、彼らに腹を立てる道理はない。私は二人に向かって穏やかに遅くまで家事をやってくれたことにお礼を言い、娘には少し多めに手当をはずんでやった。

寡婦となった娘のことを案じた両親が、ちょうど頃合いもよく、妻を亡くし実家を出て一人暮らしを始めた私に白羽の矢を当て、さすがに後妻とまでは望まなかったろうが、私に手を付けさせて、たとえ私が正式な後妻を迎えようが、そのまま関係を続けさせれば、生涯補償付きの暮らしが出来ると踏んだのだろう。娘もまた、その両親の意を汲みつつ、私が相手ならと暗黙に承知していたのだろう。私はおほばから受け継ぐべき財産は、さよの両親の巧い算段によって、おほばの猶子となっていた父親と、私の猶子となった長男に、その悉くを取られてしまったが、父が存命中に私に割り振ってくれた荘園の上がりがあることをこの親娘も知っていたのだろう。

娘は両親のいいところだけ取ってと言っていいほど、色白で鼻筋も通り、涼やかな顔をしていた。着痩せして見えるがどうしてどうして。と、私は空想に蓋《ふた》をする。

私が明快な答えを出さない限り、娘はまた、母や父以上に我が家に出入りすることもあるだろう。余計なことに、手当も弾んでしまった。

私は間違いを犯すまいと臍《ほぞ》を固めてはいる。先ずは、さよの眼がある。次いで、おほばの眼。そして、世俗的なことを言えば、さよの両親や兄たち、下鴨社関係者に鼻で嗤われたくはないのだ、何よりも。

娘があれからしばらく来ないと思っていたら、朝から来てそのまま昼の間も帰らず、夜になってもぐずぐずするようになった。

次の日も早くに娘が現われたので、家にいるのも落ち着かず、表に出た。気が付くと、歌林苑への道筋を私は歩いていた。私は敢えて引き返さなかった。さよに誓った約束、それはあくまでも自分一人の誓いだったが、あっけなく私は破った。五年と経っていなかった。俊恵師が約束通り満面の笑みをもって迎えてくれたので、さよを裏切った苦さも瞬時忘れられた。

こうして、私の歌修業はあっけなく再開された。

私の目標が琵琶一本に絞られたと思っていた有安師は、再開と聞いてちょっと怪訝《けげん》な面持ちだったが、琵琶の修業にもやはり歌の素養は役に立つさと言って余裕を見せた。因《ちな》みに、有安師も一端《いっぱし》の歌人である。


その日、歌林苑に、俊成師が現われた。七十歳を越えすでに出家して釈阿《しゃくあ》と号していたが、かつては藤原基俊《もととし》に歌学を学び、源俊頼に私淑《ししゅく》した当代屈指の歌人である。俊頼の実子である俊恵師とは互いにその実力を認め合った仲であるが、俊恵師の本拠に現われることは滅多にあることではない。俊恵師の懇望に応えて、その日の歌会の判者として特別に招待されたのであろう。私の復帰がこの日に間に合ったのは幸運だった。特に、私には印象深い一日となった。

その日の歌題の一つに、「海路を隔てる恋」というのが出された。その題に対して、私は、

思ひあまりうち寝《ぬ》る宵の幻も浪路を分けてゆき通ひけり

と詠んだ。相手の歌の詳細は忘れてしまったが、俊成師の判定は私の勝ちとした。ところが、意外に強い反対意見が出た。それはこうだった。海路を隔てるという題に即するなら、もっと吟味が必要だ。これでは、野を隔てる恋とか山を隔てる恋とかの題であっても、さして変わりがない。題の本来の意図が通らず曖昧《あいまい》なままだ、というのだ。これに対して、本来歌というものは、そういう曖昧さを残してこそ、いいのだ。海を隔てたからといって、あの磯にいる人をこちらの浦から見ていなくちゃならない法はなかろう、という反論が出る。何しろ、この日は俊成師が来るというので、先輩歌人が多く参列していたから、双方に分かれて侃々諤々《かんかんがくがく》大論争となった。

恋の歌となれば、相変わらず、私の対象はさよでしかない。これまでも様々に演じさせてきたさよの千変万化。今回は、さよを筑紫国《つくしのくに》に置いてみたのだ。一時は九州にまで都落ちした平家の女房になぞらえてみた。そして、『源氏物語』の幻《まぼろし》の巻にある、源氏が紫の上を偲《しの》んで一周忌が過ぎた初冬の頃に詠んだ「大空をかよふ幻夢にだに見えこぬ魂《たま》の行方たづねよ」を思い浮かべながら、それに肖《あやか》ってさよへの慕情を詠み込んだものである。

だから、批判的な評者が、海を隔てるといって、野や山を隔てるのと変わりがないと言ったのは道理で、私にとってはあの世とこの世、幽明《ゆうめい》を隔てる恋というのがむしろ相応《ふさわ》しくあったのだ。紫式部は、この歌を作る際、「長恨歌《ちょうごんか》」に出てくる、楊貴妃《ようきひ》を求めて冥界へ赴《おもむ》く幻術士を指して幻と詠んだというが、私の幻はさよの幻であり、またそれを追いかける幻の私であった。

久しぶりに歌を詠んでも、このようにさよとは余りに離れがたくあったから、私は旅に出て気分一新、出来るものならば五周忌を経てもなおさよと自虐的に同伴している自分を、旅の果てに捨ててこようと思った。そんなことを考えていた時、ちょうど折よく声が掛かった。

父と古くから親交のあった証心《しょうしん》法師から伊勢への旅への同行が持ち掛けられたのだった。証心法師は俗名藤原俊経《としつね》、正三位参議、近衛帝高倉帝の侍読《じどく》を務めた文章博士《もんじょうはかせ》で、当代切っての学識者である。その次男の右少弁《うしょうべん》親経《ちかつね》が新たに伊勢神宮の斎宮となった潔子《けつし》内親王の伊勢下向《げこう》を取り仕切ることとなり、父親がその後見を仰せつかっていたのだ。ところが、この証心法師、過労がたたって発病し、伊勢に下るのが遅れてしまった。幸い病いは直ぐに癒《い》えたものの、何せ七十を越している。供は付けるが、遅ればせの伊勢行にご同行願えれば心強いという趣旨だった。これなら、しばらく留守にしても、下鴨社への言い訳はつく。かつてお伊勢参りに母たちに同行したさよには縁のある土地だから、かえってさよの幻にとりつかれる心配がなくもなかったが、そこでこそ、さよと離れられない自分を捨てる真っ向勝負ができるのだ、と思い定めた。すでに季節は晩秋となっていた。

近江の草津《くさつ》で、美濃路と伊勢路が分かれる。むろん行くのは伊勢路である。証心法師に倣って馬に乗った。初めてのことだったが、そこは馬借《ばしやく》が付いてくれているので難はない。

証心法師も私を一人前の歌詠みとして扱ってくれたので、時に応じまた場所に応じて、歌を詠みあっては交歓する。私は俊恵師にしろ、勝命師にしろ、老先生との付き合いには慣れているので、道中を屈託なく過ごせた。

私にとっては、旅すがら行き合う土地の名前や風景に触発されてのびやかに歌心が発揮できるというのは初体験であり、実に開放的な気分になる。さよと一緒になってからは、幸せの絶頂にあった時でさえ、ましてやああいう形で死なせてしまってからは、常に屈託なしでは生きてこなかったから、今改めて道端の名の知らぬ雑草や、ふと頬を掠めるそよ風、それが運んでくる馬糞のにおいすら、私に新しい命を吹き込んでくれている気がしていた。

乱れ橋という珍しい名前の橋に出会えば、

はなすすき大野の原のみだれ橋あきの心にたぐへてぞ行く

と詠ったり、鈴鹿峠《すずかとうげ》を行く時、関所には人もいず荒れるがままになっているのを見て、

こはぎはらなにぞ秋はとまりける関やは風のもる名のみして

とか、あのという所に泊まってまだ明けきらない暁に発った田の中の道を、

打ち渡すあのの湊田ほのぼのとかるもからぬも見えぬ朝霧

と詠んだりした。その内に霧も晴れて、伊勢の海がようやく姿を現わし、浜の松原が見えてくると、あるわあるわ、塩釜が沢山見えてきて、一幅の絵をなしているではないか。すかさず、証心法師が、

うちすぐる人もけぶりになれよとや藻塩《もしお》やきてのさとの松風

と詠まれたので、

はれのぼる霧におくれて立つ雲はやきての塩の煙なりけり

と返したが、法師の「うちすぐる人もけぶりになれよとや」という素晴らしい発句《ほっく》に対しては、私の歌は全体に理に落ちていて恥ずかしい限りであった。

道中、証心法師は常にやさしく、父の死後の我が兄弟の運命にも精通されており、私の結婚と

妻の死についても知っておられ、ということはわが心の中もすべてお見通しのようで、この度の旅についても、病み上がりの老人の力になってくれとはむしろ口実で、私の傷心を慰めるというか癒《いや》すために仕組んでくださったような気がしてきた。というのも、法師は病み上がりとは到底思えぬほど終始元気だったからである。

こうして、私たち一行は伊勢に入り、神宮に詣でた。そして、子息の右少弁親経殿にも紹介された。斎宮の潔子内親王にもという話になったが、私は辞退した。斎宮に決まると、必ず下鴨社にも立ち寄られる。様々な儀式があるからだ。だから、私も身近にお顔は拝見していた。法師親子もそのことを知っていたし、だからそれも話題の一つになると勧められたのだが、法師を無事お届けしたからには早く一人になりたいというのが本音だった。あの後、証心法師は当然お会いになったはずだ。私はここまで乗ってきた馬もお付きの馬借に返して、ひとり自由の身となった。馬にも慣れたことゆえ乗っていきなさい、都で返してもらえればいい、必要なら新たな馬借を雇ってもと親子から勧められたし、それに足る充分な路銀を貰っていたが、これもまた辞退した。この後の旅はひとり、低い目線で辿る旅にしたかった。路銀については、端《はな》から断っていたのだが、それでは、この老人の立つ瀬がないとまで言われては受け取らざるを得なかったのだ。

〈十七〉

自由の身となった私は、さて次は熊野にまで足を延ばそうかと考えながら、清々しい神宮の森の中を歩いていた。

紀の森を歩きながら思いっきり空気を吸い樹々や枝葉の匂いまで嗅ぎ分けた少年時の感覚が久しぶりに蘇った。次童丸と出会ったあの頃のこと、突然甲高い声が、あきら！　と叫ぶ。そして、その時々に応じて、様々な恰好をした次童丸が現われる。時には山賊まがいの扮装をして、時には褌《ふんどし》さえつけぬすっぽんぽんで。そして、その身なりにはいつでも遊びに直結する理由があった。私もその扮装の真似をしようとして苦心した。しかし、次童丸は常に私の予想を外して、新奇な遊びを用意していた。その内どのような遊びにも対応できるように、私は樹々に絡みつくいろいろな種類の蔦を用意して、その時々の役回りに応じて自分の着ている単衣《ひとえ》に巻き付けたり、頭に載せて冠としたり、あれこれと工夫するのだった。秋が来ても色どりを変えず鮮やかに緑を発するもの、枯れて黄色や茶色に変色するもの、次童丸はなかでも真っ赤な色を好んで、その場合には屁理屈を並べ私から分捕るようにしてさえ自分の小袖に巻き付けるのだ。

あきら！

その時、ひときわ甲高い声が、私を呼ぶ。私は次童丸の声が時空を超えてこの伊勢にまで飛んできたのだと思った。つまりは幻聴だと。

ところが、それは幻聴ではなかった。女の声だった。しかも、あきら！　ではなく、ながあきらさま、と呼ぶ女の声であった。

社《やしろ》の方から、女は息せき切って駆けつけてきた。見知らぬ女だった。神女……巫女《みこ》のような扮装をしていた。だが、私より少し年嵩《としかさ》に見える。おそらくは、巫女たちを束ねて差配するような役回りなのだろう。証心法師から何か言い忘れたことの言伝《ことづて》を持ってきたのか。

手前に来て、女は荒い息を鎮めるように、もう一度、

「ながあきら様」と呼んだ。

その呼び掛けの調子で、女が、証心法師から教わったばかりの私の呼び名を口にしたのでないことがわかった。

「お久しゅうございます。私をお忘れになったのも当然ですわ。もう十数年になりますもの。私、お父上の下で巫女をやっておりました……」

「八重《やえ》！」

私の口から、思わず声が飛び出していた。女は安堵した表情を浮かべた。すると、あの当時の若々しい八重と二重写しのように、馴染《なじ》んだ女の顔がそこにあった。些か面やつれはしているものの、色白で瓜実顔《うりざね》の美形は失われていなかった。あの当時きらきらしていた眼は、少し潤《うる》みがちに翳《かげ》を宿しているように見えた。

「あれから、どうしたんだ？　まさかこの伊勢に来ているとは思いもしなかった」

「ええ、禰宜様が急にお亡くなりになって、私はそのまま仕え続けるのが辛くて……そんな時に、こちらへ来る話が出まして……何しろ私は……」

八重は幼い時から下鴨社の巫女になり、長年にわたって我が父上のもとで神に奉仕してきたのだ。

しかし、それ以上に、八重自身知らないところで、私たちには八重は特別の存在だった。私た

ち？　そう、次童丸と私の間の。

次童丸がいつどこで八重の存在に気づき、見初めたのかは知らない。しかし、事あるごとに八重に引き合わせろ、引き合わせろと言っていた。相手は神様に仕える巫女さんだぞ、諦めろ諦めろ、と私。私だって、挨拶以上の言葉を交わしたことはなかった。確か、私より一つか二つ年上のはずだったが、私たちよりは遥かに大人びて見えた。

次童丸から言い出したことだったが、その内私の方も強く八重を意識するようになっていった。それが次童丸の眼にも留まるようになったのだろう。かつてのようには、話題にしなくなった。不思議なもので、両者それぞれの想いが冷めたわけでもないのに、両成敗《りょうせいばい》のようにその話題には蓋をしてしまったのだ。

父の死後、間もなく八重が姿を消した時に、次童丸から八重には男がいたそうだと聞かされたことがあった。だが、父の死の衝撃と一転さよとの婚儀に取り紛れて、八重のことはすっかり忘れていた。

その男との噂の真偽すら知らぬまま、今久しぶりに八重に会って、懐かしさは込み上げてくる。八重がいるところは、大抵神殿であり、そこには父もいた。

所変わって、ここはお伊勢さまだ。かつて下鴨社で黙々と奉仕していたように、八重はここでも美しく振舞っているのだろうか。八重の漂《ただよ》わす雰囲気からは、男の気配は感じとれなかったが。

「今夜のお泊まりは決まっていますか」

八重の声がして、私は現実に引き戻された。

「いや、これからは気楽な一人旅、行きあたりばったりというところかな」

「それなら、三ツ浦の塩屋という宿になさいませ」

「いい所かい」

「別に特別でもありませんが、私はそこしか知りません。お嫌ですか」

「わかった、そこに決めるよ」

自分で発した言葉と私の受け答えが珍妙だったのだろう、八重は笑った。

「すっかり忘れていた笑いを、長明様のお蔭で取り戻せました」

と、さらに声を立てて笑った。私も同じ思いで笑った。

八重は笑いを収めると、改まった口調で、

「私は長明様のことはその後のことも多少は存じています。お幸せなご結婚のことも……」

そして、その言葉を聞いた後の私の表情の変化を機敏に読み取って、

「そして、最愛の奥様を亡くされたことも……何と言ってお慰めしてよいものか……」

と、続けた。それが、八重の真心からの言葉であることが私には嬉しかった。だから、正直に答えてしまった。

「この丸四年間、うじうじしている自分から抜け出せなくってね。今度の旅で、そんな自分を捨ててこようと思って来たんだ」

八重は何も言わず、こっくりと頷くのみであった。私は話題を変え、今夜の宿のことに戻した。

「宿は、三ツ浦に行けば分かるね」

「ええ、どこで訊いてくださっても。そして、宿では、私の名前を出してくだされば……。実は月に二度ほどそこで歌会が開かれるんです」

「歌会が……？」

「ついこの間まで、西行様がこちらにお出でになっておりました。いらっしゃってからはこの辺りのいろいろな場所で、西行様を中心に同好の人たちが集まりだして。西行様が長い旅を志されて都を発たれる前、下鴨社を訪れ、懇意になさっていた禰宜様とお会いになったことがございました」

「私もご挨拶したよ」と、私。

「その折、私は禰宜様から言われて、西行様のおもてなしに近くに侍《はべ》らしていただいたことがあるのです。そのことを覚えてくださっていたものですから、私もその歌会に……」

人の取り持つ縁の不可思議さというべきか。私も今、その繋がりの中にいる。

「それが、ちょうど幸い、明日が歌会の日なんです。西行様の代わりに長明様が出てくだされば、皆どんなに喜ぶでしょう」

「まさか、大御所の代わりは務まらないよ」

「私、長明様が家集を編まれたことも知っているのですよ。伊勢へはいろいろな人たちが訪れますから」

「それは隅に置けないね」

二人はまた笑った。改めて、会話の中から自然に生まれるこのような笑いを、私は長らく忘れていた。

「歌会は大体未《ひつじ》の刻から始まって酉《とり》の刻には宴会になります。その夜、一晩は私も泊まります。他に、一人か二人、お泊まりになることもありますが」

いつの間にか、私たちは大鳥居をくぐり抜け、神域を外れようとしていた。私たちはそのことにほぼ同時に気づき、明日を約して別れた。

八重は、現われた時と同じように駆け戻っていく。ただ、来た時とは違って余裕のある小走りで。杜《もり》の中へ姿を消すまで、八重は一度も振り返らなかった。


宿は直ぐ裏手が渚になっていて、主人自らが案内してくれた部屋は離れというに近い奥座敷になっていた。部屋は閉ざされていたが、潮の香りが仄《ほの》かにした。

日に日に日没の早くなっている陽はかなり傾いていたが、まだ明るさは保たれている内に宿に着いた。直ぐに現われた主人らしき老人に、最初に八重の名を挙げ、次いで自分の名を告げると、驚いた顔をして、お噂はかねがね聞いておりますというのだった。西行様がお出でになっていた頃、八重様からあなた様のことを度々伺っていたのです。

ここにも西行が来ているとすれば、この部屋に泊まったのだろうか。簡単に問いただせば、直ぐに分かることなのに、なんとなく言い出せず、そのままになってしまった。

実は、私も分不相応ながら、歌会に誘われるようになりまして、少しずつ教わりながら、今では楽しませていただいております、と主人。

じゃ、明日の歌会にも、とごく自然な成り行きで、尋ねると、いや、今度の歌会はまだあと十日ほど先で、今では待ち遠しく思うようになりました、と答えた。

八重は、はっきりと明日、と言った。八重は日にちを間違えてこの日と思い込んでいたのだろうか。

宿は老夫婦だけで営んでいるようだった。おかみは一度挨拶に現われただけで、後の接待は主人に任せた風で二度と現われることはなかった。その日は馳走にも与り、少量の酒も胃の腑に滲《し》みたので、早めに床に就《つ》いた。

目を瞑《つぶ》ると、潮騒の音が予想以上に大きくて眠気が飛ばされそうになるのを恐れたが、旅の疲れがはるかに勝っていたのだろう、直ぐに眠ってしまったようだ。朝、目覚めた時は、熟睡した後の快感が体全体に漲っていた。

いずれ、八重から何がしかの沙汰はあるだろう。一応、歌会が始まると言っていた未の刻までに宿に戻っていればよかろうと、宿を出た。

先ずは、目標を二見浦《ふたみがうら》と定めて、歩き出す。

二見と言えば、近くに音無山《おとなしやま》があり、この山に登れば、東には遥かに遠江《とおとうみ》や駿河《するが》を見晴るかせ、運が良ければ富士の山さえ見ることが出来るという。また、少しずつ北の方へと目を転じれば、甲斐の白根山《しらねさん》、信濃の名だたる山々、さらに北には加賀の霊山白山《はくさん》を見ることも出来るという。

この近辺にいる間に、いつかは登ってみたいが、今日は時間がない。それに、薄曇りだ。とにかく、夫婦岩《めおと》と言われる名所だけは目にとどめておこうと、目標を一つに定めた。

薄曇りの中で見る二見浦の夫婦岩には、予想以上の特別な感慨も湧いてこず、今や、めおと、という語感にも、心内に響くものはないので、あっさり後にした。歌の一つも作らなかった。

それにしても、やはりお伊勢参りに来た人々が寄っていくのであろう、近辺には茶店のようなものが点在していた。私もその一つに寄って昼餉《ひるげ》を済ませた。思った以上に時間がかかり、宿に帰り着いた時には、おそらく未の刻はとっくに過ぎていたことだろう。宿の主人が言う以上、歌会はないだろうと踏んでいた。要は八重が来ているかどうかだ。

八重は来ていた。宿の主人が待ち構えていたように言う。もう一刻《いっとき》はお待ちになっています。

では、昼餉も済まさず、待っていたのか。

八重は、私の部屋に通されて待っていた。

「随分長く待たせたようだね。歌会のある日はもっと先で、八重さんの勘違いだって、ここの主人が言うものだから」

「申し訳ありません」

と言ったまま、なかなか顔を上げない。

「いいんだよ、勘違いなんて、誰にだってよくあることさ」

「いいえ、勘違いではありません。わたくし、嘘をつきましたの。申し訳ございません」

と、なおも顔を上げげず、八重はさらに頭を低くした。

昨晩主人が日にちが違うと言った時、嘘という言葉が脳裏を掠《かす》めた瞬間があった。だが、八重が私に嘘をつく理由が見つからなくて、直ぐに掠め去っていた。

嘘をついた？　私には返す言葉もなく、ましてやそれを難じる理由もなかった。しばらく、沈黙が続き、波が岸辺を打つ音が室内に響いた。潮が満ちてきたのだろうか。

頭を伏せていた八重が、ようやく面を上げ、私を見上げるようにして、言った。

「あなた様に、もう一度、お会いしたかったからです」

その率直な言葉は私を深く動揺させた。私は直ぐに答えようとしながら、しばらく言葉を口にすることが出来なかった。ようやく、

「そんなことをしなくても、私はどこへも行きやしないよ」

「いいえ、直ぐにも伊勢をお離れになるような気がしたのです。日を置かず、熊野の方にでも足を延ばされるのではないかと」

確かに、その想像は的中していたのかもしれない。

「まあ、ここで早速再会できたのだから、いいじゃないか。積もる話でも聞かせてほしい。私の方は、あなたが下鴨を去ってからの話は何一つ知らないのだから」

私にも少し余裕が出てきて、このように口を利いた時には、八重に男がいたと次童丸から聞いたことの真相が、あるいは聞けるかもしれないと、下卑た関心がむらむらと湧き上がってきた。

八重には言い寄る男たちが何人もいたそうである。その中で、唯一八重にとって信の置ける男は、平氏の流れでかなり高い位の公卿《くぎょう》の一人に仕えていた。その公卿が、此度の証心法師の次男

のように右少弁《うしょうべん》であった頃、やはり同じような役回りで伊勢に来ることになった。それに伴って、その配下である男も伊勢に下るので、一緒に来てくれはしまいか、という申し出に、後継の禰宜にはその権禰宜時代から虫が好かず、進退に迷っていた八重は思い切って、その男に賭けたというのである。そして、伊勢に来て正式に所帯を持った。八重が言うには、自分が信を置いていた男だけに、八重一筋に大事にしてくれ、決して不幸ではなかったと、言った。幸せと言っていいところを、なぜ不幸ではない、というのか。その言い方に、私は釈然としなかったが、まあ、それは物の言いようだろうぐらいに、見逃していた。

そして、八重の話は続く。源平の戦、その余波がこの地にまで及んでいたとは。

主人が急遽《きゅうきょ》都に呼び返されて、八重の夫も仕方なく付いていった。八重はひとり取り残されたわけである。そして、夫の消息はしかとは分からなかったが、夫が仕える公卿は平家の主流に同伴して、都を落ちやがては屋島に籠《こも》り、というところまでは確かな消息として伝えられた。おそらくは夫もその傍に従っているのだろう。だが、壇の浦以降、ささやかな情報すら入ってこなくなった。だから、主人共々、海の藻屑《もくず》と消えたのか、さらに先へと落ちのびたのか、皆目わからず、たとえもはやこの世にいないとしても菩提《ぼだい》を弔《とむら》うわけにもいかず、中途半端な気分でいる。かつて伊勢に落ち着いて三年目、八重は子を宿したが不運にも流産し、その後は産めない体になってしまった。子でもあれば、取り紛れたであろうが、たった一人で心の平静を保つしかない。周りの者が揃って言うように、一応の平安が戻ってきた今日、夫が生きていれば、何がしかの便りがあるはずだ、気の毒だが、もはや亡くなっていると見て間違いはなかろう。だが、人の行動は時に想像を絶する。平維盛様のようにこの半島に流れ着くこともあるのではないか。維盛様は勿体《もったい》なくも生きながらえる道を選ばず、入水してしまわれたが。

維盛はたとえ入水しなくても生き延びる手立てはなかったと、余計な口を利きそうになって思わず口を噤《つぐ》む。八重も、自分の話が出口のない堂々巡りに陥っていることに気づいたか、

「この歳になっても、まだ言い寄ってくる男はいるのですよ」

と、急に調子を変え、軽口を叩いた。

「でも、彼のことが忘れ難いのでしょう？」

私は、少し調子を合わせるように、語尾上がりに言ってみた。

すると、とんでもない言葉が返ってきた。私は意表を突かれて、押し黙るしかなかった。

なんと、八重はこう言い放ったのである。

「いいえ、私が本当に忘れ難い人は、長明様、あなたです」

八重は長らく封じていた禁句を吐き出した解放感に酔い痴《し》れるように、柔らかく微笑んで見せた。

「私が夫を選んで、下鴨から逃げるように伊勢へ下ったのも、あなたがおほば様に慈《いつく》しみ育てられたお嬢様とご結婚されることが本決まりになり、私などが割って入る余地など些かもないことを思い知ったからです。もともと、願うべくもないことを知りながら、浅はかな女でしたから、私は」

私は一時、次童丸と争って、あなたに懸想《けそう》したことがあるのだよ、と言ってやりたかったが、

さすがにそこまで愚かには振舞えなかった。

ただ、ここまで率直な八重の告白に対して、どうしたら誠実に応えることが出来るのだろうと、思い巡らしていた。だが、私は余りに平凡な答えしか用意できなかった。

「恥ずかしいが、全く気づいていなかったよ、申し訳ない……」

軽く下げた頭を戻して、八重の顔を見ると、にっこりと微笑んでいた。

「ようやく胸のつかえが下りました。なんだか、一皮剝《ひとかわむ》けた感じです。つまらぬ女の愚痴話を聞いていただきまして有難うございました」

と、今度は深々と頭を下げた。

私たちはしばらくそのままでお互いの感慨を身内深く反芻《はんすう》するように黙り込んでいた。

折よく、主人が夕餉の支度ができたと告げに来た。

「ご一緒になさいますか。こちらに運びますが……」

八重はすかさず返答した。いえ、別々に。私は自分の部屋に戻ります。

そして、主人の後に続いて、この場を立ち去った。


前の晩と違って、この夜はなかなか寝付かれなかった。酒は昨夜より多く飲んでいたが、さすがに八重の告白が頭から離れず、それを押し出そうとすると、その隙間《すきま》に今度は潮騒の高鳴りが割り込んできて、夜半過ぎても輾転反側《てんてんはんそく》していた。

いつの間に睡魔が訪れたのか、眠っていたようだ。気が付くと何者かが傍《かたわ》らに立っているような気配がした。すると、その影は身に纏《まと》っていた衣《きぬ》をするりと足元に落とし、私の横に滑り込んできた。思わず声を出そうとした私は、まるで夢魔に捕らえられたように口を封じられた。

夢魔ではなかった。口を封じているのは人の手だった。それも柔らかな女の掌。私は今や目を覚ましていた。女の掌が口から離された。声を上げようとすると、今度はさらに柔らかいものが口を覆った。女の唇であった。

女は唇を離さぬまま、両手を器用に動かして、私を裸にしてしまった。この時に至って、私も堪らず女の唇を吸い返そうとした。すると、女をそれを許さず、唇をずらし私の首筋から胸へと運んでいく。同時に、女の手が動いて私の下半身を自在に弄《もてあそ》ぶのだ。手が幾本もあるように感じられる。私が堪らず声を上げると、ようやく女は私に主導権を渡した。

これまでいいように操られていた分、私はいくらか荒っぽく振舞おうとした。

女は端《はな》から裸だったから、先ずは両の乳房を鷲掴《わしづか》みにした。そして、乳首を交互に吸った。

女の体がのけぞり、同時に女の両手は私の体を押しやろうとする。

私は唇を離して、女の顔を窺う。暗闇に溶けかかるように朧《おぼろ》な女の顔が見えた。女の口は開いて、何かを訴えるようだが、声にはなっていない。私は再び、女の体に唇を這わせ、到達点にまで辿っていく。私は暗闇の中に女の顔を思い描き、その表情の変化を想像した。今やその口は閉じられようとして閉じられず、その奥から滲み出るような声が漏れる。そして、それは次第に間隔を縮めていく。

時が経ち、私と女は体を重ねたまま深い闇の中に揺蕩《たゆた》っている。それは愉楽というより解放に近い感覚だった。すでに性欲の限度は尽くしていた。女の歓びは潮騒の高まりに呼応するように波動となって私を捉え、私は打ち震えて女の中に没入していった。そして、いつの間にか、二人は共に深い眠りの底に沈みこんでいった。

私が目覚めた時、まだ辺りは暁闇《ぎょうあん》に沈んでいた。女の気配はすでになかった。いつの間に立ち去ったか。

私は夢遊病者のように立ち上がっていた。だが、頭はしっかりと部屋の片隅に置かれた文机の上に燭台《しょくだい》があったのを思い出していた。部屋には場違いと言ってもいい立派な品であった。私はそれに灯をともし、文箱の中を探った。驚いたことに、檀紙《だんし》と呼ばれる楮紙《こうぞし》も用意されていた。私はやはり、西行法師はここにも逗留していたのかもしれない。私は早速筆をとり、その一枚に歌を書きつけていた。思い淀むこともなく、すらすらと書けた。

我もさぞたのみはかくる伊勢島や恋しき君をみつの浦なみ

辺りはまだ暗かったが、私はそれを持って廊下に出た。不案内な宿とはいえ、部屋数も少なく今夜の泊まり客は私の他は八重ひとり、その部屋は当たりがついている。廊下を踏む足音を消すわけにはいかなかったが、幸いなことに、主人たちの部屋からは隔てられている。私は八重のいるはずの部屋に辿り着くと、歌を書きつけた紙をためらうこともなく、そっと襖の隙間から中へ滑り込ませていた。

部屋に戻ると、歌を送り届けた安堵からか、張り詰めていたものが急に緩んで再び眠ってしまった。八重の夫の話に壇の浦が出たせいか、なぜか船縁《ふなべり》から落ちそうになりながら必死にしがみ付いている自分がいて、これは夢だから海に落ちるわけがないと自分に言い聞かせているのに、体がどんどん滑り落ちていく。そして、あわや海に落ちるというところで目が覚めた。目覚めかけに見た一瞬の浅い夢だったに違いない。

辺りはすっかり明るくなっていた。消さずに眠ってしまった燭台の火も消えていた。そして、文机の上に一枚の懐紙が置かれているのに気づく。

飛びつくように、それを取り上げる。流れるような美しい字でそれは書かれていた。

みつの浦神の結びし縁《えにし》なればひと夜《よ》限りの別れ哀しも

私は部屋を飛び出し、八重の部屋に走った。だが、予感は当たって、すでに八重の姿はなかった。まもなく宿の主人から、朝のお勤めがあります故、お先に失礼します、との伝言を残して早くに立ち去っていたことが知らされた。

私は未練を残しながらも、その後神宮はもちろん、三ツ浦にも再び立ち寄ることなく、伊勢の旅を終えた。私のあらゆる妄念を封じ、行動を律してくれたのは一に、八重のすべてにわたる潔さだった。私には八重の鮮やかな振舞いに対して見苦しい真似はできなかったからである。

八重が私に夫のことを語り終え、さらに私への想いを告げてくれた後、胸のつかえが下りました、と言い、さらに、一皮剝けた感じです、と言ったあの言葉、あれがそっくりそのまま、私にも当てはまるような気がした。それは、さよとの関係においてである。

私は思いがけず、さよのいなくなったこの人生において、さよ以外の女を抱いた。そして、それは八重以外ではない。それは八重にとっては己れの本能に身を任せたに過ぎないかもしれないが、私にとっては、名も名乗らず夢の世界から現われたような女を演じてくれたお蔭で、かえって私はさよの呪縛から解かれ、自由になったような気がしている。相変わらず、私にとってのさよはさよだが、そして、さよは最愛のさよだが、今私はさよから自由になったと思えた。

まだこの先に、私の人生が続くとすれば、今回の伊勢への旅は我が青春期の終わりを告げるもののように感じられたのであった。そして、次の年、その青春譜に、予想もしなかった褒美が一つ加えられることになった。

〈十八〉

後白河法皇の院宣によって、命を受けた藤原俊成はかなりの時間をかけて第七代に当たる勅撰和歌集を編むこととなった。院宣が下ったのが平家都落ちの五か月前といい、採用された歌が大枠決まったのが平家滅亡から二年後というから、足かけ五年に余る大仕事になった。

この間、歌人たちは自分の歌を、それも出来るだけ多く採用してもらおうと、自作集を提出するものだ。私にはすでに私家集があったし、何事もなければそれらを提出していたかもしれないが、当時私は亡きさよに誓って歌を断念していたから、そのことには考えも及ばなかった。

勅撰集の名は「千載集《せんざいしゅう》」と名付けられた。歌人たちにとっては、勅撰集に載ることはやはり名誉とされる。つまりは勅撰歌人となるわけだから。だから、多く選ばれた者は、撰者を褒め、選ばれなかった者は撰者を貶《けな》す。それは世の常である。だが、大勢としては、俊成ゆかりの人が多く採用されている、選び方が偏頗《へんぱ》だという声が多かった。

勝命師などは一首も選ばれていない。確かに、その名声、その力量から言って、不当な扱いと言っていいと思う。さすがに、勝命師自身も腹を立て、露骨に「難千載」と名付けて私撰集を出しその不快感を露わにした。

ところが、何の提出もしなかった私の歌が一首選ばれていたのだ。それは、久しぶりに復帰した歌林苑の歌会で私が作り、一方で褒められ一方で貶された、あの歌であった。


思ひあまりうち寝《ぬ》る宵の幻も浪路を分けてゆき通ひけり

これがなぜ選ばれたのか。考えるまでもなく、あの時の歌合の判者は俊成師だった。そして、この歌を勝ちとしていた。その後、良しとする人、悪しとする人、双方に分かれて大論争になった時も、判者としての分別を保ちながらも、自己の判定には自信がありそうだった。だから、その分、印象に強く残っていたのだろう。私が褒美を貰ったというのはこのことである。そして、たった一首選ばれた歌が、さよを想って作った歌だったということだ。だから、私は手放しで喜んでいた。

私と同じく一首のみ選ばれた人に、琵琶の師匠有安師がいた。師はおそらく多くの歌を撰者のもとに届けていたのだろう。だから、あからさまに非難もしていた。そして、私が手放しで喜んでいるのを、最初はかなり皮肉な目で見ていたらしい。というのも、大した歌詠みでもない人が何首も、時には十首すら入っているのを見れば、自分のものがたった一首だけとはと当然不満が湧くはずなのに、と自分になぞらえて思っていたに違いない。だが、その内、私が本当に素直に喜んでいることに気づき、感心したと褒めてくれたのだ。純真な心こそ、最もよく道に通じるのだと。

一時私が歌を放棄し、琵琶の道に専心する旨、有安師に伝えた時には手放しで喜んでくれた。というのも常日頃、中途半端な気持ちであちらの歌会こちらの歌会と体よく招かれていても、それでどうなるものではない。歌の道の本当の出世とは別物なのだ、と言っておられたから、本当の歌の心を知るためにも一度離れてみるのはいいことだと思われたのであろう。有難いことに、師は私を管弦の道の後継者とまで見做《みな》してくださっていた。だから、最近私が再び歌の道に復帰したことを、期待半分不安半分で見てくださっていたからに違いない。

有安師の前では、私が撰者である俊成師の前に家集を差し出しておらず、偶々《たまたま》俊成師が居合わせた会で詠んだ歌が偶々採用されたに過ぎないなどとは、おくびにも出してはいけなかった。

『千載集』にたった一首が記載されるだけでも、それが後世に残ることを思う時、私は自分がこの世に生きた証として残せるものは、やはり己れの書き記すべきもの以外にはないことを強く意識するようになった。有安師に言わせれば、君なんかは重代の家に生まれてと、鴨家の禰宜を務めてきた家柄の良さを挙げられるが、一方では早くに孤児《みなしご》となったとも言われるように、禰宜への道は絶たれ、神に仕える身としても格別の何かを遺すこととてない身であるし、官位とて早くに賜りながら、五位下のまま据え置かれて将来に何の望みもあるわけがない。やはり、好きこそものの上手なれではないが、幼少の時より父が導いてくれ、俊恵師や勝命師という得難い師匠を得て精進してきた和歌の分野で少しでもいいものを書き残すことだ。だが、これもよくよく考えると、逆にこの歌の道には歌の道なりの重代があって、六条家とか九条家とか、また御子左家《みこひだりけ》の俊成、定家など伝統の権威というものが幅を利かしているし、そういう場に出れば、私は一介の歌人に過ぎない。『千載集』には偶々幸運にも採用されたが、今後また歌集が編まれるとして私の歌が採用されるかどうかは何の保証もない。一方、私はおほばの影響から、『源氏物語』のような物語をいつか書きたいと思い続けてきたし、『今昔物語』に興奮した私はあれほどの豊富な話を集めることは不可能にしても、何かに特化して聞き書き集のようなものも編みたいと思うところはある。これらは、自分がしっかりと書きさえすれば、自家集ではないが自分で纏《まと》めておくことは出来る。書いたからには、世に広く人々に読んでもらえるようになれば申し分ないが、少なくとも書き留めることで、その機会を待つことは出来るわけだ。

こんな風に考えて、私は早速伊勢への旅を歌日記風に綴ってみることにした。これなら、歌はすでに書き留めてあるし、足りないところは書き足していけばよい。

いざ書き始めてみると、旅程を辿り返す思いで実に楽しい。実際には大事な連れがあり、そのことで歌を詠みかわす楽しみがあり、弾みもついたのだが、実際にその土地を踏んで感興が湧きながらも、先を急ぐ形で飛ばさざるを得なかったところなど、後から補うこともできた。

さらに、一人旅になってからの事どもも、懐紙に書き込んできた歌の束を取り出してきて、それを並べ替えしながら、多少の詞書を加え加えして綴り返す。こうして見ると、あの忘れ難い一夜の後、音無山に実際に登った時のことは印象深い。松風の響き渡るのを聞いて、その場で詠んだ歌、

松やあらぬ風やむかしの風ならぬいづれか秋の音なしの山

とか、山上、遥かに広がる海と富士山を見晴るかす東方からぐるりと目を西へ転じて、布引《ぬのびき》の山並みを見て詠んだ歌、

嵐ふく雲のはたてのぬぎをうすみむらぎえわたる布引の山

など、その時の臨場感共々思い出される。今や、都に恋い慕う人こそいないけれど、布引の山

並みのずっと遠い先には帰るべき都があるのだと、さすがに多少の旅愁に浸ったこともあった。

三ツ浦での相聞歌「……恋しき君をみつの浦なみ」も中に織り込んでみた。無論私のものだけだ。なんだか唐突で、全体にそぐわない。だが、ある意味で私が生き返った大事な一夜の記念譜である。この歌日記に欠かすわけにはいかないと強く思った。そして、全体を纏《まと》めたら、「伊勢記」と題することにしよう、と決めたのだった。

相変わらず、私の日々の暮らしには、例の夫婦と娘が欠かせない存在になっていた。書き物をしていれば一日が過ぎていくのもあっという間である。しかし、やはり、喉は渇く、腹は減る。そんな時、すべてが用意されているというのは、何とも都合がよい。こちらに引っ越したばかりで、彼らがまだ姿を見せなかった当座のことを思い浮かべると、それだけでうんざりするくらい、朝夕の食事にも苦労したものだ。日中出払っていて、腹を空かせて帰ってきて、それから火を熾し、煮炊きをして、ようやく腹の虫がおさまる頃には深夜になっていたことも何度かあった。

かつて、父の家に住んでいた頃はもとより、さよと暮らしていた頃は、決して家には近づこうとしなかった次童丸が、この家には立ち寄るようになっていた。相性の良さというのか、二人が揃うと、話が止め処《ど》なく続いて夜に入ることがしょっちゅうだったから、そんな時さりげなくその母親か娘が酒肴《しゅこう》を用意してくれているのは実に重宝だった。

次童丸が最初に娘を見た時、私の耳元でささやいた言葉は、今でも鮮明に覚えている。

「あきらも隅に置けないなあ、どこで見つけたんだあ」

私は即座に否定したが、次童丸がそれを信じる風はなく、

「少し、安心したよ。これで、滝に打たれに行かずに済む……」

と、独り合点していた。

その後も来る度に、

「あきらの女でなかったら、一晩貸してほしいくらいいい女だよ」

とか、

「普通の友達の女なら、おれは容赦しないぜ。やりたけりゃ、直ぐに掻《か》っ攫《さら》っちまう。おれには、あきらは特別なんだ。糺の森で出会った時からな」

と、言う。

次童丸に言い募られて、改めて娘を意識するようになった。確かに男好きする女であることは間違いない。だが、これまでは、意識下、無意識下でのさよによる見えない縛り、世俗的にはさよの実家や鴨家全体を意識しての縛りが先ずあって、決して過ちだけは起こすまいとの用心が先に来ていたのが、既成事実であるかのように話す次童丸の毎度毎度の発言に、私は逆に金縛りにあったようになってしまった。その意味では、私はすでに過ちを犯すという危険地帯からは離れて安全地帯にいたと言っていい。つまりは、夫婦と同じように、娘もまた空気のような存在になっていたということだ。

ある日、次童丸が血相を変えて飛び込んできた。そして、私は次童丸の英雄であった源義経の死を知ることとなる。

最初、私は次童丸の身に一体何事が起きたかと懼れた。というのも、遠い昔の少年次童丸がそこに現われて、まるでべそをかいているように見えたからである。ついこの間まで、中へ入ってくるなり、家に出入りする娘のことで私をひとしきりからかい、次には自分の最近の女事情について話題を移していくのが慣《なら》わしとなっていたからだ。次童丸はかつて公言したように、今もって特定の女と祝言を挙げることはせず、好きな女の所へ押しかけ、あるいは自分の所に呼び込んで、とっかえひっかえ、女渡りを楽しんで倦むことを知らないかに見えた。だから、身辺に何か抜き差しならぬ厄介事が起きたのでは、と危惧したのだ。

「武士《さむらい》というのは、恐ろしい生き物だ。特に、頼朝という奴は。血を分けた弟を、それも一番の手柄を立てた弟を全国津々浦々にまで追っ手を差し向けた挙句、とうとう奥州にまで追い詰めて、殺してしまうんだからな。義経も庇ってくれると思って身を寄せた藤原氏が、先代の秀衡《ひでひら》が死んで泰衡《やすひら》に代替わりしたというのも不運だった。結局は、おやじと違って泰衡は義経を裏切って衣《ころも》川《がわ》の館《たて》を取り囲んだ。自害する今わの際《きわ》の義経の心境を思うと、可哀そうで可哀そうで……」

そして、ぽつりと言った。

「そういう非情な奴らが天下を取るんだな。なあ、あきら、下鴨社の神様はそういう奴に罰は与えないのかい。仏さんなら、どうなんだろう。昔から、天罰とはいうが、天というのは神様かい、仏様かい」

次童丸でなくても、それらは難問である。次童丸に教わることが多いのは、時に彼の発するこうした問いかけであった。うむ……と思わず唸ってしまう根源的な問いであった。

その後の奥州事情は、有安師からも管弦の稽古の度に追々聞くことは出来たが、関心の度合いのせいか次童丸の報告はいつも熱を帯びていて面白かった。そして、とうとう義経殺しの張本人藤原泰衡が頼朝の包囲網から逃れ庇護を求めて身を寄せた手下の者の手に掛かって殺されたことを知らせに来た時など、身振り手振りもよろしく、まさにその場に居合わせたように語るのだった。

元々が、泰衡は義経を殺すことで頼朝の信を得、奥州での地位を守りたかったんだろうが、そんなことは土台無理だったんだ。弟でさえ殺してしまう冷血漢だぜ。今や平家に取って代わって武家の頭領になったんだ。後は残る奥州を支配下に収めようって腹は見え見えじゃないか。どうせ殺されるなら、死んだおやじさんが義経を大将軍に立てて頼朝軍と真っ向勝負しようとしていたように、堂々とわたり合って、戦場で大往生する方が余程《よほど》恰好がいいじゃないか。奥州藤原三代というが、四代目は先代に比べて馬鹿だったねえ。

私は、次童丸のまるで語り物のように調子よく話す話しっぷりを聞きながら、戦記物は語りに合うなあ、などと余計なことを考えていた。

かくして、準備万端整えたというべきか、後白河法皇をはじめとして王朝貴族たちの度重なる要請に対しても腰を上げなかった頼朝が遂にその重い腰を上げたのだ。

建久《けんきゅう》元年（一一九〇）十月三日、鎌倉を出発、頼朝初めての上洛である。一行はまるで頼朝による全国平定を東海道の旅に刻み込むようにゆったりとした日程を選んだ。しかも、道中には父義朝の終焉の地尾張国《おわりのくにの》野間《ま》荘があり、ここで父の墓に詣でて平家討滅を報告した。さらに、頼朝の母は熱田大宮司季範《すえのり》の娘でもあったから、熱田神宮にも参拝した。こうして、近江路経由で入京、かねて用意されていた六波羅の新築の邸宅に入ったのが十一月七日、ひと月と四日の長い旅ではあった。

ご多分に漏れず、一行の入京の折には、私もその行列を見に行った。次童丸はどこでどんな顔をして見ているだろうか。仕事柄、この一行を警護するという役割を与えられているに違いない。恐ろしい生き物と言い、冷血漢と呼んだその当の男が今目の前に現われたのだから。私もその場にいない次童丸に煽られた思いで、虎視《こし》眈々《たんたん》と行列の来るのを待ち構えていた。我々同様物見高い法皇のことだ。法皇もどこかに身を隠して秘かに見ようとしているに違いない。頼朝の顔の相をいち早く見極めることで今後の様々な交渉や駆け引きに一歩でも先んじておこうというのが、法皇の百戦錬磨たる所以《ゆえん》だから。

来た、来た、遂に現われた一行は、やはり凱旋《がいせん》将軍の一行らしく威風堂々《いふうどうどう》たる感があった。行列の先頭には、誰とは知らぬが大将格らしい人物を中央に三列に並んだ騎馬武者が七百騎ばかり、そして遂に現われたのだ、頼朝が！　黒い馬に乗っている。この時、四十四歳というが、先ずはその立派な顔に驚いた。立派な顔というのも変な表現だが、威厳があるというのが次に近いだろうか。精悍《せいかん》さもあり、同時に泰然自若《たいぜんじじゃく》たるところも感じられる。私が直感的に感じたことからすると、次童丸もこの顔を見て大いに戸惑っているのではないかということだ。次童丸が蔑称として連ねた呼び名とは縁もゆかりもない顔がそこにはあった。

頼朝は折烏帽子《おりえぼし》を被り、紺青丹《こんあおに》の水干、夏毛の行縢《むかばき》を身に着け黒馬に乗っている。他を圧倒する貫禄だった。そして、先を行く騎馬隊の半数ぐらいが後ろを固めていた。全体で、千騎を超す隊列であった。この器なら、老練な後白河院を相手にしても、決して引けは取らないだろう。

実際には、一日を置いて九日に、両巨頭は会ったらしい。それも二人だけで長時間話し込んだということだ。しかも、この直後頼朝は信頼を置く九条兼実とは院亡き後のことまで話し込んでいるようだから、やはり端倪《たんげい》すべからざると言っていい器の大きさだ。大体が、院の独裁を抑えるべく兼実を右大臣から内覧そして摂政にしたのも頼朝だった。

頼朝は京にいる間、かつて祖父為義《ためよし》が住んだ六条の地に石清水八幡から勧請《かんじょう》して作った六条若宮《わかみや》やその大本の石清水八幡に詣でている。一方で、後白河院や丹後局《たんごのつぼね》に莫大な贈り物をしたということだ。後白河は後白河で、権大納言《ごんだいなごん》とか右近衛大将《うこのえのたいしょう》という地位を与えているが、頼朝は拝賀のお祝いを盛大にやったあと、共にこれらを返上するというどんでん返しもやってのけている。

帰途に就いたのが十二月十四日、二十九日には鎌倉に帰ったというから、寄り道もせずさっさと帰ったわけである。

頼朝は、王朝貴族社会では最高の位と目される右近衛大将をいともあっさり捨てたかに見せながら、武家社会支配のために前右大将《さきのうだいしょう》という肩書をふんだんに使って活用したらしい。政所《まんどころ》も前右大将家政所としてより権威付けた。もはや、後に生まれる鎌倉幕府はお膳立てが整ったというべきか。かつて、義経に頼朝追討の宣旨を出し、一か月後に今度は義経追捕の宣旨を頼朝に発した後白河院を「日本国第一の大天狗」と呼んだのは頼朝だったが、どうしてどうして頼朝もこの大天狗に引けは取らない。

〈十九〉

頼朝上洛の翌年、と筆を先に進めようとして、それを押しとどめる天の声を聴いた。

このところ、私は必死になってそのことを私の意識の外に追い出そうとしていたのかもしれない。それは、さよを亡くした時の喪失感とは別種の、時に激しく泣き喚くこともあったそれとは違って、時にはすっかり忘れている一日もあって、私の暮らし向きが変わるわけでもなかった。以来、歌林苑に顔を出すことも減っていたが、さよの死の直後から数年は遠ざかっていた時期があったわけだから。

それは、どちらかと言えば、父を失った時の感じに似ているのかもしれない。それもそのはず、父に代わって私の前に登場した二人だったから。二人は父の友人でもあったし、父の存命中から私に親しく接していてくれた人ではあるが、やはり父が死んで、二人の私を見る目も違ったし、私も無意識のうちに父代わりとして甘えていたところもあっただろう。

何としたことか、私にとってかけがえのない二人の歌の師匠がひと月足らずのうちに続けて亡くなったのだ。俊恵師と勝命師である。二人とも優に七十歳を越えていたから、父と違って長寿を全うされたのではあったが。

厳しかった冬の寒さがようやく解け、桜の開花が話題に出始めた頃の一日、風邪気味とてしばらく休んでいた俊恵師が歌林苑に現われ、待ち構えていた私たちが歌会を始めようと席を揃え出している中へ、元気のいい声を上げて入ってきた俊恵師が、まるでその声を一期の声とするようにどっと倒れた。そして、そのまま逝ってしまったのだ。

このような形で俊恵師を失ってしまった私は、このところ病床にあると聞いていた勝命師のことが気になって、見舞いに行った。勝命師は自分の病いのことは棚に上げ、俊恵師の死が惜しみても余りあることを縷々《るる》語った。私は、当初は勝命師の衰えぶりに内心驚いていたが、その話しっぷりの力強さに淡い期待を持った。だが、それは一時の焔のようなものであったのだろう。間もなく、勝命師も俊恵師の後を追うように亡くなった。さらに、私にとって歌の手解《てほど》きを受けることは遂《つい》に叶《かな》わず、只々憧れの存在であった西行師も河内国弘川寺に結ばれた最後の庵で亡くなっていたことを遅ればせに聞く。

こうして、立て続けに生涯の師を亡くした私は深い喪失感の中に沈んでいた。その私を俗世に呼び戻してくれたのは次童丸である。私はいつの間にか元気を取り戻していた。そして、あの頼朝上洛の日を迎えたのだった。

そして、頼朝上洛の翌年、三月三日、頼朝ゆかりの六条若宮で歌会が催された。その勧進役は源光行《みつゆき》であった。光行は父が平家の世の豊前守であったことから、その免罪を訴えて鎌倉に下ったこともあり、許されてからは、鎌倉を意識してのこれも一つの試みであった。『千載集』にも入集した歌人でもある。この時、招集された歌人は三十二人、その中に私も入った。

この時、私が呼ばれたのは、下鴨社の一員として、後白河法皇に仕える北面の一人としてであったろう。院の北面に属する、私の管弦の師の有安をはじめ数人と他にも法皇の近しい人たちがいた。なお、中で一番官位の高い人が正三位権中納言藤原兼光《かねみつ》であった。後年親しく交わることになる長親《ながちか》こと禅寂《ぜんじゃく》の父上である。他にも、後に和歌所で同僚となる藤原隆信《たかのぶ》、また鹿ケ谷事件の廉で鬼界が島に流されながら赦免された平康頼、今は遁世《とんせい》して沙弥性照《しゃみしょうしょう》と名乗る御仁もいた。

『宝物集』という興味深い説話集の作者でもある。

判者は、六条家の顕輔《あきすけ》の猶子、顕昭《けんしょう》。他の面々も、六条家の人々が多く、九条家に連なる者は藤原隆信以外にいなかった。このところ、その英才ぶりが噂に聞こえる俊成師の嫡男藤原定家《さだいえ》と相見える期待もあったのだが、それは外れてしまった。この時の歌合の題は、「山居聞鶯」「松間梅花」「寄祝言恋」の三題。私は一題一首、結局三首出詠して、一勝一持となった。

私は、このような晴れの舞台で好成績を収めながらも、三首ともに俊恵師の前では色褪せて見えるのではないか、到底褒めてもらえる代物ではないと、時が経つにつれて益々悲観的になっていった。散々に打ちのめされてもいい、師の直言が聞きたかった。これからも、このような煮え切らない状態が続くのか、そう思うと、いかに師の存在が大きかったかを思い知らされた。

今年に入ってからも、知己である老師の死が続いた。一人は『月詣集《つきもうで》』を編み、私の歌も取り入れてくれた賀茂重保、ついこの間、俊恵師の死を悼んで、歌林苑の私たち弟子たちに薪を送ってくださったばかりだった。そして、伊勢への旅の友、証心法師も亡くなった。七十三歳に、七十九歳、私の味方であったご老人たちが去っていく。今更ながら、人の死について考える。

私はその空白の大きな穴を埋めるべく、思い立って俊恵師の教えを中心に歌論集のようなものを書き綴ることを決意した。おそらく勝命師から教わったことなど、種々思い出されてくるだろう。『伊勢記』を書き切ったことで自信もついた。

先ずは、私の出発点、俊恵師の父であり師であった源俊頼師の著作から学んだ第一の眼目、「歌は題の心をよく心得べきなり」から始めよう。

全体にどのように纏めていくかは最後のこととして、ひと挿話ごと、書き連ねていくことにした。やはり、俊恵師に関わる話から書き綴っていくことにした。それも思いつくままにである。

俊成師が『千載集』に取り上げてくれた私の「思ひあまりうち寝《ぬ》る宵の幻も……」と詠った同じ歌会の際のことだと記憶するが、小因幡《こいなば》という女房が「をしむべき春をば人にいとはせてそら頼めにやならむとすらむ」と詠んだ。解釈すれば、春を惜しむのは当然のことであるはずなのに、それをわざわざ私に厭わせておいて、いかにも夏になったら逢えるかのように期待させておきながら、それも空頼みにしてしまうおつもりか、といったところだろう。この歌は判者や他からもよしとされながら、「春をば人に」と曖昧にいうよりも、「春をばわれに」とはっきり言う方がいいとある人が言い出してからは同調する声が大きくなった。その話を俊恵師にすると、すかさずそれはがっかりだ、「われに」と言ったら、品がなくなる。「人に」といったからとて他の誰とも思うまい。やはり、歌には華麗さが大事だ、と言われたのが印象に残る。

また、俊恵師は私たち弟子たちの前でも決して偉ぶらない方であったから、こんな逸話を披露されたこともあった。

以仁王と共に決起し、あの宇治の大橋で壮絶な死を遂げた源頼政卿との間に取り交わされた秘話中の秘話である。俊恵師にとっても意外な側面を知る逸話だが、頼政卿にもこんな愉快な側面があったのかとつい顔が綻んでしまうとっておきの話だ。

建春門院の殿上歌合で、予め歌題が与えられていた。その題の一つが「関路の落葉」。頼政卿は沢山作られたようで、当日ぎりぎりまで迷っておられた。そして、俊恵師に相談となった。

俊恵師は、中から次の歌を選び出し、

　　都にはまだ青葉にて見しかども紅葉散りしく白河の関

この歌は、能因《のういん》法師の、

　　都をば霞とともに立ちしかど秋風ぞ吹く白河の関

に似ているが、歌合の場に出れば、本家を圧倒して一層映えるに違いない歌だと、強く推した。すると、今から出向く車に乗りながら、あなたのご判断を信じて、この歌を出します。でも、後々の責任は取ってもらいますよと、一言添えたらしい。頼政卿もなかなか面白いお方だ。それにしても、受け取る方はきつい。だから、結果を聞くまでは気が気じゃなかった、胸が潰れる思いだったと、無論その時点では笑いながら俊恵師は語った。俊恵師の言った通り、歌合の場でこの歌は引き立ち見事勝負にも勝ったので、頼政卿からは直ぐにお礼の使いの者が来たということである。

また俊恵師からは、父上であり師匠でもあった俊頼師の話もいろいろに伺った。それらは、もはやほとんど伝説と言っていい領域のものである。その一つは、かつて三条太政大臣藤原実行《さねゆき》が検非違使別当であった頃、二条大宰権帥藤原俊忠《としただ》卿と二人で、凡河内躬恒《おおしこうちのみつね》と紀貫之《きのつらゆき》の両歌人のどちらがより優れているかについて議論されたが結論が出ない。それを聞いていた俊恵師は白河院ならどういう判定をされるだろうと伺ってみると、とんでもない、私などよりお前の父親に判定させろということになった。こうして、父の俊頼が参内した時を捉えて、院の前で事の経緯を説明し、判断を仰ぐと「躬恒を侮ってはなりません」と言う。それではと、「ということは、貫之の方が劣っているということですか」と、結論を迫ったのだが、また同じことを繰り返すのみであった。仕方なく、「大体おっしゃることの意味はわかりました。私が負けとなったのでしょう」と言って収めたそうだ。俊恵師は、貫之の肩を持っていたのだろう。確かに躬恒は無類の歌詠みではあった。それにしても、禅問答のような一幕ではある。

次に、藤原忠実《ただざね》公に俊頼朝臣《あそん》が伺候していた時、近江国鏡の里の傀儡《くぐつ》たちが来て歌う中に、

世の中は憂き身に添へる影なれや思ひ捨つれど離れざりけり

と、俊頼本人の歌を歌い出したのを見て、私もいよいよ名人の域に達しましたなと、悠然と殿の前に控えていたということだ。

これを皆羨ましがって、永縁《ようえん》僧正などは琵琶法師を雇って、自作の歌をあちらこちらで歌わせて悦に入っていたという。また、時が下って敦頼《あつより》入道道因《どういん》は、物を与えもせず盲人の僧たちに自分の歌を歌え、歌えと責め立てるので、かえって世間の笑いものになったとか。いずれにせよ、俊頼師は伝説になった。

また、伝説の伝説たる所以の話にもう一つこんな話がある。

法性寺《ほっしょうじ》で歌会があった時のこと。和歌を読みあげて披露する役目の講師《こうじ》役、源兼昌《かねまさ》が提出された歌に名が書かれていなかったので、俊頼にひそかにそのことを質すと、どうぞそのまま歌をお読みくださいという。確かに、読みあげてみれば、得心がいった。というより、感極まって涙声になってしまったということだ。それもそのはず、その歌には、としより（俊頼）、としっかりその名が刻まれていたからである。その歌というのが、

卯の花の身の白髪《しらが》とも見ゆるかな賤《しず》が垣根もとしよりにけり

歌林苑には、また該博な知識人ともいうべきお方もいて、私には刺激的だった。俊恵師の弟、祐盛《ゆうせい》法師である。その兄に対してすら、時に批判的であった。

これは、ある歌会の場で、頼政卿の歌に、

子を思ふ鳰《にお》の浮巣のゆられきて捨てじとすれや水隠《みがく》れもせぬ

というのがあって、着想が珍しいと評価が高かったのだが、これに対して祐盛法師は秘かに私にこう教えてくれたことがある。作者は、鳰《にお》の浮巣の生態をご存じないのだろう、あの浮巣は揺られ漂うようなものではない、しっかりと根を下ろしている葦の茎を軸にしてそれを中心に巣を作り、潮の干満に合わせて上がったり下がったりする絶妙な工夫が施されているのだ、まあ、歌合の場でそのことを知っている人はいそうになかったから、言っても詮無いことと黙っていたのだと。

また、祐盛法師は、『法華経』の妙荘《みょうしょう》厳王《ごんおう》本事品に説かれる、外道に走った父親の妙荘厳王を二人の息子が母親の教えに従って、様々な神変《しんぺん》、不可思議を見せ、父親を仏に帰依させた折の、大きな体で出現すれば虚空に充ち、小さな体で現われれば芥子粒《けしつぶ》に入ってしまうという事例を引いて説く叡山の僧、忠胤《ちゅういん》の説法を、歌の趣向になぞらえて話されたのも印象深いことであった。

確かに、歌の心もまた、自在に虚空から芥子粒までを行き来することが出来るはずのものだから。

私が家に籠って書き物をしている間にも、世間では様々なことが起こりまた過ぎていったが、一時続いた天変地異の騒ぎもなく、今や源氏の天下になっていたので、さしての大事はなしに済んでいた。偶々、先の若宮社歌合と同じ源光行主催の賀茂社の歌合に呼ばれたので、賀茂社由縁のものでもあるし、出かけていった。判者は師光《もろみつ》入道、後に『新古今集』にも選ばれる具親《ともちか》、宮内卿《ないきょう》兄妹の父であり、それなりの歌人であったのだろうが、この人の歌については私はほとんど何も知らなかった。「月」という題に、私は自分でもよくできたと思う、次の歌を詠んだ。

石川やせみの小川の清ければ月も流れを尋ねてぞすむ

「石川のせみの小川」とは、賀茂川の古称で、『山城国風土記《やましろのくにふどき》』には、石川の清川《すみかわ》とよばれたものがせみ、瀬見の小川に転じたとされるところだ。「すむ」は、澄むに住むを掛けている。賀茂の神が賀茂川の畔に住むことの謂いでもあり、私としては自信作だった。

だが、判者の師光入道は、「せみの小川」などという川があるとは聞いたこともない、と私の歌を負けとした。私は大いに不満だったが、その場で反論する材料もないので黙っていた。

ところが、この会の師光の判定には私に止まらず不満続出だったのか、六条家の顕昭法師に改めて判を下すよう依頼があったらしい。顕昭は歌の道の碩学《せきがく》でもあり、先の若宮社歌合では、判者として私に好意的な評を下した人でもある。顕昭は、この「せみの小川」については、確かに聞いたことはない、しかし、歌にはうまく嵌《はま》っているし、後の句もおもしろく続いている、この地に縁のある人に確かめる必要があろう、と言って判定を保留したそうだ。

それから程なく、顕昭法師と会う機会があったので、まさに地縁に詳しい者として、「せみの小川」が賀茂社の縁起にもあって、賀茂川の謂いに他ならないことを説明した。顕昭法師は、それを聞いて安心した、直感的にいい歌に思えたので、判断を下さなかったのは正解だった、さすが年の功だと自讃した。私も我が意を得たりで、胸のつかえが下りた思いだった。

だが、身内から思わぬ横槍が入った。この歌のことを伝え聞いたらしい下鴨社禰宜の祐兼が、このような由緒ある事柄は、特別の晴れの大歌会や宮廷での歌会でこそ披露すべきもの、ごく卑近な歌会の場で、当家所縁《ゆかり》の名称を軽々しく使ったと言って非難するのだ。

これはまたその後のことになるが、「せみの小川」を使って、藤原隆信が詠み、また当の顕昭法師も詠んだりしてくると、祐兼は、だから言わないことじゃない、あんたは先に詠んだと自慢に思っていても、後世どれが先やら分からなくなるのがおちだ、と言って同情する振りをする。嫌味なことだ。だが、この顚末も、いずれは、今書き進めている歌論集の中に収めることになるだろう。

〈二十〉

俊恵師や勝命師の一周忌も済んで、そろそろ師離れをしなければと思う反面、まだ思いつくままに、筆をとってはそれぞれの教えを書きとめているものだから、あまりその効果はない。

桜の盛りも疾うに過ぎて、都の華やぎも一時の鎮まりを見せていた頃、後白河法皇の訃報が飛び込んできた。下鴨社の面々は皆、院の北面に属するのだから、それは大童《おおわらわ》である。

後白河法皇は、天皇在位こそ三、四年と僅かだが、その後の院政が、二条、六条、高倉、安徳、後鳥羽、各天皇の五代に及び、三十余年の長きにわたった。二条は第一皇子、六条は二条の子だから孫、高倉は第四皇子、安徳は高倉の第一皇子だから孫、後鳥羽も高倉の第四皇子だから孫、という具合だ。法皇自身は鳥羽上皇の第四皇子で、上に崇徳《すとく》、下に近衛がいて、自分が天皇の位に即《つ》くのが遅かったから、二十九歳、満を持しての即位だった。だから、当初から新制を目指し、記録所を設けて荘園管理を強化し、権力の集中を図った。保元の乱、平治の乱を経て、権力を手中にしたと言える。その際功があった平清盛を重んじ、それが吉凶両側面を生じて、今日に至っていた。頼朝の時代になって、再び政治の前面に出てきたとも言える。老いを知らない活躍ぶりだった。だが、遂に、終わりの時は来たのである。六十六歳、六条殿が終焉の地となった。

こうなると、法皇が出し渋っていた征夷大将軍の辞令が頼朝に対して発令され、名実ともに鎌倉幕府の成立を見た。

法皇の重しが外れて、九条兼実は鎌倉にある頼朝と連携して政治を差配した。征夷大将軍の件はその皮切りの一つである。また朝廷行事の再興にも力を注いだ。この流れの中で、九条家が文化の中心的存在になっていく。

兼実の次男で兄が早世したため家督を継いだ良経《よしつね》が催したのが、六百番歌合の発端となった建久四年（一一九三）の歌会である。

これは、左方に、良経、藤原季経《すえつね》、兼宗《かねむね》、有家《ありいえ》、定家、顕昭、右方に、藤原家房《いえふさ》、経家《つねいえ》、隆信《たかのぶ》、家隆《いえたか》、慈円《じえん》、寂蓮《じゃくれん》という六人ずつの組み合わせで、四季に関する題が五十、恋に関わる題が五十、それぞれ百首、都合千二百首が六百首ずつ番《つが》わされ、作者本人が相互に批評した後、判を藤原俊成が下すという新しい趣向で披講するというものであった。摂関家を場とするだけに、大変な評判となり、私の耳にも入ってきたのだ。

さすがに、良経とあるのは、女房が代行したという話だ。この時、左方右方両派の代表格となったのが顕昭と寂蓮で、日毎に言い争ったらしい。顕昭が法具の独鈷《どっこ》を持ち、片や寂蓮は丸めた頭が鎌首のようであったので、女房たちが「独鈷かま首」と、その対決を陰では囃《はや》し立てていたそうな。後に、顕昭はこの時の俊成の判を批判して『六百番陳状』を著している。

私はこれを聞いて羨《うらや》ましく思った。私などには及びもつかない摂関家主催の催しであるだけに、俊成の御子左家とそれとは対立する六条家というこの道の名門の筋だけが招かれている。だから、当初から諦めもつくと言えばつくが、もし私がすでに突出した歌人として名を挙げていれば、呼ばれぬとも限らない。などと、愚にもつかぬことを思うのも、その中に定家の名のあることを知ってのことである。この男の英才ぶりを耳にする度に、そして伝え聞くその歌の詠みっぷりに斬新なものがあることを認めながらも、父に俊成を持つ御子左家の跡継ぎとしての有利さを羨む雑念が生じるのを如何ともしがたいのだ。その上、寂蓮もまた叔父にあたる俊成の養子となっていて、定家の周辺はまさに陽の当たる場所であった。

それにつけても、たった一度の機会でしかなかったのに、私の歌のことを記憶し、しかも勅撰という特別な歌集にその歌を採用してくれた俊成師のことを思う。そして、今更のごとく、もし私がさよへの誓いを破り、自分で編んだ家集を俊成師の手元に届けていたなら、あるいは十首、あわよくばそれ以上の入集を見たかもしれなかったと妄想をたくましくする。

そして、正気を取り戻すと、しばらくは自己嫌悪に陥るのだ。


私は己れの器量の狭さを呪い、心して師匠たちの器の大きさに思い至ろうと試みた。それこそは、歌論以前の大事でもあった。確かに思い返すと、人を認めることにおいて、俊恵師も勝命師も、人後に落ちなかった。親しく接したわけではないが、俊成師もそうであった。

俊成師はわが師俊恵を褒めて、今の世の名人と呼んでいた。ただ、その後に、父上の俊頼にはまだ及ばない、と付け加えていたが。そして、あの源頼政卿を高く買っていた。あの人が歌会にいるだけで、すでにしてやられたと思うくらいだと。

その点、俊恵師も頼政卿のことは、事あるごとに褒めていた。あの方はいつも歌を心に懸けていて、鳥が一声鳴いても、風や雨、雪、花、落葉、月の出入り、あるいは人の立ち居振舞い、何につけても深く思い巡らさないということがない。秀歌が生まれるのも道理だと。そして、俊成師と同じことを言っていた、あの人がいる座では何事も映えるようであったと。まあ、あのようにして壮絶な死を遂げたからこそ、お二人の懐旧の情もいや増すのかもしれないが。

俊恵師ももちろん俊成師には敬意を払っていたが、ある時、師が俊成宅に伺った時に尋ねたそうである。「ご自身の歌の中で、一番の作を挙げるとすれば、どれになりましょうか」と。随分思い切ったことを訊かれたものだ。すると、すかさず、答えが返ってきた。

夕されば野辺の秋風身にしみてうづら鳴くなり深草の里

これに対して、俊恵師は、世間一般では、

面影に花の姿を先だてて幾重越えきぬ峰の白雲

を挙げる人も多いようですが、それについてはどうお考えですか、と訊くと、いや私自身は前の歌に比較して論じるまでもない、という答えが返ってきたそうだ。

そして、これはまだ、俊恵師のためにも秘密にしておかないといけないが、私にはこっそり師の思うところを告げられたのであった。それは、自分には俊成卿自慢の歌の「身にしみて」というのが、ひどく残念に思われるのだ、というのは、ここまで情景が揃っている歌であるからこそ、雰囲気をさらっと表現して、言わずともさぞ身にしみたことだろうなと思わせる方が奥ゆかしくも優雅にもなると思うのです。「身にしみて」と言い切ってしまって、かえってひどく底が浅くなってしまった感があるのです、ということであった。

その話の最後に、自分の歌の中での代表作はと問われたら、と教えてくださったのが、

み吉野の山かき曇り雪降ればふもとの里はうちしぐれつつ

であった。そして、俊成卿が自讃の歌として挙げられたように、私の場合には、このように言っていたと、この歌を挙げてください、と話された。今となっては遺言のようで、託された私としては身に余る思いである。

それほどに、私は師の信頼を勝ち得るようになっていたのか。甚だ自信はないが、褒めてもらったことはある。師が遍昭僧正《へんじょうそうじょう》の歌を取り上げて、どの言葉が優れていると思うか、と私に問われたことがあった。その歌というのが、

たらちねはかかれとてしもむばたまのわが黒髪をなでずやありけむ

である。出家して頭を剃り上げてしまった自分のことを顧みて、母はまさかこうなると思って私の黒髪を撫でたわけでもあるまいに、という懐旧の歌であるが、私は「かかれとてしも」と言った後、わが黒髪と続けずに、むばたまの、と黒に懸かる飾り詞《ことば》を入れて一呼吸間を置いたところが見事だと思います、と答えた。すると、師は我が意を得たりとばかり、いよいよ、あなたも歌というものを理解する境地に入られた、歌人であるとないとの差はその辺にあるのだ、と言われた。そして、これは普通に枕詞を使うのとは全く別のことで、古人はこれを半臂《はんぴ》の句と言ってきた。半臂というのは、束帯を着る時、袍《ほう》と下襲《したがさね》の間につける胴着で特別の用はない言わば飾りに過ぎない。歌においても飾りには違いない、だが、歌の姿を飾って華麗に決まれば、そこに余

情も生まれる、歌の境地に入るとはこういうことなのだ、と師は続けられた。さらに、この歌の眼目は、「かかれとてしも」の「とてしも」という四文字だ、この四文字の助詞に助けられて半臂の句も生きた、と念を押された。

このように辿り返してみて、私は些《いささ》か自信を取り戻すのだった。

六百番歌合が行われた翌年、建久五年（一一九四）春、内裏に楽所《がくしょ》が置かれ、別当には蔵人頭中将の藤原兼宗《かねむね》と同右衛門尉橘成広《なりひろ》が、そして、楽所預《あずかり》には、もはや残るはただ一人となってしまったわが師、筑前守中原有安が任じられた。他に、寄人《よりうど》として、殿上人では、箏の左中将藤原親能《ちかよし》、笛の右中将藤原忠季《ただすえ》、琵琶の右中将藤原公経《きんつね》、笙の前右衛門佐《うえもんのすけ》藤原隆雅《たかまさ》、篳篥《ひちりき》の右少将藤原忠行《ただゆき》、の五人、地下《じげ》では、笛の藤原経尹《つねまさ》、琵琶の藤原高通《たかみち》の二人が選ばれた。地下の二人はいずれも蔵人の五位だった。有安はすでに筑前守にも任じられていて、この楽所預は異例の抜擢であり、批判もあったが、今や最高の権力を握った兼実が有安は当世では比肩出来るものがいない達人であり、自分も習ったのだと言い、身分が貴族に仕える分際、いわゆる侍品《さむらいぼん》だとか官位も五位だとかと言って嫌うべきではなく、その器量によってこそ選ばれるべきだと言って、援護したという。私は、有安師を通して聞いていた情報を通じての二人の深い関わりも知っていたので、一人ほくそ笑むところではあった。有安師の一番の情報源は、院の警護に当たる武者所の出身で、舞人でもあった多近久《おおのちかひさ》という老人であった。私は顔見知りという程度で親しく交わらなかったが、次童丸に言わせれば昔は京童として名を売っていたらしい。その頃から蓄えた情報網が活用されたのだろう。次童丸としては多少のお手本にしたのかもしれない。有安師とは、楽人と舞人という関わりで、かなり昔からの知り合いだったのだろう。

有安師の晴れの舞台は、その翌年春の東大寺大仏殿落慶供養《らっけいくよう》の際に行われた盛儀においてであった。これには鎌倉から再び上洛してきた頼朝が列席して盛り上げたが、何といっても目を引いたのは十六歳になった後鳥羽《ごとば》天皇の登場である。安徳天皇に対抗して四歳にして立てられていたからすでに在位十二年、青年となっての晴れ姿であった。後鳥羽天皇は、この三年後、我が子土《つち》御門《みかど》に天皇の位を譲り、後白河亡き後の院政の主として、君臨していく。

何といっても、平家による大仏殿焼き打ち以来、国家安泰を象徴する祝い事である。この日、有安師は、「師子《しし》」という舞曲に合わせて太鼓を打ったという。だが、私はこの場に居合わせることは出来なかった。有安師が楽所預《あずかり》となったことで、私にもそれまでの宮中行事に駆り出されることもあろうかと期待したが、そしてこの舞台こそはと望みをつないでいたのだが、結局呼び出されることはなかった。いくら物見高い私とて、単なる見物人としてのこのこ付いていく気には到底なれなかった。後で聞くと、途中から風交じりの豪雨に見舞われたということである。

実はこの頃、九条兼実の足元を脅かす対抗馬が登場していた。後白河法皇の寵姫《ちょうき》で二人の間に宣陽門院覲子《せんようもんいんきんし》という皇女を産んでいた丹後局高階栄子《たんごのつぼねたかしなえいし》が源通親《みちちか》と組んで、急速に力を付けてきたからである。法皇もこの宣陽門院覲子をこよなく愛で、厖大な荘園を譲っていた。策士として遊泳術に長けていた通親が、宣陽門院の院司を務めていた機会を見逃すはずはない。早速丹後局に取り入り今や法皇亡き後の旧法皇派を率いるまでになっていた。そして、頼朝と兼実の堅かったはずの絆に楔を打ち込んできた。

それは、頼朝とその妻政子との間に生まれた長女の大姫《おおひめ》を後鳥羽天皇の後宮へ送り込む、つまり入内《じゅだい》させるという企みを通してであった。そして、その企みに頼朝は乗ってきたのだ。かつて、朝廷に媚《こび》を売ったとして実弟義経をも許さなかった頼朝が、どうしてこのような手に乗ったのか。だが、それは疎外された兼実の言い分であって、頼朝にとっては兼実に取って代わる勢力が生まれたとしても、鎌倉幕府のゆるぎない体制には関わりがないと見たのだろう。また、頼朝としては、かつて大姫と一緒にさせた義仲の息子清水義高《よしたか》を、義仲を討った後、同様に殺してしまい、大姫の恨みを買った過去がある。その失点を取り返すべく晴れの舞台へ送り込んでやろうとの親心だったのだろうか。いずれにせよ、割が合わなかったのは兼実の方で、これをきっかけに勢力を侵食され、遂には翌年十一月の政変によって、兼実派は一掃されてしまった。兼実は関白を罷免され、兼実の娘で後鳥羽天皇の中宮であった任子《にんし》は宮中から身を引き、兼実の弟で天台座主《ざす》であった慈円は解任された。

しかも、その翌年には、大姫が死ぬという不幸があって、只々一連の顚末は、源通親の独り勝ちに収まったという皮肉な結果となった。やがて、通親は自分の養女が産んだ後鳥羽天皇の第一皇子、為仁《ためひと》親王を皇位につけることになる。後鳥羽天皇の譲位によって跡を継ぐことになった土御門天皇だ。当年四歳、通親は外祖父となった。

私の身辺では、有安師が現実に筑前に赴任することになり、私の管弦の道も閉ざされてしまった。琵琶の秘曲についても、「楊真操《ようしんそう》」を伝授されたところで、置き去りにされてしまった感じだ。

簡単に伝授されるものでな[illegible]ながらも、秘曲「啄木《たくぼく》」のことに思いをいたす。家では、秘かに、「楊真操」に模して「啄木」を弾いて[illegible]たりした。

とにかく、この頃、私は何かにつけ拗《す》ねていた。下鴨社の行[illegible]にも時々は仮病を使って、休むことが多くなった。そして、あれ程欠かさなかった街歩きもせず、家に閉じこもっていた。気が沈んで、少しは引き立てようとすれば、俊恵師や勝命師のことを思い、[illegible]歌の世界に想を廻らしては、歌論集の続きを書く。また、そこまで気分が集中しない時には、歌に関わる事跡のようなものまで書き綴っていた。

と、このように昔を回顧している自分がいて、それが今にも当時の自分の有安師に対する恨みつらみに充ちていて、真実を隠してい[illegible]を告白しなければ[illegible]らない。そう、今少し正直になろう。端的にいえば、私は、有安師が養子にした景康《かげやす》に深く嫉妬していたのだ。景康は、私よりは一世代若く、私[illegible]神官の子という境遇に育って[illegible]る。吉備津《きびつ》神社という備中国一宮《びっちゅうのくにいちのみや》で、格式ある神社だ。有安師が偶[illegible]た折、この景康が笛を吹いていて、その技量の高さに驚いた師が直ぐに弟子にしたばかりか、その後養子にして自分の後釜に据えてしまった。かつては、私を養子にしたい気持ちを隠さなかった師ではあったが、自分の身分に比べて下鴨社という重代の子という遠慮から断念してしまったようだ。私は父の跡を継ぎたいという志に変わりはなかったから、景康が跡を継ごうがどうということはないと思っていた。それが、そうではなかった。琵琶の秘曲についても、師の有安からすべてを伝授してもらおうと思っていたにもかかわらず、いや弟子としてその技量から何からして充分その資格があると思っていたにもかかわらず、師はいざとなると出し惜しみするかのように、その伝授は遅々として進まなかった。というより、師が進めなかったのだ。そして、たった一つ「楊真操」を教えてくれただけで終わっている。いつこちらに戻ってくるかも知れないというのに。そして、結果から言えば、その遠く離れた任地で、師は逝ってしまったのだ。

私が東大寺大仏殿落慶供養の式典にいなかったのは、必ずしも師に声を掛けられなかったかどうかではなく、先ずは私の事情で行くことが出来なかったというのが真相である。

〈二十一〉

実はその前年、暮れのことである。

その日は、予《あらかじ》め下鴨社に久しぶりに出勤するつもりでいた。ところが、朝目覚めた時から、体がだるく、しかも嫌な感じの咳が続き、止まらない。ひとり寝床の中でもがいていると、朝食の支度をしに現われた娘が、近づいてきていきなり私の額に手を当てた。その手が余りにも冷たく感じられたのが今でも生々しく思い出される。このところ、私の家の面倒はほとんどが娘の役割になったらしく、両親が顔を出すことは滅多になかった。他のどこかへ手伝いに行っているのだろう。だが、毎日顔を出すからといって、娘とはこれまで以上に距離が縮まるわけでもなく、淡々とした関係は続いていた。だから、私が輾転反側《てんてんはんそく》しているからといって、娘が私の額に直に手を当てるなどとは思いもよらぬことではあった。

年が改まって、咳はやや治まったものの熱は一向に下がらなかった。年の始めの神社は何かと忙しい。様々な仕事が立て込んでいる。日頃の些事はこのところ手を抜いていたが、勘所の儀式には出ていた。これまで欠かすことなく何がしかの役割を果たしてきた年頭の行事もその悉《ことごと》くを休まなければならなかった。これまで、そんなことは考えもしなかったくせに、嘘も方便とさんざっぱら仮病を使ってきたその付けが、本物の病いとなってしまった、これぞ神罰かと思ったりした。

娘が直ぐに連れてきた医師は、つい二、三年前まで宮内省の典薬寮《てんやくりょう》で医師を務めていた漢方筋の老医師だった。どういう繋がりで、一介の庶民の娘がかつては宮中にも出入りしていた特別な人に助けを求められたのかは、結局訊き損ねてしまった。ただ、私の病気を聞き及んで駆けつけてくれた次童丸でさえ、その人の素性を知って、以後すっかり任せきってしまったのを見ても、その筋では名の知れたお人であったのだろう。そうでなければ、この薬が効く、いや、こちらだと口喧《やかま》しく駆けずり回って、様々な薬剤を我が家に持ち運んだに違いない次童丸であったから。

些か、私の病状も落ち着いたと見て取ったのだろう。老医師が私と娘を前に、この病いが咳逆《しわぶき》といって冬に蔓延する流行病《はやりやまい》であると教えた。かつて、三十二歳の一条天皇もこの病いで亡くなったのだとも。あなたも四十歳を過ぎた身、早くに手当てが出来てよかった、そして、娘の方に目を転じると、ちとせさん、あんたの手柄だ、と言って笑った。

娘の功は、老医師を連れてきてくれたばかりではない。日に幾度となく頭を冷やし、少し汗が出たからといって、衣を取り換え、部屋が冷え切らないように火鉢に火を熾し、湯気が絶えぬように気を配る。また、重湯や他の食事にも細やかな気配りをした。

私が病いにほとんど牛耳られて魘《うな》されているか、藻掻《もが》いているか、自分以外に気を配ることもなかった時期がようやく終わって、老医師が私に病いの何たるかを教えてくれた頃から、私にも少しゆとりが出来て、娘の日々の行動を見る余裕も出てきたのだ。

最初に、私の額に手を当てて、直ぐさま、家を飛び出していったことなど、今になって少しずつそれらの像を結ぶことが出来る。そして、その日の昼前には老医師を連れて戻ってきたのだった。今うっすらと思い浮かぶのは、老医師の慌ただしい動きとそれに輪をかけて動き回る娘のこわばった表情。確かに、あの時、私は危険な状態にあったのだろう。娘が初めて夜になっても自分の家に引き揚げず、ずっと留まっていてくれた様子を想像することは出来る。だが、その夜、どの部屋に留まり、どのようにして一晩を明かしたのか、知る由もない。その後、幾晩も私は悪夢の中に閉じ込められていたような気がする。

娘がその当日から、この家に泊まらず遅くなっても家に帰るという不文律を破って、泊まり込んでいたのを知ったのは、さすがに心配した母親が駆けつけてきたからだ。その頃は、すでに私と娘の間に何がしかの進展があるかもしれないという期待はとうに外されていたのか、本当に心配した様子で駆け込んできたのには、病いの只中にいた私にも気づかされるところではあったのだ。

私は老医師の手当てと娘の、そう老医師でさえ親しげに呼んだその名をもはや記す時が来たようだ、ちとせの看病のお蔭で、危機を脱し、起き上がって偶には机に向かうことも出来るようになった。だが、体はまだ何となく怠《だる》い。

思わず、怠い、と言葉に出してしまうと、それを聞きとがめたちとせが必ず近づいてきて、私の額に手を当てる。そして、まだ多少の熱があると言うのだ。外にお出かけになるのは、まだ当分駄目です、私が手配して下鴨社には届けてありますし、おっしゃっていただければ、何処へなりと使いを走らせますから、と言った。

今では、厠《かわや》に行くのに、ちとせの手を借りることはなくなった。だが、一時、半ば引き摺られるようにしてでも、ちとせに助けてもらわねばならなかった。それはまだいい、熱に浮かされ自分の体さえ気ままに動かせなかった頃、私は失禁し、ちとせに迷惑をかけている。それは下痢をも伴ったから、その惨状は想像するだに、目を覆いたくなる思いだ。それ以降は、御湿《おしめ》をしてくれていた。それにしても、私はすべてをちとせの前に曝してしまった思いで、恥じ入るのだ。このようなことは、さよにすらさせたことはなかった。

正月二十日に行われた民部卿家歌合に出席できなかったのはもちろんである。民部卿藤原経房《つねふさ》が主催する歌会である。後で聞くと、当代の歌人が出揃ったようで、四十六人と聞く。これには、上賀茂社の摂社片岡《かたおか》社の禰宜賀茂重政《しげまさ》も出ることを知っていたし、当然下鴨社筋にも知られるので、これに出席することを見込んで、少しは下鴨社への出仕も見せつけておこうと、暮れのあの当日出かけようとしていたのだ。神は私の邪《よこし》まな魂胆などとっくに見抜かれていたというわけだ。

結局、私の体の状態は、格段に良くもならず、さして悪くもならずといった按配で、三月の大仏殿供養の日もあっという間に通り過ぎてしまった。その頃には、今一つ微熱から抜けきれない苛立たしさの故か、亡き兄長守の病状の経過に思いを巡らし、初期の頃にはこういう状態が続いたのではなかったかと、常日頃体調の儘ならなかった兄の、その頃の様子を思い浮かべたりしながら、ひとり秘かに恐怖心を育てていた。

それが何の役にも立たぬことを時に反省し、気分を変えようと向かうのは、やはり私の場合は書籍に限る。そして、自分が生死の瀬戸際を彷徨《さまよ》ったという実感をも伴って、これまで以上に源信の『往生要集』に向かうのだった。

今から遥か二百年以上の昔、『枕草子』や『源氏物語』が生まれる以前、天台宗総本山比叡山の学僧の手になるこの書物の序は、「それ往生極楽の教行《きようぎよう》は、濁世《じよくせ》末代の目足《もくそく》なり」と書き出している。阿弥陀仏の極楽に生まれ変わるための教えと修行は、この濁り果てた末世に生きる我々にとっては目や足のように大切なものだ、と。そして、それは宗教に携わる者も全く縁のない者も、また身分が高かろうが低かろうが関わりがないとしている。そして、十門にわたって、一つ一つ説いていく。

先ず、一には厭離穢土《おんりえど》、この穢《けが》れた世からいかに離脱するか、二には欣求浄土《ごんぐじようど》、現世を嫌うだけでは始まらない、浄土を求めるには果してどうすればよいか、三には極楽の証拠、これは文字通り、四には正修念仏《しようじゆねんぶつ》、いかに常日頃から念仏行に励むか、五には助念の方法、さらに念仏の助けとなる方法は何かということ、六には別時念仏、平生でも特定の時に行う念仏と臨終の時の念仏との二つについて、七には念仏の利益《りやく》、文字通りご利益とは何か、八には念仏の証拠、一切の善行にもましてなぜ念仏を勧めるか、九には往生の諸業《しょごう》、浄土に生まれるための様々な修行について、十には問答料簡《もんどうりょうけん》、最後に問答形式で論議のあるところを解き明かしていく。

　読み物としては、第一門の「厭離穢土」と第二門の「欣求浄土」が、それぞれ地獄の酸鼻と極楽の楽園ぶりを詳細かつ鮮やかに描いて面白く、それだけにこれを読んだ貴族層にも幅広い読者を獲得し、また信仰心を導いたのでもあるが、その真髄に触れるのは並大抵ではなくなかなかの難物である。

　眼目はやはり念仏である。最後の第十門、問答料簡の項に、念仏の在り様を書いて、四つを挙げている。「一には定業《じょうごう》。謂《いわ》く、坐禅入定《にゅうじょう》して仏を観ずるなり。二には散業《さんごう》。謂く、行住坐臥《ぎょうじゅうざが》に、散心にして念仏するなり。三には有相業《うそうごう》。謂く、或は相好《そうごう》を観じ、或は名号《みょうごう》を念じて、偏《ひとえ》に穢土《えど》を厭《いと》ひ、専ら浄土を求むるなり。四には無相業《むそうごう》。謂く、仏を称念し浄土を欣求《ごんぐ》すといへども、しかも身土は即ち畢竟空《ひっきょうくう》にして、幻の如く夢の如く、体《たい》に即して空《くう》なり、空なりといへども、しかも有《う》なり、有にあらず空にあらずと観じて、この無二に通達し、真に第一義に入るなり。これを無相業と名づく。これ最上の三昧《さんまい》なり」

　これなど、無相業の境地にまで至ってこその念仏だと書かれているのは分かるが、「幻の如く夢の如く、体に即して空なり」と判った気でいても、「しかも有なり」ときて、さらに「有にあらず空にあらず」と来ると、私などはいわゆる無我の境地と言われる卑近なところに擬《なぞら》えるしかないのである。

殊勝なことを考えてそれに没頭していると、心も体も高みに上《のぼ》っていくかというと、それがそうでもない。むしろ、逆である。煩悩がむらむらと立ち上がってくるのだ。私は自らの体験としても、それを知っている。少年時、手淫を覚えたのも、兄が父に教わる神事の作法について、私にも教わる番が回ってきて、神殿の一角にぎゅうぎゅう押し込められていた時のことだった。


その朝、私は久しぶりに寝覚めのいい朝を迎えた。だったら、さっさと起きて、顔を洗い、戸外に出てさわやかな空気に触れ、風が運んでくる初夏の薫りを胸いっぱいに吸い込んで、胸の病いへの怯えを晴らすように試みるべきだったのに、そうしなかった。私は逆に、些か馴染んでしまった病いの床で、このところ目覚め際に見る漠然とはしているもののなぜか不安を残す夢を見なかったことに満足し、病いもまた夢と共に立ち去ってくれたかと、その余韻を味わうように一度開いた眼を閉ざしていた。

襖が開く音がして、朝餉の支度ができたのか、汁物の匂いが漂ってきた。足音が続いて、枕元に近づいてくる。私はまだ眠っている振りをしていた。

手が額に載せられる。冷やっこい、洗い物で手が殊更に冷えているのか。とはいえ、先程までの確信はどこへやら、熱が引いていることの自信が揺らいだ。

思いは同じだったのか、ふっと顔が近づく感じがして、甘い息が鼻孔に届く。額に額を重ねたようだ。温かい。安心したのも同時だったようだ。額は直ぐに引き離され、立ち上がる気配がした。

私は目を瞑ったまま、手を動かし、相手の手を摑もうとした。私の右手は空を泳いで、手は摑み損ねた。だが、辛うじて、立ち去ろうとする足元の裾《すそ》を摑んでいた。

もはや、目は開いていた。私は右手はそのままに、左手をさらに伸ばすようにして、足首を摑んだ。よろけた体がどうと私の体に重なるようにして落ちてきた。

ちとせは突然の私の襲撃を咎めるよりも、庇う余裕もなく自分の全体重を預けて私の体を圧《お》し潰しはしなかったかと慮《おもんぱか》る風でさえあった。私はそれをいいことに、闇雲にちとせに突進していった。

病み上がりの体のどこにこれだけの力が隠されていたのか、今思い返すと不思議にさえ思われるが、溜めに溜め込んでいたちとせへの欲望が満を持して、噴出したのだろう。

勝手な物言いだが、ちとせもこの時を待っていなかったとは言うまい。だが、余りの突然の私の豹変、まるで病身を装いながら、虎視眈々と獲物を狙っていたかのような私の振舞いは、ちとせにとっても予想外の行動ではあったろう。だから、私が有無を言わせず、衣を引き剝がし、何一つ身に纏《まと》うものがないように、ちとせを乱暴に扱った時には、相応の抵抗をした。私の手首に嚙みつきさえした。だが、奇妙なことに、引き倒したのが私のせいだと知っていながら、重なり倒れた私を気遣ったように、手首に嚙みついた後も、はっと気づいた後は、傷口を舐めたりもした。

その奇妙な抵抗は、私にとって思いもよらぬ刺激となった。私は猛り立った。私は真一文字にちとせの中心を拓《ひら》き、没入していった。

もはや、ちとせも、私と同調することをためらわなかった。そして、頂を極めた時、私の名前を呼んだ。

普段、ちとせが私の名前を呼ぶことはなかった。私に対してはすべてに遠慮深かった。そのちとせが、感極まった時に私の名前を思わず発したことは、長く自分の胸に秘めていた大事なものの在り処を垣間見せてくれ、その後も久しく私に震えるような感動を遺した。

一度、直線的に極みまで到達した後は、打って変わって、私はちとせの体の隅々までを探り続けた。そして、その隅々の一つ一つに秘密が隠されていることを知っていく。それは、後々のことだが、ちとせに逆に導かれて知ったこともあったし、私の探索によってちとせ自身も初めて知ることもあった。

その朝も、私は午過《ひるす》ぎまで、ちとせを放さなかった。朝餉が用意されていることは知っていたし、汁物を焚きつけ中で、火を消してきますと立ち上がろうとするちとせを強引に押しとどめて、一度たりとも手放さなかった。汁は煮立って、煮凝《にこご》りと化しているだろう。その内、ちとせの眼中からも消えていたはずだ。もはや、私との遊戯に没頭し、逸楽に酔い痴《し》れていたちとせが私から離れていく心配もなかった。

私は飽くことなくちとせの体を弄《まさぐ》り、またちとせにも私の体を弄らせ、高ぶってくればそれを放ち、放っては再び充ちてくるのを待つ余裕さえなかった。

こうして、一旦箍《たが》が外れてしまうと、私とちとせはもう見境なく、快楽の淵に溺れた。

朝、額を合わせてくるちとせの行為がもはや飽きない慣習となって、それが決まって悦楽の始まりとなった。偶に、少し熱があると言って、それが止めるための方便ではなく、本気で留めようとする時でさえ、私の勢いを封じることは出来なかった。

いや、それは勢いなどというには余りにたやすい行為で済むのだ。首筋に手を触れるだけ、髪の毛に顔を押し当てるだけ、ましてや、その肌にじかに触れるだけで。さすがに、それらの一つもさせまいと飛び退くように、私から離れようとする時もある。だが、それもまた、一つの遊戯になってしまった。私が立ち上がり、追っかけていき、指一本でも摑まえてしまえば、ちとせの降伏は目に見えている。

逆にいえば、私のすべてはちとせの手中にある。私はその掌の上で自在に転がされている。私はほとんどちとせの前に拝跪《はいき》している。もはや別々の部屋で寝ることがなくなってから、かえって私は深夜一人目覚めて、抜け殻になったような自分に出会うことがある。そんな時、私は急いでちとせの寝息を嗅ぎ、体の一部にそっと触れることでしか、私が生身であることが信じられなくなってしまった。

ちとせは魔性《ましょう》の女ではない。むしろ、控え目でおとなしい女のはずだ。だから、私の餓《かつ》えたような性への誘《いざな》いに、偶々眠っていたものが目覚めたに過ぎない。だが、深夜にのみ訪れる私の脱落感は、おほばから聞いた昔語りの中の鬼女に囚われる男の話を思い出させ、おほばは巧みにそれに纏《まつ》わる男女の性の部分は外していたが、今思い返せば、それらはすべてが性に始まり性に終わることが理解でき、私はやや恐ろしくなって、些か自制するようになった。

私が控えれば、ちとせも控えるといった風に、私たちの生活も落ち着きを取り戻してきた。時にお互い我を忘れて、耽溺《たんでき》することもあったが、どうにか自制する習慣もついてきた。通常の生活が戻りかけていた。ただ、ちとせとの同衾《どうきん》は当たり前のこととなった。


私がおほばの家を出てから、益々疎遠になっていくのは当然と言えば当然のことだったろう。大火の夜の出来事にあれ程こだわり怖れ、その真相に触れられぬことへのもどかしさに煩悶《はんもん》したことも今では遠い記憶になってしまった。

それが、意外な形で、私の前に開陳《かいちん》されることになろうとは。ちとせがもたらしたのだ、両親から聞いた話として。それはまるで、『今昔物語』の挿話にも擬《なぞら》えるような、恐ろしい話であった。

あの多伊三が、あろうことか、さよの兄の双子の弟の方、弥助に殺されたというのだ。そして、弥助は、そのまま女房共々姿をくらましたということである。おそらくは、都を出て、女房の里のある西国へ逃げたのではないか、と秘かに身内では語られているという。

最初に聞いた時、殺人に至るまでの二人の関係性が私には呑み込めなかった。私の見る限り、二人は作業現場でも気の合う方だったから。私も鈍感になっていたものだ。一時はあれ程に神経を尖らせていたものを。

ちとせは滔々《とうとう》と語った。私は久しぶりにおほばの語りを聞くように、耳を委ねていた。

多伊三はここ数年弥助に付き纏って、多額の金銭を強請《ゆす》り続けていたのだという。

真相はこうだ。弥助はある家の普請《ふしん》をした時の縁で、その家の主である下級武士の妻女と密通する仲になっていた。それが、あの大火の日、昼の間と限っていた逢瀬《おうせ》が夜に及び、夜勤のはずだった夫が火事騒ぎを聞きつけて急ぎ帰宅したのと鉢合わせしてしまった。そこで弥助が斬られて仕方のないところ、弥助の悪運が勝っていたらしく、逆に夫の方が弥助に殺されてしまった。その現場を偶々通りかかった多伊三が目撃し、その後秘かに、しかも金に困る度に、強請り続けてきたというのだ。そして、遂には、弥助がそのまま女房としたその女に手を出しかねない図々しさに、堪らず弥助は多伊三を殺すに至ったというのである。仕事も家も何もかも捨てて。

その話は、私をぞっと竦みあがらせるばかりか、恐怖に慄《おのの》かせるものであった。先ずは、多伊三という男の底知れぬ悪。さよと私の間に楔を打ち込んだのも彼の仕業だったと、今では納得できる。さらに、大火の夜の事件、多伊三は私には徹頭徹尾、私の目撃した男が決して太助でも弥助でもないと言い続けてきた。ところが、裏では、その男が弥助であると見定めていて、私の知らない所で弥助を脅していたのだ。しかも、以前から弥助が通う女の家の在り処を知っていて、その晩も何かを期待してのことだったという。まさか殺しにまで至るとは想像の埒外《らちがい》だったろうが。私はとことん虚仮《こけ》にされていたというべきだろう。だが、結果は、因果応報というべきか、多伊三の自業自得に終わって、一つの完結とはいえる。しかし、私は？　多伊三のことだ。弥助を脅す時、私の名前も出しているに違いない。目撃者は自分ばかりではない、さよの夫がいるぞと。多伊三を殺した勢いで、私もまた亡き者にしようとはしないだろうか。だが、弥助には今や多伊三殺しという歴然たる罪がある。今更旧悪が暴かれることに怯えはないだろう。今回の事件がすでにかつての殺人を明らかにしたからは。

さよの両親はこの事実をひた隠しにしているというが、噂はかなり広まっているという。それにしても、あの両親にとっては、おほばの家を継いで万々歳のはずだったが、さよを失い、またもう一人の息子も失くしたも同然、幸い一人残った長男に世継ぎも生まれ辛うじて夢がつながったというところだ。一日も早くこの不祥事もなかったことにしたいところだろう。

私もまたこの事件に一枚かんでいることは、今後ともひた隠しにせねばならない。まして、特種を伝えてくれているつもりのちとせにはおくびにも出してはならなかった。すべてを自分の懐に仕舞い込んだ分だけ、人間存在の奥深さ、その怖ろしさが身に沁みて感じられた。


〈二十二〉


後鳥羽上皇による院政が始まってちょうど丸一年、建久十年（一一九九）正月十三日、天下の大将軍となっていた頼朝が死んだ。前年十二月、相模川《さがみがわ》に架けた橋の新築供養に臨んだ帰り、落馬して大怪我を負い、床から離れることなく今生《こんじょう》の限りとなったのだという。

この情報は、世間との関わりを最低限度に抑えほとんど閉じこもっているといっていい私に代わって、老医師に薬を貰いに行ったちとせが聞き込んできたもので、これだけの飛び切りの話題にもかかわらず、次童丸が姿を見せない方が不思議なくらいだ。そういえば、このところ、珍しく長い間、次童丸が姿を見せていなかった。

私とちとせの間を、出来てもいないうちから、既成事実のように語っていた次童丸、あいつがしょっちゅう顔を出し、勘を働かせていたなら、私たちもあれだけ長く耽溺の海に沈んでいることは出来なかったろう。次童丸にならば、直ぐに見破られてしまったであろうから。

だが、これだけの大きな、事件とも言っていい出来事だったから、その後も噂は私の耳にも届くようになった。

先ずは落馬についての噂話。関東武者の代表として、馬を乗りこなすことに自信と誇りを持ち、馬上の雄姿《ゆうし》こそ男子の誇り、武者としての示威であるはずのものが、一転、文字通り地に墜ちるばかりの恥辱、そんなことが常識として考えられようか、必ず何か、人為に関わらぬ力が働いたに違いない。と、結論が導かれたのだろう。後は、いや馬上の頼朝の首を摑んで放さぬ腕のようなものを見たという話から、いや、天上からの見えない力は、むしろ馬の首をこそ摑んで放さなかったとか、描写にずれはあっても、一律に大本が義経の怨霊《おんりょう》であり、奥州藤原氏累代《るいだい》の祟《たた》りであるということに変わりはない。それは、先に逝った頼朝の愛娘、大姫の死についても及んでいくのだ。そうこうしている内に、遂に次童丸が我が家に姿を見せた。あの義経贔屓《びいき》の次童丸が。

果して、次童丸の口からはどんな話が聞けるかと、水を向けたのだが、意外や義経の名前ひとつ出ず、ましてや罰が当たったなどと、その因果関係に話が運ぶことは一切なかった。

そして、頼朝の死に関わる話の中で、次童丸の口から最後に出てきたのは、無常という一言だった。やや怪訝《けげん》に思った私がその先を追及すると、次童丸の最近の関心事が那辺《なへん》にあるかが見えてきた。次童丸はこのところ安楽房《あんらくぼう》という法然の弟子が開く集まりに出るようになって、専修念仏の有難さに触れるようになったと話した。

法然はすでに七十歳に近いが、幼少の頃、当時美作国《みまさかのくに》の一押領使《おうりようし》であった父親が、地方官人同士の争いから屋敷を襲われ、瀕死の中にありながら遺言のように聞かせた、決して敵を恨んではならぬ、という言葉を受けて仏門に入り、やがては上京して比叡山に入った。しかし、当時すでに比叡山延暦寺は、天台座主はもちろん高位顕職の悉《ことごと》くは権門貴族の出であって、身分社会がそのまま持ち込まれていた。その息苦しさは様々な形で噴出し、山内でも学生と堂衆の対立抗争、外へ向かっては朝廷への強訴《ごうそ》に明け暮れていたと言っていい。法然はこれを避け、当時念仏聖たちが集まっていた黒谷《くろだに》の別所で、叡空《えいくう》の門下に入ることになった。ここ黒谷では、源信《げんしん》の『往生要集《おうじょうようしゅう》』に代表される天台浄土教の念仏が受け継がれていた。法然はその後二十年余り勉学に励み、知恵第一の法然坊とまで称えられたが、真の救済に至る道筋としては貴族的と言おうか学究的に過ぎると言おうか浄土教の限界を感じていたところ、中国は唐代の僧、善導《ぜんどう》が書いた『観経疏《かんぎようしよ》』を読み、はたと気づいて、阿弥陀如来がただ一つ「南無阿弥陀仏」と称名《しようみよう》するだけで浄土に至る本願の行《ぎよう》を説いていることを覚った。これこそ、長年法然が釈然としなかった金銭的に余裕のある者だけが出来る作善《さぜん》救済、すなわち仏像を作らせたり、仏塔を建てて寄進したりする作善によって救済されるという半端な教説や、身をもって仏門に入りひたすら学問し帰依することが救済への道と考える輩《ともがら》の意識を打ち砕く唯一の道との確信を得たのだ。これで初めて、資財もなく学問する余裕のない無産の民にも、往生の道が拓ける。只々、ひたすらに南無阿弥陀仏と名号《みようごう》を唱えるだけで往生が可能となるのだ。

それなりの学問を修めた兄長守ですら、自ら死を覚ってからは、ただひたすら、名号のみ唱えていた。このところ、急速に、法然の教えが庶民の間ばかりか貴族の間にも浸透しているとは聞いていたが、私生活において時に不道徳をむしろ旗印にしていた次童丸にさえ及んでいたとは。

次童丸も、検非違使庁の下っ端役人を務めている間に、沢山の犯罪者や残酷な事件に遭遇し、その理不尽さ、不可解さ、究《きわ》めようもないこの世の地獄を見て、殊勝な心境に至ることも多くなっていたに違いない。次童丸なりに、この世の諸行無常を覚ったに違いない。そして、この世の身分社会のどうしようもなさを幼くして身につまされてきた次童丸にとって、皆が平等に、なむあみだぶつ、と口にするだけで救われ、浄土に達することが出来るという法然の教えは今更のように、純粋な次童丸の心に染み入ったのだろう。

私は、次童丸がかつて禿髪《かぶろ》になった後、京の街中での禿髪の在り様を咎めだてした時、話が身分制度のことに及び、次童丸の眼に涙が浮かぶのを見て、私の方が先に泣き出してしまったことを思い出した。と同時に、思わず涙が込み上げてきた。

ちとせが近くにいなかったら、またまた私の方が先に泣き出していたかもしれない。さすがに年の功でもあったか、私は辛うじて耐えることが出来た。私は、二人には気づかれぬように目尻に溜まった涙をそっと拭った。

目ざとい次童丸がそのことに気づいたか、突然、話題をこちらに向けてきた。それも、余りにも突然の話題に。次童丸は、我々二人に向かって、というか、珍しくそのどちらでもない、虚空に向かって、言った。

お子はまだかい……

二人が出来ている、とは次童丸にとっては既成事実だったから、その質問が特に意識されていたわけではなかったはずだ。だが、私たち二人には、改めて見抜かれた感が強くあった。ちとせに確かめたわけではないが、ほぼ間違いなかろうと思う。私が返事した。

いや、まだ……

後で考えると、次童丸の企まざる誘導に引っ掛かってしまったことになる。

その日は、それ以上、言葉を発することなく、次童丸は、じゃまたな、と一言言い置いて去っていった。

その晩のことである。今日はおとなしく眠るつもりで、厠から戻ってくると、床の中でちとせが泣いているではないか。

どうしたのかと訊いても、答えず泣くばかりである。このようなことは一度たりともなかった。何事かと、私もさすがに心配になった。強く返事を催促しても、儘《まま》ならない。最後には、懇願した。返事を聞かずには眠れない、これじゃ、夜っぴて起きていなければならなくなる。

さすがの脅しに、ちとせが応えた。可哀そうに、ちとせにとって、それは悲しい秘密の告白であった。

ちとせの嫁ぎ先は、実家から言えば分不相応に豊かな商家だった。主に塩を扱っていたという。若旦那がちとせを見初めて反対する両親を説得したというのだから、恋女房もいいところだ。そして、待たれていた世継ぎの誕生の期待にも時間は余りかからなかった。ところが、流産。男の子だったという。そして、残酷なことに、もはや二度目の子の望みはない、と宣告された。その時、必死の思いで、伝手《つて》を頼り、最後の頼みと縋ったのが、あの老医師だったということである。当時は今を時めく宮中御抱《おかか》えの医者であったのだから、縁を辿ることも遠い道のりだったことだろう。ちとせの必死の思いがそれだけでも伝わってくる。そして、ちとせにとって死の宣告にもまさる診断が覆ることはなかった。跡取りを求める商家の掟《おきて》には、遂に若旦那も恋女房を手放すしかなく、妊娠と流産が早かっただけに追い出されるのも半年を少し跨いだくらいだったという。

だから、その後も、子が求められる縁組には応じられず、せめて老いていく両親のためには、誰かの愛人になるしかなかったのだと言った。そして、私に謝るのである。私はその話を聞いて、ちとせが可哀そうでならなかった。子は要らない、私が命ある限り守ってやる、と私には珍しく強い言葉が出た。そして、やさしく静かに抱いて眠るつもりだった。だが、ちとせは私を眠らせず執拗に求めてきた。私は誓いを破った者のように、半ば慄《おのの》くように快感に震えた。私が我を忘れて凶暴と化すのにさして時間はかからなかった。

私が一見病いから抜け出したように見えてからも、偶《たま》に老医師が姿を見せることがあった。ちとせが決まって日に一度私に呑ませる常備薬を、ちとせが貰い受けに行く手間を省いて、自ら持参してくれることもある。ちとせが自分は本当に不生女《うまずめ》になったかどうかの診断を仰ぎに行った直前、老医師にも一人娘を突然の病いで失うという不幸があって、その身代わりではないが同情も並大抵のものでなく、その後も何くれとなく心に懸けてくれたとは、ちとせから聞いた話だ。

老医師は、今でも腕の確かさは宮廷社会に広く知られており、後鳥羽上皇においてはその幼少の頃はまさに現役で診ていたから、今でもご機嫌伺い旁《かたがた》二条東《ひがしのとう》洞院御所《いんごしょ》には通っているという。近年連れ合いを亡くしたこともあり、ちとせは四方山《よもやま》話にはいい相手になっていたのだろう。

もちろん、私の何たるかを老医師は知ってもいたから、譲位後の後鳥羽上皇の石清水・賀茂両社への御幸《ごこう》に始まる四天王寺《してんのうじ》、住吉社、さらには宇治平等院から熊野御幸まで、それらはちとせに聞かせるというよりも私に聞かせるという風だった。特に住吉の神は和歌の神様でもあったから、その話は直接わたしに向かってした。

私もすでに下鴨社には復帰していたし、後鳥羽上皇の下鴨社への御幸にも立ち会えていたから、私の方から話を加えることもあった。

私は、老医師が長年宮廷生活に馴染《なじ》みながら、また今もって上皇を時に診る立場にありながら、一切の差別感情抜きで、私やちとせに向き合う姿に深く感動していた。法然も同様な視線を大衆に向けて、すべては南無阿弥陀仏に始まり南無阿弥陀仏に終わることを説いているのだろうか。

その内、老医師の方でも、すっかり私たちに心を開いたのか、上皇と今は天皇の外戚《がいせき》として内大臣に納まった源通親との間の持ちつ持たれつでありながら、微妙な確執が見えてきたところを聞かせてくれるようになった。今までは、その類いの話は有安師から聞いていたが、師が今や遠く西の果てに赴任してしまってからは、途絶えていた。

元々、譲位についても、急がせたのは通親の方で、第一皇子に自分の孫に当たる後の土御門を得ていたものの、二年遅れで第三皇子が誕生し、その母が後鳥羽が寵愛する、藤原範季《のりすえ》の娘重子《じゅうし》であったので危機感を覚え急がせたのだという。しかも、後鳥羽の歓心を買うべく二条殿御所も通親が贅《ぜい》を尽くして造営したのだとも。

一方、後鳥羽上皇としては、通親の手の内にあるかのように見せながら、院政への強い意志を懐に抱いていた。熊野御幸の目的には、かつて白河院が亡くなった時、直ぐに熊野御幸を実行した鳥羽院がそうであったように、また次の後白河院がそうであったように、白河院のかつての熊野御幸を引き継いで強く院政を行うことを神に誓うことが眼目であったという。後鳥羽上皇は、少しずつ、その布石を打っていった。通親が主導したと伝えられる人事でも、籠居《ろうきょ》していた内大臣九条良経の籠居を解きむしろ一段上の左大臣に昇格させている。良経は、失脚に追い込まれた兼実の跡継ぎ、やがて兼実の実弟慈円もまた院御所での祈禱を務め、九条家や一条家が復活していく。

後鳥羽上皇が第三皇子の守成《もりなり》親王を皇太弟とし、次の天皇を約束する東宮に指名すると、通親としては地位安泰のために直ぐさま東宮を補佐する傅となり、息子の通光《みちみつ》を東宮権亮《とうぐうごんのすけ》に任じている。この辺の話になると、四方山話にはもってこいの笑い話、巷にもこれに似たような話はごまんと転がっているだろう。だが、雲の上の人でありながら、二人にとっては真剣な、弱冠二十一歳対五十代の対決、駆け引きではあった。

そして、後鳥羽上皇が急速に歌への関心を強め、自らの作歌の腕も上げてくると、元来その道では達人の一人に数えられていた通親との暗黙裡《あんもくり》の競争意識は、歌会の場に持ち込まれてきた。

そのような事情も反映したのか、その二人が関わる歌合が頻繁に行われるようになった。ちょうど私が体調を取り戻した時期に当たったのは幸運と言おうか。そして、私にも久しぶりに声が掛かった。

〈二十三〉

正治《しょうじ》二年（一二〇〇）六月、東宮奉祝のため石清水八幡《いわしみずはちまん》の若宮に捧げられた「石清水若宮歌合」である。通親が仕掛けたものと思われる。歌合の判者が通親となっていた。六条家の季経、経家、顕昭、御子左家の俊成、定家、寂蓮、勧進元となった石清水八幡宮寺の別当道清《どうせい》、歌僧の祐盛、覚盛《かくじょう》、女房の小侍従《こじじゅう》、讃岐《さぬき》など、六十六人が集められ、桜、郭公《ほととぎす》、月、雪、祝、の五題に付き、各三十三番が披講され、競わされた。私は二十四番目の右方として、源敦房《あつふさ》と番えられた。

私の詠んだ歌は、桜については、見慣れてしまった雪と対比させて、

　　面影をこぞより雪はふるせどもなをめづらしきみねの初はな

郭公は、その声に事寄せて、

聞きつとも誰にかたらむ郭公それまでおしきよはの初声

月は、情景を思い浮かべつつ、

ながめやる山のは近くなるままにねやまで月の影は来にけり

雪には、里の静寂を雉《きじ》の声もなし、と、

里近くなるるきぎすの声もなし山の奥にも今朝の初雪

祝には、ここ石清水を詠み込んで、

にしの海なみをわきて石清水まぢかくすむもわが君のため

判者の通親は、私の勝四、桜の歌だけを引き分けとして持一とした。最初にして、やけに贔屓にしてくれたわけである。だが、私としては、何かにつけ理に落ちる悪い傾向、どんな素材にも器用に対応は出来るものの、いま一つ己れの歌風といったものを確立できぬもどかしさ、を再確認して、決して気の晴れるものではなかった。

その分、次回を期す気持ちは高ぶっていたが、直ぐの七月、上皇の企画になる「正治初度百首歌」の人選には漏れてしまった。仕切っていたのは通親のはずで、前回の成績が良かっただけに期待したのだが、後でその顔ぶれを知れば、身分上で自分が敵うはずはなく、改めて諦念《ていねん》を覚えたものである。聞くところによると、最初は、通親によって定家も外されかけていたのを、父の俊成が執り成し、上皇が定家採用の断を下したという。これが後々まで続く上皇と定家の密接な関係の始まりとなったのだから、羨ましい限りだ。左大臣良経の復権によって益々主流となった御子左家という歌の重代の力を思い知らされたわけである。

一度は落胆していた私だったが、直ぐに機会は巡ってきた。初度の百首歌が成功を収めて、勢いづいた上皇が二度目の企画を立ち上げてくれたからである。そして、私にもそのお鉢が回ってきた。上皇の側近とも言える藤原範光《のりみつ》、飛鳥井雅経《あすかいまさつね》、源具親、藤原隆実《たかざね》、源家長《いえなが》、賀茂社の氏人として賀茂季保《すえやす》と私、宮内卿、越前の二人の女房、別格の慈円、そして上皇自身の十一人。慈円、範光、季保、越前が私と同じ年配の世代、他は、上皇と年齢が相前後する若い世代、ちょうど半々の選抜であった。百首歌の内容は二十題、各五首。先の十題は四季それぞれのもので、春の、霞、鶯、花、夏の、郭公、五月雨、秋の、草花、月、紅葉、冬の、雪、氷。後の十題は、神祇と釈教、暁と暮、山路と海辺、禁中と遊宴、公事と祝言の二題一組となっていた。

やはり、冒頭に来る霞の歌には充分の配慮をした。先ずは、情景を大きく詠うこと、しかも読む人の心に春到来といった心地よさを齎《もたら》すこと、それを念頭において、

春風のはらひもあへぬ嶺の雪をまづ消《け》つ物は霞なりけり

と、春になっても融けない嶺の雪を消すのは霞、と自然現象を詠み込んだ。
そして、二番目には、ただの情景だけでなく、それを心に写し込むように工夫した。

はれやらぬ心の空の朝霞雪げをこめて春めきにけり

「はれやらぬ心の空」と陰鬱げに出ながら、一転それを吹き払ってしまう逆転の発想である。
鶯の題を挟んだ次の花の題のところでも、似たようなことを試みている。一番目は大きく情景を捉えて、

まがへきてあらぬ梢をみつるかな雲こそ花のしるべなりけれ

と、一見見紛うような春の雲と満開の桜を詠み込むことで、歌の器を大きくしてみた。それに対して、二番目の、

谷かげの老木の桜枝をなみともしくさける花をしぞ思ふ

は、一転、谷陰にある老木の桜の、花も疎らな孤独の姿を思う心を対比させた。

このように、一つ一つの作りに趣向を凝らして、歌と戯れる心地は以前から嫌いではなかったので、家にいながらにして想像をめぐらしていく作業に飽きることはなかったが、体の復調を自然の中で確かめてもみたくなり、ちとせが先ずは大いに推奨したので、今日は北、明日は南と、日帰りの範囲内ではあったが、都の外に足を運ぶことになった。段々、体力もつき、足を延ばせる範囲も広くなっていく。後々私との縁が結ばれることになる土地も、この時の散策と言おうか遠出で、すべて渉猟《しょうりょう》し尽くしていた。

ちとせがまた、飯を様々に工夫しながら用意してくれたので、それも楽しみであった。私の歌の主流は、昔から自然現象でさえありのままの写生には程遠く、ましてや恋の歌は想像の中の虚構に拠《よ》るところが大きかったので、季節感の如きも春に秋を連想し、夏に冬の景色を当て込むことには不自由さを感じたことはなかった。だから、一気呵成に春、夏、秋、冬の四季を詠み込むことにも、その土地土地の現在の風景に触れながら、別の季節を思い描くことにも、全く知らない土地に材をとることにも抵抗はなかった。ただ、無知と誤謬《ごびゅう》のみ惧《おそ》れて。

百首の中で、兎角私の陥りやすい理に落ちるところを辛うじて踏ん張って、大きく詠えたのが五月雨の一句目だった。


久かたのあまの川水まさるらし雲さへにごるさみだれのころ

である。そして、私のお気に入り、情景を想像させるだけでなく、ある種の心象風景をも重ね合わせることが出来たと思うのが、氷の題で詠んだ第一句である。

風さわぐ波まの床にぬる鳥もけふやつららの枕さだむる

寒々とした風景、波さえ凍り付かせてしまいそうでありながら、かえって安らかな寝床での鳥の眠りを想う、鳥と一体になったような歌の境地に、私は独り秘かに満足していた。

私の百首歌は、神祇以降、禁中や公事、祝言でも、無難に君が世を讃える歌を鏤《ちりば》めておいたので、先ずは程々には受け入れられたと思う。

そして、ようやく待ちに待った機会は巡ってきた。上皇の歌会に、私は初めて召されたのだ。

それは、九月末の「九月尽日《じんじつ》歌合」である。場所はもちろん上皇の住む仙洞御所《せんとうごしょ》、いわゆる二条殿だ。歌題は、「月契多秋」「暮見紅葉」「暁更聞鹿」の三題、判者は藤原俊成、私の唯一つの歌を覚えてくれていて、『千載集』に採用してくれたあの俊成師であった。参加するのは私も入れて十六人と聞いた。

上皇を筆頭に、内大臣通親、権大納言忠良《ただよし》、参議公経、左近中将《さこんのちゅうじょう》通具《みちとも》、そして、右近権中将の肩書を持つ定家、女房の相模《さがみ》や讃岐《さぬき》ら。定家は一番気になる存在だ。すでに歌詠みとしての評判が高く、しかも私より七、八歳は若い。

その日は、朝早くから私は気持ちが高ぶり落ち着かなかった。普段、冷静なちとせでさえ、私に同調したように着替えの支度に神経をとがらせていた。ようやく、未《ひつじ》の刻になって今夕酉《とり》の刻に参会せよとのお達しが来た。私は期待に胸膨らませる思いで出かけていった。

しかし、私は甘かった。普段の歌合とは格段の違い、御殿に用意された歌会の会場を予想しておくべきだった。

御所北面に用意された会場では、公卿たちは弘庇《ひろびさし》に二人ずつ東西に分かれて座し、侍臣はその背後の縁に並ぶのだったが、私ひとりは御殿の下、東の砌《みぎり》の下に帖《ちょう》が敷かれていて、その上に座らされたのだ。御所の中が最も厳しく身分上の秩序を保つ場所であるということは頭では知っていても、現実感がなかった。それを今更に思い知らされたというだけに過ぎないが、やはり他のすべての参加者が一段も二段も上にいて、自分一人が帖が敷かれているとはいえほとんど地面に座らされている感覚は初めてのことだったので衝撃を受けていた。

その衝撃というのは、屈辱感といったものであったろうか。私は一瞬次童丸のあの怒りに燃える眼を思い出し、改めて座りなおした。逆に、そのお蔭か、妙に度胸が据《す》わり、一気に緊張がほぐれた。官位で言えば、もちろん私が一番低い。しかも七歳の時に与えられてから、たったの一度も上がっていないのだから。殿上人と地下人の差をこれほどに見せつけられるとは。私は逆に気分高揚し、ほとんど笑ってしまいそうな気分になっていた。

定家は公卿の後ろ、侍臣の位置から私を見下ろしている。その眼にどのようなしるしが現われているのか知りたかったが、如何《いかん》せん些《いささ》か遠すぎた。

やがて、上皇が登場し、私も恭《うやうや》しく拝礼をしていた。私を見る上皇の視線に自分の視線を重ねる思いで、私も高みから己れの姿を見ていた。そして、自分ながらに、外見では人の心は読み取れないものだと、つくづく思っていた。

この夜の趣向は、二つ番わされた歌が作者名抜きで示され、各人が評定を加えた後、釈阿と号していた俊成師が最終的に勝ち負けの判定を下すというものだった。作者名はその後明かされる。

最初の「月契多秋」では、上皇の近臣中の近臣、東宮《とうぐう》亮範光と引き分けの持ちであったが、他の二つでは勝ちとされた。「暮見紅葉」では、相手は能登守《のとのかみ》具親《ともちか》だった。あの「瀬見の小川」に最初の断を下した源師光の息子だ。

四番　左　　　　具親
いとどまた時雨にくるる山のはのあかぬ梢のあけむ色々
右　勝　　　　鴨長明
あかずみる梢の空の暮れ行けば散らぬもみぢの惜しまるるかな

そして、その評は、右歌、「散らぬもみぢの惜しまるるかな」とある、この末の句が特に面白い、よって勝ちとする、という裁定であった。まさに我が意を得たり、初めての会での俊成師の褒め言葉に当初の屈託など吹き飛んでしまった。だから、「暁更聞鹿」では少々余裕がありすぎ、勇み足になったというべきか。

八番　左　　　隆実

夜もすがら山の高根に鳴く鹿のちこゑに成りぬあけやしぬらん

右　勝　　　長明

今こむとつまや契りし長月の有明の月にをじか啼くなり

と、藤原隆信の子の隆実《たかざね》が相手で、「ちこゑ（千声）」とした表現が難とされ、私の勝ちとなったが、「今こむと」の歌が披講された時、定家がこれは『古今集』にも載る有名な歌、

今来むと言ひしばかりに長月の有明の月を待ち出でつるかな

に余りに似ている。このような場合には、せめて本歌の上の句を下の句に持ってくるとか、工夫が必要なのに、そのまま使うのは無神経すぎると難じた。定家さすがの指摘で、これはかりは私も素直に受け止めていた。

というのも、その場で、気づく人はいなかったと思うが、私は「長月の有明の月」に、私の長明の名が織り込まれているのを知っていて、俊頼卿の故事に倣い、図々しくもこの場で披露したのだ。

後で考えると、私という人間は、自意識が強すぎるというのか、最初の屈辱感の衝撃から一転性根を定めてしまうと、妙な開き直りというべきか、世間の常識すら一気に捨て去って己れの牙城に閉じこもってよし、とするところがある。

その夜、家に帰って、あの時は冷や汗ものだったと、ちとせにも語りながら、その実正直なところ、それ程にはそう思っていない自分がいる。ということは、反面、おそらく、あの最初の衝撃、一人だけ御殿の下に座らされたあの屈辱感は誰に語ることもないであろうから。次童丸とは身分制度の腹立たしさを語ることは今後もあるだろうが、私のあの体験を、たとえ次童丸にさえ、口にすることはあるまい。これから、上皇の声が掛かれば、毎度経験しなければならないことは分かっているが、私はそれに慣れなければいけない、と思った。慣れれば慣れるだけ、私という男の拘りが増していくこと、増幅していくことは分かっていたが。

私の内面の葛藤などどこ吹く風とばかり、翌日十月一日の歌会にも声が掛かった。

上皇以下、昨日と同じ出詠者は参議の公経以下、私と競うことになった範光、具親、そして、定家で、隆実はいなかった。他は慈円が仮の名で、上皇側近の家長以外は、歌会では初めて見る顔である。この席で、私は初めて定家と番わされた。「初冬嵐」の題であった。

定家は、

けふよりや冬のあらしのたつた川嶺のにしきは波のまにまに

と詠んだ。情景歌としては、寒々とした中に、鮮やかな色どりを添えて、やはり詠み手としての実力を感じた。それに対する私の歌は、

冬きぬとしらする峯の松の音にね覚めよ深き大原の里

これも「寝覚めよ深き」としたところに、言葉の趣を込めて情景だけに終わらせない工夫をしたつもりだった。だが、勝負は意外なところで決着がつけられた。片や「嶺の錦」、片や「松の音」と、双方とも言葉に文句を付けられ、持ちとされてしまった。

その後、私が最も意識する定家との勝負はなかなか巡ってこなかったが、定家の前でその師匠であり父でもある俊成師から、私が絶賛された経験は忘れ難い。

それは、土御門内大臣家、つまりは通親邸での月例の影供《えいぐ》歌会での出来事であった。影供歌会とは、万葉の歌聖柿本人麻呂《かきのもとのひとまろ》の絵姿をまつり、酒膳を供えて歌会を行うのである。当時は流行していた。

この夜は、お忍びで上皇も姿を見せていた。「古寺月」という題で、私は次のように詠んだ。

古《ふ》りにける豊等《とよら》の寺の榎葉井《えのはい》になほ白玉《しらたま》を残す月影

榎葉井というのが新鮮に響いたのであろう。俊成師がすかさず取り上げてくれて、私がしかるべき時に使いたいと思っていた言葉を先に使われてしまった、詠みっぷりも見事と、褒め上げてくれたのだ。悲しく先ぜられにたり、とまで言ってくれたのだ。この言葉は、催馬楽《さいばら》にも出てくるし、誰もが知っているはずなのに、私より先には使われていなかった。この後、定家が使っているのを見ても、この時の印象が余程強かったのだろう。

このようにして、私は順調に歌人としての実績を積み重ねていった。歌の重代でもなく、また身分においても下鴨社神人として院の北面に属するだけの、官職もなく五位下という散位のままでいる私には、分以上に恵まれていたと言えるだろう。いや、私には相応の才能があるのだ、まだまだ伸びる力を秘めているのだとは、もはや世話女房然として加担するちとせの言であるが、ちとせに歌の素養があるわけでもなし、実際に私の天分を認めての真理に触れる発言ではない。だが、それは私の耳の傍で常に発せられていたから、私の頑張りの源になってはいた。

生きていれば後押ししてくれるはずの俊恵師や勝命師らを欠いている私に、ずっと好意的だったのは俊成師であった。だが、私が勝手に一人で私淑して師呼ばわりしているだけで、俊成卿には御子左家という重代を担い、しっかりと子の定家に繋いでいく大仕事がある。ただ、心に懸けてくださっていることは何としても嬉しい。その点でも、私は定家に故のない嫉妬心を燃やしてきたのかもしれない。

やはり、力ある人で私を贔屓《ひいき》にしてくれ、御所の歌会に参加させてくれたのは、通親公であろう。最初の出会いになった石清水若宮歌合から始まったものであろうし、このところも欠かさず月々の影供歌会には呼んでもらっていた。上皇のお気に入りの定家は、通親公とはそりが合わないようで、その点私が贔屓にされているのが分かるのか、どうも私を見る目が皮肉っぽい。いや、父親の俊成卿が私に点が甘いのを、嫉妬しているのかもしれない。

私が歌会の度に、御所や内大臣家に出入りして、多くの官人とも顔を合わせる機会が多くなったにもかかわらず、私が中原有安師が亡くなったことを知ったのは、かなり日にちが経ってからであった。赴任地の筑前で急な病いに倒れられたようだ。現役の筑前守の死であり、楽所預という重責にあった人の死が私の耳に届くほどにも話題にならないとは。死ねば終わり、とは現実主義の大工たちからよく聞かされていた言葉だが、今更ながらこのような形ですでに遠い昔語りのように近しい人の死を伝え聞くことになると、そう思わざるを得ない。あの頃は、寺院の五重塔や高い屋根の建築中の梁《はり》の上からよく人が落ちたものだ。働き盛りであった当人の身の回りでは、その後の人生が狂ってしまうほどの大事であるのだが、工事現場では直ぐに代わりの者が用意され、前日と変わらぬ風景が続く。死ねば終わりか。まだまだ伝授してもらわなければならない秘曲の数々。私はため息をつくばかりだ。

そういえば、二、三か月ほど前だったか、私の夢に有安師らしい姿が現われたような記憶がある。私が稽古をつけてもらっている風だった。師らしき人は狩衣《かりぎぬ》姿で目を瞑《つぶ》っている。私の弾く琵琶の音色に耳を傾けている風情《ふぜい》だった。だが、よく見ると、その顔は眠っていて何も聞いてはいないのだ。どうして、そう思ったのか分からないが、私は琵琶を弾くのを止め、師に文句を付けようとしたらしい。だが、そこで夢は途切れてしまった。

そういう記憶だ。しかも、おぼろげだ。風の便りのような、有安師の、私にとっては突然の死に触れて、抱いてしまった幻想かもしれない。

同じ風聞による死でも、源頼朝の死の方に現実味があった。それは、かつては直ぐ傍の身近にあった有安師の死が私にとって決して軽いわけではなく、源平の戦いと滅びの物語に関心を向けている私にとって、むしろ勝利者として源氏の行く末、特に英雄であった実弟まで殺したその頭《とう》領《りょう》の死が、私の想像の中で刺激的であったからだ。

〈二十四〉

頼朝亡き後、鎌倉幕府は頼朝の長男、頼家《よりいえ》が跡を継いだ。

まだ十八歳、頼朝によってこそ統一された東国武士団、気を許せば群雄割拠の状態に舞い戻るのはたやすいこと、果して継いでいけるのか、とは衆目の見るところ。当然の如く、北条時政や大江広元《おおえのひろもと》らが中心となって、十三人による宿老会議を作り、頼朝が確立した絶対権力を制限するようにした。一番の制限は、訴訟事の独裁を廃止したことだ。

片や、京の朝廷側も、頼家を頼朝の後継者として認め、御家人《ごけにん》を統率して諸国の守護に当たることは承認し、言わば世襲は認めながらも、絶対権力については少しでも削ぐことを狙っていたから、宿老会議を歓迎し、内大臣通親は大江広元らに渡りを付けることを忘れなかった。

すでにして波乱含みであることは、京の地からも予測できたが、最初に伝わってきたのは、頼朝、頼家と二代にわたって寵愛を受けてきた梶原景時《かげとき》の失脚であった。景時は十三人の宿老の一人であり、同じくその一人、先にその地位にあった和田義盛《わだよしもり》を押しのけて、侍所の別当になっていた。

景時は、英雄義経の敵役として悪評の高かった男である。平家討伐の戦いにおいて、屋島への渡海作戦の折には、舟に逆櫓《さかろ》を付ける付けないで、義経と揉めた話、いつでも反対向きに漕げる櫓を付けておきたいという景時の案に、戦には退くに退けない時さえあるのに最初から逃げる準備をしておくとは何事か、と義経が許さず対立したというあの有名な逸話、さらに最後の決戦、壇の浦の戦いに際して、先陣を切ることを申し出た景時に対してそれを義経が許さず、自らが陣頭指揮を執ると言い放ち、それを聞いた景時が、この人は所詮侍の上に立つ大将にはなれぬお人よと言ったとか言わないとか、その恨みつらみが頼朝への讒言《ざんげん》となったという、次童丸に言わせたら人間の風上にも置けない屑《くず》野郎の景時が討たれたというのだ。

これにも真偽分からぬ様々な噂が伝わってきたが、周りから嫌われていた景時が、主君である頼家に、頼家の弟の千幡《せんまん》、後の実朝《さねとも》を主君に担いで、あなた様を討つ計画が進んでいると伝えた。頼家がその当事者を集めて真意を質すと、景時と対決させてくれということになり、結果景時が申し開きが出来なくなって、鎌倉からの追放が申し渡された。その後、上洛しようとして駿河国に入ったところで討たれてしまったということである。

景時は佞臣《ねいしん》にあらず、と弁護する向きもあり、本人を知らない私には判断のしようがないが、少なくとも頼家の周辺が盤石でないことだけは見て取れた。そもそも、頼家には取り巻きがいてその連中が傍若無人《ぼうじゃくぶじん》の振舞いをしている、他人の女にまで手を出して憚《はばか》らない、などという噂が都にまで伝播していた。ましてや、実弟が担がれて、反頼家の動きがあるなどとは、噂としても穏便ではない。一波乱起こるのは間違いなし、と声高に言い出す者も出てきた。都に住む者にとって、遠く離れた鎌倉についての話題は安全この上ないものであったから。

担がれている弟というのが、まだ十歳に手が届くか届かないかの幼少の者だなどと知っている者は少なかったはずだ。

さて、歌の世界もいよいよ拓かれてきた。建仁《けんにん》元年（一二〇一）七月、仙洞御所に和歌所が再興された。『後撰集』撰進の際に設けられて以来というのだから、二百五十年くらい経っているのか、『往生要集』が世に出るよりもさらに以前のことである。和歌所が設けられたということは、新しい勅撰集がいよいよ編まれるということである。周辺の歌人たちが色めき立つのも無理はない。私もご多分に漏れず興奮した。そして、私たちの向かう関心は、その撰進の中心となる寄人《よりうど》の人選であった。

先ず、以下の十一人が選ばれた。

後の摂政、左大臣良経、内大臣通親、天台座主に返り咲いた慈円、三位入道俊成、頭中将通具、有家朝臣、定家朝臣、家隆朝臣、雅経、具親、寂蓮である。そして、事務責任者に当たる開闔《かいこう》の役には源家長が選任された。

結果からみれば、この豪華な顔ぶれを見れば仕方ないとは思うものの、発表のあるまでひょっとしてと期待を残すのは、我が性《さが》の為せるところ、齢《よわい》を重ねても達観の域には到底達さないのであろう。

このところ、順調に実績を重ねてきながら、最近になって少し滞りがちになっていたのが気になってはいた。特に三度目の百首歌に声が掛からなかったのが気になっていたのだ。だから、その期待が失われた以上、次の目標というか、『千載集』の時とは違って今回も応募できるものなら、積極的に自分の中の秀歌と思えるものを選んで応募しよう、いや、さらに研鑽《けんさん》して新しくいいものを作り出そうなどと、気持ちを新たにしていた。

ちょうど折よく、八月に入って直ぐに和歌所の初仕事として影供歌会が開かれ、私にも声が掛かった。確かに、和歌所は定期的に歌会を開いて、優れた和歌が生み出されるのを促す、という役目が第一の目的だったのだ。私は直ぐにも勅撰集が編まれるための機関と考えてしまったが、このような歌会の積み重ねによって生まれ出る秀歌がその土台になって、いずれ歌集が編まれるというのが道筋だった。

上皇以下寄人に加えて、出詠歌人は全部で十八人、小侍従や讃岐、丹後の女房たちの姿も見られた。判者は俊成入道、秋の四字四題と初恋、久恋の六題ずつ左方右方に分かれて番が決められ競うこととなった。私は季景との勝負となり、勝二、負二、後は持、という成績だった。張り切って臨んだ割には、無難に過ぎて飽き足らない。勝ちとなった歌もいま一つ自分でも手応えがなかった。

なんとなく晴れぬ気持ちが続いていたが、再び、中秋の名月のその夜に、和歌所で歌合が催されるという知らせが私の所にも届いた。前日は雨で、翌日の天気が懸念されたが、当日の夜は打って変わって、まさに一点の曇りもなく月は輝き、絶好の場が提供された。

上皇以下二十五名が参加、作者たちは月に関する十種の四字題に対し十首ずつ前もって提出し、五十首に絞られ番《つが》えられて勝ち負けが争われるというものである。判者は俊成入道、その評定の詞を綴る書記の役は定家が務めた。女性陣には俊成卿女、小侍従、宮内卿、越前らも参加していた。結果は、左方に勝ちが多く、上皇が勝六負一、良経が勝五持二、俊成卿女が勝三持三、宮内卿が勝四持二、越前が勝三、寂蓮が勝三、そして私が勝四、私としては快哉《かいさい》を叫びたくなる夜ではあった。

こればかりは、一つ一つ綴っておきたい。私の選ばれた四首それぞれに、相手は違っていた。先ず、

十二番　題（月前松風）

左　勝　鴨長明

ながむればちぢに物思ふ月にまた我が身ひとつの嶺の松風

右　小侍従

すみよしの月はしき津の浦波に松ふく風も神さびにけり

これは、小侍従の歌の「松ふく風」の下の句が常套《じょうとう》に過ぎるのに対し、「我が身ひとつ」が新鮮だとされた。私の歌は、人口に膾炙《かいしゃ》した「月見ればちぢにものこそかなしけれわが身ひとつの秋にはあらねど」の本歌取りであるが、この『古今集』の大江千里《おおえのちさと》の歌が人々に共通する月を見て物思う心に寄せて詠っているのに対し、「我が身ひとつ」を逆手に取って、ひとり松風を聞く思いに事寄せたことが評価されたのだと思う。

次は、

二十一番　題（海辺秋月）

左　勝　　鴨長明

松島やしほくむあまの秋の袖月は物思ふならひのみかは

右　　讃岐

松島やをじまのあまも心あらば月にや今宵袖ぬらすらん

これは、一つ一つの語句の指摘はないままに、左歌が特にすぐれているとのこと。だが、これもまた、月を見て物思う人ばかりでなく、ただひたすら潮を汲んでいるだけの海人《あま》の袖にも月は宿るとした独特な発想を判者は買ってくれたのだと思った。
さらに、

二十九番　題（古事残月）

左　勝　　鴨長明

泊瀬山かねのひびきにおどろけばすみける月の入方の空

右　　具親

これやこの残る光の影ならんたかのの山の有明の月

これに関しては方々から、鐘の響きや入方の月に関していろいろ意見が出されたが、判者は何より歌の様子がいいと、勝ちとされた。私にとっては俊成師様様である。

さて、いよいよ、待ちに待った定家との対決である。前回は引き分けた。しかも、判定を下すのは、同じく俊成入道。周囲も固唾《かたず》をのんで見ていたはずだ。

無論私が左方、定家が右方である。そして、これもまた、次のように記録されたはずである。私としては誇らしい記念譜となるものだ。

三十五番　題（左、深山暁月、右、野月露涼）

左　勝　　　　　　　　　　　　　　　　鴨長明

夜もすがら独り み山の槇の葉にくもるもすめる有明の月

右　　　　　　　　　　　　　　　　　　定家朝臣

をきあかす野辺のかり庵《お》の袖の露をのがすみかに月さへぞゆく

俊成師は、定家の歌には言及せず、私の歌の、「独りみ山の槇の葉にくもるもすめる」を取り上げて、もっともよしと最高の評価を下してくれたのだ。そして、この歌は上皇からも高く評価されたのであった。

この夜の思いがけない成果というべきか。寄人に新たに地下の歌人から三人が選ばれ追加された中に、私が入っていたのだ。まさに朗報だった。他の二人は、藤原隆信と秀能《ひでよし》。隆信は六十歳、秀能は十八歳、四十代も終わりの私と、老若中が組み合わされていた。これは以前の歌会でも見られたが、上皇の趣向の一つなのだろう。

私は晴れ晴れとした気持ちで、仙洞御所に赴いた。もちろん、あの最初の歌会の折の痛い経験があったから、今後も見舞われるだろう様々な差別に対する覚悟を臍《ほぞ》にしかと据えて臨んだのであった。和歌所は御所二条殿の北面の、弘御所を改装して用意されていた。いつもはすでに人が入っていたので、特に意識することもなかったが、まだ誰も来ていない無人のところで見ると、部屋のたたずまいがよくわかった。

二間を一段低い板の間の、いわゆる落板敷にして、そこを殿上人の座とし、一方平座敷を下座に作って我々地下の三人がそこに座るのだ。

私は、余裕を持って、たとえ末席とはいえ寄人に選ばれたその感謝の気持ちを込めて、次の歌を奉った。


我が君が千代をへむとや秋津州に通ひ初《そ》めけむ海人《あま》の釣舟

自分をしがない海人に擬《なぞら》えて詠んでみた。「通ひ初めけむ」とは、自分ながら、今日が始まりで今後ともここに通って寄人の地位に止まりたいとの魂胆が透けて見える。

だが、その分、私は精勤した。宮仕えを口実にすれば、下鴨社の務めも最低限に絞ることが出来た。

私は家を空けることが多くなった。その間、ちとせは暇を持て余しているのではないか。外出する時、見送りに出てくるちとせをあらためて見直すと、化粧ひとつ特別にするでなく控えめに抑え、姿形も全体に地味につくろっている風情の中に、隠そうとしても隠しきれぬ色気が漂い出すのに気づかないわけにいかなかった。私はしばし立ち止まり、前夜のちとせのあられもない姿を思い浮かべた。時には、ちとせが抗うのを無理に引き摺《ず》るようにして、そのまま家の中に戻り、たちどころにちとせを裸にしてしまうことすらあった。そして、そのような時、殊更にちとせが歓《よろこ》ぶことも知っていた。

いつもそうするわけにもいかず、大抵はもやもやする心を抱いて出勤することになる。そして、和歌所でふとした弾みにちとせが思い浮かぶと、理由のない嫉妬心に駆られることが多くなった。私の留守中、ちとせも家に閉じこもっているわけではない。ちょっと外出した時にでも出会う男の中には、非道な男もいるだろう。そういう奴に言い寄られる隙がちとせにあるとは思わないが、跡をつけられ、他に誰一人いない家ゆえ、押し込まれたりしたら、とあらぬ妄想を自分で呼び込んでしまう。誰か下女でも雇って住まわそうか。だが、それも気詰まりだ。折角二人だけの長い長い蜜月が続いているというのに。

私は、ちとせの両親のどちらかに私の留守中の間だけ来てもらうことも考えた。彼らなら同居させることもない、帰る家がある。だが、すでに彼らの通っている仕事場を引き払って雇うとなると、手当を支払わないわけにもいくまい。というより、父が遺してくれた荘園の上がりもか細くなっている上に、ちとせの取り分はすでに与えているわけだから、それ以上に与えるのも業腹《ごうはら》だ。とやこうやと考えている内に、時は経っていく。

ある日の午後のことだ。夜に予定されていた歌会が急に中止になったことがあって、その日は早くに解散した。私も他に寄るところもなく、真っ直ぐ家に戻った。だが、ちとせの姿がない。私は近所を歩き回り、町中に姿がなかったので、鴨川と河原の方まで探し回った。私の脳裏には見知らぬ男に抱かれて身悶《みもだ》えするちとせの姿がちらついた。

私は家に戻っても落ち着かず、文机の前に座って書物を開いても長続きせず、また立ち上がってうろうろ歩き、薄暗くなってきてからは表に出たり入ったりした。そうしながらも、ちとせが帰ってきたらむやみやたらに咎めだてせず、落ち着いてその様子を窺《うかが》おうと思っていた。私が真っ先に浮気を口にしたら、否定するのは目に見えている。警戒させず、その様子をじっと観察するのだ。これまでに馴染んできたちとせとのことだ。もし、何らかの変化があるなら自分の眼力で見つけてみせる、そう思い定めて待ち構えることにした。そう考えると、逆に自分の想像が全く根拠のないもので、ほとんど妄想といってもいいことに気づいた。私は半ば自分に呆れ半ばちとせに対する執着が抜き差しならぬものになっていることを思い知らされた。

ちとせが駆け込んできた。私が戻っていることに気づいていた。ちとせは家を空けていたことを詫びた。実は、午過ぎてから老医師の使いが来て、急遽手伝いに来てほしい旨の連絡があったというのだ。いつも助手に使っている産婆がもうすっかり老耄《ろうもう》して使い物にならなくなったらしい。そんな手伝いがお前にできるのか。問う私に答えて、ちとせが次のような話をした。

実は、ちとせが藁《わら》にも縋る心地で老医師を尋ねた後、その失望ぶりが余りにひどかったので、あるいは自害をもしかねないと心配した老医師が自分のもとに通わせ医事の手伝いをさせたということだった。無論、婚家を追い出された直後のことである。

そういうことであるなら、一人寂しく私の帰りを待つだけでなく、老医師の手伝いは大いに人のため世のためになることだから、遠慮せず通えばいい。今でも、高貴な場所にも出入りする老医師のことだ。一緒に付いていけば、見聞を広めることも出来るだろうし、いずれにせよ自分の手に職を持つことは今後のためにもいい。どうせ、先立つのは私の方だろうから、ひとり身になっても、生き甲斐が生じるのはいいことだなどと、私は先程までの狼狽《ろうばい》ぶりをよそに、いかにも余裕ある大人の対応を見せて、ちとせに向き合っていた。

それからはちとせも私に対する遠慮が解けたのか、私が家にいても時々は老医師の手伝いに出かけた。帰ってくれば、その日の出来事を私に聞かせるのもまた日課となっていた。私も自分の見る以外の世間の話には関心があったから、むしろ催促までして聞き出すのだった。ちとせの触れる日常は、出産の手伝いから臨終の時を迎える病人の世話まで、人の一生に関わる世界であり、正常と異常が綯《な》い交ぜになった不思議でもあったから、聞き甲斐があり、私の楽しみの一つともなった。寝物語に聞く時もあり、私は久しぶりにおばばが幼い私の耳元で囁《ささや》くように語ってくれた諸々の物語を思い出しながら、まるでちとせの語りを心地よい昔語りのように聞きながら眠ることもあった。

〈二十五〉

その年の十一月、いよいよ正式に上皇から、上古以来の名歌の中から撰進すべしの命が下り、新たな勅撰集の撰者に寄人の中から蔵人頭源通具《みちとも》朝臣、藤原有家朝臣、定家朝臣、家隆朝臣、飛鳥井《あすかい》雅経《まさつね》、沙弥寂蓮の六人が選ばれた。いずれも私の先任者であったから、当然と言えば当然のことであり、特に寂蓮法師には敬意をもって接し、いろいろ教わるところも多かったし、定家にもこちらが年配のくせに対抗意識を強く持ちながらも一目置くところがあったので、全く異論はなかった。こちらとしては、ひたすら精勤し優れた歌を詠むばかりである。

このところ、私としては日頃になく殊勝に振舞っているのには、訳がある。

以前は初めて知る歌会に臨んで、いろいろな人々が詠む歌を聞いても、私が思いも及ばないような趣向の歌はないに等しかった。言葉の続き具合に感心するところはあっても、それ以上には出なかった。ところが、和歌所に出るようになってからは、私が思いもつかなかったことが詠まれることも多く、歌の道というのは際限のないものだと思うようになって一種の恐怖を覚えたからである。しかも、この新しい趣向と言おうか風体を会得《えとく》するためには、先ずは基礎がしっかり出来ていなければならない。そうでないと、女が下手な化粧をするように、おしろいや紅だけべたべた付けまくったように見え、かえって惨憺《さんたん》たる様になる。他人がすでに詠み捨てた言葉を拾ってきて、それを繋いだような歌など、その典型だ。だから、露さびてとか、風ふけて、心の奥、あはれの底、月の有明、風の夕暮れ、春の古里などの常套句《じょうとうく》は、初めて詠まれた時こそ面白かったであろうが、余程気を付けないと身も蓋もなくなる。私など熱中して古典を繰り返し読んだ者にとっては、かえって本歌取りなどはよくよく注意しないと、本歌に失礼になるくらい詠み損ねることがあることを肝に銘じなければいけない。だから、歌合でも、下手に功を焦らず、研鑽を積む中で、名人の域に入ってこそ新しい風体は自ずと会得されるはずと、覚悟を決めたからであった。

新しい年が明けると、当然の如く新年初めての歌会が開かれたが、記憶に残るのはやはり、その後、三月に行われた三体和歌会である。三体和歌というのは、上皇の発案であり、いつものように単に歌題に応じて歌を詠むのではなく、それをどのように詠むか、に力点を置いて、様々に詠みかえろという趣旨である。そして、春と夏の題に関しては、「大いに太きに」歌を作れという注文、秋と冬については、「細くからびに」まあ、繊細にして枯れた風情で詠めということだろう。そして、恋と旅については、「艶に優しく」詠んでみろ、というのである。考える時間の余裕もないところで呼び出しが掛かった。思うように詠めなかったら、顔を見せなくともよいというお達し。この辺になると、上皇の熱心さが高じて、かなり我儘《わがまま》が露出してきた感もあるが、考えようによっては面白い試みであることに変わりはない。周辺ではぶつぶつ言う者もあったが、私などはむしろ歓迎だった。

このところ晴天の日が続いたせいで穏やかな晩春の夜である。しばらく待たされたが、亥の刻になって上皇は和歌所に出御、早速それぞれが歌題の内から六首を出詠することになった。これでは、全部を披講《ひこう》するだけでも真夜中を跨《また》ぐことになろう。だが、出席の面々は興味津々その時を待っていたという風情である。

参集したのは六人、良経、慈円、家隆、寂蓮、そして定家と私である。この度の勅撰集撰者に選ばれた有家や雅経も所労と称して欠席した。出席した者たちは、皆それが仮病だろうと思っている。というのも、誰もが一度は仮病を装ってこの難題を回避しようかと思ったことがあるらしい。後で、そんな話を耳にしたものだ。

歌題も六首、歌人も六人、昔から六歌仙の例もある如く、私も六人の中の一人として特権的な晴れがましい気分を味わっていた。その時の情景共々鮮やかな記憶が蘇る。その時詠んだ六首も覚えている。順に並べてみれば、先ず太く大きなる歌、春と夏はそれぞれ、

雲誘ふ天つ春風薫るなり高間の山の花盛りかも
打ちはぶき今も鳴かなむほととぎす卯の花月夜さかりふけ行く

次に、細くからびたる歌、秋と冬は、

宵の間の月の桂の薄もみぢ照るとしもなき初秋の空
さびしさはなほ残りけり跡絶ゆる落葉が上に今朝は初雪

最後に、艶に優しき歌、恋と旅については、

忍ばずよしぼりかねつと語れ人もの思ふ袖の朽ちはてぬまに
旅衣たつ暁の別れよりしをれしはてや宮城野の露

上皇も、自ら左馬頭親定という名で出詠、自らも歌人の一人として楽しむ風であった。

この時の歌に関しては、寂蓮入道との間に取り交わした次のような挿話がある。それは、春の歌を沢山作ってお見せしたところ、この時詠んだ「高間の山の」がよいとされた。それで、これを出詠したのだが、驚いたことにご自分でも高間の花を次のように詠まれたのだ。

葛城や高間の桜咲きにけり龍田の奥にかかる白雲

かつて、私には苦い経験がある。「常夏契り久し《とこなつちぎ》」という題の歌に、私が「動きなき世のやまとなでしこ」と詠んだところ、顕昭が自分の歌に似ている、詠み替えろと強引に迫ったので、先輩でもあるし詠み替えたことがあったが、それと比べても格段の器量の大きさである。と同時に、時には人が辟易するくらい、歌に関しては自信家であったことは事実だ。まあ、この歌に関しても自信があったのだろう。まさか、私の歌によって自分のそれがかえって引き立つとまでは思わなかったであろうが。いずれにせよ、上皇はこの寂蓮の歌を気に入ってはいた。

この時は兎《と》も角《かく》、上皇のお気に入りはやはり定家であって、私たち常連との定例の歌合を終えた後でも、今度は場所を変え水無瀬《みなせ》殿に移って定家だけ招き、『水無瀬釣殿六首歌合』を編んだりした。それは五月のことだ。私など及びもつかない待遇である。だが、傍《はた》から見れば、私が寄人にもなり毎度歌合で上皇と同席している事実から、上皇との特別な関係を殊更に感じ取る者もいるはずだ。いや、いたとしても、そのことがどうなるものでもないし、直ぐに忘れ去られる質のものだろう。

　ただ一人、そうではない男がいた。いつでも私の敵役として登場する下鴨社禰宜の鴨祐兼だ。祐兼はその利害関係において、上皇との関係を深めている私の存在に危機感を抱いたのだろう。だから、必死の工作を試みたのであろう。その七月、上皇を自分の泉亭に招いたのだ。上皇はこれに応じ御幸、祐兼は最高のもてなしを以て、この機会を最大限に活用したはずである。相当の献上物を添えたに違いない。しかも度々に及んだという。そして、このことが究極の効果を現わす機会が間もなくやってくるのだ。その点、祐兼の勘の良さにはほとほと感心する。敵ながらあっぱれというべきか。すでに、この時、祐兼にはその目論見があったのだろう。私など、いつもの伝で世渡りの巧さを感じる方が先で、次に起こる出来事への万全の備えがそこに隠されていようとは、まさに想像の外にあった。

　話が多少前後してしまったが、突然少輔入道寂蓮が亡くなった。最近病いに臥せられたとは聞いていたが、こんなに早く今生を後にされるとは思ってもみなかった。俊成、定家親子にとっても身内にあってしかも詠み手としても重鎮であったから、その喪失感は尋常ではなかったであろう。私にとっても晩年の寂蓮入道と親しく交わり教えを乞うことが出来たのを幸いだったと思う反面、寂しさは募《つの》った。いや、他の誰よりも嘆かれたのはご本人、寂蓮その人だったと思う。勅撰集の下命を受け撰進の道半ばにして逝かざるをえなかったのだから。六十代半ばぐらいだったと思う。人生最後の歌と聞く「里はあれぬむなしき床のあたりまで身は慣らはしの秋風ぞ吹く」は『拾遺集』の恋の部にある詠み人知らずからの本歌取りだが、ひとり寝の床に身に沁みるように吹く秋風にも慣れてしまった、と人生そのものの本質に迫る寒々とした寂しさが詠われていて、寂蓮入道最後の歌として相応しいものと思ったものである。

後鳥羽上皇を歌の道に導いたのも、通親卿と寂蓮入道だと聞く。そこから、上皇もさらに定家を身近に置き、急速に詠みの力を身に付けていったのだろう。上皇にとっても、寂蓮を失ったことは大事であったに違いない。上皇にとってもぽっかり空いた穴。鴨祐兼の誘いは、そういう意味でも時宜を得たものであったことが窺える。まことに恐ろしいまでの読み、私など赤子の手を捻るようなものだったろう。そのことが明らかになるのはもう少し先のことである。

この年はまだまだ訃報が続いた。守覚《しゆかく》法親王、享年五十三。後白河法皇の第二皇子で、後鳥羽上皇にとっては伯父、早くに仏門に入ったが、歌の道にも明るく家集もある。

そして、歴史にも語り継がれるはずの大物、源通親、上皇にとっては政治の後見役であり、もう一人の歌の師。私にとっても寄人への道を拓いてくれたお人、その日、京極殿から退出した後、夢のように儚《はかな》くなったということだ。享年五十四。以降、この年の歌合はすべて中止となった。都を挙げて喪に服したわけである。

だが、一方宮廷社会では、あざとく勢力図が塗り替えられ、通親に抑えられていた九条家の台頭が今や明らかとなり、摂政近衛基通の地位も良経に取って代わられた。これで摂関家の全権が九条家に移ったかに見えたのだったが……。

明けて建仁三年（一二〇三）、新しく造られた京極殿で、通親亡き後の最初の歌会が催され、ようやく糸竹《しちく》の遊びもあって、久しぶりに賑やかな調べが御所に流れた。だが、皮肉なもので、その後間もなく上皇の近臣権大納言藤原宗頼《むねより》が死に、その死が上皇の熊野御幸に供をした時の怪我が原因ともなっていたので、上皇を落ちこませることになった。

だが、御所内にも桜が咲きはじめ、ようやく和歌所も動き出すことになった。先ずは、和歌所が二条殿から京極殿に移され、歌会が始まった。そして、忘れもしない二月二十四日の大内での花見会となるのだ。

この日は、寄人たちが誘い合い、車二輛に分乗して出かけたのだ。定家はこの日先んじて、妻子を連れての花見を済ませて帰宅していたのだが、雅経たちが迎えに行って再びやってきた。

大内では、もはや桜は満開となり、散らぬ間に急ごうということになったのだ。行ってみると、さすがに僧侶から女房まで大勢の人出で混み合っていた。だが、私たちがその中に入っていくと、私たちを和歌所の寄人と知ってか、そぞろ歩きしながらも道を空け、中には出来立ての自作の歌を見せに来る者までいた。

私たち一行は、南殿の簀子《すのこ》の所で車座になり、連歌を楽しみ、和歌を作って手折った花の枝に付けたりした。その様子を羨望のまなざしで見ている花見客もいる。やがて酒宴となった。贅沢な時間だった。

日も暮れてきて、大内を後にした私たちは、車の中で合奏した。雅経が篳篥《ひちりき》を、家長と私が横笛を吹いた。同乗していた定家は最後まで聞き役に徹していた。そういえば、定家が糸竹を手にしたのは見たことがない。

上皇にしてみれば、これだけ寄人が揃って花見の宴を繰り広げながら、自分が誘われなかったのが余程悔しかったのだろう。翌日、早速の呼び出しとなった。

さすがに上皇の御幸ともなれば、それを取り巻く殿上人や北面の武士もいて大賑わいとなる。摂政良経も姿を見せていた。無論、家長は上皇の傍らにいる。私たち寄人も伺候して歌を詠んだ。宴も終わって、さて我々も引き揚げようとした間際、上皇はそれらの動きを留めて、散った花を自ら拾い集め硯の蓋に入れて、良経に歌を寄せたのである。これは少なからずその場にいた一同の耳目《じもく》を属《しょく》す行為であった。えっ、ここまでやるか、と私など正直思ったものである。良経卿の心やいかに。ご奉公を誓ったに違いない。

一方、勅撰集の撰進もいよいよ本格化してきた。撰者たちはもちろん、残りの我々もその手伝いに昼夜の別もなくなった。他の殿上人とは違って、私は他に宮仕えをする必要がなく、またそれをいいことに周りも私に押し付けてくる。

上皇は撰者たちの提出した原案の中の一つ一つについても吟味し直すのだという。側近の家長に言わせれば、上皇は載せるか載せないかの線上にあるようなほぼ二千首ばかりの歌をそらんじている、周囲の者に上の句を言わせ、たちどころに下の句を答えてみせて得意がっているとのことだ。その上皇の熱心さの余波がこちらの編集作業にも及んできて、一度入選と決まった歌が落選した歌と取り換える作業にも儘ならぬものがあった。その間を縫うように、歌会、歌合があり、例年とは比較にならない忙しさであった。

毎日のように夜も遅くなって、ちとせを待たせることも多くなったが、時には老医師と共に夜っぴいて病者の家で泊まり込みの手当てをすることもあり、かえって安堵することもあった。ごくたまに私が夕餉に間に合うような時間に帰宅し、ちとせが家の灯りを見て飛び込んでくる時があって、そのような時は千載一遇とばかり、私たちは夕餉の支度も忘れて睦み合った。

この年の総仕上げのように、十一月二十三日、二条殿寝殿の弘御所に和歌所が置かれ、釈阿《しゃくあ》俊成入道の九十歳の賀を寿《ことほ》ぐお祝いの儀が執り行われた。上皇の座に加えて、この日は特別に俊成入道の座が設けられ、二人の息子、三位成家《なりいえ》と中将定家に両手を取られ助けられて座に着いた。しばらくぶりで見る俊成師はさすがに足元も覚束なく、老いの色を深くしていた。よくぞこの歳まで長生きされたものだ。おそらく、この祝賀の日をどんなにか待たれていたことだろう。

宴が終わり、管弦の響きの余韻も消えて、最後に参列した各人の祝賀の歌が式台に次々に置かれていった。上皇以下、この日の序者となった参議左大弁資実《すけざね》、俊成師自身と続き、摂政良経以下二十人が続いた。私は最後の一つ前であった。その歌は、

久方の雲にさかゆく古き跡をなほ分けのぼる末ぞはるけき

俊成師の長寿ばかりでなく、豊かな和歌の歴史に繋がる師の業績を謳いあげ、さらに末永い今後を謳いあげたものである。取り様によっては、上皇の御代の弥栄《いやさか》をも重ねて詠っているようにも見えるはず、その辺は工夫したところだが、私としては長年にわたる俊成師の恩顧に応えたも

のである。師は、全く依怙贔屓《えこひいき》のない方であった。『千載集』編纂の折には、その選考に偏向が見られるとして批判も浴びたが、例えば、歌合で定家と私が番わされた時など、定家には手厳しいくらいの冷徹な審判を下される現場を私は見てきている。それもまた、我が子を育てるための方便であったかもしれないが、私はそのお蔭でどんなに自信と勇気を与えられたことだろう。その意味では、自分の息子ばかりでなく他人の子も見事に教育されたのだ。だから、この日、師を祝う宴に末席ながら加われたのは、私にとっても最も晴れがましい一日として記憶されることになった。その夜明けの清々しかったこともその記憶に重なる。

そして、皮肉なことに、私にとっても晴れがましい一日の記憶を後に、私は呆気《あっけ》なく寄人という地位を捨てて、荒れ野に迷い出ることになるのだ。次の年、私の運命は、公私ともにわたって激変するのだ。

先ずは、公の方から、話そう。

きっかけは、上皇の思い付きから始まる。本当は、思い付きなどというのは、失礼この上ない言い方かもしれぬ。上皇の近臣で和歌所の世話係の家長に言わせれば、これほどの恩顧に応えないというのは全く痴《おこ》の沙汰だと言うくらいだから。私が断りを家長に告げた時、私に面と向かって言った言葉がそれだった。

実は、下鴨社の摂社である河合社の禰宜に欠員が生じた。それをいち早く知った上皇は、日頃和歌所にも精勤し、勅撰集の編集の手伝いにも余念がなく、時にはなかなかの歌の才を発揮する私への褒美に、この禰宜の地位を与えてやろうと、思わず自らの思い付きに手を叩いたに違いない。

代々の下鴨社禰宜の重代に生まれながら、しかも神官として長年勤めながら、一向にうだつの上がらない私に対する最上の報奨となると悦に入ったことでもあろう。私もその通りになったのなら、これ以上の恩顧はないとして、最敬礼をしてもし尽くせない思いであったろう。

だが、上皇の思うようにはいかなかった。

下鴨社禰宜の祐兼が立ちはだかったのである。無論、相手は上皇である。下手《したて》から懇々《こんこん》と説得したのであろう。何しろ、祐兼には下鴨社の禰宜職をいずれ長男の祐頼《すけより》に引き継ぎたいという意図があった。それは、幾代にもわたって父の血筋と祐兼の父親の血筋との両家の後嗣が交互に引き継いでいくという言わばたすき掛けで繋ぐという不文律を破って、自分の方の血筋が独占するという野心であった。父長継も早くにそれを察知していたが、父の早逝によりそれを阻む力のある者がいなくなった。それをいいことに、今や露骨にその野望を打ち出してきたのだ。いずれこの時のあることを知っての、祐兼による上皇への接待であり饗応であったのだ。

祐兼は、上皇に対し、こう言って説得したに違いない。長明は年齢こそ祐頼とは親子の違いほどある年配者ではあるが、神に奉仕した時間にしろ中身にしろ比較にならないくらい神社に精勤している祐頼に比べて、長明は昔から文才があるばかりに、神官としての務めはそっちのけで歌会に走ったりして肝心の社《やしろ》の仕事は疎《おろそ》かにしてきた。今でこそ歌の道で宮仕えに至ったのは上皇の御恩の賜物ではあり、身内として私も心から感謝申し上げているが、すべてを見そなわす神様がこれまでの長明の行状をお許しになるはずがない、長明自身にとっては今回の上皇のご提案はもったいないほどのものであり、これをきっかけに神への奉仕についても心を入れ替えて励むようになれば、また私としても後押しすることにやぶさかではないが、今のままでは、上皇のご厚意を受け取るには、身内としての矜持《きようじ》がそれを許さないのです。と、まあ、こんな具合だったと思う。最後に、神慮といおうか、神の思惑まで持ち出されては、上皇も手を引くしかなかったであろう。そして、またまた貢物の山。

これで、上皇が手を引いてくれれば、どうということはなかった。愚痴っぽく聞こえると思うが、すでに私は父の跡を襲って、禰宜になる、という夢はほとんど捨てていたからである。もちろん、河合社の禰宜職は、父もまたその職から下鴨社禰宜へと進んだことでもあり、一時は私にとって父の跡を継ぐなら、先ずは河合社の禰宜職に就くということを夢見ていたことも事実ではある。だが、歌の道が多少とも開けてきてからは、段々その夢は遠ざかり、特にそれを巡って祐兼や祐頼と欲に絡むような世俗的争いをする気は毛頭なかった。

だが、上皇としては、一旦言い出して、それを聞いた私が大層光栄に思っているとの側近の返事を受け取っているとすれば、面子《メンツ》にかけても、河合社の話がなしになったとだけでは、沽券《こけん》にかかわると思ったのだろう。今度は、ある社を官社に昇格させ、そこに禰宜職と祝職の官職を新たに設置して、私をその禰宜に就けるという提案であった。

それは、私の周辺の誰もが思うように、異例の特別待遇といってよかった。私だってそう思わないわけではない。だが、甚だ申し訳ないことに、私自身にとっては有難迷惑以外の何物でもなかったのである。私にとって、これまでにも官職としての禰宜の地位が欲しかったことはついぞなく、ただ父の跡を継ぐということだけが眼目であったのだ。だから、私にはこれを断る道しかなかった。たとえ、理解者が一人とていなかろうと、私は厭々宛がいぶちの神職に就く気は毛頭なかった。また、祐兼や祐頼に対する私の自尊心が、河合社が叶わなかったから、他の素性も分からない神社の禰宜に納まるなどということを許すわけもなかった。

しかし、これは何としても、上意である。上意に背いてここ宮中、和歌所に留まるわけにはいかない。私はそのことを家長に伝え、断腸の思いで和歌所を後にしたのである。

〈二十六〉

禍は一つでは済まないという。弱り目に祟《たた》り目ともいう。河合社の禰宜事件は究極私の不徳が作り出した禍であったが、その間に起こったもう一つのそれは、私には如何ともしがたい、しかも衝撃ははるかに大きいものであった。それは、河合社の禰宜の件で、上皇の提案が下鴨社禰宜の祐兼の反対にあっているという噂が和歌所内にまで流れてきた頃のこと、私はあえてそれを無視するように編纂の作業に精を出していた。

その夜も帰宅が遅くなった。ちとせはまだ帰っていなかった。結局、その夜に戻ることはなかった。次の日も、帰ってこなかった。私はまんじりともせず一夜を明かした。これまでに、二晩と続いて、ちとせが帰宅しないことはなかった。

私は心配でたまらず、その日は和歌所に出向く前に老医師の家を訪ねることにした。無論初めてのことであり、その在《あ》り処《か》を詳細に知っているわけでもなかった。だが、幸い次童丸に連絡が取れたので、案内してもらった。あいにく老医師は留守だった。ちとせから聞いているところでは、下女がいるはずだが、その姿も見えない。途方に暮れる私に、ひとまず今日は和歌所に出ろ、自分があらゆる情報網を使って、老医師の在り処を突き止めてみるから、と次童丸が言った。だが、その日は遂に次童丸からの連絡もなかった。私の心配は極みに達していた。

明け方、次童丸が顔を出した。枕元近くで声がしたので、私は飛び起きていた。眠れぬ夜の末に、ほんの束の間の眠りに沈んでいたのだろう。

つい先程、ようやく老医師を見つけてちとせに関わる詳細を聞いたので、心して聞けというのである。夜っぴいて尋ね回ってくれていたのか。だが、次童丸の厳しい表情を見ては、労をねぎらうゆとりはなかった。

いい報告じゃない、と次童丸が先手を打ってきた。私はなぜか最悪のことを考えていた。最悪とは、ちとせがもうこの世の人ではないということだ。これまでなら、ちとせに男が出来て、駆け落ちしたとか、そんな色に纏《まつ》わる妄想をたくましくしていただろうが、ここ最近はちとせとは身も心も一心同体感があって、そのような妄念が入り込む余地がなかった。だから、こうまでちとせが姿を現わさないのは、もはや別世界に行ってしまったかと。

次童丸の次の一言はこうだった。悪い病気に罹《かか》ったのだと。それも老医師の患者の一人からうつったものだと。最初は主に産婆の役に限定して産み月の妊婦の手伝いに限るつもりだったのが、ちとせが余りに有能なので、ついついその見境がなくなりそこにも連れていってしまったのだと。元々、その病者というのが高い身分の男だったこともあり、人一倍気儘《きまま》でこうしてくれああしてくれの注文が多いところへ家の者が怖がって近寄ろうとしないものだから、逆に献身的なちとせに甘え、ちとせがそれに嫌な顔も見せず応えてやるものだから、益々その頻度が多くなってしまったのだという。うつらないように気を付けていたのだが、こんなことになって長明様には合わす顔がない、直ぐにもその報告と謝罪に伺おうと思っていたのだが、正直二の足を踏んでいた、あなた様から先ずは伝えてくれとのことだったのだと、次童丸。

それで、ちとせはどこにいるのだ、臥せっているのだろうが、一体どこにいるんだ、と私。

おれも直ぐそのことを訊いたよ、すると、それだけは勘弁してくれ、ちとせさんに誓わされたのだ。おそらく直ぐにあの人の耳にも届くだろう、そうすれば、あの人は間違いなく私を訪ねようとする。だから、これだけは絶対口外しないと誓ってくれ、今ほど私が長明様に会いたい時はなかった、でも絶対会ってはいけないのだ、もう二度と会わないと決めたからこそ、私は少しでも生きていける、だけど長明様に一度会ってしまえば、もう別れたままではいられなくなる、私はきっとひと月と生きていけない、自分で命を絶つに違いない、それよりは私はいつも長明様のことを思い、あの人と過ごした日々を思い出し、そのことで自分を慰めながら生きていける、たとえ短い命であっても、幸せを嚙みしめながら生きていける、だから、どうぞ、私の我儘を聞いて、私の在り処を教えないでほしい、それだけがただ一つのお願いです、ちとせはそう言い切って、私に長明様への伝言を頼んだのだと老医師は次童丸に告げたという。

ちとせの伝言を伝える老医師は最初こそ、平静を保っているかに見えたが、後はもう涙、涙の連続だった、と次童丸。そう伝える次童丸のその眼に涙が光るのを見て、私の限界は超えてしまった。私は号泣した。ふと、気が付くと、次童丸も声を上げてむせび泣きしていた。

私の我慢の限界も知れたものだった。私は老医師を訪ね、会いにだけは決して行かないからとその場で老医師に誓い、誓うことで、辛うじてちとせの居場所だけは聞き出した。予想していた通り親の家だった。発病してしばらくはそこにいたのは間違いない、自分が通って薬を処方したり、両親にも出来るだけうつらないようにする工夫を教えたりしてきたから、と言う。本当なら離れでもあれば一番いいのだが、とも言った。

私はちとせの家を実際には知らなかった。両親はおほばの所には出入りしていて、その話にも出ていたし、一時期は今の我が家にも両親が通い、ちとせすら一時期は通っていたのだから、しっかり訊いておけばよかったと悔やまれるのだが、今となっては仕方がない。会いに行かないことを前提に、親の家にいることを聞き出したのだから、今更道順を訊くわけにもいかない。だから、老医師からある程度の輪郭を聞き出すのも容易ではなかった。だが、私の家とちとせの家とをつなぐ道筋の途中の風物の話題に事寄せて少しでも助けになる目印を得ようと試みた。そして、二十年近く前の大地震の時から崩れたままになっている石垣の話から示唆を得た。僥倖《ぎょうこう》だった。

しかし、最後に恐る恐る聞き出した悪い病いというものの正体、それを聞いて私は絶望した。それは兄長守の死病となった胸の病いであった。私は兄が吐き出した血の量を思い出し、その場で自分が気絶しはしないかと懼《おそ》れた。

私は逡巡した。毎日、自分の考えが堂々巡りして同じ地点に戻ってくるのを如何《いかん》ともしがたい。ちとせがあれだけの決意を以て、決して訪ねてくれるな、会ったらきっと張りつめている気持が折れて、自ら死を選ぶことになってしまう。老医師に託した伝言、次童丸が伝えてくれたちとせの思い、それは私に重くのし掛かって、私の会いたい思い、抱きしめて慰めてやりたい気持を封じてしまう。私の気持ちがちとせの想いに劣るほど小さいとは思わないが、やはり死を賭けたちとせの言葉は私を圧倒するのだ。

その間、禰宜問題は行き尽きるところまで行って、私の辞退、そして和歌所退所、いや私の公けのすべての拠り所を失うという結果に終わった。

そして、それらのことも、ちとせには伝える義務がある、という理屈をつけて私は長い逡巡に自ら決着をつけていた。それらが、言い訳に過ぎないこと、私の方こそちとせの言葉とは逆に、何としても会いたい、会わないでは死にきれない、という気持ちの高ぶりが限界を超えたのだった。

私は意を決して、ちとせの家を訪ねることにした。一旦決めてしまえば、遅きに失したかとさえ思える。私は目印とした壊れたままの石垣を目指した。

気持ちが急いてつい急ぎ足になる。ちとせもああいう伝言を残したが、本音はいつ来るかいつ来るかと、私を待っているに違いない。逆の立場に立てば、私もあのような伝言は残すかもしれない。しかし、私なら、会いたさに恋い焦がれているだろう。だから、ちとせも同じ思いでいるはずだ。そう思うと、自信がついた。

石垣からは、住まいがあるはずの一角には直ぐに出ることができた。だが、そこには予想とはまるで違った風景が拡がっていた。大地震の直後、あちらこちらで見かけたような小屋掛けがそのままの形で残り、それらが犇《ひし》めき合うように並んでいたのだ。しかも、風雪に耐えかねて崩れかけたものもある。

老医師からもその一角の詳細は聞き出せていなかったから、私が目的の家に着くまでには三人の住人の手助けが必要だった。私が今日身に着けてきた普段着の狩衣でさえ、人は胡散臭い視線を投げかけてくる。

周りと寸分違わぬ小屋の一つが、ちとせの住まいであった。それでも、思ったよりは奥行きがあった。声を掛けるまでもなく、私はすでに中に入っていた。その奥の方に、ちとせは寝ていた。母親が私をいち早く認めて、膝をつき低頭した。私も挨拶を返し、そのまま奥へ進もうとした。すると、母親が私の袖をつかんで放すまいとする。私は、何をするかと思わず叫ぼうとして、はたと母親の意図に気づいた。老医師からの忠告を忠実に守っているのだろう。だが、所詮、この狭い室内、どれほどの効果があるのだろう。だが、私はその場に座り込んだ。父親は仕事に出かけているのか、留守の様子だ。私は、何かと物入りだろうと考えて工面してきた金銭を母親に渡した。母親はそれを拝むように受け取ったが、娘の病状を語るでもなく黙然としている。

私は業を煮やして、ちとせに私が来たことを告げろと言った。眠っているのを起こすのも可哀そうだが、ちとせだって私が来ていながらそれを知らずに自分が眠っているのを許すはずもない、と思ったからである。まさか、もはや目の開かぬほどに弱っているのか。

母親はちとせの直ぐ傍まで行かず、大声で声を掛けた。老医師の言いつけを守っているのかもしれないが、何だか嫌な感じがした。

ちとせは私の名前を聞くと、飛び上がるように跳ね起きた。病人にこんな力があるのかと、仰天させられた。ちとせは、私の顔を認めると、何事も言わずその場に泣き崩れた。私は母親の引き留めようとする声を後に、ちとせに駆け寄りその肩を抱いた。その肩の感触はまるで他人のようで、これほどに急に人はやせ細ることがあろうかと思えた。

私は手を回し、後ろ向きになっているちとせを自分の方に向かせた。ちとせは抗ったが、目を合わせると夢中で私に抱きついてきた。抱きつくことで、私の顔から自分の顔を遠ざけようとするように。その一瞬、私を仰ぎ見たちとせの表情には、まるで絶頂の時に垣間見せる輝きがあった。この輝きがある限り、ちとせの命の火が消えることはない、たとえこの後病いに冒され続けようとも、私は傍に置いて守ってやる、私はそう自分に誓った。

私たちはまるで石化した像のように、抱き合ったまま動かなかった。時折、ちとせの喉からこみ上げてくる咳が二人を揺るがしたが、それが収まるとまた固まるのだった。いつの間にか、周囲が薄暗くなっているのに気づいた頃、父親も帰ってきた。私もようやく病人の体を起こしたままでいたことに気づき、ちとせを寝かせた。咳の数を半分ぐらいは我慢していたのか、横になったちとせが立て続けに咳をした。私が背中を撫でてやると、ようやく息をついたように収まった後、荒い息遣いが続いた。

私は明日にでも、ちとせを家に戻すように、両親に向かって言いつけた。そして、看病の必要があろうから、両親のどちらかが、いや二人とも我が家に移り住んでいいとも告げた。今まで通りの仕事ができなくなる分は、何とかしようとも。

この家をつぶさに知っている老医師が、本当なら離れでもあれば一番いいのだが、と言ったことを思い出し、いくら年の功とはいえ、この茅屋《ぼうおく》にして離れという言葉が余りに似つかわしくないことを思い出していた。やはり、老医師もちとせの強い意志とは別に、我が家に移り住むことを夢想したのかもしれない。

私の提案に、両親は喜びを隠さなかったが、ちとせが再び起き上がって強く反対した。この病気をあなたにうつすくらいなら今直ぐ死にます、と。

部屋を遠ざければいいじゃないかと言うと、そんなことは出来ません。あなたと一緒の住まいで遠ざけられるくらいなら、今のままがいい、だから今のままでいいんです、と言い張る。しばらく私との間で押し問答が続いたが、その度にちとせは咳き込み、度重なるうちに息もできなくなるような具合になったので、ひとまず打ち切ることにした。

私はまた明日来るからと、言い置いてちとせの家を後にした。少なくとも、ちとせに会いに行ったこと自体は咎められなかったことに安堵しつつ。

とにかく、あの茅屋に、ちとせを住まわせるわけにいかない。これからは段々暖かくもなり、隙間風に震えることもなくなるだろうが、寒い季節はまた巡ってくる。少なくとも、少しでもいい環境においてやるに如《し》くはない。私の方は、とも考える。傍にいながらにして、ちとせを抱けない苦しみ、両親にも一緒に住めと言ってはみたものの、もはや二人だけの蜜月とは程遠い生活、憂鬱にもなってきた。

そうだ、ひとまず私の仮の宿を探そう。そして、この家を一度空にする。近くに空き家が見つかった、と言って連れ出せば、ちとせもそれを拒みはしまい。牛車を遣ってそれに乗せてしまえば、たとえ見知った通りが覗けたとしても、最初から家の近くだと教え込んでおけば、誤魔化せるだろう、後は一気に抱きかかえて中に運び込んでしまえばいい。その後で、とりあえず、私の仮住まいはあるのだと教えれば、ちとせも承服せざるを得ないだろう。そうすれば、少なくとも、ちとせの身の回りの環境は整えられる。

思い立った私は早速、次童丸の家を久しぶりに訪ねた。すでに戌《いぬ》の刻を回っていた。夜になれば、まだ微風も体に滲《し》みる。果してうまい具合に次童丸は家にいてくれるだろうか。

本当に久しぶりだ。ちとせと同棲するようになってからは、ほとんど次童丸の方が訪ねてくることが多くなり、私の方はほんの時たま、ここ数年はすっかり途絶えていた。次童丸も度々住まいを変えていたが、すっかり落ち着いた今の住まいは、一人住まいには持て余しそうな広い家だった。穀物を扱う問屋の住まいだったという。かつて、数人の押し込み強盗が入り、問屋の主人夫婦から二代目の夫婦はもとよりその子供四人、また同居していた奉公人の末端に至るまで、皆殺しにされた前代未聞の大事件だった。そして、家中の大金はもとより金目の物品も悉《ことごと》く奪い去られた。だから、しばらくは都の大きな商家という商家を、いや貴族層にまで広く及んで恐怖に落とし込んだ。その後二年ばかり、強盗一味はまるで地底に潜んでいるかのように動向は杳《よう》として知れなかったが、ようやくその尻尾を摑んだのが次童丸だった。

次童丸は、一味の末端にいる男の両親から糸を手繰っていき、その男が溺れている年増の女に辿り着いた。そして、一味の新たな企てを知った。今度もまた、同じ業種の問屋筋だった。

特定されたその当日当夜、次童丸の情報をもとに秘かに陣を敷いた検非違使の一隊が待ち構えていると、その通りに一味が登場した。前回の被害者の切り傷には刀の痕《あと》もあったから、一味の中には侍上がりもいることが懸念され、検非違使側も腕利きを揃えてはいた。しかし、それ以上に不意を打つということが何よりの戦術であることを改めて思い知ったとは、後から聞いた次童丸の弁。その時も、向こうが家の中に押し入ろうとしてそれに気を取られているところを急襲したらひとたまりもなかったと、次童丸は私に語った。結局、一網打尽にしてみれば、侍崩れを含んで九人が一味だったということだ。

そして、当然のことではあったが、二年前の卸問屋の家の事件はこの一味によるものであった。次童丸はその検分をするために、かつての皆殺しの現場に向かった。家財道具もそのままに家の中は全く手を付けられずにいた。人の住まない家はがらんとして、ただでさえ広い家の中が余計に広く見えた。生まれ落ちてこの方、狭い家の中で大勢の兄弟姉妹と暮らし、独立してからも広い家とは縁のなかった次童丸にとって、広いというだけで心惹かれるところがあったようだ。検分の一同を追い出すように先に出してから、次童丸はその中の一番広い座敷に大の字になって転がっていたのだという。

次童丸の手柄は、検非違使庁内はもとより広く知られたようだったが、私には初耳で、そのことを次童丸は悔しがり、その分手柄の詳細を事細かく語ったものだ。そして、一番感謝されたのは難を免れた問屋の主人である。それが、また縁があるもので、皆殺しにあった方の問屋の主人とは、親が兄弟の、従弟に当たるのだという。そして、今は空き家になっている家の処理に困っているという話が出た。さすがに皆殺しにあった家は不吉なものとして誰も寄り付かないというのである。売ろうにも買い手はつかないし、毀してその跡地をといったところで、祟りがその土地に沁み込んでいないとも限らない、主人の親族といえば、残る中で一番近いのは私、何かいい知恵はありませんかねえ。これが、次童丸がこの家に住むようになった経緯だ。だから、月々の賃料もなし、むしろ時々は生きながらえた主人の方から差し入れがあるくらいだと次童丸は笑うのだった。

幸い玄関が開いていた。よくぞいてくれた。私が安堵したところへ飛び出してきたのが、数人の童であった。私は一瞬家を取り違えたかと錯覚した。だが、間違いはない。まさか、引っ越したのだろうか、そんなはずはなかった。つい先日までは、ちとせのその後を心配して来てくれたばかりだ。引っ越したのなら、話のついでに伝えてくれたろう。

私がこの子らに問いただす前に、彼らは私の両手を引っ張るようにして中へ招じ入れた。そして、そのまま奥へと進んでいく。童の群れはさらに数を増し、その中には数人の、それも童よりは年嵩の娘も交じってくる。そして、案内されたのは、最初に身を横たえて大の字になったという次童丸お気に入りの部屋であった。

そして、まさに大の字になっていた次童丸が、むっくりと起き上がった。そして、私の顔を見るなり、ちとせさんに何かあったのか、と叫んだ。

次童丸の間髪を容れないこういう反応に、私はいつも泣かされる。涙こそ流さなかったが、胸の内では泣いていた。

実はかくかくしかじかと、今日一日の顚末を話す。そして、ちとせが思い直すまでは、同じ住まいに住むことは叶うまいから、いずれ適当な場所を見つけるとして、取りあえず明日からここに居候させてくれ、と頼むのだった。

無論、次童丸に否やはない。だが、昔と違って騒々しいぞ、寝起きはここでおれと一緒にすればいいが、これだけ広いのに今や空いている部屋がないんだ、一番騒々しいのは今一緒に来たこの連中だが、年寄りのばあさんから赤ん坊までいるんだから、と言う。振り返ると、先程来付いてきた連中がそのままそこに立って、私たち二人の話を聞いている。

もう時間だぞ、みんな、さっさと部屋へ戻って、早く寝ろと、次童丸の叱声が飛ぶ。喚声を上げて、一同が駆け去っていく。

あいつら、みんな孤児なんだ、それも犯罪に絡んだな、だから被害者の子もいれば、加害者の子もいる、この家に押し入ったやつらは一人とて子供を生かしちゃくれなかったが、両親が殺されても生き残る奴はいる、それと反対に殺した奴らが捕まれば、こちらは獄門《ごくもん》だ、この家を襲ったあの一味のようにな、獄門にかけられて殺された男の女房の中には子供を置いて逃げ出す奴もいる、逆に病いに倒れて子供を残す場合も多い、いずれにしろ、迷惑なのは残される子供たちだ、悪い血を引いているから、いずれ成長すれば悪い奴になる、そう世間から決めつけられて、生きる苦しさ、あいつらはみんなそういう宿命を背負わされてるんだ、被害者の子はそうじゃないだろうって、それがそうでもないんだ、一時は同情もされるさ、だけど因果応報じゃないが、先祖の祟りかなんかが禍をもたらしたように段々なってくる、そうした挙句、冷ややかな目で見られるようになるんだ、結果に違いはないのさ、一度、そういう子をこの家に連れてきたんだ、そうしたら、それ以上に行く場所のない子が次々に現われて、今じゃ満杯になってしまった、子供だけじゃない、腹ぼての女もいたし、婆さんまで拾ってこざるをえなかった、女はおれより先に拾っていく奴がいる、大抵は売り買いしようって、悪い奴らさ、嫁も当たらず女日照りの男もいるから、そういう奴と一緒になって幸せをつかむ者もいる、ここに連れてきた娘たちは売り買いの直前、おれが救い出した子たちだ、まあ、これが功徳とは思っちゃいないが、念仏を唱えて自分一人が救われてもな、ここに住むのはいつまででもいいが、あきらが静かに本を読んだり、歌を作ったりするにはちょっと騒がしすぎる、そのうち、どこか他にいい場所を探してやるから、それまでは気楽にこの部屋を使ってくれ、おれが女が欲しい時は、いつものようにおれの方で出掛けていくから、と次童丸は一気呵成に長広舌《ちょうこうぜつ》を終えた。

その夜の空には弦月があった。私は子《ね》の刻を跨《また》ぐようにして家に戻った。

翌日は、私の思惑通りすべて上手く事は運んだ。予想通り、運ばれた家が元の私の家だったことを知った時に、ちとせは抵抗しようとしたが、もちろん起き上がって出て行くだけの気力はない。おそらく体力ももはやないのかもしれない。私が次童丸の広い屋敷に住むことにしたと話したので、少し安心した様子だった。ちとせも次童丸の住むことになった家のことは、以前次童丸自身の口から聞いていたからだ。まさか、老若男女の難民たちでごった返しているとは想像の埒《らち》外《がい》であったろう。私は取りあえず身近に置いておきたいものだけ牛車に入れて引っ越しを済ませてから、その足でちとせを迎えに行ったのだ。ちとせの両親も一緒に付いてきた。

　私は老医師にもそのことを伝え、たとえ治ることはなくとも、最善の治療を施してくれと頼んだ。たとえ、どんなに高価な薬でも、何としても金は工面するからと。そのような特効薬のないことを知りながら。また、私の方は毎日でも顔を見に行きたい気持ちは山々だけど、本人のためには見舞いに行くのは三、四日は空けた方がいいのだろうかとも。

　それには、意外な答えが返ってきた。あなたに自制が利くなら、ひと月空けるのがよかろうと。例えばあなたが訪ねる日を毎月の朔日《ついたち》に決めておきなさい。そうすれば、ちとせさんの方では、そのひと月をあなたに会うために生き延びようとする力が湧くはずだ。少しでも、顔の色艶がよくなるように、肩がやせ細らないように、きっといい効果が現われるはずだと。そして、会わない間隔が数日では、かえってめりはりがなく、だらだらと日が過ぎてしまうとも。

　私は直ぐに反問した。恋い焦がれて死ぬというじゃありませんか、自分で言うのも面映《おもは》ゆいが、ちとせは我慢強いが反面想いの強い女だけに心配で……。いや、大丈夫、ちとせさんはその両方を持ち合わせているから、負けませんよ、私の眼力を信用してください、と老医師は力強く言うのだった。

私は本人がどう言うだろうか、と思案しながら、一日空けてちとせの様子を覗きに行った。ちとせに念押しされて、離れた所から顔を合わせた。老医師に言われた会う間隔の問題に触れると、ちとせの方からひと月空けるという話が出た。しまったと思ったが、老医師には先を越されていた。昨日来てくれたと言うのだ。ちとせはすっかり老医師説に乗っていて、必ずひと月の間によくなっているから、と微笑《ほほえ》みさえする。そこまで老医師に乗せられていいのかと直ぐにも文句を付けたかったが、むしろはしゃぐようにひと月説に乗っているちとせを見て、すでに老医師の術中と言おうか、薬以外の効果というものがあるのかもしれない、老医師が名医と言われてきたのも、上皇たちの愛顧が続いている理由もこの辺にあるのかもしれないと思い直した。


〈二十七〉


こうして、次の月の朔日を訪問日と決めて、その日はほどほどに退散した。今日からでは、少しひと月には足りないが、最初だからそれでも長く感じるだろう。

私はしばらく町中を歩き、今後のことを考えた。すでに下鴨社にも使いを遣って当分社務を休むと伝えた。河合社禰宜問題以降顔を出していなかったが、決着がついた以上手続きだけはしておこうと思ったのだ。決して復帰する考えはなく、このまま身を引くことは目に見えていたが。

ということで、私はすべての公けの仕事は失ったことになる。歌会の報せだけは届ける、と家長は言ってくれたが、結果的には上皇の顔を潰し、理由はともかく一方的に和歌所から身を引いた自分に、歌会にのこのこ出て行く図々しさはない。とすれば、すべてを失った今、私は何をよすがとして生きるべきか。

考えが定まらないまま、次童丸の家に戻った。最初の訪問時とは打って変わって、童たちも私への関心がすっかり薄れたのか、集まっても来ない。だが、家の中には童たちの声が飛び交い騒々しさに変わりはなかった。

次童丸は朝早くから家を出て行った。いつもこんな早い時間に出て行くのか。検非違使庁の仕事も私など文弱の徒から見れば、想像の届かないほど過酷なものであろう。

私は次童丸の留守中、この広い部屋を占有しながらも、何となく落ち着くことが出来なかった。それには、絶えずどこかしらか騒々しい声が飛び交い、廊下を走る音が響き、時にはきんきんする娘たちの言い合いが、さらにそれを咎める婆さんらしき者の声がして、それらが一向に途絶えることがないということもあったが、それだけではない理由がありそうだった。今後何をすべきかという思考を暫し止めて、その落ち着かぬ理由を考えてみる。そして、私なりに結論を出してみた。

おそらく、それはこの部屋の占有者である次童丸がここにいないということ、つまり不在感のせいだと。次童丸はこの家についていろいろに語っていたが、その一つに皆が怖がって寄りつこうとしないのは、犯罪の痕が生々しく残っているからだと。刃物で斬ったり突いたりして飛び散った被害者の血があちらの壁こちらの天井と今もって生々しく残っている。天井の血がしたたり落ちてくるとなれば怪談話になるが、逆に凝り固まって模様というかちょっとした天井画になっているというのも怖いもんだぜ、と言っていたようなことではない。

私にとって、改めて次童丸という男の存在の大きさが、ここに今いないということで逆に露わになるということだ。普段、離れて生活していたから、それを肌を刺すような感覚で感じたことはなかった。少年時から今日までの長きにわたって、何くれとなく世話を焼いてくれたのは次童丸、私の方では決してなかった。にもかかわらず、しばらく会わないでいると、次童丸の方から来てくれる。特別何か私に用事があるわけでもない。大体が、頼みごとをしたのは、これまでもすべて一方的に私の方だけで、あいつが私に何かを頼んだということは皆目なかった。

今度もまたそうだった。私は自分の都合次第で、次童丸に頼ってきた。そのように考えてみると、あいつから頼まれたことは一度とてなかった。そう考えて、私は愕然とした。次童丸こそ男の中の男だ。しっかりと大地を踏んで立っている。

それに対して、自分のひ弱さを思う。自分は父に頼り、おほばに頼り、神の社に頼り、大内の和歌所に頼ってきた。辛うじて、さよに頼られ、ちとせに頼られてきた、と思ってはいたが、それもまた逆で、私の方がさよを頼りとし、ちとせをも頼りにしてきたのだ。今更に、私に対するさよの究極の拒絶を思う。思い知らされている。ちとせとの間にも試練が……今また私が試されているのだ。私は何のために生きてきたか、これから何をすることが、自分の生きる理由となるのだろう。

たった一晩だけだが、私の内奥に叩きこまれた女の存在、ひとりは、あの福原への道中、昆陽野の宿の女主人。もう一人は、伊勢で再会した神女の八重。私という男の頼りなさに比べて、なんとまあ、すっくと大地に立っていることだろう。あの三ツ浦の宿での鮮やかな八重の振舞いこそ私など足元にも及ばぬ男振りではなかったか。

私は初めて次童丸と同居したことで、次童丸という存在の私にとっての大きさを思い、私が今後の生き方を、自分の生きる道を改めて確かめるには、逆に次童丸の庇護のもとから離れる必要を感じた。私は、すでに自分の向かうべき道も定めていた。文弱の徒もまたそれなりの道はあるはずだ。文強の道を探そう、いや、すでに書き始めている歌論集を完成させ、これまでに書き留めてきた様々な覚書や聞き書きを、統一した形に纏めていこう。それらはかつての煌《きら》びやかな宮廷生活を描いた女房たちの書き物のように華やかなものとはならないだろうが、出来れば後世に残る何かであってほしい。世俗のすべてを失ったからこそ、名前だけでも残したい。私は新たな闘志が身内に沸々と湧いてくるのを感じていた。

とはいえ、直ぐに次童丸の家を離れるには行き先の当てがなかったから、数日は無為に過ごした。何にも手が付かず、いろいろと当てを探ってみるのだが、なかなか思い当たらない。引き渡したおほばの家を訪ねれば、住まいの情報には事欠かないと思ってはみるが、相談するだけでも業腹《ごうはら》で、手を束ねていた。

世話を掛けないでおこうと思いながら、結局世話になるのは次童丸だ。

私が持参した荷物のほとんどを開かないことに気づいたのだろう、次童丸は次童丸でいろいろと当たってくれていたのだ。改めて感じ入るところだが、この男は豪胆なくせに実に細やかな神経の持ち主だ。私の心の内まで読んでいる。だから、犯罪の末に捨て置かれた者たちをつい拾い集めてきてしまう。あえて、拾い集めて、というような雑駁《ざっぱく》な言葉を使ったが、それは次童丸の言った通りに真似てみただけ。だが、素っ気ない言葉の裏には次童丸の底知れぬ慈愛がある。まさにあいつは慈童丸だ。それが周りにも伝播しないではおかないのだろう、最初に資金援助を申し出たのは、間一髪のところで命拾いした卸問屋の主人だったそうだ。誰も寄り付かなかったとはいえ、この家を次童丸に委《ゆだ》ね、しかもその後の事業を知ってからは、率先して応援した。これを事業と呼んだのは、やはり商売屋なんだなあ、と次童丸は笑った。

次童丸の持ち込んでくれた話はこうだった。

先ず、場所は東山の奥、西行や性照ゆかりの双林寺《そうりんじ》や長楽寺《ちょうらくじ》がある辺りで、周囲には名も知れぬ寺も多い。しかも遁世者《とんせいしゃ》たちの庵も散在するところだ。

その名もない寺の一つに、次童丸がこのところ熱心に説教を聴きに行っている安楽房の弟弟子がいて、その男が周辺の遁世者を集めて歌会をやり始めたという。安楽房がいうには、熱心な仏僧ではあるのだが、少し賢《さか》しらなところがあって、その歌会というのは、念仏布教のための手段と考えられなくもない。周りは、ほとんどが既成仏教の宗徒だろうから、という。ただ、遁世者とはいえ、宮仕えしていた連中も多いから和歌の素養はあるし、歌会には思った以上の参加者がきたという話だ。先ずは、その歌会を実りあるものにするには、誰か優れた指導者が欲しい、とそんなことを聞いたことがある。御所の和歌所の寄人を務められた方なら、三顧の礼をもって迎えるだろうと。

そこで、向こうの弟分に訊いておいてくれと頼んでおいたのだ。そうしたら、直ぐにも返事が来た。是非ともおいでいただきたいと。寂れた寺だが、住み込んでいただけるなら何より、そこには今は自分一人が住んでいるだけで、通いの婆さんが飯炊きや他の細々したこともやってくれる。歌会の方は最低月に一度はやりたいと思っているし、機会があればもう少し数を増やしたいと思ってはいるが、自分も出張することも多いのでなかなか儘ならない、住むにも冬だけは厳しいが、あとは素晴らしい自然がある、いざとなれば、町中へ出て行くのもさほどではない。歌会では判者を務めていただければ、皆もどんなに張り合いが出来るか、是非是非、お待ちしています、ということだった。そして、彼は私の歌が『千載集』に載ったことも知っていたらしい。おそらく、今編纂中という新しい勅撰集にも載るのでしょうね、とも。

これは行かずばなるまいて、次童丸は自分の手柄は脇に置いて、戯《おど》けてみせた。


その寺は想像以上に破れ朽《く》ちていた。冬の寒さが思いやられた。だが、安楽房の弟弟子、その名を住蓮房《じゅうれんぼう》という男は、坊さんらしからぬ愛想の良さで私を歓迎してくれ下にも置かぬ風情で応対するのだった。さして広くもない本堂に一続きの庫裏《くり》と離れ一間があるだけの貧寒としたたたずまいだったが、その離れを私のために用意してくれていた。自分は元々庫裏に住んでいて、離れは空けてあったと住蓮房はいったが、確かに急いで空けたような痕跡はなかった。書き物をする場所としてはこれ以上の場所は望めなかったであろう。

住蓮房によれば、法然上人は東山に庵を構えて住まわれているという。ただ、このところ、延暦寺による圧迫が目に見えて激しくなってきたので、用心のため上人は一つ所に長居せず、転々とその住まう庵をかえているのだということだ。その点、かなりの数の弟子たちが大なり小なりの庵を構えて住んでいるので、事足りていると言った。その話を聞いた時、伊勢の三ツ浦の宿の離れ屋を思い出し、かつて西行の寝泊まりした部屋に自分も滞在した連想から、あるいはこの部屋にもと一瞬思い巡らしたのを敏感にとらえた住蓮房は、いや、ここにお見えになったことはないと話した。

ところで、歌会の話は安楽房から聞いていただいたことと思うが、と住蓮房が切り出した。そして、これもまた、実は、我々専修念仏の同志が集まることへの、我々を敵視する者たちからの予防線というか、偽装のつもりなのだ、当然疑わしく思われても、覚悟を決めている我々同志は別として、まだ専修念仏に目覚めてから日の浅い人たちには集まりやすい口実になる。安楽房があなたをどのようにお誘いしたかは分からぬが、彼もまたその辺の事情は知っている。このような事情を話すことは、歌会を貶《おとし》め、あなたの自尊心を傷つけることになるかもしれないと逡巡していたのだが、正直に話してしまった、お許しいただきたい、ただ、私も含めて、あなたが来てくださることを知って以来、皆があなたの到来を待ちかねていたことは事実、歌会であなたに講じていただくことを、あなたの判で歌合をすることを本当に楽しみにしているのです、と言うのだった。いや、私の方こそ、有難いと思っていますと、私の方は極めて簡単な挨拶を返した。

安楽房とはどういうお知り合いでしょうと、今度は質問となった。話し好きと見える。いや、そういえば、坊さんという種族は確かによくしゃべる。説教をやっている内に、話も上手になり舌も滑らかになるのだろう。読経そのものが一種の音楽だということもできようから。

私が検非違使庁にいる友人の紹介だ、彼が安楽房の説教を聴いていたく感じ入り、説教のある度に通っているのだと答えると、住蓮房はそういえば兄弟子も、この道に入る前、検非違使庁に勤めたことがある、その縁で行っているのだな、と自分で納得する風。さらに、安楽房は宮中に仕えていたお人の子で若くして後白河法皇に仕え、眉目秀麗《びもくしゅうれい》な青年でしかも美しい声の持ち主だったので、お傍に置かれ、今様の歌い手としてお気に入りだったということ。善導が作詞した六時礼讃の曲付けもしたと聞いたこと。顔がいいのと声がいいので、相変わらず説教には女衆が殺到すること。それらの話を聞いた。そういえば、この住蓮房も、眉目秀麗という風ではないが、人懐《なつ》っこく、当たりが柔らかいので、説教で女衆を集めるのには事欠かないのではないか、と余計なことまで思ったりした。そして、歌会に集まる遁世者の中には尼さんもいるのだろうか、女の感性には独特なものがあって、自分が知っている宮廷歌人の中にも、大輔《たいふ》や小侍従、俊成卿女に宮内卿と、すぐれた歌詠みがいた。誰でもいい、そういう人が一人でもいてくれると、場が盛り上がるのだがなあ、と思った。そして、彼女たち、宮廷歌人たちがすでに自分からは遥かに遠い存在になってしまったことを痛切に感じていた。

こうして、期待の内に最初の歌会が催された日は一日中激しい雨が、しかも強い風を伴って降り続いたこともあって、約束の未の刻に集まったのは私以外に住蓮房を入れて六人、歌会が出来ないわけでもなかったが、今日は私との初顔合わせということだけでいい、暗くなる前に解散しようということにもなって、雑談のままに終わった。

今日は皮切りゆえ、場所も寺の本堂ということになっていたが、当分はここで行こう、その内数を重ねてきたら、持ち回りもあり得るということになった。住蓮房と私は濡れずに済んだ。次、今日のように歌会にならない日があったら、和歌についての講話を頼むと皆から依頼された。こちらは、すでに俊恵師以下の歌論や、歌を巡る諸々の断想を書き綴ってきた材料がほとんど出揃っているので、いつでも引き出して話をすることが出来る。お安い御用です、とまでは言わなかったが、いつでも用意はありますとちょっと重々しく答えておいた。

この時、雑談の中で集まった人たちから出た話で、興味深かったのは、仏教に纏《まつ》わる説話の類いだった。彼ら自身が仏に帰依し精進している身だからこそ、彼らの関心もそこに向かうことが多いのだろう。私もまた、『今昔物語』とまではいかなくても、仏教に纏わる話で、もう少し新しいやつが収集出来たらと思い、おほばから聞いた、清盛入道に翻弄された白拍子の祇王と仏御前の話など一番の目玉になるものと蓄えてきたのだから。

私は歌論集の方が大体纏まってきたからは、ここにいる間に少し集中して仏教説話の収集執筆に充てようと思った。そして、ここを措いて、これほど適した場所はないとも思った。

二十人規模の歌会が持てたのは、ようやく梅雨が過ぎ暑い日差しがこの山中をも支配する夏の盛りが来た頃のことである。だが、私の期待に反して、遁世者たちの詠む歌はどれもこれも古臭く、ここでは時代が止まっている感すらあるのだ。私はすっかり興ざめし、ここしばらく皆に説いていた新しい歌のあるべき姿という講話が何の効力を発揮することもなく消尽されたことに愕《がく》然《ぜん》としていた。せめて一人でもいてくれたら、やりがいのあるものを。女人はひとりの参加もなく、感性の鋭い女房歌人たちになぞらえて期待していた私の思惑は外れた。今後も、これが私のお役目であるからは、体よく続けねばならないが、歌会は早々に終えて、後の雑談の中に仏教説話の種を拾おうと、住蓮房には打ち明けられない魂胆を持った。

夏の盛りも過ぎた頃、鎌倉幕府に纏わる驚くべき情報を、私は住蓮房から聞かされることになった。かつて住蓮房は安楽房と共に鎌倉へ布教に行ったこともあるらしく、向こうの事情にも通暁している様子。最新のそれというのは、先の将軍頼家がこの夏ほぼ幽閉同然の身であった修禅《しゅぜん》寺《じ》で殺害されたというものであった。何故に驚くべきかというと、私の知る限りでは、頼家は二度死んだことになるからである。

昨年九月のことだ。突然、北条時政から一日に頼家が死去したとの奏上があり、七日に頼家の実弟に当たる千幡を征夷大将軍に任じ、これに実朝《さねとも》という名を与えて正式な手続きの上での継承があったことは周知の事実である。一時、頼家危篤という報は事実であったようだから、誰もその死を疑っていなかった。ところが、その後出家してから病状は好転した由。この陰謀は、すべて時政の仕掛けらしい。頼家としては、自分の跡は、子の一幡《いちまん》に継がせ、全国の守護職、関東の地頭職を与える一方、弟の千幡には関西三十八か国の地頭職を与えて、調整を取ろうとしていたらしい。一幡と千幡は、六歳と十二歳。結局はそれぞれを担ごうとする比企《ひき》家対北条家の対立と動向がその運命を分けることになった。時政、義時《よしとき》親子が執拗に一幡を追い、これを殺してしまう。こうして、大勢は決したのだが、以降ほぼ一年がかりで、最後の止《とど》めというか、頼家を殺すに至ったとは。改めて、武家社会の血で血を洗う闘争の在り様を思う。

私は、頼家が武芸に秀でた男であると聞いていたので、その死に場所ともなった修禅寺での最後の死闘を想う。兎に角、北条方は大勢で取り巻いたことだろう。おそらく、元将軍であるからは、幽閉の身であるとはいえその傍に女人がいないはずはない。とすれば……、私は想像の輪を広げた。これだけでも一編の物語にはなりそうだ。

此度の勅撰集の撰者の一人である飛鳥井雅経は、和歌所では私の先輩寄人だったが、私より十五歳ほど若い新進気鋭の歌人である。彼は二十代の数年を鎌倉で過ごしたらしい。父上である藤原頼経《よりつね》が義経と親しかったばかりに伊豆へ配流されたのだったが、蹴鞠《けまり》の上手を買われて鎌倉に下向した雅経は頼家のお気に入りだったらしいが、二十八歳の時これまた蹴鞠の会のために、今度は上皇に呼ばれたらしい。そして、上皇の愛顧を受けている間に、和歌においてもその才能を発揮してきたというわけだ。鎌倉時代、ちょうど一回り下の頼家は兄のように雅経に懐き、雅経もまた頼家を可愛がったのだろう。雅経は今回の事態を悲しみ、おそらくその真相に迫ったに違いない。今のこのこ雅経に会いに行くわけにもいかないが、そのうち会う機会を見つけて、最後の頼家のことなど聞き出したいものだ。そして、機会があれば、鎌倉行を試みてみたいものだと思った。

〈二十八〉

ちとせの病状は、あれから何か月も経つというのにほとんど変わりはなかった。約束通り、月毎その朔日がくると、私は訪ねた。その度に、ちとせはひと月前より元気になったでしょう、なったでしょうと、私がうんというまで催促するのが決まりになっていたが、正直に言えばそこまでの兆しは見えなかった。だが、私の一言がちとせの何よりの薬になるのだと思い定めてからは、私も率先して言うようにした。ただ、決して嘘っぽくならないように細心の注意を払って。私の性格からいえば、かなり骨の折れる仕事だった。

だから、いつもちとせを置いて去らねばならなくなると、またひと月間ちとせも自分も耐えなくてはならないことを思い寂しさを感じながらも、ほっと息をつくのもまた現実であった。そして、良くなっていないにしろ、悪くもなっていないことを有難く思わねばと自分に言い聞かせていた。大体退出の時間が決まっているせいもあり、家を出て見送る人影が見えなくなった頃、次童丸が現われることが、二回に一度くらいの頻度であった。つい先月の一度だけ、直ぐに引き返して、次童丸の顔をちとせにも見せてやり、次童丸も元気のいい言葉を掛けてくれた。その点、あいつの天性の明るさがちとせを元気づける様子はまたとない光景であり、次童丸のその力が、ちとせを見舞う時だけでいいから、私に乗り移ってくれないかと思った。

私たちは他には寄らず、決まって次童丸の家に直行し酒を酌み交わすのを慣わしとした。私が最初に身を寄せた時とは様変わって、部屋割もしっかりと定められ、全体に秩序立ってきていた。私も早くに次童丸に引き合わされていたが、安楽房の弟子筋に当たる若い僧がここに住み込むようになり、まさに塾頭のような形で、ここに身を寄せることになった老若男女のすべてを仕切っていた。彼はまだ二十歳にもなっていない若者であったが、身に備わった威厳のようなものがあり、彼が来てくれたお蔭で童どもはもちろん婆さん連中も従順なんだ、という次童丸の言葉が尤《もつと》もに思えた。本人は決してひけらかさないが、相当な学問がありそうだ、と次童丸が言い、おれに比べりゃ誰だってそうだから、おれが言う分には当てにならないがねと笑った。あるいは貴族の子弟かもしれない。これだけ若くして、世俗を捨て念仏に生きようというのだから、将来一廉《ひとかど》の人物となるかもしれない。一度ゆっくり話してみたいものだと思った。

彼の采配《さいはい》で、起床就寝など一日の時間割が作られ、それぞれの年齢性別などに応じた読み書きや講話の時間には、当人はもとより、婆さんたちが充てられた。おれには、どれもこれも婆さんにしか見えなかったが、中には宮仕えの女房から落ちぶれたのやらなんだのといるらしく、それをあいつはしっかり見つけてきて、教育係として自分の助手にしてしまうんだから、大した奴さと次童丸。自分がこれと思う女以外は、みんな婆さんにしてしまうんだからな、と私。こういう具合にまぜっかえして互いに笑い合えるのも相手が次童丸なればこそ、私にとってはひと月分の癒《いや》しの時間だった。

それが、不思議とは思わんか、と突然の疑問符。それが、独特の次童丸の話法でもある。何、それ……。

若いとはいえ念仏宗の坊さんだぜ、普通なら、皆を集めてというか、皆が集まった時、念仏ぐらい皆にさせようとするだろう。だって、安楽房だって誰だって、説教するのはひとりでも多くの人に称名念仏の有難さを伝え、皆が広く念仏を唱えるように教えるためだろうが。それが、その気配が一切ないってのは、不思議とは思わんか。ようやく、最初の問いに返った。

まさに、次童丸の言う通りだった。私も不思議に思い、一度時間を作って、その若い僧と話をしてみたいと思った。その内、本性を現わしてくるさ、いやというほど、家中に響き渡る念仏を聞かされるぞ、と言葉では返しながら。

私が家を離れて東山の奥に仮の宿を定めたこの年もあとひと月を残すばかりとなった。私はその朔日、待ちかねたように、朝早くに寺を出ていつもより早い時間に着いた。いずれにせよ、ちとせの所に長居をするわけにはいかない。ちとせを疲れさせるわけにはいかないからだ。だから、余った時間は、こちらから次童丸の家を訪ね、もし若い僧侶がいてくれたら、時間を作ってもらって話を聞かせてもらおう。次童丸が仕事の都合をつけ、いつものように私の帰る時間に合わせて家の方に来てくれるにしても、それまでに時間はある。そのような魂胆があった。

珍しく、ちょうど、老医師の往診中であった。老医師もまた、ちとせに歩調を合わせるかのように、少しずつだが、よくなっていると言った。そして、あなたが来る日は邪魔をしないようにを普段は避けているのだが、なぜ今日は合わせたかというと、と前置きして語ったのが、俊成師が昨日亡くなったということであった。

九十歳の賀の祝宴が催されてちょうど一年、天寿を全うされたとはいえ、自分にとっては最後の師との別れであった。私はあの宴の後の夜明けの空の清々しかったことを思い出していた。あるいは、私が知らせなくとも直ぐに伝わるかもしれないが、今のお住まいが東山の奥と聞いていたから、もしあなたがご存じないまままたひと月が経ってしまったら、と思ったものですからと老医師は言い、私は心からのお礼を述べた。

その日、私はちとせと別れた後、予定を変え、俊成師の眠る法性寺《ほっしょうじ》に向かった。特に何の準備があるわけもなく、ただ自ずと足がそちらの方を向いたというに過ぎない。法性寺を遠くに窺えるところまで来ると、門内へ慌しく出入りする人の姿も見え、下手に私の姿が見られる前に退散しようと、遠くからそそくさと両手を合わせ一言念仏を唱えて引き揚げてきた。

私は、次童丸が家の方に来る場合もあることを思いながら、連絡を付ける手段もないままに、とはいえ、その時間まで待つ気にもならず、引き揚げてしまった。後で聞くと、やはり次童丸は都合をつけて来てくれたそうだ。そして、時が来ても私が一向に姿を見せぬのに業を煮やし、家の戸を叩いたという。ちょうど母親の方が居合わせていて、本人が遠慮するのをちょっとお顔だけでもちとせに見せてやってくださいということになり顔を覗かせると、ちとせは大いに喜び、なかなか帰してもらえなかったとは後の次童丸の弁。あの愛想のない母親にまでそこまで言わせるというのはやはり人徳なのだろう。ちとせからも、面白い話をいろいろ聞かせてもらって楽しかった、あなたからもお礼を言っておいてください、と思い返すも楽しそうに言い、念を押すのだ。些《いささ》か嫉妬すら覚えたものである。

今から思えば、この古寺に住んだ次の年の一年はあっという間に過ぎた感がある。

上皇には、家長を通して和歌所を辞することは伝えてあったものの、やはり不義理の誹《そし》りは免れないところなので、これもまた家長に託して上皇に十五首の歌を献上した。

その一つが、かつての歌会で好評を博し、上皇が気に入ってくれた、

夜もすがら独りみ山の槙の葉にくもるもすめる有明の月

を踏まえた次の一首、

住みわびぬげにやみ山の槙の葉に曇ると言ひし月を見るべき

かつて詠った想像の世界が今や現実のものとなって、ひとり深山の槙の葉越しに月を見ることになってしまいそうです、という歌だ。「住みわびぬ」は、かつて父の死を悼む歌にも使っていた。

また、今回の辞任のきっかけになったのが下鴨社をめぐる話だっただけに、多少の恨みを込めたのが、わざわざ次のような詞書を添えた次の歌だ。

身の望みかなひ侍らで、社のまじらひもせで籠りゐて侍りけるに、葵を見てよめる

見ればまづいとど涙ぞもろ葛《かずら》いかに契りてかけ離れけむ

下鴨社の神紋は双葉葵で、その異名を諸鬘《もろかずら》とも言い、諸鬘は桂の枝に葵を付けたもので、髪や冠に挿した装飾品、賀茂祭に用いたもの。いずれにせよ、下鴨社への連綿たる思いを綴ったのだった。それらを、上皇がどう受け止めてくれたかは知らない。

次に、詩歌合が六月十五日に院の御所の一つ、五辻殿《いつつじどの》で行われるという知らせが届いた。もちろん、ちとせの住む家の方にだ。聞くところによると、九条良経邸で四月に行われる予定だったらしいが延び延びになっていたということである。詩歌とあるからは、漢詩とも競い合うことになるのだろう。いずれにせよ出席するつもりはないので、採用されるかどうかわからぬが、提出はしておいた。その時、「山路秋行」の題で詠ったものがその後意外な結果をもたらすことになろうとは。

実は、遡ること八十日、三月の終わり近く、待たれていた勅撰集の完成を祝う竟宴《きょうえん》の催しが行われていた。もはや、私には縁遠い祝宴であった。最終的にどのように決められたかも知るところではない。私が携わっていた頃から、すでに二十巻に纏めることになっていたので、その辺は大差なかろうが、やはり気になるのは私の歌が、果して何首入集したかだ。私が和歌所にそのまま籍を置き、たとえ撰者ではなかろうともその選考過程に携わったままであったとすれば、自ずと入集する数もそれなりの数は保証されただろうが、結果としては途中で投げ出しているのだから、撰者の中には私に殊更な不快感を抱いた者もいるかもしれない。いや、上皇が託した撰者がいるとはいえ、何といっても最高の権力者である上皇が今回の私の行動に不快感を持っているとしたら。いや、今から考えれば、私が上皇に十五首の歌を献上したというのも、そのような不快感を少しでも鎮めて、勅撰集の選考に少しでも不利のないようにとそんなことを考えていたのかもしれない。自分ながら嫌になるが、媚《こび》を売っていたのかと……。

正直、やはり確かめるまでは安心できなかった。とは言え、そのことだけに執着しているように見られるのも私の自尊心が許さないから、誰かに訊くことも出来なかった。

結局、私が勅撰集の全貌を知ることになるのは、ようやく風が一番に秋の気配を告げる頃になってからだった。

私の歌は、十首が採用されていた。

一番多い西行法師の九十四首はともかく、次の慈円の九十二首は多すぎる。その次の良経卿が七十九首というのも、俊成師が七十三首であるのに比して少々おもねり過ぎ、それに比べて上皇の作を三十四首に留めたのは、上皇自身の自制心だろう。あの性格から言って、よく我慢したものだ。その分、伯母の式子《しょくし》内親王には、すでに亡くなっていたことでもあるし、四十九首という俊成師に次ぐ地位を与えたのだと思う。定家が四十六首で撰者の筆頭、以下家隆四十三首、寂蓮三十五首、雅経二十二首、有家十九首、通具十七首と撰者が続くが、これはまずまず妥当。だが、俊恵師の十二首というのはやはり不当というべきだ。女性は俊成女二十八首、讃岐十六首、宮内卿十五首、大輔が私と同じ十首、先ずは妥当な結果だろう。私も今の状況下では致し方あるまい。

私の入集歌十首を挙げれば、

巻四の秋上に、以下の三首、

秋風のいたりいたらぬ袖はあらじただ我からの露の夕暮
ながむればちぢに物思ふ月にまた我が身ひとつの嶺の松風
松島やしほくむあまの秋の袖月は物思ふならひのみかは

巻十の羈旅《きりよ》に、二首、

枕とていづれの草に契るらむゆくをかぎりの野べの夕暮
袖にしも月かかれとは契りおかず涙はしるやうつの山越

巻十三の恋三に、

頼めおく人もながらの山にだにさ夜ふけぬれば松風の声

巻十四の恋四に、

ながめてもあはれと思へ大かたの空だに悲し秋の夕ぐれ

巻十六の雑上に、

和歌所の歌合に、深山暁月といふことを
　夜もすがら独りみ山の槇の葉にくもるもすめる有明の月

巻十八の雑下に、詞書も添えて、
　見ればまづいとど涙ぞもろ葛いかに契りてかけ離れけむ

そして巻十九の神祇に、鴨社の歌合とて云々の詞書を添えて、
　石川やせみの小川の清ければ月も流れを尋ねてぞすむ

　ここで、改めて驚くのが、上皇に送ったばかりの十五首の中の一首、九番目の「もろ葛」の歌が入っていたこと、それはまだいい、三月の竟宴の前に送ったものだからだ。ところが、五番目の歌は、六月十五日の歌合に送ったもの、ということは、一度出来上がった勅撰集には更なる直しがあり、これが入れられたことになる。おそらくは、上皇の肝煎りであろう。

また、禰宜職を巡る今回の恨みつらみをも歌にした「もろ葛」の歌を、よくぞ取り入れてくれたものだ。これも上皇の好意と受け取ってよさそうだ。先ずは、これで自分は公けの関わりとしては過去のあらゆるしがらみから自由になったと思った。私には書きたいことが山ほど残っているし、ちとせもいることゆえ、西行法師のように長旅に出ることはまだ出来ないが、宮中からも神社からも離れることでこれほど身軽になることを改めて実感できたのである。

そして、「石川や」の一首、「せみの小川」を巡る因縁深きものだけに、これが入ったということは、最上の歓びであった。特に禰宜の祐兼がお為ごかしのけちをつけてきたものだけに、大いに溜飲《りゅういん》が下がる思いであった。「せみの小川」を私が最初に詠んだことが勅撰集に刻み込まれたのだから。勅撰集の名は、「新古今集」と名付けられていた。

〈二十九〉

秋になり、山の木々の紅葉も色濃くなった頃、突然老医師からの使いの者が来た。よくぞ訪ね当てたものだ。だが、その時は、老医師の使いの者と聞いただけで棒のように固まっていたはずだ。ちとせの身に異変が起こったのは間違いなかった。

私は、使いの者に直ぐに問うた、ちとせが⁉

使いの者は何も答えず、老医師の文を差し出した。私は震える手で文を開いた。一番恐れた命終という文字はなかった。

だが、やはり悪い予想は外れなかった。ここに来て、体力が急速に落ちている。この冬が果して乗り切れるかどうか心もとなくなってきた。私にとっても死んだ娘の身代わりに私の懐に飛び込んできてくれたたちとせさんだ。何といっても、自分の責任であの病気をうつさせてしまったことが悔やまれる、あなたにも本当に申し訳がない。だから、自分の能力の限りを尽くして最善を尽くしてきたつもりだ。だが、やはり勝てなかった。ついては今後、ひと月に一度などと悠長なことは言っておれなくなった。出来るだけ早くに一度お越し願いたい。いつお出でになられるか、この使いの者に伝えていただければ、それに合わせて私も参上します、と書かれていた。

私は文を返すのももどかしく、今直ぐに支度をして出かけます、と使いの者には伝言だけで済ませ、取るものも取りあえず、多少の寝泊まりの用意だけして、山を下りた。

道中、私が以前から抱いていた疑いを反芻しながら。それは、老医師もちとせも、病気をうつされたのがどこかの病人だと言い募《つの》ってきたが、どうにもその正体が私にはつかめていないことだった。老医師は医師の務めとして、身元を明かそうとしないのは当然であるとしても、二人が揃っている時に私がそれとなくその話を持ち出した時の反応に、私はずっと違和感を持ち続けてきた。私がそれを知ったからとて、その病人、生きているか死んでいるかも分からぬその病人に文句を付けに行くと思っているわけでもなかろうものを。

実は、うつしたのが私ではないのか、という疑いを持ってから、その自責の念が浮かんでは消え消えては浮かぶようになっていた。私が一時期咳が絶えず、しかも高い熱が引いてからも、実に長い間微熱が続いた。あの当時、私は兄の病気がいつ頃か私にうつっていたのが、表に顔を出してきたのではないかと懼れていた。そのくせ、その微熱が引くや否や、ちとせとの垣根を一気に破ってしまった。そして、片時も離さず、ちとせを抱いてきたのだ。

私は今すっかり病気に打ち勝ち健康体を取り戻したかのように見えるが、私の体の中に病疫は依然として残っていて、いつ悪さをしようかと狙っているだけなのかもしれない。というより、私の前に恰好の獲物を見つけて移り住み、ちとせを苦しめるばかりか、私を翻弄《ほんろう》し心の内から痛めつけようとしているのではなかろうか。

ちとせにうつしたのがほかならぬ私だということを、ちとせも老医師も知っていて、そのことを私が知ればどんなに私が苦しむだろうと考えたのではないか。その診断を聞いた時、おそらくはちとせの方から切り出したのだろう。真相は決して私には漏らさないでほしいと。

そう思えば、すべてが納得いくように感じられ、ちとせの言うがままに離れて住んでいた自分の愚かしさが笑えてくる。いや、泣けてくる。

折角《せっかく》、ちとせと老医師が取り繕ってくれた私の罪状を明るみに出すことはしないが、ちとせが止めようが老医師が止めようが、もはや私は決して引かず、ちとせと寝起きを共にしようと決めていた。

だが、その申し出はあっさりと断られてしまった、もちろんちとせ当人によって。

老医師が知らせてきたのが尤もと思えるほどに、ちとせの衰えは歴然たるものだった。先月も空元気《から》の底に透けて見える病状の進行はかなり感じられたが、二十日余りでこれ程に変化するとは。私はちとせの顔を見るなり泣き崩れそうになる自分をどうにか持ち堪え、ひと月という約束を破って今日突然来たことの言い訳を縷々《るる》述べた。普段なら言い訳の裏を直ぐ読み取って勝ち誇ったように指摘するちとせだったが、この日は素直に私の突然の訪問を喜ぶ風だった。それもまた、ちとせの心身の衰えを示しているように感じられた。

まもなく、老医師も姿を見せる。そして、私が来ていることに驚く振りをする。ちとせはちとせで、偶然の一致を素直に受け入れている。

私はちとせが急に勢いよく起き上がって、我々二人の小芝居の拙《つたな》さを嗤《わら》い、かんらからからと笑って二人を裁きお仕置にする図を想像した。それは一瞬の幻のように消え去り、横たわるちとせのなにもかも呑み込んだような静かな微笑を見るばかりであった。

そして、おもむろに、ここへ来る道中、思い定めていた今日からの同居を持ち出したのだった。それはほとんど間髪を容れずといった勢いでちとせから拒否された。もちろん、老医師にも私の提案を支持する根拠はない。何しろ、ちとせの病気の大本は私にあったのだという前提に立たない限り、理屈が立たないからだ。私を思ってのちとせと老医師との黙契を破ってまで、私が一緒に住まわせてくれという願望を貫く意図も意思もなかったから、その申し出は直ぐに引っ込めざるをえなかった。私は、いつでもここに通えるように、再び次童丸の家に厄介になろうと考えていた。

もはや、頻繁《ひんぱん》にちとせを訪ねても、それを断る頑《かたく》なさは捨て去ったように見える。ちとせ自身もこの先長くこの世に止まれるとは考えていない様子が見て取れた。

すると、ちとせから逆に思わぬ申し出があった。しばらくあなたの琵琶の音を聞いていないから、近々聞かせてくれないかというのである。普段、私が日に一度も琵琶を手にしない日は滅多になかったから、このところ遠ざかってしまったあの独特の音色を懐かしく思う心が生じたのだろう。私は、即座に、しまった、さすがにそこまで気が回らなかったと、琵琶を山寺に置いてきてしまったことを後悔したが、あの時はもう取るものも取りあえずといった体で駆け下りてきたのだ、仕方がない、と思い返した。

分かった、山に置いてきたので、明日になるが、と言った。

済みません、何度も行き来させて、と、ちとせ。

いや、今から取りに行けば、今夜にも間に合う、と私。

大丈夫、幾晩も我慢してきたのですもの、明日で充分。

いや、善は急げだ。

まさか、私、今夜のうちに死んだりしませんわ。

これが決定打となった。私は明日の朝、琵琶を取りに行き、夜までには終わるように夕刻から、内々の琵琶の会を催すことにした。ちとせの所望で、老医師と次童丸を呼ぶことにした。

私はちとせが疲れないようにと、程々の時間で退出、老医師は明日を約束して、私より半刻ほど前に帰っていた。

私は次童丸の家に直行した。次童丸はいず、代わりにあの若い僧が出てきた。これはしめた、もっと詳しい話が聞けるぞ、と思ったが、彼はいろいろと忙しい様子で、次童丸の部屋に私を案内すると、直ぐに立ち去ってしまった。私は広い部屋に一人取り残された恰好で、ここへ来るまでの道中必死に頭の隅から遠ざけよう遠ざけようとしていたちとせの死期が迫りつつあることへの怖れが一挙に私に襲いかかってきた。私は大声を上げて泣くことも出来ず、畳の上に体を突っ伏すようにして震えていた。まるで、瘧《おこり》に罹《かか》ったような震えだった。

その晩は、夜勤なのか、次童丸は遂に帰ってこなかった。ひと晩中私には浅い眠りしか訪れず、日毎に長くなっていく夜が一層長く感じられた。

結局、次童丸は帰ってこず、私を見送ってくれたのはあの若い僧だった。私は次童丸への伝言を頼んでその家を出た。今夕は何としても我が家に来てくれるようにと。

私はそのまま山の古寺に向かった。今別れてきたばかりの若い僧には、まだまだ訊きたいことがある。先達《せんだつ》て、摑まえられたのもほんの一時《いっとき》でしかなかった。その時、名前も訊いたが、語るほどの者ではないと頑なに拒まれてしまった。

その時、私が知りえたことは、次童丸様には安楽房が自分の弟子として私を紹介したようであるが、それは縷々説明するのを面倒がった安楽房が分かりやすく言ったまでで、私は本来は綽空《しゃくくう》の弟子であるということだった。綽空はまだ三十歳を少し過ぎたばかりで、仏門に入って日の浅い私などに対してもまるで弟に接するように可愛がってくれるが、実はとんでもなく大きい器の人として自分は尊敬している。聞くところによると、九歳で出家してから二十年過ごされた叡山の堂僧の身でおられたが、俗臭にまみれた叡山は住む処にあらずと山を下りられ、市中の六角堂に籠ってひたすら祈っておられたところ、夢にお告げを得られ、東山吉水《ひがしやまよしみず》にあった法然上人を訪ねてその門に入ったと伺っている。現在、浄土教が広く社会に浸透するにつけ、叡山をはじめとする既成仏教がこれを易行念仏と非難し、排斥しようという動きの高まりの中で、法然上人の信頼も厚く、元来が既成仏教の真理を非難するものではないという師弟共通の認識から既成仏教の誤解が解けるよう今懸命に努力されているものの、安易にはみ出す者もいて、苦労されておられるのです、ということであった。

そういえば、もう二十年に近い過去のことではあるが、法然の大原《おおはら》談義というのを聞いたことがある。これは、洛北大原の地で、当時の錚々《そうそう》たる碩学《せきがく》や名僧を前に、法相《ほっそう》、三論《さんろん》、天台などの聖道門《しょうどうもん》と自らの浄土門《じょうどもん》について比較しながら、聖道門の方を高く評価しつつ、自分のような愚輩には聖道門の真理は遠く、浄土門に拠るしか解脱できないのだと説いて、並み居る人々に感銘を与えたという、今となっては伝説化した話である。そして、それにふさわしい結末まで用意されていた。つまり、こうである。大原というのは実は後に天台座主となる顕真《けんしん》の別所であった。法然の話が終わると、この顕真の発議によって、居合わせた一同が高声《こうしょう》念仏を行い、三日三晩その声が大原の山々に響いたというのであった。

また、法然には九条兼実公が帰依し出家したことも周知の事実であり、源平の戦の後日談として有名なのが、源氏の武将熊谷直実《くまがいなおざね》の法然への帰依、一の谷の戦いで弱冠十六歳の敦盛の首を斬った罪の深さを思い、出家したという逸話だ。言わば、貴族社会にも武家社会にも浄土門の教え、専修念仏が浸透したということが、既成の権威に安住してきた旧仏教勢力への脅威となっていたのであろう。そして、最近耳にしたのが、延暦寺宗徒のお上への訴えに対して、法然が七か条の戒めを作り、それに百九十人の弟子たちと共に署名を加えて、天台座主真性《しんしょう》に提出したということであった。

その戒めとは、いわゆる聖道門を否定し阿弥陀仏以外の仏や菩薩《ぼさつ》を誹《そし》らないこと、自分の信心するところと違う人に議論を吹っかけてそれを捨てさせるような行いはしないこと、念仏門には戒行がないとしてむやみに飲酒食肉を勧め、持律持戒《じりつじかい》の人を見下さないこと、ほか、邪法を正法となしそれを偽って師範の説と主張しないことなどが挙げられている。兎に角、旧仏教からの攻撃を避けようとしていたのだ。しかし、それは火消しにはならなかった。

今度は興福寺の宗徒が、法然側の過失として九か条を挙げ、専修念仏の禁止を上皇に直訴するという強硬手段に出た。先ず第一に、仏教伝来以来日本にある八宗はすべてに祖師があり、しかもその弟子が受け継いでくるにあたっては勅許《ちょっきょ》を貰っている。それに対し、法然の専修念仏は勅許なしに一宗を称して、言わば私《わたくし》している、というのを筆頭に、専修念仏者が神明を蔑《ないがし》ろにし、究極には鎮護国家たるの根本、仏法と王法という大本を侵食する思想だという、ある意味では核心を突くところまでに至っている。だからこそ、法然の浄土門は革新的なものであったのだが。

しかも、こういう場合の常套手段として、あらゆる遊興が専修念仏には背かず、女犯肉食《にょぼんにくじき》も往生を妨げずと言って、破戒を宗《むね》として道俗の関心を得ようとしているという決まり文句も忘れていない。事実、巷にはそうした破戒僧も蔓延《はびこ》っていたから、それはまた弾圧のための恰好《かっこう》の口実ともなったのだ。

私は古寺に着くと、一直線に離れに向かい、ちょうど手伝いの婆さんが来ていたので、しばらく留守にすることを伝え、琵琶のみを手にしてまた一目散に山を駆け下りるのだった。住蓮房はこの折もまた留守だった。

稽古以外に自宅で琵琶を弾くという経験は初めてのことだった。ちとせの要望に応じたものとはいえ、老医師と次童丸という客人を迎えてのことである。あれだけ長く付き合ってきた次童丸にも琵琶を聞かせたことはなかった。この家に住むまでは、次童丸が家の中に入ったことはなかったし、私も屋外で琵琶を爪弾くなどということはなかったから。躊躇なく二人を招いたのも、ちとせにとって二人は気の置けない親しい人たちであり、たとえ二人とはいえ、ちとせを励ますに相応《ふさわ》しい賑わいをもたらしてくれると思ったからだ。私には、ちとせが私の琵琶を聞きたいと言った時、それが、今生《こんじよう》最後の思い出としてという微妙な陰影を帯びていることに気づき、同時に怖れたからである。

次童丸も早くに来ていて、普段よりは緊張した面持ちで畏まっていた。老医師は宮中か貴族の家で一度はこのような機会には出くわしているはずだが、やはり病者に聞かせるというのは初めてであろう、やはり身体を硬くしている様子だった。

いよいよ始めるとなって、ちとせは片隅に控えていた両親を呼んで自分の身を起こし支えているように頼んだらしい。いち早く見て取った老医師がそれを止めるように諭し、ご自身も加わってちとせを寝かせた。私がちとせを咎《とが》めて横になるように声を荒げる必要はなかった。

所詮、遊びだから、皆さんもくつろいでお聞きくださるよう、ちとせも疲れたら眠っていいんだよ、と私は言って、弾き始めた。

最初は、皆が一度は耳にしたことがあるような曲から始めて段々高度な曲へと向かった。無論弾き語りの声も熱を帯びてくる。そして、有安師から伝授された秘曲の一つ「楊真操」を弾くことにした。すべての秘曲を伝えてほしかったのだが、たとえこれ一つとしても師からの貴重な賜物ではあったから。

さすがに私自身高ぶっていたのだろう。稽古以上のものが出せたと思う。私は曲そのものと一体化する心地で全曲を終えた。ちとせはこちらを向きにこっと笑う風であった。次童丸は感激した顔で私に頷き、老医師はその閉じた目をなかなか開けなかった。ちとせの両親の様子が私の目を引いた。母親の方は滂沱《ぼうだ》と涙を流し、父親もまたしきりに目をこすっていた。それは、切羽詰まった娘の運命に涙するというよりは、今聞いていた琵琶そのものの感興に涙するように見えた。普段の彼らの対応からはそのような繊細な感情の持ち主とは見えなかっただけに、それを見ることが出来たことが私には発見だった。やはり、ちとせの両親の資格はあったのだ、と私は妙に感心していた。老医師がようやく目を開き、私に向かって大きく頭を下げた。

実は、この琵琶は恩師有安師から頂いたもので、その名も相応しく手習というのです。由緒あるもののようですが、普通の琵琶よりは小振りにできていて、紫藤《しとう》で作られています。私もこれを手本に手作りで琵琶を作ってきましたが、未だにこの域には達しておりません。今日ここで皆さんに聞いていただいたことで、ただの名器という以上に忘れ難い琵琶となりました。今日の思い出とともに大事に致します、と私は挨拶し、皆が拍手で応えてくれた。

私はその時、拍手のできないちとせが微かに唇を動かすのを見た。声にはならなかったが、何かもう一つ聞かせて、と言っているように見えた。

すでに、私が出来る最高のものは聞かせた。となると、これ以上のものを聞かせるには禁断の園に踏み込まざるを得ない。私にはまだ公けには演じることが禁じられている秘曲中の秘曲、えええままよと、私は「啄木」を演奏することにした。何といっても、ここは極めて限られた私的な場所だ。老医師にしても次童丸にしても門外漢であるし、どの曲とも区別のつかない人たちだ。また、たとえ咎められようが、ちとせのために一世一代の演奏をするのだ。よし、腹は決まった。私は勢いよく弦の上に撥《ばち》を当て、秘曲「啄木」の世界に飛び込んでいった。演じるにつれ、今まで味わったことのない境地へ踏み出した感があった。私は曲にのめり込み、陶酔した。もはや忘我の世界であった。私はすでに目を閉ざし、自分一人の世界に遊んでいた。そこには聞かせるべきちとせすらいなかった。

演奏を終えて目を開くと、聞いていた老医師も次童丸も、そしてまたちとせの両親も、心ここに在らずの感で、茫然としているのが分かった。ちとせはと見ると、目を瞑って微かに微笑んでいる様子だった。部屋を支配する沈黙がしばらく続いた。

と、それを破ったのは老医師であった。彼はつつっと、ちとせの傍に動き、その首筋に手を当てた。そして、驚いたように、ちとせの顔を検《あらた》めるのだった。次いで、ちとせの閉じられた瞼を開くようにして瞳孔を確かめていた。私はすでに立ち上がり、走り寄っていた。

私にもわかっていた、ちとせがすでに息をしていないことが。老医師が何か呟くように言ったが、もはや私は聞いていなかった。私はちとせの顔に見入っていた。その顔は微かに微笑《ほほえ》みを残し、老医師が閉ざしたばかりのちとせの目尻からひと滴《しずく》の涙が零《こぼ》れてきた。

私が取り乱さなかったのは、まわりに皆がいてくれたお蔭《かげ》である。そして、死者を弔うためのお膳立てをするには、ここには少数ながら、最もふさわしい人材が揃っていてくれた。老医師と次童丸、二人のお蔭で滞りなく野辺送りまでの速《すみ》やかな段取りが為された。次童丸が奔走して、茶毘《だび》に付すことも出来た。

私はちとせの傍にいてやるだけでよかった。私は、このところ心して仏教説話集の材料になるものを収集していたが、その一つに澄憲《ちょうけん》法師が語ったという印象深い話があったのを思い出していた。それは相思相愛の夫婦の話で、妻が産後重い病気に罹って亡くなってしまうのだが、その臨終の際髪が乱れているのを夫が急ぎ手近にあった反古《ほご》を破り取って髪を結んでやったところ、茶毘にも付し幽明相隔てたにもかかわらず、ある夜更けに夫の寝所に亡妻が現われて、もう一度会いたいと思ってくれていたあなたの思いの深さから来ることが出来たといい、生きていた時と変わらない交情もできたという不思議な話。朝になって去っていく妻が何かを落としていったような気がして辺りを探すと、髪の毛を結ぶのに使ったあの反古が見つかったというのだった。あわよくば、その不思議にあやかりたいとも思い、さして乱れてもいなかったが、ちとせの髪を何かで結んでやることを思い立った。ちょうど、琵琶に使う撥を入れる袋を結ぶ金色の紐があったので、それを取り出しちとせの髪の毛を結んでやった。そうした儚《はかな》い夢が叶うとも思えなかったが、私にはせめてもの慰めではあった。

ちとせを失ったことで、今や私の宙ぶらりんの生活に終止符を打って、少しでも本物の世捨て人になれる機会が巡ってきたように感じられた。私は、半ば強引に、ちとせがいなくなった我が家をちとせの両親に与えた。彼らはちとせを失ったからは元の所に戻るのが当然と考えていたらしく固辞していたが、この場所で毎日ちとせを弔《とむら》ってやってくれとの一言で、決着をつけた。私は、自分の決意を次童丸に伝え、市中に出てくることも少なくなるだろうから、今までのようにはなかなか会えないかもしれない、と言った。そう言いながら、涙声に震えるのを如何ともし難い。次童丸も唇を噛んで堪えているようだったが、おれの方から会いに行く分にはいいだろうと言った。だが、住まいも移して、大原に引っ込むつもりだと言うと、何ほどのことがある、以前一緒に行ったあの山の奥の滝とどれほどの差があるっていうんだと、急にいつもの元気に返って言い放った。それがきっかけとなって、今度は二人の間に笑いが弾け、私も心置きなく町を去り、山に登り、古寺に戻った。

ちょうど居合わせた住蓮房に頼んで、早速得度《とくど》の儀式を踏んだ。剃髪《ていはつ》してしまえば、もはや後戻りする気も起こらないであろう。住蓮房について何も詳しく知っているわけでもない。ただ、ここに世話になり歌会が機縁での束の間の付き合いではあったが、これもまたよし。住蓮房の蓮を貰って蓮胤《れんいん》とした。蓮は寂蓮の蓮でもあり、好きというか憧れた字でもあったし、また胤についても、『日本往生極楽記』や『池亭記《ちていき》』を著した慶滋保胤《よししげのやすたね》の胤がかねてより好みであったので、それに因《ちな》んだというわけである。

引っ越し先にはすでに目論《もくろ》んでいた場所があり、すでに承諾も得ていた。歌会の常連でたった一人わざわざ大原から出掛けてきてくれていた聖から、近くの庵に空きが出来て、その管理を託されたのだという。いずれ寺を出られる機会が来たら、いつでも言ってきてください、お世話しますと言われていたのだ。寺住まいとは違って自炊ということになるが、近くの農民が作物を分けてくれるので、食うに困らないという。しかも、私がその勧めに関心を持ったのには、その聖が古き良き時代の聖人や高名な上人たちの逸話や全国各地の様々な説話に通じていたからであった。私は次童丸の家に厄介になりながら、ちとせの弔いを済ませ、家をその両親に与えるための正式な手続きやその他で十日余りは費やしていたので、その間大原の聖に連絡を取り、ようやく山の古寺に戻る前日その許可を貰っていた。

その聖の名は報信《ほうしん》、やはり叡山に修行を積んだものの飽き足らず、山を下り法然に帰依《きえ》したという。年の頃は七十を少し越したくらいであろうか。もはや若くないのでひとりはぐれて念仏三昧に生きようと大原に籠《こも》ったつもりが、近在の農民たちに請われて説教をするようにもなり、人脈ができてしまった。皆が皆世間でいうところの下賤の民だがね、だが彼らこそ人として真っ当に生きている人たちだから、こちらが教えられることの方が多いんだ。先程、あなたから名前の出た綽空だがね、と報信が息を継いだ。私が次童丸の所にいる若い僧がその弟子だと聞いた法然門下の僧のことである。彼もまたお山に長くいた一人だからよく知っている、その頃は範宴《はんえん》と言った。幼くして慈円上人に弟子入りしたのが最初らしい。山を下りる前までは堂僧の一人として目立った存在ではなかったが、大変な器量の持ち主だと聞く、と報信は語った。

こうして、私はたった一人で住むために大原に居を移したのである。そして、唯一の世間とのつながりとして残してあった後鳥羽院側近の家長にだけは、出家したことと大原に住まいを移したことを伝えたのだった。

このような段取りを踏んで万全を期したからは、私なりにちとせを失ってひとり身になった自分を律しつつ、ものを書き、時には歌を詠み、また琵琶を弾く、そして、浄土宗の奥義も究め、朝な夕なに念仏をして独居三昧を楽しもう、楽しめるはずだ、かなり傷みが来ているとはいえ、風雨が凌《しの》げるだけで充分と、その新しい住まいである庵のど真ん中に寝転んで、思いの丈《たけ》を膨らませていたところへ、使いの者が一通の便りを届けに来た。こんなに早く、一体誰が、と思う間もなく、使いの者から家長様という言葉が先に出た。返事が欲しいとのことです、お待ちしています、と続けた。

その文というのが、私にとってはとんでもない青天《せいてん》の霹靂《へきれき》だった。

私は脳天を打ち砕かれる思いだった。何ということを、言ってきたものだ。言い出す者も言い出す者なら、それを唯々《いい》諾々《だくだく》と手紙にしたためて書き送ってくる奴も来る奴だ。この時ほど、上皇の傲慢さを呪い、近臣の恥をも知らぬ追従を軽蔑したことはなかった。私は読み終わっても、その文を持つ手の震えを留めようがなかった。

そして、その返事を求められている以上、その手紙に否と書く選択肢のないことを思わずにはいられなかった。家長の追従をとことん侮蔑しながら、私もそれと全く変わらぬ立場に置かれていることに自己嫌悪のみ感じていた。これこそ、次童丸の嘆きに思わず同調して泣いた階級差別、どうしようもない上皇と家臣の上下関係だ。もはや、私は家臣ですらないのに。ええいっ、どうしてくれよう……、その時、これもまた、私の頭の隅に霹靂ならぬ霊感が走った。

家長が書いて寄こした文面には、貴殿がいよいよ出家されたと知りました。そのことを上皇に伝えると、あなたの手元に長年お持ちの琵琶の名器、手習があるはずだ、と上皇がおっしゃっています。上皇はあなたが出家され世を捨てられたからは、管弦の遊びとも縁遠くなられるだろう。ならば、とおっしゃっています。どうでしょう、受け取る私自身も近々上皇のお供で熊野詣でに出るかもしれず、熊野でなくとも各所に頻繁にお出でになられることが考えられるので私も御殿を留守にすることが多く、ちょうど一か月と日限を定めて来月の今日、この同じ使いの者を寄こすから渡してくれまいか。と、こうであった。

私はすらすらと返事を書いた。承知しました、お待ちしていますと。すでに、私にはある魂胆が生まれていたが、そんなことはおくびにも出さず、使いの者に文を持たせた。

一か月の猶予、先ずそれは天恵のようなものだった。相手も直ぐ寄こせとは言わなかったろうが、向こうが先に一か月と言ってくれたのは有難かった。そうでなければ、いろいろと言い訳を捻り出して引き延ばすことを書き送るのも面倒であった。

一か月あれば、この手習とそっくりなものを何とか作り出せるのではないか。形、体裁は兎も角、同じ音色が出せるかどうかが問題だ。その点、上皇ひとりなら、誤魔化すのは簡単だ、いやあの方も端倪《たんげい》すべからざるところがあって油断はならない。おそらく、上皇は私から分捕ったこの手習を周囲の管弦の徒にも披露するに違いない。その時、何らかの齟齬《そご》を見つけて……真相まで知られることになったら、お咎めが軽く済むわけがない。死罪ということにもなろう。殺され、しかもこの手習まで奪われたのでは、死んでも死にきれない。だから、この本物の手習と音色共々寸分違《たが》わぬものを手習と称して提出しなければならないのだ。

それからの日々、私は悔いを残さぬように何とかせねばならない。先ず材料を手に入れなければならなかった。伝手《つて》を頼って手習とそっくりの材料を集めることは出来たが、十日ほどを費やしてしまった。その間、最も出入りしたくなかった場所だが、今は全く交流を欠いているおほばの家にも寄った。背に腹は代えられなかった。

私は、道具の類いは一式身近に置いてはいたが、さて手習そっくりのものを作るとなると、普段以上に細かい細工も必要だし、膠《にかわ》などの材料も不足なく準備しておきたかったのと使い古した古色の感じを出すための塗料なども欲しかった。幸い、さよの母親以外の男衆は出払っていて、一人だけ見習のような若い男がいただけだった。大体が最初から私を敬遠していた母親はその若い男を呼んで私に押し付け、早々に奥へ引っ込んだ。女主人に言いつけられた若い衆が、私の注文するものをためらいなく選《え》りだしてくれたのは助かった。

残るは、あと二十日間しかない。私は寝食を忘れて琵琶作り、否、手習作りに没頭するしかなかった。

細部にわたって手を抜くことは出来ない。胴体の腹板《ふくばん》を張り合わせるにも気を遣う。中の空洞そのものが音を決定するからだ。だから、両脇の半月はもとより下の方で弦を留める部分の覆手《ふくじゅ》を付ける部分の穴の空き加減にも神経を遣う。穴一つ空けるのにもそうであるからは、上部の絃《いと》蔵《ぐら》に弦を巻き込む転手《てんじゅ》を差し込むのやら、四個の柱を置くにも一層の気配りが必要となる。弦を張る前に腹板に張り付けておいた撥面《ばちめん》も板に綺麗に馴染んでいた。

一気にこのように書いてしまえば、作業が順調に進んだかに見えるが、何しろ名器手習の複製、否、それ以上の本物を作ろうというのだから並大抵のことではなかった。誰も名器手習を手に取って矯《た》めつ眇《すが》めつした者はいないのだから、細部について記憶する者はいないはずだ。だから、程々でも通用するかもしれぬ。しかし、後々までも、いつ偽物であることがばれるかとくよくよしたくはなかった。そんな羽目に陥るなら、最初から軍門に降《くだ》って仰せに従い本物を提出した方が余程ましだ。そう言えば、すっかり忘れていたが、上皇が一度だけ私が弾き終えた手習を手にしたことがあった。そして、小振りなところがいい、弾きやすそうだと言った。あの時から、欲しがっていたのか。

私が家長の手紙を読んだ時、そして私の大事にしてきた有安師の形見でもある手習を寄こせとあった時、私は怒りに震えた。その怒りは、これまで経験した類いのそれではなかった。

私は上皇を憎んだ。これまでの和歌所の寄人や歌人としての自分に寄せられた愛顧、中途半端に途中で投げ出してしまった河合社の禰宜問題にせよ、始まりは間違いなくあった私への好意、それらが一度に吹き飛んでしまうような仕打ちにしか私には見えなかったのだ。

ましてや、今や、ちとせの形見でもある。あの時、幽明の境に漂い出していたちとせに向かって、そしてそこに居並ぶ私にとって大事な人たちに向かって、私はこの日の演奏をこの手習と共に大事に胸に収め、己れの生涯が尽きるところまで相携えていくことを誓ったのだ。それを上皇如きに奪われてたまるか。

私は残る数日は、食べるものもほとんど喉を通らず、水だけで辛うじて喉を潤し、ただひたすら贋物《がんぶつ》を作るためだけに日を過ごした。体力も失われ、気力すら薄らいでいくなかで、私を前に推進した力は唯一つ、上皇を呪い、上皇やそれに纏わる貴族社会のすべて、地下を見下ろす殿上人のすべてを、この名器手習の贋物を摑《つか》ませることで、誑《たぶら》かすというその一念であった。

先端の海老尾《えびおそ》の反り具合にはじまる形だけでなく全体の古色の陰翳も程よく、まして響かせる音色も遜色《そんしょく》なく、これでよしと自分ながらに納得がいったのは、期限前日の深夜であった。もちろん、撥も揃えた。暁までに、その撥に歌を書き記して送り出せば、万事完了だ。

昼前に、家長の使いの者は来た。その声を聞いた私が出て行って、いきなり約束の琵琶を目の前に置いてやると、これが献上品であると思ってか大袈裟に驚いてみせたが、次に私がそれに布を巻き付け包み込んでいる間には、私自身を見つめる表情に驚きの変化があるのを私は見逃さなかった。おそらくひと月前の私とは見間違えるばかりにやせ細った男を見たからに違いない。

琵琶の製作中、それも七日ほど前に一度訪ねてきた報信が、私の顔を見るなり、その窶《やつ》れ方に驚きを隠せなかったことから見ても、さらに七日の日を重ねた今、使いの者をいかに驚かせたかは想像するに難くない。

私は報信には、断食行をしているのだと言い、取り繕《つくろ》った。使いの者には言い訳する必要もないし、そのまま文だけ託して帰したが、家長に何か伝えるだろうか。

斯《か》くしつつ峰の嵐の音のみや終《つい》に我が身を離れざるべき
掃ふべき苔の袖にも露しあれば積れる塵は今もさながら

この二首を、手習に添えた撥にしたためて送り出したのだ。

先ず一首目は、琵琶を手放した今、峰に吹き渡る激しい風の音のみを私は聞くことになるでしょうと、多少の恨みを込めて。二首目は、琵琶の塵を払うべき僧衣の袖は涙にぬれているので使えず、積もった塵はそのままでお渡しいたします、とこれもまた同じ趣旨に悲嘆の色合いを濃くして。

使いの者を送り出した後、私は久しく食い残してあった一個の握り飯を食った。ほとんど水気が抜けて干涸《ひから》びていたが、かえって腹を下すことはなかろうと、構わず水と一緒に呑み込んでいた。それからは、ほとんど次の日の夜明けまでぶっ通しで眠った。

上皇がどのような表情と言葉で、家長が差し出した私からの献上品、琵琶手習を受け取ったかは想像するしかないが、上皇からその返歌を任された家長が日を置かずこのような二首を送ってきたところを見れば、さぞや満足げであったのだろう。

これを見る袖にも深き露しあれば払はぬちりはなほもさながら
山深く入りにし人をかこちてもなかばの月を形見とは見ん

二首ともに、深い同情を示し、こちらの袖も濡れているので積もった塵はそのままにしておきましょうといい、この半月に象徴される琵琶を隠遁したあなたの形見とも思いましょうという。私はこれらの返歌に接して、多少の罪悪感を覚えなかったわけではなかったが、手元に残した本物を見るにつけ、自ずと笑いが立ち上ってくるのを如何ともし難かった。

それから間もないある日、誰に告げるわけでもなく忽然と家長が訪ねてきたのには、正直言って驚いた。まさか、あの琵琶の正体が、とすら思った。

このところは琵琶を弾くことも控え、人目につかぬところに隠してもあったので、突然誰が現われようと、その備えはしてあった。この時も、家長が訪ねてきた真意を聞くまでは、まさか露見したのでは、という一抹の不安は感じながらも、本物の手習が見つかる心配はしないで済んだ。だが、痩せ衰えているところを殿上人に見られるのは本意としなかったが。

実は、琵琶製作中の体力の消耗を、無事上皇のもとに届けた後は、気持ちも解放され、食事も改善すれば直ぐにも挽回するだろうと高を括《くく》っていた。それが、そうはいかなかったのだ。

一つ事に集中していたお蔭で取り紛れていたものがどっと一気に押し寄せてきたからである。それは何といっても、ちとせについての喪失感である。三十代の多くと四十代のすべて、そして五十歳をも越えるに至った長い月日、暮らしを共にし睦み合ってきたちとせを失ったことは、さよとの激烈な別れとは違って激情に突き動かされることはなかったと言えるが、逆に底深く動かしようのない悲しみの塊を抱かされているようで、逃げ道がなかった。

それが空きが出来たその後の日々どっと押し寄せてきて私を捉えて放さなかったので、体力の回復どころか精神的な落ち込みようといったらなかった。私は朝粥の火を付けながら涙し、汁を啜《すす》りながら泣いた。枕に頭をつける時に泣き、目が覚めると眼に涙が零《こぼ》れそうになっているのに気づく。必死で立ち直ろうとすればするほど、どつぼに嵌《はま》っていく。

私は、あの説話にあったように、ちとせの髪を撥の入った袋の金色の紐で結わえてやったことを忘れてはいない。ある晩、現身のようなちとせが現われて、私の横に滑るように入ってくることを夢見なかったわけではない。むろん、説話を信じて倣《なら》ったわけではないが、身内に潜む願望ではあったから。

だが、今や、私はそれらのことがすべて魔道に墜《お》ちるために自分に仕掛けられた罠ではなかったかとさえ思うようになっていた。私は溺れる者のように藻掻《もが》きながら、この悲嘆の海から辛うじて顔を突き出し、あっぷあっぷしていたのだ。

家長は開口一番、大丈夫か、と訊いてきた。使いの者から聞いたのだ、どこか体の具合が悪いほどに痩せ細っておいでになったと。

いや、病気とかそういうのじゃないんだ、まだ田舎暮らしに慣れないいんだろう、と私。

家長は私の庵住まいを確かめるように、さして広くもない中をぐるりと歩き回り、座ると丁寧に頭を下げ、この度は大事な品を献上していただいて感謝しています。上皇様もその意を伝えてくれとおっしゃっている。しかし、愛蔵品を手放すということがこれ程にあなたにご心痛を与え、痩せ細ってしまわれたのを見ると、自責の念に駆られないわけではない、だが、このところ上皇様はすっかり琵琶の演奏に夢中になり、しかも腕もめきめき上げられた、それであなたの手習にも目を付けられたのだ、まあそういう次第であるから、ご寛恕《かんじょ》願いたい、と頭を下げるのだ。

まあ、家長は私より十五歳ほども年下だから、当然と言えば当然の礼儀だが、すでに私は彼の日頃の好意とは打って変わって、上皇の別の神社の禰宜職を与えるからそれで我慢しろと言わんばかりの提案を私が即座に断った時の高飛車な対応を知っているので、話半分に聞いていた。しかし、私の消耗がひとえに愛着していた琵琶を手放したことに原因していると思い込んでくれたことは好都合だった。だから、後の話はその一点に絞って、話を合わせることにした。私も段々調子にも乗ってきて、私に倣って彼が上皇の代行として返歌を書き付け送ってくれた撥を生涯の友として大事にしていきます、とかなんとか、後で思い出して我ながら恥ずかしくなるぐらいの大芝居を打つことになってしまった。

家長を送り出す時、表に出てみると、いつもの使いの者が牛車の中から何か運び出してきた。どうやら、上皇からの手土産であるらしい。私は家長に上皇にはくれぐれもよろしくお伝えくださいと頭を下げた。これで、完全に一件落着。そう思いながら、牛車を見送っていた。

〈三十一〉

この出来事がきっかけとなって、不思議なことにまるで憑き物が落ちたように、私は落ち込んでいた境地から抜け出すことが出来た。

私は日々それと分かるくらいに目覚ましく回復した。次童丸が訪ねてくれたのは、回復してからだったから、助かった。あの頃の私を次童丸が発見したなら、そのまま放っておかれるはずもなく、次童丸の家に連れていかれるのは必然だったからである。

次童丸は珍しいものが手に入ったと言って、塩蒸しにした鯛を持参してくれたのである。その晩は久しぶりに私も酒を口にし、夜っぴて語り明かした。夏の大原は夜風も涼しく時には冷えることもあったが、その日は夜になっても蒸し暑く、戸を開けっ放しにしていた。お蔭で、蚊を追い払うのにやっきになりながらの二人だけの酒宴となったが、久しぶりに少年時代に戻ったような高揚感を味わえた。摂政の藤原良経卿急死の報もその時聞いた。三十八歳というから、まだ若すぎる。父親の兼実卿には大変な打撃だろう。しかし、歳のことを言うなら、ちとせだってまだまだ若すぎたし、さよは余りにも若すぎた。

これで、益々上皇の天下は続くぞ、と次童丸が続けた。確かに、政治にしても遊びにしても、したい放題になっていきそうな気配はある。今回の手習の件だってそうだ。究極のところ、他人への心配りなんぞないんだからな。私は手習の一件が口まで出かかったが、こればかりはたとえ相手が次童丸であっても、口にしてはならない。しかし、次童丸なら、手を叩いて快哉を叫ぶだろうことは明らかだった。そして、首を賭けても、秘密を守ってくれることも。しかし、やはり、今話すべきことではない。私が臨終の床にあって、今わの際なら枕辺にいる次童丸の耳に囁《ささや》いてやろうか。私が死んで、あいつは大泣きするだろうが、その秘密の一件を思い出し、大笑いに転じるきっかけにはなるだろう。

あきらが今一番知りたいはずの特別の出来事があったのだ、と次童丸は思わせぶりに語り出した。まるで私が口元まで出かかりながら引っ込めた話題の代わりというように。

何だ、何だと私は催促した。

莟《つぼみ》さんのことだよ、と次童丸。

彼女、幾つになったと思う。綺麗な女になっていたぞ。

私とは十五、六歳の違いだから、それでも三十半ばをちょっと過ぎたくらいかな。

実は会ったんだ。会えたのさ。

えっ、まさか、どこで……。

羨ましく思うなよ。

どこでだよ。

葵祭で。

えっ……。

久しぶりに警備に行った折、禰宜の一族が見えたので、ちょっと近寄っていったのだ。そうしたら、少し離れた所の輿《こし》の中から、声が掛かった。検非違使庁の方とお見受けしましたが、今日この方はこちらに見えてはおりませんかと、私の名前を言うんだ。びっくりして、私がそうですと答えたら、向こうはさらにびっくりして、これは神様のお導きに違いない。むかし、叔父から唯一の友人だとお聞きしていたお名前です、何かは知らないけれど、亡き父もお世話になったことがあると叔父から聞いておりました。実は何としても叔父上にお会いしたいのです。というのも、夫が石見守《いわみのかみ》に転任したので、私も追っかけて行かなければならないのです。常日頃お会いしたいと思いながらも、縁遠くなってしまって。でも、今度こそ、お会いしたい。今日、このようにあなたにお目に掛かれたのも、……と言って後は泣き崩れて声にならなかった。今回訪ねてきたのは、それを伝えるためなんだ。ついつい出し惜しみしてしまって申し訳ない。

次童丸は大真面目に頭を下げ、頭を上げると今度は、おれは賀茂建角身命《かもたけつぬみのみこと》の使いの者であるぞ、と下鴨社の祭神の名前を挙げて戯けてみせた。いや、阿弥陀仏のお引き合わせかな。

こうして、長年の懸案だった荅との再会は成ったのである。その日の輿には、次童丸も同伴して付いてきてくれた。だが、彼は最後の最後まで庵の中に入ってこようとはしなかった。

私は成長してすっかり大人になった荅に向かうと、それだけで涙が滲《にじ》んできて、もはや言葉が要らなかった。夫のこと、子供のこと、いろいろ訊きたいと思っていたことは山ほどあったが、幸せでいることが確かめられた以上、それらのことは余計なことに感じられ、むしろ聞き上手な荅に誘われるように己れのことのみ話している自分に気づいた。私が知ったのは二人の男の子がもう成人に近いこと、少し離れて出来た女の子がちょうど兄が死に嫂《あによめ》と一緒に向こうの家に引き取られていった頃の蓉、言わば私の目に焼き付いていた蓉の像と同じ年頃になっているという程度のことだった。私にはそれで充分だった。

唯一つ、私の方から兄に聞かされた、あの夏の炭櫃《すびつ》の歌のこと、それを「火おこさぬ」というのなら冬の炭櫃にした方がもっとしらける感じが出るんじゃないですかと、まだ十二歳になったばかりの蓉が口を挟むんだよ、と親ばか丸出しに語った話を持ち出すと、そのことは覚えていて、その頃の父親の思い出にしばらくは花が咲いた。嫂については、兄が死ぬやさっさと実家に引き揚げたその仕打ちを思って私に遠慮してか、蓉は自分の母親については話を避けるようであった。

歌は続けているかと訊くと、お付き合い程度と言って笑い、『新古今集』に載った私の歌はどれも諳《そら》んじている様子で、十首すべてが好きだと言った。そして、やはり蓉自身にも縁が深い、「石川やせみの小川」が印象深いとも。

叔父様の歌は、どの歌も言葉の感覚が鋭く新しいのが素晴らしいの、これだって月が映っているというところを、「流れを尋ねてぞすむ」って詠むんだもの、どの歌を見てもそうよ、少年の頃に詠ったという、川に映る雁の影を見て、「数かきとむる心地こそすれ」なんていう感覚、誰も真似できないわ。

私にとって兄の遺児、たった一人の血を分けた姪、しかも今や﨟《ろう》たけた大人の女性である蓉の賛辞に勝る賛辞はなかった。

呆気《あっけ》なく時間は経ち、結局次童丸は一度も庵の中に入ってこずに、蓉の乗る輿に付き添って帰っていった。私はその一行が見えなくなるまで、表に立って見送っていた。夕霧の中に溶け込むように輪郭が朧《おぼろ》になっていく、まさに一幅《いっぷく》の絵を見るようであった。

私は荅に会うことが出来て、何だか大仕事を為《な》したような気がした。私はまだ少女である荅と別れた後も時々どうしているかと思い出すこともあったが、さよとの暮らし、さらにはちとせとの暮らしの中でいつの間にか自ら遠ざけてしまっていた感がある。今となっては申し訳ない思いだ。若くして逝った兄にとってはどんなに気懸《きが》りであったろう。本来なら、私はずっと親代わりとして面倒を見る義務すらあったのだ。それに引き換え、あれ程に私からは遠ざけよう遠ざけようとする禰宜一族のたくらみの中でさえ、私を思い、私の身代わりのように私の歌を大事にしてくれていたのだ、荅は。

さよが無事産んでくれていたなら、私は今その子とどのような関わりを持っているだろうか。そして、いま改めて、父が私や兄に向けていたまなざしの深さに思い当たる。さらに、ついぞ今日まで考えたこともなかったが、ましてや私を抱くこともなく、兄の三歳以後の成長を見ることもなく、逝ってしまった母のことを思うと、その無念たるやいかほどのものだったか、に思い至る。おそらく、私のこの命は母の祈りによって守られてきたのだろう。早逝した兄には申し訳ないが、一度たりともその乳房を含ませてやれなかった私への不憫さが増し、愛情のかけ方が私の方に偏《かたよ》ってしまったのかもしれない。

そう思うと、さよは我が子と共に成仏して幸せだったかもしれぬ。いやいや、そうではないだろう。やはり、直ぐに別れなくてはならなかったにせよ、子は生かし、陰ながらにその成長を見届けたかったであろう。その祈りはきっといつかは我が子に通じ、自分を生かし続けてくれた母のあることに気づく日が来るであろうから。私は遅ればせながら、母の愛を身近に感じ心して祈るのだった。南無阿弥陀仏、ほとんど阿弥陀仏を拝むことと同義であった、私には。

仏教者の中には、私心に充ちた我執を捨てなければ、本来の念仏ではないと言う人も多いだろう。だが、法然ならば、どう裁《さば》く。若い僧が尊敬している綽空ならば、どう言うだろう。若い僧に言わせれば、これが世に出れば大論争になるのは必定《ひつじょう》で、ただでさえ浄土宗に対する偏見が強い時期だからこそまだ内々の話に留めてはいるが、綽空はすでにこうまで言っているらしいのだ。善人なおもて往生をとぐ、いわんや悪人をやと。普通なら、悪人なお往生す、いかにいわんや善人をや、というところを、まさに逆説的に言い換えている。そして、本願他力の趣旨に副えば、この逆こそ真なりであり、この思想は元々法然の教えから出ているのだという。ならば、たとえ私の念仏に母への祈りが重なったとしても、それは当然許されるだろう。

私はこのところ平穏に毎日の日課をこなしていた。仏教説話の収集と私自身の執筆作業も進んでいる。また、その作業に飽きると、書き留めてあった、かつての天変地異の事象についての記録や都についての変化のさまなどを記したものの整理と、それとは区別して、源平に纏わる一連の挿話を一まとめにし順序だてて整理する作業も一方で進めるように心掛けてはいる。だが、有安師をはじめとして、様々な人々から聞き書きしたものだけでも厖大になっていて、途中で投げ出してしまった。

だが、近隣のどこかで小火《ぼや》が起こるたびに、ここが都の市中でなく、大原の里である幸運を思いながらも、以前とは見違えるまでに俗化が進み、人の数、住まいの数も増えていることに気づかざるをえない。もし、風の吹きすさぶこの季節に火事が出たら、我が庵も一溜りもないだろうから。私は年月をかけて記録してきたこれらの厖大な記録が一瞬にして焼滅してしまう恐怖に慄《おのの》き、安全な置き場のないことに改めて気づいた。


ここにいると季節の移り変わりが敏感に感じ取れる。というより、まわりの風物が否応なく教えてくれるのだ。そして、自分の年齢とともに、その変化が速度を増す。

早くも新しい年の到来となった。都を出てからまだ数年にしかならないのに、指折り数えてみないことには、幾度目の正月かも言い当てられない気さえする。

建永《けんえい》二年（一二〇七）か。今年もまたあっという間に去っていくのだろう。そして、二月。ある日のこと、いつもはのんびりとした声と表情で、直ぐそれと分かる報信が血相を変えて飛び込んできた。そして、私は大事件を知ることとなった。

いわゆる念仏宗の安楽房と住蓮房が他の二名の大物と共に捕らえられて死罪になったというのである。しかも法然上人が四国に配流《はいる》となり、綽空もまたこれに連座して越後国《えちごのくに》へ流罪となったということであった。流罪になった弟子たちは他にも何人かいるという。浄土門にとっては大打撃、まさに法難であった。これは私にとっても聞き捨てならない大事件である。私は、次童丸と安楽房の縁から住蓮房を紹介され、彼の好意で彼の住む古寺に同居させてもらっていた。そればかりか得度《とくど》したのも彼に導かれてのことであった。

その咎《とが》とされたのは、東山鹿ケ谷《ししがたに》での念仏の集会にあった。六時礼讃という別時念仏がこのところ人気を集めていた。善導が作詞したという六時礼讃に美しい節をつけ、美声の持ち主である安楽房や住蓮房らが歌うのである。この時は、後鳥羽上皇の熊野詣での留守中で、上皇の御所勤めの女房たちが押しかけていた。そして、これは夜通し行われるものだから、皆朝帰りとなる。特に上皇から寵愛を受けていた伊賀局《いがのつぼね》という女房がどこに失せたか姿を見せなかったという話に、遠路戻ってきた上皇は激高、その逆鱗に触れた当事者の二人は即刻打ち首となったというのだ。

女犯肉食も往生を妨げずという話がさらに尾ひれを付けて喧伝され、浄土宗即邪教の烙印を押したがる旧仏教勢力も虎視眈々《こしたんたん》とその隙を狙っていたから、上皇の私怨もまた世の認めるところとなったのであろう。だが、後に聞いた話によると、この話の裏には更なる陰謀の臭いさえするというのだ。まだ上皇が都に帰着する前から、当時上皇の取り巻きを占めていた祈禱僧たちのなかに不穏な動きがあり、その説によれば、伊賀局もその黒子に使われた気配すらあるというのである。

何はともあれ、安楽房を失った次童丸の受けた衝撃は大きいはず、心配になった私は急ぎ市中に出た。大原に居を移してから初めてのことであった。

次童丸の家に直接向かった。家に着くと、いつもの若い僧は現われず、しばらく待たされた後、見慣れない中年の僧が現われた。次童丸は奥にいるということだった。この数日、検非違使庁にも出かけていないという。

部屋を覗くと、次童丸は広い寒々とした部屋の中に大の字になって天井を向き目を瞑っていた。眠っているのかもしれない、そっと近寄って覗くと、目を開かないまま、あきらだなと声に出した。そして、ごろっと体を起こして私を認めると、にこっと笑った。だが、その顔は憔悴《しょうすい》しきっているように見え、私は言葉を詰まらせてしまった。次童丸のこんな姿を見るのは初めてのことだ。想像すらできなかったであろう。

だが、次童丸から聞き出した話を聞けば、誰だって納得するだろう。私も次童丸に同調し、思わず戦慄していた。

何と、よりにもよって、安楽房の処刑に立ち会う羽目になったというのである。

捕縛《ほばく》しに行ったのもお前か、と訊くと、幸いそうではなかったという。

だが、処刑場となった六条河原で立ち会う羽目になったというのだ。この時、処刑される側は安楽房一人、検非違使側の頭目は使大夫尉藤原秀能、その傍らに小舎人童《こどねりわらわ》、そして火長である次童丸が控えた。一方の安楽房の傍には首切り役二人、近くにはそれを指揮する獄直たる看督長《かどのおさ》、また火長の後ろには放免《ほうめん》二人、周りには甲冑《かっちゅう》に身を固め薙刀《なぎなた》や弓矢を持った武士たちが控えていたという。私もこの光景を想像することは容易であった。平家の残党が同じように首を切られるところを見ていたからだ。だから、頭目はじめ役人たちの出立ちがいかに仰々しいものであるかも知っていた。右手には檜扇《ひおうぎ》、左手には弓、衣装も鮮やかな色の単衣の上に白い狩衣、指貫《さしぬき》を着て、毛沓《けぐつ》を履き、背には切斑《きりふ》の矢を負っていた。

周りにお上の権威を見せつけようというのだろう、威風堂々としていた記憶がある。火長と思しき役人も、狩衣に小口の張袴《はりばかま》、そして弓箭《きゅうせん》を持っていた。次童丸にそのような厳めしい姿、そもそも検非違使庁の役人として像を重ねたことがこれまでなかったこともあり、今さらに目から鱗の感すらあったのである。

しかし、次童丸の落ち込みようといったらなかった。目の前で安楽房が斬られるのに立ち会ったのだから、それは分かる。

次童丸は続ける。せめて、自分の知らない坊さんであってほしかった。また、こうも言う。果して安楽房は自分に気づいていただろうか。今となっては、気づいてくれていた方が、かえって自分にとっては救いになったかもしれない。最後まで泰然自若としていた安楽房は、おそらく次童丸の分まで念仏を唱えてくれたかもしれない。自分が周りの者には気づかれぬよう秘かに安楽房のために念仏を唱えたように。それはした、だが、次童丸は最後の最後まで、安楽房の目を避け、出来れば気づかれないように顔を隠そうとしていたと、私に告白するのだ。そして、それこそが自分で自分を許せないのだと言った。ちょうどいい、あきらが来たからは、一緒に大原へ連れていってくれ、おれもまた頭を丸め坊主になる。南無阿弥陀仏の仏僧になる、と言い放った。

私がこれをいかに思いとどまらせ、再び検非違使庁に復帰させるに至ったか、少なくとも三日三晩はかかった。と、それで終わりにしたかったのだが、さらにそれ以上に延びたのである。

ようやく説得し切ったかと思って、その晩を眠ると、次の朝には取り消してくる。そういう繰り返しがあって、私は最後の手段に、この一年ばかりは取り換えもせず一途に通っている女の所に連れていき、頭を丸めたらもう会えなくなるぞ、と脅し、女にも次童丸を翻意させるべく懇《ねんご》ろに振舞ってやってくれと頼み込んだ。それでどうなるものでもないか、という危惧も同時に抱いていた私は、次童丸の留守を預かる思いで彼の部屋に留まっていた。

その間、今や若い僧に替わって、ここに寄宿する者たちの面倒を見ることになった中年の僧から聞き出せたことは、若い僧が師である綽空を追って、越後にまで下り、その罪の解かれる日まで現地で過ごす、そして、その後も行動を共にしたいと言って去ったということであった。

やはり、次童丸を女に預けたのは正解だった。朝早いうちに女がきて、今朝すでにお役所に出かけたということだった。次童丸好みの小柄な可愛い女だ。小股の切れ上がった女といったところか。

私は直ぐに帰り支度をした。あそこまで擦《す》った揉《も》んだした挙句《あげく》のことだから、私に無断で仕事を止めるということはないだろう。

私の日常も平常に返って、近くを散策する以外はほぼ文机に向かっている。仏教説話についても、報信から聞き出すべきところはすべて終わったし、彼の伝手《つて》でこの近くに住む僧侶や物知りから聞き出す作業も大方終わった。新しいどこかを開拓しない限り、種は尽きてしまった。

家に閉じ籠っているには惜しい日々が流れていた四月、九条兼実公が亡くなったという。世継ぎとして最高の出世をした良経卿がまだ若くして先立ったその衝撃から立ち直れないままに亡くなったのだろう。五十九歳であったという。さほどの年上でもなかったのだ。

自分のことは今に至っても、まだ若造気分が抜けず、おそらく大人になり切れないままでこの一生を終えることになるのだろうと高を括《くく》っているが、正直兼実公は十歳は年上だろうぐらいに思っていた。頭を丸め墨染《すみぞめ》の衣を着たからといって、急に達観の域に達するわけでもない。そんなことは弁《わきま》えているつもりであるが、益々自分の身内に様々なる煩悩が燃え盛ってくるようで、罰当たりなことに、新しい女の登場を待たない気分でもない。さよやちとせの顔を思い浮かべ、いやいや、それはないだろうと自分に言い聞かせながら、そういう時に限って、自慰行為に奔《はし》ってしまうのだ。


何だか、近辺が騒がしくなってきた。東山の方で隠遁暮らしを始めすでに住み着いたかと思われる連中が引っ越してきたのだ。それも、住蓮房の仕掛けで私を中心に歌会に集まってきていた者たちのほとんどがその流れの中心をなしていた。

誰も口にしようとはしないが、住蓮房が打ち首という極刑に処されたことから、住蓮房との繋がりを追及されることを皆懼れたのだ。それが私にはよくわかる。なぜなら、事件のことを聞いた直後、私自身がそのことを真っ先に考えたからである。何しろ、私は住蓮房の住む寺に同居していた身であったから。さらに言えば、つい先ごろまで、御所の和歌所の寄人であり、『新古今集』という勅撰集に名を連ねている一人だ、これ程の醜聞はないというべきだろうから、何らかの咎《とが》が科されないわけでもないとも考え、またその頃は怒り心頭に発してこの断を下したのが上皇だとも聞いていたから、上皇の怒りがこちらに飛び火することもないではないと考えたこともあった。

しかし、よくよく考えてみれば、浄土門に下された今回の咎が一般人にまで及ぶ理由はない。それは杞憂《きゆう》に過ぎないといえるのだが、彼らがどっと逃げ出してきた気持ちは理解できた。すでにこちらに私が居を構えているということは、皆が報信を通して知っているところでもあったので、間もなく報信を通して新しい歌会を催したいのだが、というような申し出のあることが分かってきた。

この人たちと歌会を続ける考えはとっくに捨てていたので、私はその旨を理由は別仕立てで断った。私は別に歌を捨てていたわけではない。ただひたすら、詠み比べをするなら私以上に歌の高みに立つ人とのみやりたかったのである。


私はさらに俗界を捨てる覚悟で、この大原に代わる土地を探そうと思い始めていた。周りがどうであれ、自分自身が己れの中に住む俗界を捨てれば済むこと、それこそが肝要で、土地を移すなどという考えそのものがすでに自分を甘やかす大本だとは分かっているのだが、一旦その考えにとりつかれると、矢も楯も堪らなくなる。

えいっ、ままよ、どうせおいらの行く先は、俗界も俗界、但しもう少し気儘に暮らせる場所を当たってみようと思った。いずれにせよ、そこが気に入らなければまた次を考えればいい、まだそこが何処とも知れぬうちから引っ越しを決めるだけは決めていた。

さらに、どの土地どの場所をも選べるように、自ら設計する方丈を作って住もう。その点、家業を継ぐためにおほばに半ば強制され勉強させられた宮造りの知識と多少の技術が久しぶりに生かせることが楽しみでもあった。大体が嫌いではなかった。むしろ性に合っていたとすらいえる。そして、その方丈こそは終《つい》の棲家とするのだ。

いずれにせよ、都を離れて地方に住むつもりはない。せめて、次童丸とは連絡のつく場所でありたい。都周辺は一度は踏破《とうは》している。あの頃は歩きに歩いた。そのお蔭で、心身の衰えを時に感じることはあっても、足腰の弱りはまだそれほどに感じることはなかった。

山を逆に下りて、琵琶湖の周辺ということも考えた。大原とは反対向きに都の南の方にも魅力を感じた。旧都に足を延ばすことも容易になるし、宇治や醍醐《だいご》は指呼の間とまでは言えないにしろ近い。それにやはり方丈庵で暮らすには越冬の厳しさはかなり楽であろうから。年毎に感じることになるだろう、今後の老いに思いを馳せれば。

洛南の方にほぼ考えが傾きつつある時に、思わぬ幸運が舞い込んできた。噂には聞いていたこと大原に住む遁世者としての先達、禅寂《ぜんじゃく》の知遇を得ることが出来たのである。彼は日野兼光《かねみつ》の次男長親《ながちか》で九条家の家司を務めていた前途有為の青年であったらしいが、二十代の半ばに出家し、その後法然の弟子となり、如蓮《じょれん》上人と号して久しかった。私より十歳ほども年下であるが、会ってみてその見識たるや尋常でないことは直ぐに分かった。私は今回の浄土門の法難についての見解なども聞きたかったし、上人は上人で私から歌の話を聞き出したい様子で、このところ訪ねること数度に及んだ。何しろ、上人の父上とは歌会で顔を合わせてもいたから、自ずと話も弾《はず》んだ。

その内に、上人の氏寺が洛南日野に大伽藍を持つ法界寺《ほうかいじ》であることがわかった。また、その寺域の外山に別院を建立したということも聞いた。そこで、私が方丈の庵の話をし、場所を探しているると言うと、あの近辺は外れた山の中であっても寺域になっているはずだから、見ていらっしゃい、ここと希望の場所を教えてくれたら許可を貰うのは容易なこととまで言ってくれたのである。

〈三十二〉

私は直《す》ぐ様《さま》行動に移し、天気の良い日を選んで、日野の法界寺を目指した。ちょうど、季節も冬の厳しさが増してくる頃であったのをむしろ幸いと、寒の入りほどではないにしろ、越冬することを前提に場所を探した。いくつか候補地は見つけたが、どれも一長一短で決めきれない。狭い場所で住むのだからと思っても、水のことやら何やらと生きていくための暮らしのことがやはり最優先となる。たった一度で見つかると思う方が虫が良すぎると思いながらも、こういうことは何度探そうが出会う運がなければ駄目なんだ、と俗諺《ぞくげん》すら思い出す始末。まあ、来るとしても後二度は来よう、三度目の正直ということもあるからな、と思い決めて、戻ってきた。

早速、報告に行くと、やはり初めての所を一人で探すのは大変だ、いい案内人を付けましょう、麓に柴造りの庵があって、そこに山守《やまもり》が住んでいる。予《あらかじ》めいつと決めておくのも、かえって気詰まりだろうから、あなたがお出かけになった時、私からの頼みだということをその山守に伝えて、案内してもらいなさい。遠出することもないだろうし、十歳ぐらいの男の子がいるから、連絡がつかないことは多分ないだろうと思う。もし、どうしても連絡がつかなかったら、その時は諦めてまた一人で探してください。次こそ予め連絡を付けて日時を定めるようにしましょう、と上人。これ程に有難い話はないから、承って戻ってきた。

住まいに戻ると、ちょうど使いの者が来て、文を持参していた。和歌所からという。また、家長かと思って、中身を見ると、寄人の飛鳥井雅経からであった。留守中でなくてよかった、直ぐにも、返事が書ける。

雅経はこう書いてきていた。家長から、手習を献上した後のあなたの憔悴《しょうすい》ぶりを聞いて心配していたのだが、つい何かと取り紛れていてお見舞いを言うのが遅れたことを先ずはお詫びしたい、その後のご回復を願っているが、如何でしょうか。実は、鎌倉の実朝様から勅撰歌人の内、誰かに来ていただけまいか、是非直に会ってご教示願えればという趣旨の文が来ている。私としてはあなたを推薦し同行できればと思っているのだが、如何返事を出しておけばいいだろう。すでにご承知のことではあるが、私はかつて蹴鞠のお付き合いがあったもので、遠慮のない話は私にしてくるのです。折角世を捨てて都を離れてお暮らしになっているあなたに俗っぽい用で申し訳ないが、近ごろは定家様の指導もあって、歌の腕もめきめき上げていらっしゃる様子、鎌倉も一度はご覧になるのも一興かと、お誘い申すのです。ただ、あなたが無理だとおっしゃるなら、誰かを立てますので、お体の調子とも合わせてご返事ください。とこうであった。

正直言って、私に断る理由はなかった。というより、よくぞ私を推薦したいと言ってくれたものだと思った。私はすでに体力も回復している。家長が誤解してくれたのはむしろ幸いだったが、あの時消耗していた理由は、こちらにはしかと分かっていた。それにしても、雅経の好意は有難い。すでに聞いたところだが、『新古今集』の編纂作業でも、私の歌を多く推薦してくれたのは雅経だった。私が抜けた後では、まさに雅経のお陰で十首も入集したことを感謝している。特に、「石川や」の一首を断固推奨してくれたのが雅経だったことは終生忘れない。

私は、躊躇《ちゅうちょ》なく、承知したことを伝えた。もちろん、健康が回復して、このところ引っ越し先を探すために洛南にまで足を延ばしていることも。おそらく引っ越しは来年春になると思うが、引っ越しを済ませたら、連絡するとも書き添えた。

ええいっままよと思って出かけたのだが、運よく山守はいた。禅寂は文一つ私に託さなかったが、それは山守に会って直ぐに分かった。山守と聞いて、寺域内の管理等を一切任されている男かと思っていたが、樵夫《きこり》上がりの武骨な男であった。おそらく文字を読むことも不得手だろう。だが、私のための案内人としては最適任者であることは直ぐに分かった。地勢は細部に至るまで知り尽くしていたし、飲み水についても、どの地点ならこういう湧水がある、あるいは滝の流れには至らぬ細流の在り処も熟知していたからである。私が前回見つけておいた場所で水の利便がどうなのかが分からないままに保留にしていた場所に連れていくと、手を打って悦び、あんたは目利きだ、自分も最後に連れてこようと思っていた場所だ、と言ってはしゃいだ。

水の利便もここが最高だという。ちょうどここに方丈を置けば、と山守は空き地の部分を指し示し、南に当たるこの部分に湧水があるからと、私をその近くまで連れていき、ここに懸樋《かけひ》を作って水を導けば、こちらに岩を持ってきて囲めば水が溜められる。夏枯れ時でも涸れない湧水だから、重宝この上なしと自慢げにいった。林が直ぐ傍にあるから、薪にも事欠かない。

そして、この山守、かつて宮大工の真似事をやったことがあるらしく、この程度の大きさのものなら、うちの坊主を手伝わせりゃ、おれ一人で出来る、とこういうのだ。真似事と言ったのは本人の弁であるが、いずれにせよ設計図は私が描くつもりだから、よそから人手をどう借りようかと思っていた私には有難い申し出であった。

積雪のことも訊いたが、積もることももちろんあるし、日陰の所は根雪になることもままあるが、大原の里の比ではない、住んで不自由を感じたことはない、と言い放った。

私はここに方丈を据えることを決め、やはり春の方がよかろうとの意見の一致を見たので、この場所を寺の管理者には届けておいて許可だけは貰っておいてほしい旨頼んだ。その必要もないと言わんばかりの山守に、禅寂上人に頼んだ手前もあるから、是非にと念を押した。今日は最後まで山守の坊ずとやらは現われなかった。あいつ、何処をほっつきまわっていやがるのか、と笑っていた。そして、引っ越しの時は、方丈が出来るまで家に泊まっていいよとまで言ってくれた。いざとなれば、近くに宿を探さねばと思っていたところだったから、時宜を得た有難い申し出であった。私はこの日野の外山の新しい方丈の住まいに住むことの楽しみが際限なく拡がっていくのを思い描きながら、大原へと引き揚げた。

越冬、同時に越年する間、雅経からの連絡はなかった。春と言って、いつと定めていたわけではないが、私の注文した材料は新年早々集めておくから、いつ来てくれてもいいと山守は言ってくれていた。すでに多少の手付は渡してあった。

何となく書き物をするには落ち着かず、ふと思いついて前回琵琶を作った時に用意した材料がかなり余っていたので、それを利用して琵琶と琴を一つずつ作ることにした。今回は特に神経を遣う必要もなく、作ること自体を楽しむことが出来た。ただ、琵琶を作るつもりで集めた材料だったから、琴を作るには少々寸足らずで、ならばと折り琴を作ることにした。琴の胴体を二つに分離したもので、荷物をまとめる際にも便利ではある。弦を張って試しに弾いてみたが、遜色はなかった。これに味を占め、琵琶も継ぎ琵琶にしてみた。本物の琵琶は確保してあるので、これも手軽に使うにはいい。

このところ、次童丸は家に寄宿させている若い衆を使って時々、市中でしか手に入らない食品などを届けてくれるようになっていた。また、日野の方に引っ越す際には自分が牛車を用意して手伝いにもいってやる、と言ってきていた。

私はその日のために、荷物を纏めておいた。琵琶作りのために用意した道具は今回も重宝したし、向こうに行っても早速役に立つはずで持参することにしたが、材料の残りは近くの空き地で燃やした。これまでも引っ越す度に余分なものは始末をしてきたので、もはや一丈四方の住まいでも物の置き場に困るということはない。ただ、何処に行っても、錠のかかる土蔵のようなものとは縁がなかったので、自分にとっての唯一の財産である書き物の置き場所にはいつも一苦労する。他の誰にとっても無用の品であるから、盗みの対象にはならないであろうが、自分にとっては命に代えても守りたい宝であったから。ただ、大原と違って、火事の心配はなかろう。自分さえ火の始末に気を付ければ。山火事という惨事も時々耳にはするが、持ち出して逃げるぐらいの余裕はあるだろう。もし、鎌倉へ行くなどの長旅やちょっとした遊山の折にも、これだけはというものは身に付けておかねばならないかもしれぬ。

人は取り越し苦労というかもしれないが、私は京の町の度々の大火事で人々がそれぞれの大事な宝を失って腑抜け同然になっているのを見てきた。多くの人々にとっての宝物の価値観は私のそれと違っていることは百も承知はしているが。

明日はどうだと次童丸からの使いの者が来た。このところ来てくれている安《やす》と呼ばれている若者だった。確かに、上天気が続いている。明日も大丈夫だろう。頼むと答えた。

大原から日野に向かう道中は、久しぶりに味わう楽しいものになった。

次童丸は、安に加えて、辰《たつ》と呼ぶ若者を連れてきていた。それに牛車を曳《ひ》く男。

ただでさえ少ない荷物を彼ら三人が総がかりで運ぶものだから、あっという間に後に残す庵は空になった。報信には伝えてあったから、間もなく誰かが住むことになるのだろうが。

次童丸は荷物と一緒に私にも乗れと言ったが、私は頑《がん》として聞かなかった。それこそ気詰まりで道中が楽しかろうはずがない。

いつものことだが、話の中心は次童丸である。そして、とどのつまりは女の話だ。私は次童丸にいつもの屈託のなさが戻ったことが何よりうれしかった。一番に調子を合わせるのは安である。若いのに似合わず、社交上手な男と踏んでいたが間違いはなかった。牛曳きの男は三十半ばぐらいか、時に割って入ってくる。女房子供もいるようだ。私が気になったのは、辰と呼ばれた男だった。なかなかの美形である。だから、度々、次童丸も冷やかし半分からかい半分で辰を引き合いに出す。その内遊び場に連れていくともいう。安がすかさず混ぜっ返す。おれは置いていくんですかと。どうせ、お前を連れていったって、辰の前ではお前なんか女たちの眼中にも入れてもらえないから、最初から連れていかない方がいい、どうしてもって言うんなら、辰のいない時に、しかも辰を見たことのない女たちの所へ連れていってやるよ、とこんな具合の掛け合いが続く。辰は自分の名前が出るたびに笑みは見せつつ、二人のやり取りに決してついてはいかない、というより口が重いのだろう。そして、時に、心ここに在らずのような表情も見せるのだ。私にもこういう時代があったような気がして、その表情が印象に残った。

　話は段々数ある女についての生態から付き合い方まで、次童丸の独擅場《どくせんじょう》となっていく。遂には猥談に墜ちていくのが、いつもの慣《なら》わしだから、私は多少飽きが来たが、私にとっては何時もの行程に身を委ねる感じで、次童丸の機嫌がいい時には私もいつも決まって同調できたから、話を聞くというよりも、調子のいい歌を聞いている心地であった。

　長いはずの道中が短く感じられた。山守もちょうど帰ってきたところだといって、一緒に荷物を運び入れてくれた。改めて荷物の少ないことに驚いていた。牛車と牛曳きの男は先に帰っていった。次童丸が先に帰らせたというべきであろう。

次童丸は酒の用意もしてきていた。山守がそれを歓迎し、早速に酒盛りとなった。そろそろ帰ってくるはずだという息子はまだ帰ってこなかった。

一緒に囲炉裏《いろり》を囲み、酒が飲み交わされだすと、山守が呑み助であることがわかってきた。しかも、次童丸はじめ皆が交互に勧めるものだから相当量呑んだはずだが、その酔い方も速い。段々呂律《ろれつ》が回らなくなってきた。その内、客はそっちのけで寝込んでしまった。次童丸は、大将、早くも酔い潰れちまったか、このところ、あんまり飲んでいなかったんじゃないのか、と言って笑った。安は見かけによらず、直ぐに真っ赤になっていたが、それでも平気で次童丸が酒を注ぐのを何とも言わず受けていた。強いのは辰であった。彼は道中とほとんど変わらず、酒が入っても無口であることに変わりはなかったが、酒が相当胃の腑《ふ》に収まったはずなのに、顔色一つ変えず黙々と酒を受けていた。

いつの間にやら、日は暮れていた。山守の息子が帰ってきた。おやじから私のことを少しは聞いていたのか、私に向かってぺこりと頭を下げると、酔い潰れて鼾《いびき》を立てているおやじの方に一《いち》瞥《べつ》を投げ、しばらく片隅でごそごそやっていたが、その内ひとりで飯を食い始めた。安が真っ赤な顔で、こっちにおかずになる食い物があるよと教えてやると、素直に応じてこちらに来た。そして、あちらこちらと箸に摘まんで器に盛り上げていく。安が、母ちゃんはと訊くと、一瞬眉をぴくっと動かしたが、ああ、自分の里へ帰っていると答えて立ち去ろうとした。安が追い打ちをかけるように、里は何処だい、と続けた。息子は黙って立ち去ろうとした。

次童丸がお前しつこいぞ、と安を窘《たしな》めた。すると、息子は少し行ってから振り返り、鳥羽の方だと答えた。

　ここを先途と決めたか、次童丸が立ち上がり、皆を促した。酔い醒ましにはちょうどいいやや冷たい夜風が吹いていた。

　一同を見送って私が家の中に戻ると、ちょうど山守が起き上がるところだった。そして、早速、まだ酔いが醒めきらぬままに、息子を私に引き合わせようとした。私はすでに挨拶は受けている、いい息子さんじゃないかと言った。役に立つと思います、何でも言いつけてやってくださいと山守。私は息子に向かって、私は山歩きが好きだ、とっておきの場所など教えてほしい、ここでの知り合いはあんた方二人だけだ、何かと世話にもなろうが、息子さんにはいい遊び相手になってくれたら何より嬉しいと言った。もはや老人以外の何物でもない男から、遊び相手という言葉が可笑しかったのか、息子の頬が緩んだ。父親から息子は鷹坊《たかぼう》と呼ばれていることが分かった。目が利発そうに輝いている。いい名だ、私も鷹坊と呼ぼう。


　好天気がその後も続いたお蔭で、方丈は一気に組み立てられ、内部の細部まで整えられた。もう二日目の夕方には、その気になれば寝泊まりすることも可能な具合に。さすがに、私自身が荷物と一緒に移動したのは、さらにその二日後であったが。

　山守は実に気が利く男で、私が注文した木材や他の材料を取り揃えるばかりか、加工までしてくれていた。建物の勘所は、木組みを載せる土台の特徴にあった。普通は穴を掘って柱を埋め込むか、礎石を据えてその上に柱を立てていくのだが、私が採用したのは下鴨社本殿の方式に倣ってのことだった。特に、私は木組みや屋根を簡単に分解してそのまま車に載せて運べばどこにでも自在に運べることも念頭に置いていたのだ。だから、それらの継ぎ目も掛け金で簡単に取り付けられるようにしてあった。山守が私の書いた寸法通りに各部分を仕上げておいてくれたのは大助かり、おまけに私の指定した場所にはすでに土台まで作ってあったのだから。

私たち三人は、この方丈の建て込みで一気に仲良くなった。さすがに力仕事では劣るものの、鷹坊はほとんど一人前の仕事をした。山守も私が単に親子に任せるだけでなく、好天気ゆえの朝夕の寒気の中で汗を流している様に気を許してくれたのか、親子にとっては黙契《もっけい》であったはずの秘密まで漏らしてくれたのだ。さすがに、鷹坊のいないところで。

それは、鷹坊の母親のこと。かつて、宮仕えの末端にいた女らしいのだが、山守が樵夫をしている頃、山の持ち主である当家の用で出入りしている間に懇《ねんご》ろになって駆け落ち同然に逃げてきたのが、この周辺だったらしい。やがて、法界寺との縁が出来、今の家も造ってここに定住することになった。そして、息子も出来た。そこまではまずまずだったようだが、女房の方に段々欲求不満が溜まってきたようで、こんな山の中から一歩も出られない生活を嘆くこと頻《しき》り、段々夫婦仲も悪くなっていく。山守の方は女房の愚痴から逃げるように酒に溺れる、それもまた輪をかけた愚痴の材料になる。という悪循環の中で、いつの間にか、女房は法界寺の末寺の一つに何処からか流れ着いてきた若い僧と出来たらしく、何処へとも知れず連れだって逃げてしまったらしい。山守にとっては、まさか女房が可愛い盛りの幼い我が子を置いていくというのは信じられなかったらしく、その内戻ってきてくれることを期待して、この場所を離れないでいるのだが、早五年は経つというのだ。

そうだったか、やはり、という感慨を私は持った。ついこの間の酒席で、安の質問に対する鷹坊の答え。安も何か違和感を覚えたのだろう、追い打ちをかけるような質問になった。それをいち早く叱った次童丸、皆一様に少年の答えの中に何かが潜む秘密のようなものを嗅ぎつけたのだろう。その時、鷹坊の元気のいい声がして、山守は口を噤《つぐ》み作業を続ける風に立ち上がった。

湧水を引く懸樋《かけひ》、おれが作ったよ、勢いよくこちらに流れ込んできたよ。

今更ながら、私は鷹坊を不憫に思った。


〈三十三〉


こうして、私の方丈での生活は始まった。快適この上なし。自炊生活はすでに大原で習熟した。材料も山守と鷹坊のお蔭で不自由はしない。しばらくは方丈の中に閉じこもって、読書や書き物に過ごすのも勿体なく感じられて、鷹坊と一緒に散策を楽しむことにした。ちょうど、季節も上々、段々暖かくなってきたし、ここもまた季節の変化を日々新たに感じ取れる場所だ。すべてにおいて、この日野の外山を選択したことは正解だった。何より、山守とその息子の鷹坊という、この二人がまるで私を待ってくれていたように、いてくれたことは、幸運以外の何物でもなかった。

方丈の住まいを出て少し歩かなければ見晴らしはきかないが、西の方に向かえば谷に行き当たる。谷には木が生い茂っているが、真西はまるで浄土が拝める具合に見通しが利く。

また、鷹坊がいの一番に連れていってくれたのが、宇治川の東岸に当たる岡屋《おかのや》の地だった。ここでは何といっても行き交う船を見ることが出来る。私にはお気に入りの場所となった。だから、一人でもよく来た。やはり私は川の子だ。私は幼い時から川に馴染んできた。御手洗川、また、泉川もある。そして、何といっても瀬見の小川なる鴨川だ。私はそれらの川とは切っても切れぬ幼友達のように付き合ってきた。まさに次童丸のように。

私はここで船の尾を引く白波を見ては、『万葉集』に載る満誓《まんぜい》沙弥の、「世の中を何に譬《たと》へむ朝開《びら》き漕ぎ去《い》にし船の跡《あと》なきごとし」を思い出し、このところ歌を詠んでいないことに気づいたりした。

生気に充ち満ちている鷹坊相手だから、四方八方、時には遠出をすることにもなった。逆に私の発案で、古い歌の事跡を尋ねることになっても、私の心配をよそに鷹坊が飽きることはなかった。生来好奇心が強い質なのだろう。山に置いてただ気儘《きまま》な獣のように駆け回らせておくだけでは勿体ない利発な子ではあった。

雨天の日など外出に思わしくない時間帯を選んで、私は鷹坊を庵の中に入れ、読み書きを教え始めた。おそらく、初歩の初歩ひとつ教わったことはないのだろう。本人もそういう風だったし、私も頭からそう信じ込んでいた。だが、しばらくして鷹坊自身が思い出した。彼がぽつりぽつりと語ったところによると、母親が多少のていにをはは教えていたらしい。だったら、もう少しこの子の傍にいてやってくれたら、自分自身で学べる年齢に達していたであろうに。

だが、それが下地にはなっていたのだろう。進歩は目覚ましいものがあった。鷹坊には何よりも才能があった。新しい土地土地を巡る時に示した好奇心がここでも発揮されたからである。丸二年が経った頃には、私の手元にあるあれこれの書物を引っ張り出してきて、質問攻めにされるのに閉口したが。

また、私が琵琶を弾く時は、たとえ鷹坊でさえいない時を見計らって弾いていたのだが、偶々一人語りで継ぎ琵琶を弾いているところを、鷹坊に不意を衝かれて見られてしまった後は、学びの最中でも時々傍らに立てかけてある継ぎ琵琶の方に目を走らせているので、とうとうこちらも根負けした恰好で、琵琶も持たせてやった。

こちらにもなかなか器用なところを見せ、いっぱしの音が出るようになった。

私はふと気づくことがある。普段は自分のことだけで精一杯で、子宝に恵まれなかったことをむしろ良しとし、気儘に生きてきたつもりが、齢《よわい》を重ねて五十も半ばを過ぎた今、やはりどこかに父性のようなものが残っていたのだろうかと。

確かに、兄の子である荅に対する愛情もその一つの表われであったかもしれない。だが、この鷹坊に対する感情の持ちようといったら何であろう。

次童丸が決してあからさまには見せない形で、切羽詰まった環境にある童をはじめ老若男女を救い出し、守ってやっているのは、もっと広い愛情の形であるのかもしれない。あいつも一時期は、私以外には、あちらこちらに作った女に子供を産ませたような話を吹聴《ふいちょう》していたものだが、面と向かって私にその話をしたことはなかったから、私はあいつのほら話の類いだと今でも高を括《くく》っている。

季節の巡りと、それをつぶさに感受できる妙という意味で、これまでに住んだなかで、ここは最高だ。春の、まるで紫雲の如くたなびく藤の花々の波。夏には郭公《ほととぎす》の声、秋には蜩《ひぐらし》を聞いて、自然と共に世の転変を感じる。そして、冬は雪。降り積もる雪と消えかかる雪の風情。

長らく音沙汰のなかった雅経から便りがあった。この十月十三日の頼朝公の月命日に間に合うように鎌倉まで行ってくれというのだ。てっきり雅経も同行すると思っていたのだが、今回は上皇の用があって行けなくなった。上皇の命とあれば仕方がないと向こうでも言ってくれている。行けば将軍はじめ一同歓迎してくれるはずだから、心配には及ばぬ。同行できぬことは平にお詫びするということだった。そして、私の代わりに誰か付き人を連れていく分には構わない、とも書き添えてあった。

私は雅経となら歌についての相性もいいはずだし、伊勢行とはまた違った歌の旅が出来ると思って期待していただけにがっかりし、下手な相棒を探すよりは一人旅の方が余程まし、気も楽だと思っていた。十月十三日までと日が限られては、早速準備に取り掛からねばならない。旅支度といって別に身一つで行くのだから、ただ庵の戸締りだけは開口部は打ち付けて閉ざしておこう、そして山守と鷹坊に時どき見回ってもらえばよい、と考えた。

最近では、鷹坊も琵琶の腕を上げ、時には鷹坊に継ぎ琵琶を渡し、私は秘かに隠していた手習を出してきて合奏することもあった。それだけに、琵琶も弾けず、しばらくは寂しい思いをさせることになろうかと思った時、ふと雅経が書き加えていた最後の文章を思い出していた。

誰か付き人を連れていく分には構わない、そうだ、鷹坊を連れていこう。このところ、近江の各地にまで足を延ばしていた二人だ。さらに歩めば、東海道への道に通じる。こうして、山守の許可を得、鎌倉への旅へと私たち二人は出立《しゅったつ》したのである。

やはり、私にとっても初めての東国行である。最終地点の鎌倉も見たかったが、様々な歌枕《うたまくら》に綴られる各地の名所旧跡もまた一つ一つが心に残った。私は道中、わが国には和歌という、またとない文化があることを鷹坊にも教えた。もちろん、これればかりは付け焼刃で出来るものでもないから、この地を詠《うた》ったこういう歌がある、そして、これはこの土地の風物を取り入れてこう詠ったもの、季節の変化がこうも取り入れてある、などと教えるだけではあったが。

最も印象に残ったのが、小夜の中山の麓にある事任《ことのまま》八幡宮の前で出会った六十歳ぐらいの盲目の琵琶法師とそれを手引きする小法師の二人連れであった。私は呼び止め、持参の乾飯《かれいい》を分け与え、彼らが食べている間、何処へ行くのかを、ただでさえ遠い旅は大変なのに目の不自由な方にとっては大変なご苦労でしょうに、と尋ねた。これといった目的はないのだが、鎌倉へ行けば何とか生きながらえるかと思って、という答え。世の中にはいくら豊かであっても志がなければ、都から一歩も出ずに終わってしまう人もいる。自分のような者でも固く決心すれば、鎌倉へも辿り着けると思っています、と付け加えるのだ。

私にとって、この二人連れは、まるで私と鷹坊の二重写しのようにも見え、その無事を祈らずにはおられなかった。同時に、自分にとっての志とは、との問いかけにまだ答えきれていないことを強く感じた。

鎌倉に着くと、幕府の近くにある寺の客用の宿舎が宛がわれた。私は新しい僧衣に着替え、鷹坊を置いて、案内のままに将軍実朝に対面した。

実朝はこの時二十歳、上皇に比べても一回り若かった。幕府の実権はすでに北条氏に握られており、そのことで益々鞠《まり》や歌にのめり込んでいるという噂は聞いていたが、会ってみても頼朝の実子というよりはどこかのお公家さんの御曹司《おんぞうし》という第一印象だった。だが、話し始めてみると、凛々《りり》しさが滲み出てくる。頭の回転も速い。早速歌の話になると、実朝は先ず『新古今集』に載った私の歌を褒めつつ、質問を繰り出してきた。まだ若いのに社交辞令もそれなりに心得ているのだと感心した途端、定家が定家が、と繰り返すようになっていった。確かに定家が実朝の歌の指導をしていること、『新古今集』も定家を通して進呈されていたことなど聞いていたから、そのことに不思議はないが、余りの連呼は私を多少不愉快にした。何といっても、私は歌の道の重代を担う御曹司にして豊かな才能の持ち主である定家と張り合うことを宗としていたから。すでに私が和歌所を去った後、定家が上皇の意を無視して、『新古今集』のための竟宴を欠席したり、その後の私も欠席した上皇臨席の元久《げんきゆう》の歌合にも気が染まぬと言って出なかったり、定家は上皇べったりと思っていた私には、なかなかに気骨のあるところを見せるわいと感心もしていたのだったが。

だが、実朝は、私が同じ年頃であった頃を思い浮かべても、その学識と情報量において、早熟していることは読み取れる。また、歌詠みの先達に対する畏敬といったところは最後まで持ち合わせていたので、気分良く最初の会見を終えることが出来た。

その後も、毎日のように呼び出されて、歌談義は続く。私にはすでに大略纏めた歌論集もあるので、いろいろに尋ねられても答えに窮する心配はなし、私の話には次から次へと大御所の名前が出てくるので、相手も目を輝かせて聞いてくれるのだった。

程なく、頼朝の忌日が来て、法花堂にて念誦《ねんじゅ》し読経《どきょう》することとなる。初めて上洛する頼朝の威《い》風堂々《ふうどうどう》たる姿、その凜々しい顔、また義経贔屓の次童丸の罵倒がその後尻すぼみに消えていったことなど思い浮かべると、片や滅びていった平家の面々、同時に市中引き回しの末、斬られた首の事どもにも思いを馳せ、いつの間にか頬を伝う涙のあることに気づく。


草も木も靡《なび》きし秋の霜消えて空しき苔を払ふ山風

と詠んだ。請われて、御堂の柱に記した。

その後数日は呼び出しが掛からないことが分かっていたので、鷹坊を連れて鎌倉見物を堪能《たんのう》することになった。私の留守中、鷹坊は飛び回っていたらしく、私が向かう先ほとんどをすでに踏破していた様子で、先になって私を案内することも度々だった。後ろをついていく私は、鷹坊のある動作に気づいていた。それは若い僧侶の姿に出くわすと、かなり矯《た》めつ眇《すが》めつする。ここ鎌倉にも僧侶はごまんといるはずだから、すれ違うその数も多い。また、滅多に会わないが、三十前後の女を偶《たま》に見かけると、同じようにし、時には振り返って見送ることもあるのだ。そうか、あいつは自分を捨てた母親とその元凶を探しているのか、鎌倉にいるという噂でも耳にしたことがあったのだろうか。普段はそんな素振りも見せたことがなかったから、さほどに感じていなかったが、やはり母を思う子の思いは強いのだと思った。私のように母の面影を抱くにも全く手懸りのない者と違って、母親を求める思いは数段強いのだろう。私が思い立ってこの鎌倉行に鷹坊を誘った時、彼の頭の中に母を探す機会が訪れたとの思いが一瞬走ったに違いない。さらには相手の若い僧が鎌倉から来ていたことを知っていたのかもしれない。鷹坊に何らかの当てがあるなら、滞在を少し延ばしてやってもいいが、何の手掛かりもない以上今回の最大のお役目も務め上げたし、今度呼び出されたら暇乞《いとま》いをしてもよかろうと思っていた。

実朝は私に対し先ずは感謝の弁を述べた。父親の法要に祈りを捧げ、さらには記念となる歌まで詠んでいただいたと。私は今回のお招きを謝し、そろそろ暇を頂戴する旨を告げた。実朝は快く了解し、二つの歌を餞《はなむけ》にと言って、見せてくれた。一つは、

ちはやぶる御手洗川の底きよみのどかに月の影はすみけり

もう一つは、

君が代も我が代も尽きじ石川や瀬見の小川の絶えじとおもへば

いずれも私の歌の本歌取りと言っていい歌だ。特に、二首目は私が拘りに拘った「石川や」であったから私への餞別としては、最大級のもてなしであった。「君が代も我が代も尽きじ」とは後鳥羽上皇の世を寿《ことほ》ぎ、同時に我が世もそれにあやかりたいというのだが、実朝はかつて関東の豪族足利氏の息女との縁談を破棄してまで都から妻を迎えている。前権大納言坊門信清《ぼうもんのぶきよ》の娘だ。この信清の姉の七条院殖子《しちじょういんしょくし》が高倉上皇との間に産んだのが今の上皇だから、切っても切れない関係が出来上がっていた。足利氏と実朝との連携を断つべく北条氏の政治工作があったのかどうか、何より実朝の都寄りの姿勢が先ずはあってのことだったか、卵が先か鶏が先かの議論は兎も角、実朝の王朝文化への傾斜は益々深くなっていったのだ。

翌日、数度の旅費にも余る文字通りの餞別を貰って私たち二人は鎌倉を引き揚げた。鷹坊が来た時に比べて些か元気がないように見えたのは、私の僻目《ひがめ》か。

〈三十四〉

久しぶりに方丈に寝、山の空気を吸ってみると、留守にした間に辺りはすっかり寒気に支配されている感がある。私は幕府から貰った餞別の三分の一を山守に渡した。山守は恐縮していたが、私の食料の材料など仕入れるのにも金は掛かると押し付けた。残りは多くの寄宿者を抱えて何かと物入りなはずの次童丸に渡すつもりでいる。

直ぐにも鎌倉土産を携えて、次童丸に会いに行こうと思っていたのだが、鎌倉へ行ったことでさらに明確になった私の目標、それについて見定めておきたいところが屈託となって、ぐずぐずしていた。

実朝以下側近の者たちからも窺《うかが》えることとは、定家に対する評価と私に対する評価に歴然たる差があるということであった。おそらくそれは歌そのものについての評価において、差が付けられていることではなく、すでに出来上がっている評価、栄華を極めた藤原道長《みちなが》の子、長家《ながいえ》を祖とする御子左家の、俊忠、俊成に続く重代のなせるところなのだ。それがさらに、歌道の師として実朝の歌の添削をするところまで行っていれば、その権威は益々確立するというもの。それに対して、私は『千載和歌集』に一首、そして『新古今集』に十首載ったというだけの一歌人に過ぎないのだ。

だから、私はすでに心づもりして準備してきたように、世に遺《のこ》る何かを書き残さなければならない。すでに、歌論集はほとんどを纏《まと》めた。さらに新しい材料が手に入れば書き加えていけばよい。題名も、「無名抄《むみょうしょう》」と決めてある。また、「発心集《ほっしんしゅう》」と名付けようと思っている仏教説話集も大体整えつつある。今回の東国への旅で仕入れたものを付け加えて、さらに充実させようと思っている。だが、これらはいずれも、世間を瞠目《どうもく》させるには正直言って不足だ。いずれ大成される定家の家集は歴史に残るだろう。それに匹敵する、さらには凌駕《りょうが》するものを書き残したい。それには、何を書くべきか。それを思い巡らしながら、山を下るのを先延ばしにしていたのだ。そして、ようやくその目処がついた。明日、次童丸を訪ねよう。今なら、いつものように心を開いて酒を飲みかわすことも出来よう。いつの間にか年の瀬が迫っていた。この暫《しば》しの逡巡がわが人生最大の痛恨事になろうとは。

寅《とら》の刻にもなっていなかったか。私を呼ぶ声に起こされた。熟睡していたはずなのに、なぜか直ぐに飛び起きていた。私を呼ぶ声が切羽詰まって聞こえたからであろう。鷹坊や山守の声でないことは分かった。だが、それなら、誰。

表には、次童丸の使いの安が亡霊のように突っ立っていた。いつもの調子のいい安ではなかった。

一緒に来てください！　旦那様が大変です！

と言って、すでに走り出している。私も必死で追いかけた。

ずっと走りづめであったような記憶しか残っていない。だが、安を追う力のないことに老いを感じ、この時ほど、その力のなさを痛感したこともなかった。

仕方なく、安も私に歩調を合わせてきた。そして、事件のあらましを聞くことになった。生きながらえてくれ、そう祈るしか私にできることはなかった。今まで感じたことのないぐらい都までの距離が遠かった。

その日は夜に入って、今年一年を皆が無事に送れたことを祝って男衆は男衆、女衆は女衆に分かれて無礼講《ぶれいこう》の酒宴が始まっていた。まだ酒を飲む年頃になっていない男の子らは女衆の席に入った。女衆の席は奥の方の広い部屋が宛がわれ、男衆は皆次童丸のあの広い居室に集まったという。舎監《しやかん》とも呼ぶべき中年の僧侶も同席していた。皆が皆、生活には困らないものの、今後ここを出てどうするかとか、皆が皆様々な悩みは少なからず抱えているので、酒が入ってくれば愚痴をこぼす奴、時に怒声を発する奴、その場の空気を和《やわ》らげようと歌い出す奴、それでも今夜は無礼講ということで坊さんも見て見ぬ振り、旦那様は元々磊落《らいらく》な方だからずっと上機嫌に飲んでおられましたと安の話は続く。安の他に私が知っている辰はといえば、周りの喧騒《けんそう》をよそに唯一人、いつものように黙々《もくもく》と飲んでいたという。ただ、いつもより、酒を空ける速度が速く、飲み過ぎているようには感じられたと、安が続けた。何事もなく、夜半には宴《うたげ》は終わった。女衆の方はもっと早くに終わっていたという。片付けは明日でいいからと旦那様に言われ、一同が引き揚げると、真ん中の空いたところに寝場所を作って、次童丸は寝たという。安が居残ってその手伝いをしたらしい。

突如上がった女の悲鳴に、安も飛び起きたらしい。まだ眠ってさほど経っていなかったという。

起き上がってきた連中の向かうところは、女の悲鳴が上がったところ。そこは皆の食事を賄《まかな》う広い厨《くりや》の方角だった。安が駆けつけ、すでに集まっている者たちを掻き分けて覗くと、若い女が腰でも抜かしたかのようにへたり込んでいて、その直ぐ傍《かたわ》らに包丁を持った辰が立っているではないか。その若い女というのは気品のある顔立ちをしていて、二流ではあろうが貴族の流れではあったらしい。盗賊にかどわかされ売られようとしていた寸前、次童丸に助け出されたらしい。この女にのぼせ上がった辰が言い寄って断られたという話を安は知っていた。なおも諦めず、殺そうとしたか、あるいは心中でも迫ったのだろうか。

安が来る前にここに到達していた賄いの女によれば、一緒に死んでくれと、辰が叫んでいたという。皆に目撃されてしまったことを知った辰は、その娘を抱えて今にもその胸に刃を突き刺そうとした。

そこへ間一髪飛び込んできたのが次童丸だった。旦那様は娘を辰の腕から捥《も》ぎ取るように引き離し、遠くへ突き飛ばした。もはや心中が叶わぬと思った辰は、今度は自分の喉に包丁の刃を突き立てようとした。やめろ！　と旦那様は叫んで、その辰の手から包丁を捥ぎ取ろうとする。縺《もつ》れ合ったと見る間に、旦那様が首筋を押さえた。その首から血しぶきが飛ぶ。私たち以上に驚いた様子の辰は、ほんの一瞬、何事が起きたのか分からぬ様子で立ち竦《すく》んでいたが、自分の仕出かした事の重大さを覚《さと》ると、躊躇《ちゅうちょ》なく自分の首に包丁を突き立てて昏倒《こんとう》したという。

辰は即死した。女たちが泣き叫びながら旦那様の首筋に布を宛がっていた。舎監が、自分は老医師を呼びに行く、お前はあきら様に知らせろ、と叫んで、表へ出て行った。私も同時にこちらに向かって走ってきた。だから、その後のことは分からない、でも……と言葉に詰まった。

言わずとも、私には分かっていた。次童丸が今生死の境にいることを。助かってくれ、私の人生はお前と共にあったのだ。奇跡よ、起これ！　私は心の中で叫んでいた。

家に着くまでもなく、遠い先から大勢の嗚咽《おえつ》の声が風のうなりのように聞こえ、奇跡は遂に起きなかったことが明らかだった。安はすでに泣き出しながら駆けだしていた。私もまた気が急いて駆けだそうとしたが、なぜか腰が抜けたようにその場に崩れ落ち膝をついた。私はしばらくその場から動けなかった。ああ、もうあいつとは口を利けないのだ。私は自分がどんな苦境にあっても、あいつがいるから何とかなる、と思うと元気が出た。今こそ、あいつがいるから、と思って立ち上がった。あいつを放っておくわけにいかない。今度こそ、この私が傍にいてやらねば。

誰もいない玄関と廊下を通って部屋を覗くと、あの広い部屋は人でいっぱいになっていて、皆に囲まれるように寝かされている次童丸の姿が見えた。顔の血は綺麗に拭われていたが、まだ着替えまでには至っていないらしく、寝着の首の辺りから下が血の色に覆われ染まっていた。

私の到着を待っていたように老医師と僧侶が先ずは頭を上げ、他の連中は私に挨拶するように一斉に泣き声を上げた。

次童丸はすでに穏やかな境地で眠っているかに見えた。一同の一段と大きくなる泣き声のお蔭で、私は冷静に振舞うことが出来た。数珠も何もない掌だけを合わせ念仏を唱えた。

今夜は、皆もなかなか退いていってはくれないだろうが、最後には一人だけ残って、二人だけの時間を過ごしたい、私にはその権利があると思った。次童丸もそう思ってくれるだろう。

私は舎監役の僧に、辰の遺体の在り処を訊き別の部屋に寝かせてある旨を聞いて、いずれは事の報告を検非違使庁にもせねばなるまいが、辰の遺体も一緒に弔ってやろう、それが次童丸の意思でもあろうから、と言った。

正直に言えば、私も多少迷ったところではあった。次童丸も火長にまでなった男である。最後ぐらい、検非違使庁を挙げて、勲功のあった男の葬儀に参列させる、そういう形で人生の締めくくりを飾ってやるのも、残された者の、特にただ一人の親友としての務めではないのかと。

だが、そうすれば、辰は明らかに次童丸殺害の下手人としての烙印を押されて、その遺骸も野辺に放り捨てられるだろう。それは決して次童丸の望むところではない、という確信があった。あいつは、おれとしたことが抜かった、可愛い我が子のことだけに、普段の逮捕術を忘れて、自分で自分の首を切ってしまうなんて、と苦笑いして言うに違いない。次童丸にとって家に預かるは皆我が子であったはずなのだ。

私は舎監役の僧と協力しながら、ちとせの野辺送りをした際次童丸が世話してくれた葬祭を業とする男たちに声を掛け、無事にそのお返しをすることが出来た、出来たと思う。

日野の外山に戻る前に、一人になった私は鴨川近くのちとせと住んだ家を見に行った。遠くからではあったが、見た目に変化はなく、ちとせの両親が恙《つつが》なく生活しているのだろうと思った。

糺の森を歩いて、次童丸との少年の頃を懐かしもうかと思わないでもなかったが、更なる悲しみと苦しみを呼び込むことを惧れて、さらに遠く眺めるだけで済ませた。

鴨川に架かる橋を渡る時、思わず欄干から身を乗り出すようにして、川の流れを見つめた。

夏の川に遊んで互いに潜りっこをした時のことを思い出した。流れが深く淀むところは余りないのだが、次童丸が見つけてきた場所だけは例外で、互いに潜っては宝物探しをすることができた。もちろん、川底に光る石があるわけではなく、家からそれぞれに持ち寄った互いの宝物を底に沈めて探し当てた。時には、私の沈めた宝物を探し当てた次童丸が、それを私に返さず喧嘩になり、そのまま持ち帰ってしまうことがあった。だが、次の日にはそれを自分の宝物だと言って沈めつつ、私が探し当てると、そのままにして体よく返すということもあった。

流れの底にわんぱく時代の次童丸が現われるようで、私はしばらく目を離せなくなっていた。気が付くと、川の流れに向かってはらはらと私の涙が零《こぼ》れ落ちていくのがわかった。それはいつまでも落ち続けた。まさに、はらはらと。

私の人生には、もはや書くことしか残っていなかった。そして、僅かに残った楽しみと言えば琵琶で弾き語りすること。書き物に疲れた時だけ、鷹坊と野山を逍遥するだけだった。それもかつてほどの高揚感とは縁遠いものになっていた。鷹坊の影に同じ年頃だった頃の次童丸の面影が二重写しとなってくるのを如何ともしがたく、重い心を抱いて戻ってきてしまう。

後世にも遺るべきものとして、何を書くか。

私は、全く相異なる種類の二つの書物を書き残そうと構想した。一つは、私が見てきたこの世の有為転変《ういてんぺん》を綴って、おそらくは終《つい》の棲家となってしまうだろうこの方丈庵に至るその道程、そして最後にはこの方丈そのものの暮らしでの私の境地を描く随想のようなものだ。題して、「方丈記」。私という自分の事柄に関しては、遁世に至る前までの自分は出来る限り消し、自分史は出来るだけ韜晦《とうかい》させようとすら思っている。その方が、時代の書としての骨太さを確保できると思ったからだ。同時に、和歌を作る感覚で簡潔かつ含みのある言葉を選び、柔らかい和文の良さを前面に出す、狙いをこのように定めたわけである。

それには、もう一つの書の構想を長年抱いてきたことでの、極めて対照的なものにしたいという最初からの前提があった。もう一つというのは、少年時から夢想していた物語を作るということ。そして、私には望もうにも『源氏物語』を書くことは出来ないから、逆に男にも書ける物語、いや男だからこそ書ける男性的な物語との構想に至った。これは今だから確信をもって言えることだが、茫洋《ぼうよう》としている中にも物語の材料は悉《ことごと》く集めていたので、これもまた全体の狙いと構成が定まれば、一つに纏めることもすでに視野には入っていた。それは私が同時代を生きた源平の合戦の物語である。

だが、こちらは書に纏めることを考え出した時から、この時代を振り返ってみると、源平というには余りにも平家の時代というのが色濃く、むしろ平家の勃興と滅亡に絞るべきだと思うようになった。まさに、紫式部の『源氏物語』に対するに「平氏物語」である。源氏に対し平氏では余りにあざといから、「平家物語」とした。源氏勝利のあれだけの花形であった義経の最期までを私たちは知っている。それもまた充分一つの物語にはなるだろうが、「平家物語」とするからには、平氏の後裔《こうえい》たちが次々狩り出され種が尽きさせられるところで終わりにしようと思った。

さらに、この「平家物語」こそ、琵琶で語ることのできるよう言葉と文章を彫琢《ちょうたく》して、調子のいいものにしたいと思った。

そして、この両書を纏めていく作業は同時並行して行うことに決めていた。視点は違うにせよ、共通する同じ時代を描くわけだから、出来るだけ重複は避けようとも思っていた。並行して進めるというのには、そういう狙いもあったのである。

だが、思惑は直《す》ぐに外れて、「方丈記」の方は一気呵成《いっきかせい》に書き上げることが出来たのに、「平家物語」の方は、先ず出だしで躓《つまず》いてしまった。

「方丈記」は、「ゆく河の流れは絶えずして、しかも、もとの水にあらず。よどみに浮かぶうたかたは、かつ消え、かつ結びて、久しく止《とど》まりたる例《ためし》なし。世の中にある人と栖《すみか》と、また、かくのごとし」と、すらすらと出てきたのだが、これと対照的な漢語調の名文をと思いあぐねているうちに、どつぼに嵌《はま》ってしまったのだ。

仕方がないので、その後の全体を見直すことにした。様々な挿話の補足やら、新しい挿話の作成、また挿話同士の並べ替え、などに当てた。

また、男が中心になるのは、物語の性質上当然のことではあるが、やはり所々には多少の色気も欲しかったので、当初から「発心集」に入れる予定だった祇王と仏御前の話を、こちらの方に持ってきた。いざ置いてみると、まさに平家の驕《おご》り、清盛の悪道ぶりを端的に示す挿話としてぴったり収まった。この辺りの話は、私は幼過ぎて、後のものとは違って見聞するべくもなかったが、おほばが語り聞かせてくれた賜物である。

同じ趣向で、新都福原の件《くだり》には、須磨から明石という源氏の君ゆかりの旧跡をも偲《しの》ぶ形で、風雅な挿話を作り上げた。福原から旧都に戻って、その寂れたさまに一層秋の哀れを感じた徳大寺《とくだいじ》の左大将実定《さねさだ》が姉に当たる近衛《このえ》河原の大宮を訪ね、大宮ばかりかこの御所勤めの小侍従らを前に、今様を歌ったというものである。小侍従は華やかな歌風で特に返歌に優れていた。かつて、恋人を待つ宵と別れ行く朝とどちらが哀れ深いかとの問いに、

待つ宵のふけゆく鐘の声聞けばかへるあしたの鳥はものかは

と見事に返したので、「待つ宵の小侍従」とあだ名されたとし、さらに左大将がお供の蔵人を使って小侍従から見事な返歌を引き出したという挿話である。「待つ宵の」は『新古今集』に載る本人の真作、後は……口を拭っておこう。

私はすでに「無名抄」の中に、最近の女性歌人の名手として、大輔と小侍従を一組にして、双方の特徴を書き、特に小侍従の返歌の機転のきき方は、敵《かな》う相手もいないと、俊恵師も語っていたというところを、「平家物語」に生かしてみたのだ。

「平家物語」の主題は何かと自らに問えば、人は必ず滅ぶということである。善悪に関わらずである。そして、善の中に必ず悪は生まれ、悪の中にも善は生じる。その有為転変が人の世であり、人ひとりの人生でもある。だが、読み物としてまた語り物としてより面白くするためには、その善悪をより明らかにあからさまにして、大きな振幅を付けようと思った。清盛と重盛、正直に言ってどちらが善人か、私には分からぬ。まだ若造である次男の資盛の一行が当時の摂政松殿、藤原基房《もとふさ》と鉢合わせして無礼に及び散々一同が打ち据えられた一件でも、物語の中では祖父の清盛が怒り狂ってその復讐をしたとし、重盛には資盛こそ悪いと言わせてその良識家ぶりを強調した

が、実際には重盛その人がこの「殿下乗合」事件に立腹し、基房がその配下を処罰して謝罪したにもかかわらず長く根に持っていたという事実もあるようなのだ。

この点物語では、終始平家の中で重盛だけを良識ある人物に仕立てている。それも重盛が人生の盛りを迎えた年頃で死亡することで、まるで拍車がかかるように、残された平家一族が滅びの道に傾斜していく真実と見事に符合してくれたと言える。だから、実際には重盛の死後およそ一年後に都を襲って甚大な被害をもたらしたつむじ風を、重盛の死の直前の出来事として虚構し、重盛には不吉な前兆と受け取らせる工夫をした。

清盛の異母弟薩摩守忠度《ただのり》については、殺伐たる戦いの中においても風流の心を忘れぬ歌人としての存在価値を三つの挿話として鏤《ちりば》めておいた。先ずは、平家の威信を賭けて東征し、富士川に陣を張った源氏討伐軍三万余騎の総大将が重盛の嫡男維盛、副大将が忠度であったが、その件《くだり》に忠度と高貴な女房との間に取り交わされた歌を巡る挿話を入れてみた。だが、これは戦わずして水鳥の飛び立つ音に慄《おのの》いて逃げた平家軍の軟弱さを助長する形になってしまったかもしれない。

その点、中段の挿話は、忠度が一旦戦陣から抜け出して、歌の師である俊成に会いに行き、自分の歌を今お選びになっている勅撰集に一首でも入れてもらえたら思い残すことはないと訴える印象的な場面とした。俊成はそのことを忘れていず、だが忠度がすでに朝敵とされ勅勘《ちょっかん》の身であることに鑑みて、その名を出さず詠み人知らずとして、一首を採用したということに。それが、

さざなみや志賀の都はあれにしをむかしながらの山ざくらかな

これに近いことが実際に起こりえたかもしれないと思いつつ、俊成師なら苦笑いしながらもお許しいただけるだろう。

最後は文字通り最期の討ち死にの場面だ。歌道にも武道にも秀でた男であったから、その討たれ方にも一工夫凝らしたが、要は、その倒れた男が忠度だと指し示す何かが欲しい。そこで、箙《えびら》に結びつけられた文を開けば、歌が書かれているということにした。それが、「旅宿花」との題で、

ゆきくれて木のしたかげを宿とせば花やこよひの主ならまし　忠度

これに出典はない。誰の作、言わずもがな、である。

先にも書いたように、「方丈記」との間で出来るだけ重複を避けようとしたが、避けきれないところも多少はあった。福原遷都のところでは、「平家物語」は神武《じんむ》天皇以来の変遷を滔々《とうとう》とまくし立て、ほぼ四百年前京都に都を定めた桓武《かんむ》天皇へと繋《つな》ぐので、こちらは桓武天皇を外すわけにいかず、と言って同じ字句が並ぶのも面白くないので、「方丈記」の方を敢えて変えて、嵯峨《さが》天皇の時に都は定まったとした。もちろん、桓武天皇の延暦十三年（七九四）長岡《ながおか》京から平安京に移ったことに間違いはないが、次の平城《へいぜい》天皇が奈良の帝と言われるように平城京へ戻ろうとし、次の嵯峨天皇でようやく定まったという経緯があるのでそれを使ったわけである。多少の屁理屈

でないわけでもないのだが。

さて、いよいよ残るは「平家物語」の語り出し、どうにも決まらない。


こうして、いよいよ冒頭の場面に至るのである。

私は月を見上げながら、この数日しかも四六時中、冒頭の出だしの言葉が見つからないまま呻《しん》吟《ぎん》していたすべてを忘れ、人生の無常のみ感じていた。そして、その一瞬を襲うように天から声が降ってきたように感じられた。そして、出だしの言葉がついに見つかったと。

実は、そこには些《いささ》か虚構が施されている。いや、今のようであっても、読者には簡単に見抜かれていたかもしれない。この書の題名に、その名が含まれているのだから。しかし、どうせなら、もう一つの名の方へ誤誘導したかった思いもある。だから、もう一つの真実をそっくり外してしまった。

その時、月を見上げていたのは本当のこと。省いたこととは……

風に乗って寺の鐘を撞く音が聞こえてきたのだった。そして、言葉が流れ出た。

祇園精舎の鐘の声、諸行無常の響きあり。娑羅双樹の花の色、盛者必衰の理をあらわす。

寺の鐘の声を聞いて、祇園精舎の鐘の声と来るなら、笑い話にもならないではないか。

だが、このお蔭で、「おごれる人も久しからず、唯春の夜の夢のごとし。たけき者も遂にはほろびぬ、偏《ひとえ》に風の前の塵に同じ」とこの物語の主題を一気に仕上げることが出来たのだ。そして、片や、「ゆく河の流れは絶えずして、しかも、もとの水にあらず」と和文調にしたのとは、文字通り対照的な漢文調を狙っていただけに、その語感共々自分ながらに満足していた。

私は早速、琵琶を弾き、冒頭から節に乗せて歌い上げてみた。調子よく次から次へと辿ることが出来る。『源氏物語』とは違った勇壮かつ鮮烈な物語が生まれたばかりではない。嫋々《じょうじょう》たる語りの中に止めどなく広がっていく新しい世界がある。これこそ、私が死せる後にも遺《のこ》していける私という存在の証《あかし》。私は今、「方丈記」と「平家物語」という対照的な二つの産物を歴史に刻むことが出来たと思った。

すでに明らかなことだが、寺の鐘の音を聞いたという事実を隠したことと同時に、書き出しの文章が決まった後は時代順を追って書き綴っていったように書いたが、これも実は仮構であって、後の大部分はほとんどが出来上がっていたわけである。だからこそ、「祇園精舎の鐘の声」と出た時には、まさに画竜点睛《がりょうてんせい》を得た思いで快哉を叫べたわけである。ただ、壇の浦で平家滅亡の大団円とはせず、その後の断罪とその余波を描くことは絶対に必須だと思っていたから、それについての不満はないのだが、物語として多少尻すぼみの感を免れないことが気になってはいた。最後に、あれから二十年近く生きながらえてきた六代が、庇護者の文覚を失って遂に斬られ、平家の血筋が絶え果ててしまったと書いたにしても。

だが、琵琶の調べに乗せて、物語の頭の方の清盛の子息たち娘たちの栄華を語る段に入って、ふと建礼門院の名前が出た時に、壇の浦で最愛のまだ幼い安徳天皇の後を追って海に身を投げながら救い上げられ死ぬことすら叶えられなかったこの人の、大原寂光院《じゃっこういん》での蟄居《ちっきょ》に思いを馳せることがあった。盛者必衰というには余りに過酷な、悲劇の極みを味わった女人の人生に。

そして、大原での孤独の淵にあった私自身をふと思い、ひとときの救いとなった答の訪問を思い出した。その連想から、建礼門院を訪れる人のあったことを想像し、やはりその適任者としては後白河院しかなかろうと結論した。実際にそのようなことが起こったか、起こりえたかは知らぬ。しかし、この場面設定こそ、「平家物語」の終幕を飾るに相応しいと考えて付け加えたのである。

〈三十五〉

久しぶりに上機嫌の私は、このところ顔を見せるたびに何かと言い訳を作って追い返したも同然になっていた鷹坊を庵の中に呼び込み、この物語を琵琶に乗せて語り聞かせた。すでに琵琶を弾くことも上達していた鷹坊は、聞いているのももどかしげに、自分もやってみたいと言い出した。私は自分が弾いていた継ぎ琵琶を鷹坊に渡し、秘蔵の手習を取り出してきて、弾き語りを口移しに教えた。

それからは、毎日鷹坊は通い詰め、めきめきと上達した。私も今はそれが楽しみとさえなっていた。文字についても判らないところを訊く回数も段々減っていく。もうすでに、書き物の方は鷹坊の前に置いてやっていたので、口移しに教える手間も省けた。私は、まだ幼さの残る声ではあるが、手慣れてくるたびに朗々と声を響かせる技巧を覚えた鷹坊を益々頼もしく思った。

私は、東国への旅で出会った琵琶法師と小法師を思い出し、その二人に我が身と鷹坊を重ねてみた。一度、試しに町へ降り、鷹坊と一緒にこの物語を弾き語りして行脚《あんぎゃ》するのも悪くないな、などと夢想した。いや、実現させるためには、やはりこの手習を持ち出すのはためらわれる。何処にそれと見破る目があるかもしれない。そうだ、もう一つ継ぎ琵琶を作ってからにしよう。

ある日、忽然《こつぜん》と本物の琵琶法師が現われた。鷹坊が連れてきたのである。旅で出会った法師よりはかなり若かった。とは言え、手を取って導かなければ、盲人がこの庵に到達することは到底不可能だろう。

その法師は、「平家物語」とやらを是非とも習いたいというのである。このおしゃべりの鷹坊め、余計なことを人に教えたな、と最初は思ったのだが、琵琶法師の実直そうな様子に、いや実際の琵琶法師に語らせてみるのも面白いかもしれない、こういう人が何人か現われて、彼らが全国各地に散らばっていけば、そして、その作者はと問われれば、皆が皆、私の名を挙げてくれる。これは自分が歩き回るよりは格段にいいかもしれないと、妙な打算も働いて、私は承知することとなった。

それ以来、毎日その琵琶法師は鷹坊に連れられて通ってきた。鷹坊の家に寄宿しているそうだ。その間、山守が果たしてくれる役割は鷹坊がすべてやってくれていたから、山守とはここしばらく会っていなかった。だから、山守がこの琵琶法師の到来をどう思っているのかは知る由もなかった。

ある日、私は歌枕に関わるあることを調べたくて遠出をすることにしていたので、予め琵琶法師と鷹坊には伝え、その日の稽古は休みとした。普段なら、こういう時は鷹坊を誘うのだが、この時は琵琶法師もいることだし声を掛けなかった。鷹坊も別に供をしたいとは言い出さなかった。

私は一応の目標は達したので、帰りを急いだが、道のりもあったのとさすがに足も衰えて儘《まま》ならぬものがあって、庵に着いた時にはすでに日は暮れかかっていた。

いつものように戸締りはして行っていたが、何しろ日帰りでもあり、このところ鷹坊たちも毎日のように訪れているので、多少こちらの気も緩んでいて何一つ身に付けて持ち出していなかった。

なぜか、庵の前に立った時に、いやな感じがした。私は急いで、中に入った。灯を点けるまでもなく、薄暗がりの中にも明らかな変化が読み取れた。

先ず、継ぎ琵琶の置いてある場所にその姿がなかった。折り琴はある。急いで、覆いをかけた手習の場所を探ると、これはあった。些《いささ》かほっとしながらも、大事な書籍や下書きを入れてある革籠《かわご》を確かめる。外見からも黒革の三箱に変化は見られない。奥に隠すように置いた新しい箱を引き出して蓋を開ける。一番に懼《おそ》れていたことが目の当たりに起こっていた。

「平家物語」の一切が無くなっていた。他の物は一切手を付けられていなかった。

私は夜陰の中を飛ぶように駆け下りた。少なくとも気持ちはすっ飛んでいた。山守の住まいに近づくと、まるで私の来るのを待っていたように、駆け寄ってきた。そして、私の前で土下座した。あいつは逃げました、あの琵琶法師と一緒です。私の所からは有り金を全部持ち出しました。

あなた様からもそうではないかと。琵琶と他に何か大事そうに包みを抱えていたのは見ましたが、まだその時はそのまま家を捨てていくなどとは思いも及ばなかったので、と言った。

私は山守を直ぐに立ち上がらせたが、鷹坊に一体何が起きたのかを考え、考えあぐねていた。

あの琵琶法師に誑《たぶら》かされたのです。親切にしてやったつもりが恩をあだで返しやがって、と山守は言い募《つの》る。町へ出たがっていたあいつに甘い言葉をかけて誘ったのでしょう。あいつには、母親に会いたい気持ちはくすぶっていたようです。それに若い女が気になりだす年頃にもなっていた。だから、世間を渡り歩いて世の中の酸いも甘いも経験済みのあの男に掛かっては言葉巧みに誘い出すのは赤子の手をひねるように簡単なことだったのでしょう。一方で自分が盲《めしい》であることを利用し、人のいいあいつの同情をうまく利用したんでしょうよ。山守は最後はため息交じりに言った。

私が黙っていると、愚痴っぽくこうも続けた。

あいつの性悪なところは母親に似たんです。あれも赤ん坊を置き去りにして私から逃げやがった。

その女房の仕打ちにじっと我慢して耐え、あいつこそおれの味方だと思って育ててきたのに……。ふと、山守は私の前で自分の愚痴だけを言っていることに気づいたのだろう、あなた様からは琵琶の他に、やはり金目のものを……と恐る恐る切り出した恰好になった。

それはない、と私が答えると、ほっと安堵《あんど》の胸を撫《な》でおろすといった表情を見せた。山守にそれ以上を期待して何になろう。金に換えられぬ大事な宝を私は失っているというのに。

あれから、時が経つ。私は大事なものを次々に奪われ、そして最後には次童丸を奪われてさえ、その悲しみと無常観をむしろ発条《ばね》として生きてきたが、今度ばかりは仕事の張りを失い、脱力感の中で揺蕩《たゆた》うように生きてきた。生きながらえてきただけと言っていい。

私には四季の移ろいももはや何事でもなく、歌心をそそられることもなくなった。それでも、食って寝て、という繰り返しは続けている。別に与えられた命を途中で絶とうなどとは思わない。方丈の周りを歩き回るのも止めてはいない。むしろ、筆を執ることも少なくなった分、無目的に歩く時間は増えたであろう。ただ、足腰の弱りは日々感じられる。だが、歩いていると時に時間を忘れ、自分がすでに老境にあることすら忘れる瞬間はある。

最近のことだ。林の中で山守を見かけた。いつもはまだ以前と同じように我が庵に食料を運び、何くれとなく声を掛けてくれる山守がまるで呆けたように歩くでもなく何かをするでもなく、ぼおっと突っ立っている姿を見かけた。呆けてしまったのか、とすら思った。鷹坊からの連絡は一切ないのだろう。

以来、私は自分が呆けてしまうのを恐れた。すべてを失った今、何一つ怖いものはないと思っていた。だが、今生の終わりの時に、それを自らが知らないで逝ってしまうのだけは何とか避けたいものだと思った。

私は、この外山の寺に住むようになった禅寂を訪ね、私の死の用意として「月講式《がっこうしき》」をしたためるよう依頼してきた。講式とは普通仏菩薩や祖師などの徳を讃嘆する文章をいうのだが、私の場合は月はお気に入りの歌題でもあったし、特別に依頼したのだ。ついでに、「方丈記」と「無名抄」と「発心集」も預けてきた。今や失われた「平家物語」にも、「方丈記」のように、完成した年月日を記し署名をしておけばよかったと思うが、所詮奪われたからには、たとえ書いておいたとしても引きちぎられているだろう。それより、何処ぞで、あの二人組は「平家物語」を弾き語っているのだろうか。山守がいつかそのような噂を耳にしたというが、定かではない。せめて、たとえ詠み人知らずであっても、「平家物語」が全国に広まっていく日が来れば、今は本望とするしかない。

「方丈記」の最後に、私は、「ただ、かたはらに舌根をやとひて、不請の阿弥陀仏、両三遍申して、やみぬ」と書いた。たとえ、世間を離れこの山林の方丈に住んでも、名を蓮胤と称して仏に仕える身となっても、私の人生は常に煩悩と共にあった。だから、できるだけ無心に念仏を唱えても、それが本当のところ、仏に届くかどうかは確信が持てぬ。ただ、何かを願うわけでなく、我意を離れてまるで人様の舌を借りるようにして、念仏を唱えてみた、という思いであった。その意味で私の人生に悔いはない。

山守はやはりわが子可愛さのせいなのだろう、頻りに誑《たぶら》かしたのが琵琶法師であって、息子の方もまた被害者のように言っている。その気持ちは痛いほど分かるが、私は主導権はあくまでも鷹坊にあったと、今では確信している。いずれ、あの琵琶法師の方が鷹坊に出し抜かれお役目ご苦労さんと捨てられる気がしていた。そして、鷹坊なら、その内、明き盲《めくら》を演じることになるのではないか、あるいは盲《めしい》その人に成り切って琵琶法師を演じ切ることになるのではないか、と思った。

そして、ひとり自由に、「平家物語」を聴衆に聞かせ、喝采を浴びながら全国各地を行脚し、あるいは母を尋ね、あるいは至る所に女や弟子を作り、いずれは小法師も雇って、「平家琵琶」の座のようなものまで作って、その長《おさ》に納まる鷹坊を想像する。いや、そうなるとすれば、私ももう少し永らえてその「平家琵琶」の将来の姿も見たい。私にも再び力が蘇ってくるような気がしてきた。自ずと腹の底から笑いが込み上げてきた。私は思わず笑っていた。しばらく笑いは止まらなかった。まるで他人の笑い声のように、乾いた笑い声が方丈いっぱいに広がっていった。

（了）

参考文献

校註 鴨長明全集／簗瀬一雄／風間書房
古典を読む 方丈記／簗瀬一雄／大修館書店
新版 平家物語 全訳注 全四巻／杉本圭三郎／講談社学術文庫
無名抄／鴨長明＝著／久保田淳＝訳注／角川ソフィア文庫
新版 発心集 上下巻／鴨長明＝著／浅見和彦・伊東玉美＝訳注／角川ソフィア文庫
往生要集 上下巻／源 信＝著／石田瑞麿＝訳注／岩波文庫
祝詞・寿詞／千田 憲＝編／岩波文庫
閑居の人 鴨長明（日本の作家 17）／三木紀人／新典社
鴨長明伝／五味文彦／山川出版社
神道の美術／加藤健司・畑中章宏・平松温子／平凡社
検非違使／丹生谷哲一／平凡社選書
法然讃歌／寺内大吉／中公新書
日本の歴史 7 院政と平氏／安田元久／小学館
日本の歴史 9 鎌倉幕府／大山喬平／小学館
日本史諸家系図人名辞典／小和田哲男＝監修／講談社

装画　千海博美
ブックデザイン　鈴木成一デザイン室

伊藤俊也（いとう・しゅんや）

一九三七年、福井市生まれ。一九六〇年、東京大学文学部美学科卒。映画監督。主な監督作品として『女囚701号 さそり』『女囚さそり 第41雑居房』『女囚さそり けもの部屋』『犬神の悪霊《たたり》』『誘拐報道』『白蛇抄』『花いちもんめ』『花園の迷宮』『風の又三郎 ガラスのマント』、『美空ひばり物語』（TV）、『白旗の少女』（TV）、『ルパン三世 くたばれ！ノストラダムス』、『鬼麿斬人剣』（TV）、『プライド 運命の瞬《と》間《き》』、『映画監督って何だ！』（日本映画監督協会創立70周年記念映画）、『ロストクライム 閃光』『始まりも終わりもない』『日本《にっぽん》独立』、著書に『幻の「スタヂオ通信」へ』（一九七八年、れんが書房新社）、『偽日本国』（小説、二〇〇一年、幻冬舎）、『メイエルホリドな、余りにメイエルホリドな』（戯曲、二〇〇九年、れんが書房新社）がある。

方丈平家物語

二〇二一年三月一五日　第一刷発行

著者　伊藤俊也
発行人　見城徹
編集人　志儀保博
発行所　株式会社　幻冬舎
〒一五一−〇〇五一　東京都渋谷区千駄ヶ谷四−九−七
電話　〇三(五四一一)六二一一〈編集〉
〇三(五四一一)六二二二〈営業〉
振替　〇〇一二〇−八−七六七六四三

印刷・製本所　図書印刷株式会社

ISBN978-4-344-03762-5　C0093
幻冬舎ホームページアドレス https://www.gentosha.co.jp/
この本に関するご意見・ご感想をメールでお寄せいただく場合は、comment@gentosha.co.jpまで。